LE FEU DE DIEU

Né en 1955 en Vendée, Pierre Bordage est l'auteur de plus de trente romans et recueils de nouvelles, récompensés par de nombreux prix (Grand Prix de l'Imaginaire, prix Paul Féval de littérature populaire, prix Tour-Eiffel). Il a publié au Diable vauvert la magnifique trilogie des *Prophéties*.

Paru au Livre de Poche :

L'Ange de l'Abîme

Les Chemins de Damas

Porteurs d'âmes

PIERRE BORDAGE

Le Feu de Dieu

AU DIABLE VAUVERT

ISBN : 978-2-253-12866-3 – 1re publication LGF

Pour Hamama,
À jamais

1

« Allô, papa. »

La voix de Zoé, oppressée. Pas dans ses habitudes d'appeler à l'aube.

« Papa ? T'es là ?

— Hmmm... »

Les yeux de Franx glissaient sur le miroir piqueté et scintillant de la Seine. Arrivé une demi-heure avant l'ouverture de l'étude du notaire, il flânait sur le Pont-Neuf et contemplait le lever du jour sur Paris, ciel couleur de plomb, aucun souffle d'air, moiteur étouffante.

« Ils sont partis...

— Hmmm... »

Pas étonnant : ils, les Jeanneret, parlaient de déserter depuis des semaines. Ils avaient exploité les quelques jours d'absence de Franx pour s'enfuir de la communauté, comme les deux autres familles avant eux.

« Julie est plus là maintenant, j'ai plus de copine. » Des éclats de reproches dans la voix acide de Zoé. « Jim, lui, est resté. Je l'aime pas. J'aime pas sa façon de tourner autour de maman. J'aime pas comment il me regarde. »

Jérémie, dit Jim, un échalas de trente ans et presque

deux mètres, brun, mince, cheveux noirs et bouclés, visage légèrement grêlé, yeux globuleux, venu dans les bagages d'une famille de la communauté, laquelle déjà ? et, depuis, tapant l'incruste, mangeant et buvant comme quatre, squattant une grande chambre et un lit à deux places, paresseux, sarcastique, arrogant, charme vireux qui fascinait la plupart des femmes – y compris Alice.

« Quand est-ce que tu rentres, papa ? »

Le temps de régler la succession de la tante Maëlle décédée une semaine plus tôt. Franx héritait, en tant qu'unique neveu, de son trois pièces du VIe arrondissement. Il prévoyait de le mettre en vente, puis, avec la manne récoltée, d'offrir de longues vacances au soleil à sa famille avant de commencer une nouvelle vie. S'il n'était pas trop tard. Si Alice consentait à lui offrir une deuxième chance.

« Je les ai entendus hier soir. Ils ont dit du mal de toi. Ils ont dit que tu étais taré, que t'étais... prana... panar...

— Paranoïaque.

— ... qu'ils ont été fous de t'écouter, toi et tes histoires de fin du monde. Ils ont dit qu'ils avaient perdu plein d'argent à cause de toi et qu'ils... enfin, j'ai pas tout compris, ils parlaient de t'envoyer en justice. »

Le Feu de Dieu n'était qu'une communauté autarcique sans règle religieuse ni disciplinaire, une association d'individus adultes et consentants, mais les anciens compagnons de Franx se retourneraient contre lui pour abus de confiance et escroquerie. Le comportement d'adeptes repentis d'une secte, consternés tout à coup par leur crédulité et leur aveuglement.

« Et maman... » La respiration de Zoé, au bord des larmes, se fit saccadée. « Eh ben, elle était d'accord avec eux. Elle a dit qu'elle en a marre elle aussi de la vie que tu nous fais mener. Qu'elle va s'en aller. Te laisser tout seul comme... comme un... con au Feu de Dieu avec tes réserves d'eau, d'essence, tes conserves et tes sacs de farine. Elle dit que tu nous as empêchés de vivre et qu'elle regrette de t'avoir écouté. »

Alice et Franx s'étaient éloignés l'un de l'autre en silence, ils ne se désiraient plus, ne se touchaient plus, ne s'affrontaient plus, ne se flairaient plus, ne se regardaient plus. Ils ne s'étaient sans doute jamais vraiment aimés. Comme les Jeanneret, comme les autres, elle le jugeait coupable de la médiocrité de son existence, oubliant à une vitesse étonnante le principe, qu'elle avait pourtant défendu avec conviction, de la responsabilité individuelle.

« Papa, quand est-ce que tu rentres ? Jim me fait peur. »

Franx, qui avait compté sur l'aide de Ludo Jeanneret, doux colosse d'un mètre quatre-vingt-quinze et de cent dix kilos, pour virer le parasite, devrait donc se charger seul de Jim avant qu'il n'occupe tout le nid. Le comportement ambigu d'Alice ne lui faciliterait pas la tâche : depuis quelque temps, elle utilisait une gamme insoupçonnée de sourires, pauses et minauderies pour attirer le regard de l'intrus. Franx faillit balancer son mobile dans la Seine. À en croire la conversation qu'elle avait eue avec les Jeanneret avant leur départ, Alice avait tiré une croix sur leurs quinze années de vie commune et l'avait peut-être déjà remplacé.

« Demain, je pense. Et Théo, comment va-t-il ?

— Oh, lui, c'est bien un garçon ! Il passe son temps à jouer aux Indiens avec son arc et ses flèches, toujours seul, il s'intéresse même plus à ses jeux vidéo... Tu sais, papa, moi, je ne pense pas comme les autres.

— Hmmmm... »

Zoé, douze ans et encore l'âge des illusions. Bientôt, sa poitrine pousserait, son sang de femme coulerait et son père cesserait d'être un héros. Le téléphone de Franx émit l'exécrable sonnerie qui annonçait la décharge imminente de la batterie.

« On va être coupés.

— T'as encore oublié de recharger, hein ? »

Tout dans l'abstrait, rien dans le concret, aurait persiflé Alice. Abstraite, la fin du monde prophétisée par les anciens mythes, les voyants et de récentes études pseudo-scientifiques, abstrait, le projet de l'arche du Feu de Dieu dans un coin paumé du Périgord noir, abstraits, le bouleversement planétaire, l'inversion des pôles et le passage à la nouvelle ère, abstraits, les mythes eschatologiques, l'Apocalypse, le calendrier et le cinquième soleil des Mayas... D'abstrait à absurde, il n'y avait qu'un pas, franchi par tous ceux que Franx avait entraînés dans l'aventure. À l'enthousiasme du départ avaient succédé le découragement, le doute, le ressentiment, la haine. On avait amassé d'énormes réserves d'énergie, d'eau et de nourriture pour franchir les années terribles annoncées par les prophètes de tous bords, on avait consolidé la toiture et les fondations de l'ancienne ferme, on avait creusé un puits ainsi qu'une immense réserve souterraine parfaitement étanche et munie d'un système d'aération intégrée, on avait fermé la cour intérieure avec une grille épaisse et opaque, on avait planté des pointes métalliques et des tessons de bouteilles sur les murs et les toits, on avait comblé avec du béton toutes les ouvertures, meurtrières ou fenêtres qui donnaient sur l'extérieur. Les bâtiments, granges, habitations, avaient maintenant l'allure d'un bunker hostile, d'autant plus difficile à approcher qu'entouré d'une douve de six mètres de largeur et de profondeur, elle-même bordée de buissons épais, épineux, toxiques. Les habitants des villages voisins en parlaient comme d'un « asile » et traitaient ses occupants de « fadas » ou de « gouyas ». Ils disaient, l'œil glauque et le ventre important, qu'il s'en passait de belles là-dedans, que tout le monde couchait avec tout le monde, parfois tous ensemble, et qu'il y avait les enfants dans le tas, filles et garçons. Vilipendée par les populations extérieures, la communauté avait fini par se désagréger de l'intérieur, les effets de l'isolement, du confinement, ambiance croupie, désirs rentrés, silences vénéneux, lent pourrissement, premières fissures, reproches larvés, discussions orageuses, affrontements de plus en plus violents jusqu'à la menace physique et la rupture. Franx avait mis les autres en garde contre le mécanisme implacable qui, depuis la nuit des temps, disloquait les groupes humains rassemblés autour d'une idée, d'un désir.

« Papa ? »

Franx avait voulu tout contrôler, fort de cette conviction, sans doute inepte, que seuls les prévoyants survivraient dans les années à venir. Il errait maintenant comme un astre mort dans un vide obscur et glacé. Il lui fallait vendre au plus vite l'appartement de sa tante, le brader au besoin, ouvrir en grand les portes et les fenêtres de la cage dans laquelle il avait enfermé les siens, descendre enfin du monde des esprits pour réintégrer la chair, tenter de rattraper et de reconquérir Alice, reconnaître qu'il s'était trompé, lui demander pardon, une démarche mortifiante pour un orgueilleux de son espèce.

« Ça va bientôt couper, Zoé.

— Y a plein d'araignées dans la maison, des toiles partout. Maman dit que c'est une calamité.

— Ne les touchez surtout pas : ça veut dire que les insectes vont affluer et qu'elles prévoient de faire des réserves. Oh, et puis, faites ce que vous voulez.

— Vivement que tu sois là, papa. J'aime pas quand t'es loin... »

Le téléphone s'éteignit. Il se souvint tout à coup qu'il l'avait mis en charge une partie de la nuit. La batterie était probablement morte. Il avait hâte lui aussi de retourner au Feu de Dieu et d'embrasser ses enfants. Il ne les avait pas assez respirés, il les avait négligés, occultés, il ne leur avait pas suffisamment dit qu'il les aimait, il n'avait pas assez souvent joué avec eux, toujours plongé dans ses bouquins, dans ses théories, ses réflexions, ses recherches, ses rêveries, ses interrogations, en quête d'un inaccessible ailleurs. Alice lui reprochait d'être un pur idéaliste (ce qui, en filigrane, signifiait qu'elle n'était pas satisfaite de leur vie sexuelle), et il avait eu beau s'en défendre en affirmant que, justement, il cherchait à se débarrasser de tous les conditionnements pour vivre le moment présent, il devait reconnaître qu'elle avait eu raison, qu'il n'avait avec le réel qu'un rapport distant, inadapté.

La Seine semblait charrier du plomb liquide. Les

vedettes amarrées sous le Pont-Neuf se balançaient mollement dans un concert de grincements. L'été, qui avait été moite, malade, prolongeait sa convalescence en ce début d'octobre. Les arbres du Vert-Galant, sur la pointe de l'île à sa droite, n'avaient pas encore revêtu leurs livrées d'automne. Les voitures, les taxis, les bus, les motos, les vélos et les piétons se disputaient les maigres rubans anthracite entre les parapets et les façades.

Franx avait cru que les deux tsunamis meurtriers du printemps, l'un en Asie et l'autre en Amérique du Sud (deux millions de morts), les ouragans à répétition sur les Caraïbes et le sud des États-Unis, les secousses de forte amplitude enregistrées au début du mois d'août dans le Massif central, en Iran, au Moyen-Orient, dans le Caucase, en Californie, préfiguraient le cataclysme annoncé par les antiques prophéties. Après l'affolement des premiers jours et un colloque international organisé en toute hâte, les vulcanologues et les spécialistes de la tectonique des plaques avaient déclaré que l'activité sismique n'avait rien d'alarmant. Rassurées, les populations avaient pu jouir sans retenue d'un été brûlant. La part orgueilleuse de Franx l'avait regretté, sa part humaniste s'en était félicitée : on ne peut pas décemment souhaiter la mort de milliers d'êtres humains pour la seule satisfaction d'avoir eu raison envers et contre tous.

Il consulta sa montre. L'étude de la rue Guénégaud ouvrirait dans une petite dizaine de minutes. Il se redressa et, avec un goût d'amertume dans la gorge, se dirigea d'un pas lourd vers le quai de Conti. Les exclamations d'un groupe de touristes asiatiques le tirèrent de ses réflexions. Ils photographiaient avec acharnement le ciel qui avait pris une soudaine et étrange teinte noire au-dessus de la Seine, comme si la nuit se relevait à l'ouest. Une rafale de vent balaya le pont, bobs et chapeaux s'envolèrent, les touristes s'éparpillèrent en riant entre les véhicules pour les rattraper, indifférents aux coups de Klaxon et aux vociférations des automobilistes. Franx revint s'accouder au parapet. Des vaguelettes hérissaient la surface du fleuve. Un silence dense, presque palpable, s'était posé sur les toits, étouffant les grondements des moteurs, les monologues téléphoniques des passants, la rumeur de la ville. Des traits de lumière mauve et verte transpercèrent l'horizon obscurci, si furtifs que Franx crut avoir été le jouet d'une illusion d'optique. Il jeta un regard autour de lui. À part les quelques touristes asiatiques qui avaient gardé leur couvre-chef sur leur tête et leur appareil photo à la main, personne ne s'intéressait au phénomène, chacun se hâtait vers son lieu de travail en ruminant ses pensées, matin ordinaire d'un mardi ordinaire. Chaud, fétide, le vent qui soufflait en continu évoquait l'haleine d'un monstre tapi dans les nuages, un dragon des mythologies chinoises. L'obscurité continuait de se déployer à l'ouest.

Des hommes et des femmes s'agglutinaient à présent de chaque côté de Franx et levaient des yeux inquiets sur le ciel, des piétons, mais aussi des cyclistes, leur vélo à la main, et des automobilistes descendus de leur voiture.

« Ils ont dit à la radio qu'il se passait des trucs bizarres, murmura une femme.

— Une baisse brutale de l'activité magnétique », précisa un homme.

Le flot des véhicules s'était figé sur le pont. Curieusement, plus personne ne songeait à klaxonner. Franx perçut un long frémissement sous ses pieds. Ce n'étaient plus des risées qui agitaient la surface hérissée de la Seine, mais des remous, des tourbillons aux cercles de plus en plus amples, de gigantesques bondes s'ouvraient dans le fond et aspiraient l'eau. Ballottées, les vedettes du Pont-Neuf se tamponnaient violemment. Une deuxième salve d'éclairs violets, jaunes, verts, beaucoup plus longue que la précédente, illumina la frange obscure du ciel. Des phénomènes magnétiques aux formes et aux couleurs somptueuses, comparables aux aurores boréales. Franx s'efforça de remettre de l'ordre dans le chaos de ses pensées. Regagner d'urgence le Feu de Dieu... Foncer d'abord à l'hôtel, récupérer des vêtements chauds, gagner la gare d'Austerlitz, sauter dans le premier train pour Brive avant qu'il ne soit trop tard... Il ne parvenait pas à détacher son regard du spectacle fascinant qui se jouait au-dessus de Paris, et probablement dans d'autres régions du monde. La Seine avait baissé d'un mètre en quelques minutes. Le temps paraissait suspendu, la ville pétrifiée.

Le fleuve se vida tout à coup dans un bruit prolongé de succion, l'eau s'évanouit à une vitesse sidérante, comme aspirée par la gueule béante d'un monstre, dévoilant un lit tapissé d'une végétation luisante et de poissons frétillants, des bateaux se retrouvèrent plantés dans la vase, d'autres se renversèrent dans un fracas de bois et de vitres brisés.

« Elle est passée où, la flotte ? » souffla un homme.

Franx pensait avoir une réponse plausible à cette

question : des séismes s'étaient produits le long des failles tectoniques et avaient provoqué dans l'écorce terrestre de nouvelles fractures par lesquelles l'eau de la Seine s'était échappée. On distinguait d'ailleurs, entre les algues, des crevasses larges et sinueuses qui couraient le long du lit asséché. Le Bassin parisien n'était pas classé dans les zones à risques, mais aucun scientifique, aucun spécialiste ne pouvait prévoir les conséquences d'un cataclysme d'envergure planétaire, ni prédire avec exactitude quelles régions seraient touchées. La terre était un immense corps dont on connaissait mal les rouages, les équilibres, les résonances. Des craquements s'élevèrent des quais, une brève secousse ébranla les bâtiments plusieurs fois centenaires de l'île de la Cité. La lumière déclina, vaincue par les ténèbres qui continuaient de lancer leurs pointes sombres à l'assaut du jour, traversées de splendides figures lumineuses en forme d'arcs, de raies ou de couronnes. Le vent de plus en plus violent, de plus en plus chaud, s'engouffrait dans les chevelures et dans les vêtements. Les passants répartis sur le pont s'agrippaient de toutes leurs forces au parapet ou à leur voisin pour ne pas être emportés par les bourrasques.

Franx avait toujours pensé que des coups de semonce précéderaient le grand bouleversement annoncé par les Mayas, les Hopi, saint Jean et d'autres prophéties. Il n'avait plus aucune certitude désormais, hormis celle-ci : il n'était pas à la bonne place au bon moment. Il espéra de toutes ses forces que les éléments s'apaiseraient et lui laisseraient le temps de rentrer au Feu de Dieu. Une ondulation parcourut le Pont-Neuf et renversa comme des quilles un groupe d'hommes et de femmes. Un grondement sourd et prolongé domina les cris d'effroi. Déséquilibré, Franx eut le réflexe de se raccrocher à une saillie de pierre. Tout près de lui, une femme, la robe retroussée jusqu'à la taille, agitait ses membres avec la maladresse d'une tortue couchée sur sa carapace. Jolies jambes d'ailleurs, longues, fines, gainées de bas sombres. Il la prit par la main et l'aida à se relever. Elle remit de l'ordre dans sa tenue et ses cheveux bruns avant de le remercier d'un pâle sourire.

« Vous... vous savez ce qui se passe ? »

La frayeur fêlait sa voix grave.

« J'en ai une vague idée. Mais je ne sais pas si... »

Une partie du pont s'écroula dans un fracas assourdissant. Cette fois, Franx ne put éviter la chute. Il tomba lourdement sur le dos et glissa, au milieu d'autres corps, sur le trottoir et la route transformés en toboggan. Une immense gueule coupait en deux l'ouvrage affaissé. Il revit en un éclair la succession d'événements qui l'avaient amené sur le Pont-Neuf, étonnamment nette, images, sensations, odeurs, détails. Le coup de téléphone annonçant la mort de la tante Maëlle, la dispute nauséeuse avec Alice la nuit précédant son départ, les visages ensommeillés et détendus de Théo et de Zoé, le regard fuyant du Ludo Jeanneret au petit matin, le bunker du Feu de Dieu, ombre massive dans le brouillard matinal, la gare de Brive, la vieille dame assise en face de lui et ses ongles peints de rouge vif qui pianotaient de façon hystérique sur les touches de son téléphone, le mendiant dans le métro, son odeur de crasse et d'urine, la rue Guénégaud, le regard complice, salace, échangé entre le notaire et sa secrétaire, le rendez-vous fixé deux jours plus tard, le temps de préparer le dossier de succession, la première nuit dans la chambre de l'hôtel, exiguë, étouffante, la conversation glacée avec Alice, les cauchemars, le café insipide du petit déjeuner, la journée entière à flâner dans les rues de Paris, les trois romans de science-fiction du FNA achetés chez un bouquiniste, le déjeuner dans un marocain, le dîner dans un indien, le couple de touristes japonais à la table d'à côté, incendié par les épices, la seconde nuit, aussi agitée que la première, les quelques mots échangés avec Théo – Alice avait refusé de lui parler –, le réveil en sursaut, le corps couvert de sueur glacée, le café toujours aussi amer et le pain toujours aussi dégueulasse, la marche d'une vingtaine de minutes en direction du VIe arrondissement, la moiteur détestable, le coup de fil angoissé de Zoé... Une barre métallique se dressait devant lui. Il la saisit au moment où il basculait dans le vide, s'y agrippa de toutes ses forces, resta suspendu une vingtaine de mètres au-dessus du lit de la Seine. Des voitures et des corps s'écrasèrent en contrebas. La barre ploya sous son poids. Il parvint à cramponner une deuxième aspérité avec sa main libre et à se hisser sur le tablier. Du côté du grand bras, le pont était pratiquement resté intact, à ce détail près qu'il s'était incliné d'environ quarante degrés. Franx réussit à se rétablir et, s'aidant du parapet, à remonter la pente. D'autres corps, d'autres voitures glissaient sur le macadam, certaines emportant des conducteurs et des passagers tellement stupéfaits qu'ils n'avaient pas le réflexe de sauter de l'habitacle. Les ténèbres ensevelissaient Paris, éclairées par des aurores qu'on n'admirait d'ordinaire que dans le Grand Nord, le vent emportait les hurlements, les gémissements, les ronronnements des moteurs, le tumulte.

Cinq mètres plus haut, un homme arc-bouté sur ses jambes tentait de regagner la rive. Le pont trembla de nouveau, pas seulement le pont, les bâtiments sur les quais s'effondrèrent l'un après l'autre comme un château de cartes. L'homme lâcha le parapet et, happé par la pente, percuta Franx de plein fouet.

2

La main d'Alice heurta une hanche pointue sous les draps. Une sensation suffocante l'avait réveillée quelques instants plus tôt. Inquiète, en sueur, elle s'était redressée et était restée un long moment à l'écoute du silence. Le calme nocturne, chahuté par les sifflements du vent, lui paraissait hostile, reflet probable de son tumulte intérieur. Quelle heure était-il ? La soirée avait été tellement agitée, tellement improbable, qu'elle avait oublié son téléphone portable dans le salon.

Son regard glissa sur la chevelure noire et ondulée de Jim en partie occultée par les deux oreillers. Elle avait fait l'amour avec lui dans le lit conjugal, elle avait profané le sanctuaire et saccagé l'image de Franx. Elle avait beau se dire et se répéter qu'elle était enfin débarrassée de chaînes trop lourdes à porter, qu'elle avait fait le premier pas vers la liberté, c'était la déception qui dominait, froide, amère, goût de bile dans la gorge, frémissements désagréables sur sa poitrine et dans le fond de son ventre. Elle exécrait la peau rugueuse et l'odeur de Jim, un mélange de bois pourri, d'humus et de tabac froid. Il n'avait pas tenu les promesses entrevues dans le mystère de ses yeux. Elle avait cru qu'il l'emmènerait sur des chemins inconnus et vertigineux, il s'était comporté en amant ordinaire, en homme pressé, se servant d'elle comme d'une poupée gonflable pour atteindre sa propre jouissance, l'abandonnant à ses doutes et à ses déceptions après l'avoir généreusement irriguée. Elle n'avait pu s'empêcher de le comparer avec l'homme qui avait partagé les quinze dernières années de sa vie. Franx, le cérébral, le dogmatique, n'était pas un amant exceptionnel, sauf quand une soirée un peu trop arrosée l'autorisait à transgresser ses blocages, mais il restait attentif aux réactions de sa partenaire, et puis sa peau était douce, son odeur agréable, ses gestes tendres, sa maladresse touchante. Avec Jim, le prédateur, le mot prendre revêtait toute sa signification. Il prenait l'espace, l'air, l'eau, la nourriture, les femmes – il avait couché avec Coraline Jeanneret, Alice en était persuadée désormais, et probablement avec les deux autres... – sans vergogne, sans tenir compte des règles communautaires, sans se soucier des conséquences. Il prenait tout ce qu'il pouvait prendre, se servant de ses mains aux doigts interminables, de ses dents taillées comme des crocs, de son sexe long et tordu comme d'instruments de conquête et de domination. Il avait pris Alice avec brutalité et, tout en espérant vaguement que la brûlure initiale de la pénétration se transmuerait en plaisir, elle s'était rendu compte qu'elle venait de plonger la tête la première dans une mare d'ennuis. Non seulement elle n'avait pas joui, mais la brûlure ne s'était pas estompée, enflammée par les frottements mécaniques et la semence acide de Jim. Ses fantasmes s'étaient fracassés sur le réel, nuit en miettes, insomnies hantées par les remords. Les frémissements dans les replis secrets de son corps lui rappelaient qu'elle n'avait pas rêvé. Elle avait pensé qu'une nuit torride avec Jim le ténébreux scellerait sa détermination à quitter Franx. Elle n'aurait pas trouvé le courage de rompre si elle n'avait pas provoqué cette sensation de commettre l'irréparable. Trente-quatre ans, et obligée de recourir à ce genre de subterfuge pour concrétiser une décision pourtant évidente. Elle avait longtemps prétexté le bonheur des enfants pour supporter l'inexorable érosion de son couple et remettre la séparation au lendemain, mais, au fond d'elle, elle n'ignorait pas que la lâcheté était la cause principale de son renoncement. Elle était l'autruche dans l'absurde arche de Noé du Feu de Dieu, et Jim le vautour, ou le serpent. Pas question de construire une nouvelle vie sur une pierre aussi poreuse, aussi bancale. Besoin urgent de sentir l'eau brûlante crépiter sur sa peau. Elle se leva, enfila son peignoir, traversa la chambre et, s'efforçant d'oublier les écoulements visqueux entre ses cuisses, passa dans le couloir.

Théo jaillit comme un chat de l'obscurité, pyjama tire-bouchonné, cheveux en pétard, yeux gonflés de reproches.

« Qu'est-ce qu'il fout dans ta chambre, l'autre ? »

Théo n'avait jamais prononcé le nom de Jim, il l'appelait l'autre ou le grax, l'un des nombreux mots de son lexique mythologique personnel. Alice s'accroupit, saisit son fils par les épaules et tenta de l'attirer à elle. Il refusa l'étreinte, lui échappa et se rencogna contre le mur, farouche, hérissé. Elle se releva sans chercher à masquer son agacement.

« Qu'est-ce que tu fiches debout à cette heure-ci, Théo ? Les histoires de grandes personnes ne te regardent pas.

— T'es comme les autres.

— Les autres ?

— Le grax, je l'ai déjà vu avec la mère de Jan. Et avec les autres mères.

— Vu ? En train de faire quoi ? »

De la défiance dans le regard perçant de Théo.

« Arrête de me prendre pour un bébé ! Ils faisaient comme dans les films sur Internet : tout nus, l'un derrière l'autre ou l'un sur l'autre, dans la salle de bains ou dans le grenier. Marie m'a dit hier soir qu'elle s'en allait. C'est pour ça qu'elles sont parties, les autres familles, hein, à cause de ce que les mères faisaient avec le grax ?

— Elles sont parties parce qu'elles en avaient marre de tout ça... » Elle accompagna sa réponse d'un geste circulaire du bras. « Au fait, comment tu as pu aller sur ce genre de sites, toi ?

— Tu crois que tes protections servent à quelque chose ? Est-ce qu'il a mis une capote, au moins, l'autre ? »

Non, l'autre n'en avait pas mis, et Alice prit conscience de son inconséquence. C'était son fils de neuf ans qui lui rappelait les principes élémentaires de la prudence. Jim était du genre distributeur de saloperies vénériennes, d'hépatites et de virus en tout genre. Elle en était quitte pour un test de dépistage et quelques jours d'angoisse.

« Comment tu sais qu'on doit mettre une... enfin, tout ça ? »

Théo haussa les épaules. Solitaire, perché dans ses mondes, il pouvait se montrer aussi raisonneur et sentencieux que son père, lâchant de temps à autre une succession de phrases qui, bien qu'incompréhensibles, semblaient renfermer toute la sagesse de l'univers. Des genres de haïkus. Après un usage intensif de l'Internet – comment avait-elle pu se montrer aussi naïve pour croire que les logiciels de protection parentale suffiraient à empêcher Théo d'accéder aux sites réservés aux adultes ? – et des jeux vidéo, il s'était pris d'une passion soudaine pour les Amérindiens et mis en tête de fabriquer un arc et des flèches capables de tuer des bisons. Franx lui avait dit en riant qu'il ne pourrait jamais vérifier, puisqu'il n'y avait pas de bisons en Dordogne. Vexé, Théo lui avait rétorqué aussi sec qu'il ne pourrait pas non plus vérifier que l'arche du Feu de Dieu servirait à quelque chose, puisque la fin du monde n'arriverait jamais.

Théo avait surpris sa mère avec Jim, elle ne pourrait plus s'épargner la grande scène dramatique avec Franx, le déballage sordide. La gorge nouée, elle se dirigea vers la salle de bains.

« Et comment tu as pu voir Jim et... et les autres là-dedans ? Bon, on en reparlera plus tard si tu veux bien... »

Théo la laissa franchir la moitié du couloir avant de lancer :

« Le jour ne s'est pas levé. »

Elle se retourna.

« Comment ça, le jour ne s'est pas levé ?

— Ben oui, il est 9 heures et il fait toujours nuit. »

Elle le fixa avec attention. Elle se demandait parfois

s'il était normal, s'il dégringolerait un jour de ses univers imaginaires.

« Viens voir si tu me crois pas ! »

Il n'attendit pas la réponse de sa mère pour filer vers la pièce principale de la maison, une salle de cent vingt mètres carrés équipée d'une cheminée centrale et de trois poêles à bois. Alice frissonna et resserra le col de son peignoir avant de lui emboîter le pas. Le froid était subitement descendu après un début d'automne presque tropical, moite, malsain. Ses pieds nus se glaçaient sur les dalles de terre cuite. Les lampes basse consommation mirent un peu de temps à s'emplir de lumière. Théo l'attendait près de la baie vitrée. La pièce résonnait encore des violentes disputes entre Franx et les autres membres de la communauté. Ils lui avaient déversé des tombereaux de reproches sur la tête. Livide, cramponné à ses certitudes, il avait riposté avec l'ironie cinglante et la mauvaise foi qui le caractérisaient. Les membres de l'arche s'étaient évadés l'un après l'autre de la prison du Feu de Dieu en laissant, sur la grande table commune, des bouts de papier couverts de mots rageurs où se mêlaient les récriminations et les menaces de représailles physiques et juridiques. Les Jeanneret, les plus résistants, les plus fidèles, avaient mis à profit l'absence du geôlier pour déserter à leur tour. Pas très courageux non plus, bien que Ludovic Jeanneret – Jark pour Théo – fût deux fois plus grand et large que Franx.

« Tu me crois, maintenant ? » demanda Théo, le front et le nez collés au triple vitrage de la baie.

Alice leva les yeux sur la vieille pendule mécanique de la salle à manger. 9 h 30. Soit elle avait dormi plus longtemps qu'elle ne l'avait cru, soit il fallait d'urgence régler la pendule. Elle récupéra son téléphone portable abandonné la veille sur le canapé, après que le ronronnement de la voiture des Jeanneret s'était estompé, après que les lèvres de Jim s'étaient écrasées sur les siennes et que ses mains tentaculaires s'étaient aventurées dans son soutien-gorge. 9 h 32, affichait le petit écran. Elle se rapprocha de la baie. Les ténèbres emplissaient toujours la cour intérieure, si profondes qu'elle ne distinguait pas le mur d'enceinte surélevé deux ans plus tôt par les hommes. Des particules grises surgissaient de l'obscurité, silencieuses, ballottées par le vent tourbillonnant, semblables à des flocons.

« Tu crois qu'il reviendra, le jour ?

— Il n'y a pas de raison. C'est sûrement une éclipse ou un phénomène du même genre. »

Mais Alice n'y croyait pas. Son intuition lui soufflait qu'une menace inconnue et terrible se cachait dans l'obscurité, dans la pluie insolite et muette qui blêmissait le sol de la cour intérieure. Elle entrouvrit la baie d'une vingtaine de centimètres. Une bourrasque et une nuée de particules grises s'engouffrèrent aussitôt dans la maison, répandant une âcre odeur de soufre. Elle rabattit les pans de son peignoir soulevés par le vent et referma précipitamment la baie.

« On dirait des cendres… »

Théo avait récolté quelques particules dans le creux de ses mains. Alice en recueillit une sur la pulpe de son index et la goûta de la pointe de la langue : saveur d'œuf pourri. Elle pensa aux discours de Franx sur les éruptions volcaniques, sur les nuages de poussières en suspension qui dresseraient une barrière infranchissable pour les rayons du soleil. Une nuit perpétuelle, une glaciation soudaine identique à celle qui avait provoqué l'extinction des dinosaures. Elle frémit, puis se secoua, surtout, surtout ne pas se laisser contaminer par les théories paranoïaques de Franx.

« Allume la télé, Théo. »

La télé, le Net, le téléphone mobile, les mots qui avaient suscité d'interminables controverses dans la communauté, les uns les considérant comme le Diable habillé de technologie, les autres argumentant qu'il valait mieux rester en contact avec le monde extérieur. Ces derniers avaient fini par obtenir gain de cause (le vote des enfants avait beaucoup pesé sur le scrutin), on avait donc gardé le Diable technologique à la maison tout en assurant qu'on le surveillerait comme le lait sur le feu et qu'on ne tolérerait aucun débordement. Théo alluma le téléviseur à plasma encastré dans le mur, l'écran se couvrit de points blancs et grésillants.

« Y a pas d'image !

— J'essaie la radio. »

Alice se rendit dans la cuisine où flottait l'odeur lourde du gratin dauphinois du dîner de la veille. Le poste de radio ne cracha que des sons inaudibles, suraigus, insupportables.

« Qu'est-ce qui se passe, maman ? »

Zoé venait de surgir dans la cuisine, échevelée, robe de chambre élimée sur pyjama blanc à pois roses, chaussons en forme de tête de chat.

« Y a que maman et Jim…

— Théo ! Tais-toi ! »

D'une moue horrifiée, Zoé, qui n'avait jamais caché son aversion pour Jim, signifia à sa mère qu'elle avait compris. Déjà que le climat n'était pas au beau fixe entre Alice et sa fille, l'ambiance risquait de devenir insupportable jusqu'au retour de Franx. Très cher payé pour une misérable coucherie.

« Y a qu'il ne fait pas jour à neuf heures et demie, reprit Théo. Et puis qu'il tombe de la cendre.

— N'importe quoi, lui ! »

Alice sauta sur l'opportunité de changer de sujet.

« Ton frère a raison. »

Zoé s'approcha à son tour de la baie vitrée et contempla les particules grises qui dansaient dans l'obscurité.

« La télé marche plus, la radio non plus, ajouta Théo. On est coupés du monde. » Un mélange de jubilation et d'inquiétude dans sa voix enfantine. « Tu devrais appeler papa… »

Alice hocha la tête et composa le numéro de Franx, même si parler avec son mari était la dernière chose dont elle avait envie. Elle n'obtint qu'un silence ouaté, pas de sonnerie, ni de message d'accueil.

« Ça ne répond pas…

— Insiste, lança Zoé, agressive. Je l'ai eu tout à l'heure.

— Il y a combien de temps ?

— Je sais pas, moi, une demi-heure peut-être.

— Essaie avec ton téléphone, ça ne marche pas avec le mien. »

Zoé sortit son téléphone de la poche de sa robe de chambre et tenta d'appeler son père, sans résultat.

« Merde, ça répond pas non plus.

— Qu'est-ce que vous vous êtes raconté ? demanda Alice.

— Je lui ai dit que les Jeanneret étaient partis, que t'étais d'accord avec eux, que t'en avais marre toi aussi, que tu voulais t'en aller et le laisser tout seul au Feu de Dieu, de toute façon, tu peux bien partir avec Jim ou avec qui tu voudras, moi, je resterai avec papa. »

Zoé avait tout débité sans reprendre sa respiration.

« Premièrement, ce n'est pas à toi de décider, deuxièmement, je n'ai pas l'intention de partir avec Jim.

— Tu veux envoyer papa devant le juge, toi aussi ? À ton avis, qu'est-ce qu'il décidera, le juge, quand je lui dirai que ma mère est une salope, qu'elle a couché avec Jim ? »

Les mots de sa fille se fichèrent comme des flèches dans le plexus d'Alice et lui coupèrent le souffle.

« Encore une fois, ce qui se passe entre les adultes ne vous regarde pas, ton frère et toi.

— Ça me regarde si tu veux te séparer de papa ! »

Alice ne parvint pas à soutenir le regard, insolent et tragique, de Zoé. Le silence redescendit sur la maison, bercé par les sifflements du vent et les infimes crissements des cendres sur les vitres.

« De toute façon, on est déjà séparés de papa », soupira Théo d'une voix étonnamment calme.

Alice s'avança vers son fils et lui entoura les épaules. Cette fois, il ne refusa pas le contact.

« Qu'est-ce que tu veux dire ?

— Il a toujours dit que, quand la fin du monde arriverait, on serait coupé de tout, il n'y aurait plus de trains, plus de voitures, plus de routes, il ferait tellement froid dehors que personne ne pourrait survivre.

— Tu lui as toi-même affirmé que la fin du monde n'existerait jamais...

— Parce qu'il m'avait énervé avec les bisons. Mais j'ai toujours su qu'il avait raison.

— Une fin du monde, ça n'arrive pas comme ça. »

Alice tremblait maintenant, le froid devenait mordant, des lueurs mauves, vertes, jaunes, rouges, sabraient l'horizon et jetaient des lueurs vives dans la cour intérieure presque entièrement blanche. « Nous serons prévenus. Ça va se lever. Il va bientôt revenir.

— On a déjà été prévenus, insista Théo. Tu te souviens ? Cet été, les tsunamis, les ouragans, les tremblements de terre... »

Alice scruta les ténèbres par la baie vitrée. Même si elle avait toujours douté des théories de son mari, elle l'avait suivi dans tous ses délires, par paresse, par faiblesse, par commodité. Son regard se suspendit à l'immense rosace pourpre et mauve qui embrasait la nuit. Les phénomènes inquiétants de ce matin d'octobre correspondaient avec une exactitude troublante aux prévisions de Franx. Il s'était seulement trompé dans la date : le grand bouleversement débutait deux mois plus tôt que prévu.

« La famille de Marie, elle va mourir de froid sur la route, et papa, il pourra plus jamais revenir », renchérit Théo.

3

Franx ne parvint pas à soulever l'énorme bloc de pierre qui, en le coinçant contre les vestiges du parapet, lui avait probablement sauvé la vie. La bouche béante au milieu du Pont-Neuf avait aspiré avec voracité le corps de l'homme qui l'avait percuté. Des hurlements et des gémissements montaient dans le silence froid déposé par les traînes d'obscurité. Le tablier du pont craqua et s'abaissa encore de quelques centimètres, provoquant de nouveaux éboulements. La tempe et la joue irritées par l'arête grenue du bloc de pierre, Franx s'efforça de remettre de l'ordre dans ses pensées, de respirer calmement, d'évaluer la douleur à sa jambe et sa hanche gauches ; elle s'était rapidement assourdie, rien à voir avec la fracture péroné-tibia provoquée trois ans plus tôt par une chute du haut du mur d'enceinte. Il n'avait rien de cassé. Il lui fallait maintenant sortir du piège avant d'être emporté par une nouvelle secousse. L'espace entre le bloc de pierre et le béton du trottoir sur lequel il était allongé n'était pas très large, une trentaine de centimètres au plus. S'il réussissait à passer la tête, le reste suivrait peut-être. Son corps malingre, ce corps d'enfant attardé qu'il avait toujours détesté, serait en la circonstance son meilleur allié. Un mètre soixante-treize, soixante kilos les années de vaches grasses, le tout parfaitement glabre, hormis les quelques poils à la pointe de son menton qui n'avaient jamais suffi à faire une barbe. Il avait toujours envié les corps d'athlètes, les rugbymen et autres sportifs qui étalaient leur pilosité et leurs formes musculeuses dans les pages des calendriers, et même le physique imposant, bien qu'un peu gras, de Ludovic Jeanneret. Caricature du bon élève, Franx s'était montré brillant dans les matières intellectuelles et médiocre en éducation physique malgré un acharnement presque pathétique à prouver le contraire. Il glissa la tête sous le bloc de pierre en s'écorchant les pommettes, se tordant le cou pour placer ses épaules à l'horizontale. Les boutons de sa veste sautèrent, sa chemise se déchira, son ventre, ses hanches et ses fesses frottèrent durement contre les surfaces rugueuses, mais, centimètre après centimètre, il parvint à se dégager de sa prison de pierre.

Une pénombre indéchiffrable, régulièrement illuminée par les aurores boréales, ensevelissait les constructions en partie affaissées et emplissait le lit asséché de la Seine. Un froid sec avait supplanté la tiédeur de l'aube. Calé contre un pan du parapet, Franx retroussa son pantalon pour inspecter sa jambe. La douleur naissait d'un énorme bleu sous son genou, l'irradiant de la hanche jusqu'au pied. Il palpa précautionneusement l'hématome, puis, rassuré, il rabattit son pantalon, se remit debout en s'appuyant contre le parapet et, d'un pas chancelant, entreprit de franchir le tablier incliné du Pont-Neuf. La dernière secousse avait transformé la ville en un immense champ de ruines. Les explosions des conduites de gaz dominaient régulièrement les ululements des sirènes et les cris. Les lueurs vives et tremblantes d'incendies déchiraient la grisaille poussiéreuse. Trois mètres de hauteur séparaient le quai de l'extrémité surélevée du pont. Franx décida de sauter malgré la douleur à sa jambe, perdit l'équilibre en reprenant contact avec le sol, roula sur lui-même, heurta quelque chose de dur, s'aperçut en se relevant qu'il s'agissait du corps d'une femme, visage bleuâtre, yeux vitreux, les vertèbres cervicales brisées par la bordure du trottoir. Il s'abrita derrière un bus renversé pour éviter d'être percuté par les silhouettes affolées qui s'égaillaient dans toutes les directions, hommes, femmes, enfants, certains encore en robe de chambre ou en pyjama. Surtout ne pas se laisser emporter par les vagues de panique, garder la tête froide. Les éclats des vitres brisées crissèrent sous ses pas. Le cataclysme, l'Apocalypse de saint Jean ou l'Arbre sacré des Mayas, ne se déroulait pas exactement selon les prévisions de Franx et de certains scientifiques, mais il avait bel et bien commencé. La Terre s'était peut-être arrêtée de tourner, ou s'était mise à tourner dans l'autre sens, ce qui expliquait le retour de la nuit alors que le jour se levait à peine. Pendant quelques jours, la planète serait privée de la protection de sa ceinture magnétique et soumise à toutes sortes de bombardements, de rayonnements. La disparition de l'eau de la Seine prouvait en tout cas que les plaques tectoniques avaient bougé, que l'écorce s'était craquelée. Des îles et des pans entiers de continents disparaîtraient, d'autres émergeraient, l'activité volcanique connaîtrait une activité intense pendant quelques semaines, voire quelques mois, les nuages de cendres se densifieraient, mettraient plusieurs années à se disperser, le soleil cesserait de briller, un froid glacial régnerait jusqu'au retour des rayons solaires et décimerait la plupart des espèces vivantes. Franx n'avait pas prévu que les événements s'enchaîneraient aussi tôt, aussi rapidement, ni qu'il se retrouverait aussi loin de l'arche du Feu de Dieu. Le tremblement de terre ne se limitant sûrement pas à Paris ou à l'Île-de-France, il devrait parcourir à pied la distance qui le séparait des siens, près de cinq cents kilomètres dans un paysage dévasté, obscur et glacé. Il lui fallait d'urgence se procurer des chaussures et des vêtements chauds. Le dragon des mythologies chinoises et son haleine brûlante avaient déserté le ciel, le vent lui mordait déjà la peau sous sa veste et sa chemise déchirées. Il quitta l'abri relatif du bus et s'aventura dans les rues jonchées de monticules de gravats et de véhicules encastrés. Une femme à terre, coincée sous un amoncellement de poutres, l'appela à l'aide. Il l'ignora, puis, rattrapé par la culpabilité, revint sur ses pas. Lorsqu'il s'accroupit près d'elle, elle ne se plaignait plus, ne respirait plus. Il crut entrevoir des reproches dans ses yeux grands ouverts. Il frissonna. Il n'avait jamais côtoyé la mort de près. Ses parents, tous les deux décédés d'un accident pendant qu'il voyageait au Mexique, avaient été incinérés avant son retour. Il n'avait pas veillé sa tante Maëlle, déjà inhumée lorsqu'il avait reçu le coup de fil du notaire. Il se releva, encore choqué par le visage figé de la morte, se remit en chemin, trouva ce qu'il cherchait dans une ruelle tellement étroite que les immeubles, en s'effondrant, avaient formé trois mètres au-dessus de sa tête une voûte irrégulière et menaçante. Des mouvements dans l'obscurité attirèrent son attention. Des pillards, garçons et filles, s'étaient rués dans une boutique de téléphonie mobile pour bourrer leurs poches des derniers modèles de portables. Franx eut envie de leur crier que les appareils électroniques ne serviraient plus à grand-chose dans les années à venir, mais il n'avait pas de temps ni d'énergie à perdre et il resta focalisé sur ses propres besoins. Il avisa un magasin de vêtements à la façade penchée et à la vitrine fracassée. Il s'y introduisit en se faufilant sous un enchevêtrement de poutrelles métalliques. Après que ses yeux se furent accoutumés à l'obscurité, il fouilla entre les portants étalés, choisit un pantalon de velours, un tee-shirt, un polo aux manches longues, des chaussettes, des gants, une écharpe et un bonnet de laine, un pull aux motifs torsadés de style irlandais, des chaussures montantes épaisses et confortables, un long manteau de cuir fourré. Il se débarrassa de ses anciens vêtements pour enfiler les nouveaux. Il ne trouva rien d'intéressant dans le petit réduit placé à l'arrière de la boutique et qui servait de vestiaire et de bureau : ni argent – mais l'argent ne servirait pas à grand-chose lui non plus dans la période qui s'annonçait –, ni nourriture, ni lampe de poche. Il se fraya un passage hors de la boutique. La terre trembla de nouveau, une brève secousse, rageuse, pas assez puissante cependant pour faire s'écrouler les bâtiments toujours debout. La ruelle se jetait plus loin dans un boulevard éclairé par un gigantesque incendie. Un homme entièrement nu, épaules et cheveux gris de poussière, errait comme un spectre entre les décombres, insensible à la baisse brutale de la température, indifférent aux regards outrés des passants. Les ténèbres crachaient des particules grises semblables aux minuscules flocons qui précédaient les tempêtes de neige, poussières et cendres mêlées.

Franx se dirigea en boitillant vers ce qui lui sembla être le sud. Si les pôles magnétiques s'étaient déplacés, une boussole ne lui serait d'aucune utilité, il lui faudrait se fier à d'autres points de repère. Le faisceau en forme de cône d'un hélicoptère balaya furtivement le boulevard parsemé de larges crevasses. Seuls les hélicos pouvaient voler dans un tel chaos. Les avions qui ne s'étaient pas encore posés avant le déclenchement du cataclysme seraient condamnés à tourner jusqu'à épuisement de leur kérosène avant de tenter un atterrissage de fortune. Il entrevit des lumières mouvantes entre les figures mauves, vertes et pourpres qui se succédaient à un rythme soutenu au-dessus de Paris. Une colonne de fumée grise et malodorante montait d'une bouche de métro, Odéon, lut-il sur le panneau jaune et vert plié par-dessus la cage d'escalier. Un peu plus loin, au croisement des boulevards Saint-Michel et Saint-Germain, deux bandes abritées derrière les gravats et dans les ruines des immeubles environnants échangeaient des coups de feu.

Une arme. Oui, bien sûr, une arme lui serait indispensable dans les jours à venir. Le vernis de civilisation se craquelait à une vitesse étonnante dans les périodes de bouleversement, les instincts animaux revenaient instantanément au premier plan, la loi du dominant, du chef de meute, remplaçait l'arsenal juridique dont se targuaient les pays dits évolués. Seuls les plus forts ou les plus malins survivraient. Vitto Dallaglio, l'un des anciens membres du Feu de Dieu, disait souvent en riant que, du cataclysme, émergerait une humanité plus forte, mieux adaptée, et qu'il espérait bien faire partie du peuple nouvellement élu. Mais sa famille avait été la première à quitter la communauté, et il avait remballé son accent italien, ses rires tonitruants, sa belle gueule et son darwinisme appliqué à l'espèce humaine.

Franx traversa un champ de ruines arpenté par quelques silhouettes en quête des membres de leur famille ensevelis sous les décombres. Les masques tragiques flottaient sur le fond d'obscurité. Une femme d'une trentaine d'années aux cheveux blonds et coupés court s'approcha de lui, pieds nus, vêtue d'une seule couverture posée sur ses épaules.

« Monsieur… Monsieur… »

Grelottant de froid et d'inquiétude, elle désigna les décombres d'un geste du bras.

« Mes enfants… ils sont restés là-dessous. Vous pouvez m'aider à les retrouver ? »

Il ne lui répondit pas. Les scènes de ce genre se multiplieraient dans les temps à venir, il ne pourrait pas venir en aide à tout le monde. Sa seule chance était d'avancer heure après heure, jour après jour, en direction du Feu de Dieu en se fermant à la compassion, à toute forme d'humanisme, lui qui, paradoxalement, avait autrefois défendu l'idée que tous les êtres humains étaient les fils indispensables d'une même trame, cette femme inconnue comme les autres. Il se contenta de lui adresser un sourire contrit avant de se remettre en marche. Elle le rattrapa, le dépassa, se planta devant lui et, écartant les pans de la couverture, exhiba un corps svelte totalement épilé.

« Vous… vous pourrez faire de moi ce que vous voudrez si vous m'aidez à les retrouver. »

Une flambée de désir embrasa Franx.

« Je… je ne peux pas. Désolé. Trouvez quelqu'un d'autre. »

Elle referma sa couverture et le fixa d'un air haineux avant de s'évanouir dans l'obscurité. Il arriva devant un grand espace dénudé qui était probablement le jardin du Luxembourg. La douleur à sa jambe l'élançait par instants, mais ne le gênait plus. De nombreux Parisiens s'étaient réfugiés au milieu de l'espace vert. Des enfants pleuraient dans les bras de leurs mères. Les secousses avaient totalement défiguré la Ville lumière. Une énorme faille fendait le jardin de part en part. Comme de la bouche du métro Odéon, des colonnes de fumée claire s'en élevaient. Franx se fraya un passage dans la multitude pour s'approcher de la fracture, d'une largeur d'une trentaine de mètres. Un ruisseau la sillonnait dans le fond, roulant, ondulant, étincelant et rougeoyant comme du métal en fusion. Le vent dispersait une vague odeur de soufre. De la lave. L'écorce terrestre avait subi de profonds bouleversements pour que le magma affleure ainsi la surface. Franx s'en éloigna rapidement. La Terre se secouait comme un chien cherchant à se débarrasser de ses puces. Elle n'en était qu'au début de ses convulsions, les failles se transformeraient en gouffres, des montagnes s'élèveraient à la place des plaines, des régions entières seraient englouties, les paysages se modifieraient jusqu'à ce que la planète ait recouvré son équilibre et initié un nouveau cycle de vie. Franx hâta l'allure en direction de Denfert-Rochereau et de la porte d'Orléans. Il avait tracé mentalement son itinéraire en visualisant la carte de France : Orléans, Bourges, Châteauroux, Guéret, Limoges, Brive...

Une nouvelle secousse, nettement plus puissante et longue que les deux précédentes, se produisit alors qu'il s'engageait dans l'avenue du Général-Leclerc. Le macadam se gondola et, de part et d'autre, les constructions encore intactes s'affaissèrent dans un vacarme assourdissant. Arraché du sol, Franx fut emporté sur une bonne cinquantaine de mètres et violemment projeté contre le bas d'un mur. Il resta un moment étendu, à demi étourdi, sur le trottoir jusqu'à ce qu'il sente un contact chaud et floconneux sur sa pommette et sa joue. Du sang. Son arcade sourcilière avait éclaté. Il jugula l'écoulement avec la paume de sa main, se redressa, avisa un tissu clair, un drap peut-être, qui claquait au vent quelques mètres plus loin, en déchira le bord avec ses dents afin de prélever une bande qu'il enroula grossièrement autour de sa tête et maintint en place en enfonçant son bonnet jusqu'aux sourcils. Un spectacle dantesque se dévoilait autour de lui. Il ne restait pratiquement plus une seule construction debout ; certaines avaient sombré dans les béances de la terre. Le vent n'avait pas dispersé la poussière soulevée par les éboulements, peuplée de silhouettes titubantes. Le grondement d'un hélicoptère lacéra le silence. Franx se remit en chemin malgré son mal de crâne et la douleur réveillée de sa jambe. Les nombreuses craquelures l'obligeaient à faire d'incessants détours. Le sol crissa sous ses pas. Il se rendit compte qu'il foulait des boîtes de céréales, des paquets de café et des sachets de riz. Le contenu d'une épicerie s'était répandu entre les gravats et les morceaux de béton hérissés de structures métalliques. Il s'accroupit, épousseta les emballages, emporta des figues séchées, des barres énergétiques et deux bouteilles d'eau minérale qu'il fourra dans les larges poches de son manteau. Des hommes et des femmes lui adressèrent la parole au travers du brouillard, il ne comprit pas ce qu'ils lui voulaient. Les sons lui parvenaient étouffés, presque inaudibles. Il se demanda si ses tympans avaient subi d'irréparables dommages dans le choc contre le mur, ou si, conformément à sa décision, son organisme avait conçu une façon radicale de se fermer aux suppliques. Il marcha dans un état second un temps qu'il aurait été incapable d'évaluer. Alice et les enfants occupaient ses pensées. Si le Feu de Dieu avait tenu le coup, ils étaient désormais seuls face à Jim le parasite, seuls face à un type sans scrupule qui, comme la femelle coucou dans le nid d'une bergeronnette ou d'une fauvette, tirerait tous les bénéfices du travail d'autrui. Jim aurait certainement des vues sur Alice et, comme elle ne croirait pas au retour de son mari, elle se donnerait à lui – si ce n'était déjà fait –, même sans l'aimer. Elle n'était jamais restée seule dans sa vie, passant du cocon familial à son premier amour, un garçon ultra sensible et dépressif avec qui elle avait vécu six ans, puis de son premier amour à Franx.

Une rage froide le poussait à avancer. En parcourant trente kilomètres par jour, un grand maximum dans un environnement aussi chamboulé, il lui faudrait entre seize et vingt jours pour atteindre le Feu de Dieu.

Vingt jours, largement le temps pour Jim de s'installer dans la place et de régner sur la cellule familiale reconstituée. Le pont et les bretelles qui enjambaient le périphérique à la porte d'Orléans s'étaient écroulés sur les voitures piégées par le trafic. Il trouva un passage un peu plus loin sur la droite. La chute d'une tour, comblant en partie le périphérique, constituait une passerelle de fortune qu'il traversa en veillant à ne pas se couper aux éclats tranchants de verre et d'acier. Les rafales d'un vent de plus en plus froid lui giflaient le visage. Il avait l'impression de s'enfoncer dans un brouillard persistant et givrant. De l'autre côté du périphérique, le même spectacle de désolation, les mêmes collines de décombres ensevelies sous les nues poussiéreuses et prises d'assaut par les incendies. Il tenta de repérer la nationale 20, qu'il lui suffirait de suivre le plus longtemps possible pour être certain de marcher dans la bonne direction. Il longea une voie de chemin de fer profondément encaissée entre ses quais de béton. Plus loin, un train de banlieue gisait sur le flanc. Par la vitre brisée du premier wagon, il entrevit le corps d'une femme allongée contre les pieds d'un siège. Il la croyait morte jusqu'à ce qu'il discerne un mouvement dans l'obscurité. Il continua son chemin puis, ferré par sa mauvaise conscience, revint sur ses pas et, s'allongeant en partie sur le flanc métallique, se pencha sur la vitre brisée. Le faisceau d'une veilleuse encore allumée éclairait la femme, qui respirait toujours. Elle leva un bras et lui fit signe d'approcher. Il hésita une dizaine de secondes avant de se glisser par l'ouverture et de se rapprocher d'elle en s'aidant des barres métalliques. Quand il l'eut rejointe, elle murmura quelques mots d'une voix faible qui, comme la flamme mourante d'une bougie, semblait sur le point de s'éteindre à la moindre brise. Son foulard islamique dévoilait en partie une chevelure exubérante, teinte au henné. Elle souleva de quelques centimètres une ample robe noire brodée d'argent. Franx fut surpris de découvrir dans les plis du tissu le visage d'une fillette de cinq ou six ans, bien vivante, elle, à en croire la vivacité de son regard noir.

« Emmène-la... emmène-la avec toi... »

La femme avait puisé dans ses dernières forces pour prononcer ces quelques mots d'une voix audible. Son accent révélait, tout comme sa tenue et les tatouages au henné sur l'intérieur de ses mains, des origines nord-africaines. Elle agrippa fermement le bras de Franx.

« Promets... promets... »

Il n'avait pas l'intention de s'encombrer d'une fillette dans le long et dangereux périple qui l'attendait. Elle le dévorait des yeux, jolie, très jolie avec son visage rond, ses cheveux noirs et ondulés.

« Promets », répéta la femme.

Il eut l'impression que la mort en personne lui agrippait le bras. Il tenta de se dégager, mais la femme ne le lâchait pas. De guerre lasse, il pensa s'en débarrasser d'un hochement de tête.

« Je veux... ta parole... Ta parole...

— D'accord, d'accord. Je vous le promets. »

La femme lui adressa un regard intense, poignant, qui le bouleversa, puis elle rendit son dernier souffle et sa tête, en se renversant, heurta le pied métallique du siège. La fillette ne poussa pas un cri. Franx contempla quelques secondes le visage de la morte. Il devait tenir la promesse qu'elle lui avait arrachée, ou il se le reprocherait jusqu'à la fin de ses jours. Il résolut de s'occuper de la fillette jusqu'à ce qu'il lui trouve une famille d'accueil. Elle ne lui opposa aucune résistance lorsqu'il la saisit par les aisselles et la tira vers lui, pestant contre lui-même : il n'avait pas réussi à se fermer à la compassion, un reste de conditionnement judéo-chrétien sans doute. Une fois sorti du train, il reposa la fillette sur le quai et s'accroupit en face d'elle :

« Comment tu t'appelles ? »

Elle ne répondit pas, se contentant de le dévisager avec la même intensité que sa mère quelques secondes plus tôt.

4

La pluie de cendres tombait sans interruption. La couche grise qui recouvrait la cour intérieure atteignait une épaisseur de trente centimètres. Hormis les éclairs rouges, mauves et verts, aucune lueur n'avait percé la profondeur des ténèbres. La température continuait de baisser. Ils avaient sorti les vêtements d'hiver, polaires, chaussettes épaisses, gants, bonnets, parkas, manteaux, chaussons fourrés. Il leur fallait maintenant s'organiser, appliquer point par point la procédure conçue par Franx.

Sans Franx.

On n'avait reçu aucune nouvelle de lui, on n'en recevrait pas. Les liaisons téléphoniques étaient interrompues, fixes et mobiles, de même que les ondes hertziennes et satellitaires. Le monde se réduisait désormais aux murs épais du Feu de Dieu, et pour une durée probable de plusieurs années. La terre avait tremblé à plusieurs reprises, les secousses avaient retenti avec la force d'une explosion, ou comme le passage du mur du son d'un avion de chasse. De faible amplitude, elles n'avaient pas provoqué d'autres dégâts que des chutes de plâtre et des microfissures dans les joints du carrelage. Elles avaient en tout cas tiré du lit Jim, qui avait surgi dans la salle vêtu d'une seule et courte serviette nouée autour de la taille. Alice s'était demandé comment elle avait pu se vautrer dans ces bras et sur ce torse arachnéens. Elle lui avait brièvement expliqué ce qui se passait.

« Tu veux dire qu'on est coincés dans ce trou à rats », avait-il marmonné d'une voix blanche.

Ses yeux exorbités lui donnaient l'air d'un lémurien.

« C'est nous les rats ? » avait lancé Zoé.

Jim lui avait adressé un sourire qu'on aurait pu qualifier de carnassier. Alice avait pris conscience tout à coup que personne au Feu de Dieu, ni elle, ni ses enfants, n'avait les moyens physiques de lui opposer une quelconque résistance et que, si elle se refusait à lui, il n'hésiterait pas à se rabattre sur sa fille. Elle regrettait amèrement l'absence de Franx. Elle n'aurait jamais cru qu'il lui manquerait à ce point, pas seulement parce qu'elle avait le besoin viscéral d'être rassurée, protégée, mais parce que, elle s'en rendait compte un peu tard, il était un pilier de sa vie, un morceau de sa chair. Où était-il en cet instant ? À Paris ? Sur le chemin du retour ? Gisant au fond d'une crevasse ? Enseveli dans un torrent de lave ? Dire qu'elle avait refusé de lui parler au téléphone hier, ou avant-hier, elle perdait déjà la notion du temps. Leurs difficultés relationnelles étaient sans doute imputables au milieu confiné, à la vie communautaire, mais, au fond d'elle, elle connaissait parfaitement l'étendue de sa responsabilité. Elle avait continué de rêver sa vie après leur rencontre et la naissance des enfants. Franx le cérébral n'était pas le prince charmant de ses légendes enfantines, et elle lui en tenait rigueur. Elle l'avait épousé par défaut, paniquée par sa rupture avec Paul, le fragile, et la terreur de la solitude. Le fossé s'était élargi entre réel et imaginaire, et c'était là, dans la faille sans cesse agrandie, qu'avait sombré leur couple. Elle avait un temps tourné ses désirs vers Vitto, le bel Italien aux allures de Giulano Gemma, mais, malgré la réciprocité de leur désir et les nombreuses ouvertures, ils n'avaient pas eu le courage de passer à l'acte. Elle devait désormais affronter la réalité. Grandir. Apprendre à vivre avec le chagrin qui montait en elle et creusait un vide que rien ne comblerait. Au moins pour permettre à ses enfants de traverser la période sombre qui s'amorçait. Pour commencer, dresser un bouclier protecteur entre eux et Jim le prédateur.

« Qu'est-ce qu'on fait ? demanda Zoé.

— On n'a pas d'autre choix que de suivre la procédure, répondit Alice.

— Fermer la grille ? »

Alice acquiesça d'un hochement de tête.

« Il faut attendre, dit Théo. Papa est vivant. »

Il s'était assis sur le seuil de l'immense cheminée, emmitouflé dans un pull à col roulé beaucoup trop grand pour lui.

« Ça caille ! grogna Jim. Vous avez des fringues à me refiler ?

— On a juste prévu pour nous, lança Zoé.

— Va voir dans l'armoire de la chambre si tu trouves des vêtements à ta taille », proposa Alice.

Jim sortit de la pièce après avoir jeté un regard indéfinissable à Zoé.

« Me dis pas que ce... mec a déjà pris la place de papa !

— Il est là pour l'instant, Zoé, et on n'a pas d'autre choix que de composer avec lui. Tu ne gagneras rien à le braquer. Il nous faut un peu de temps pour réfléchir, tu comprends ?

— Vu où il était cette nuit, c'est tout réfléchi, non ? »

Alice se contint pour ne pas la gifler. Son père avait souvent frappé sa femme et ses deux filles, et elle s'était promis de ne jamais lever la main sur ses enfants. Elle avait d'ailleurs choisi des compagnons à l'opposé de son père, un dépressif et un cérébral, des jumeaux petits et malingres. Un type comme Ludovic Jeanneret, haut et large, lui inspirait de la crainte malgré une gentillesse qui confinait à la bêtise. Frissonnante, elle s'avança vers Théo.

« On ne sait pas où est Franx, ni s'il est vivant. Mais s'il était là, il nous ordonnerait de suivre la procédure et, premièrement, de refermer la grille.

— Moi, je sais qu'il est vivant, insista Théo.

— Comment tu peux affirmer une chose pareille ? »

Théo haussa les épaules, au bord des larmes.

« Personne veut jamais me croire. »

Elle s'assit à ses côtés, les bras croisés sur ses jambes ramenées contre sa poitrine.

« Moi aussi j'aimerais qu'il soit là...

— Arrête, toi, t'es bien contente qu'il soit parti ! »

Elle se mordit la lèvre inférieure pour ne pas souffler sa colère et sa détresse à la face de son fils. Il lui fallait également regagner la confiance de ses enfants. Trop tôt pour leur expliquer qu'elle regrettait ce qui s'était passé entre Jim et elle, qu'elle avait commis une terrible erreur de jugement, qu'il n'était pas le prince charmant ni l'amant de ses rêves, qu'ils devaient tous les trois faire preuve d'une solidarité sans faille pour l'empêcher de nuire. D'une profonde inspiration, elle s'efforça de rétablir le calme en elle.

« Si on laisse la grille ouverte, Théo, tout un tas de gens vont rentrer dans le Feu de Dieu pour nous voler nos réserves.

— Si on la ferme, on les empêchera pas de passer par-dessus.

— Alors papa aussi, s'il revient, pourra passer par-dessus. »

Accoudée au long bar qui séparait la cuisine de la salle à manger, Zoé pointa comme une arme la biscotte qu'elle venait de beurrer.

« Arrête tes conneries, maman ! Tu sais très bien que papa ne reviendra jamais !

— On n'en est pas sûr à...

— C'est lui-même qui disait aux autres de ne pas s'éloigner du Feu de Dieu, qu'ils auraient du mal à faire dix kilomètres quand la fin du monde serait arrivée. Alors, je vois pas comment il pourrait faire les cinq cents entre Paris et ici.

— Moi, je vous dis qu'il est vivant ! cria Théo.

— Arrête de prendre tes désirs pour des réalités, mon vieux ! »

Théo se releva comme un ressort, traversa la pièce en courant et disparut dans le couloir.

« Tu ne devrais pas lui parler comme ça, murmura Alice.

— Je lui parle comme je veux !

— On dirait... » Alice hésita. « On dirait que tu es contente que Franx ne soit plus là. »

La biscotte se brisa dans la main de Zoé.

« C'est toi, toi qui l'as déjà remplacé, qui me dis ça ? »

Les cendres se déposaient avec légèreté sur les cheveux, les sourcils et les cils d'Alice. Bien qu'elle se fût couverte avant de traverser la cour intérieure, le froid l'avait saisie jusqu'aux os. Pas un froid qu'elle connaissait, le froid tantôt sec tantôt humide de l'hiver : celui-ci se fichait profondément dans la chair, comme des milliers d'aiguilles fines, comme s'il pénétrait au cœur de chaque cellule pour l'isoler des autres. Cela ne faisait pas trente secondes qu'elle était dehors, et ses mains et ses pieds semblaient déjà ne plus lui appartenir. Les traits rouges, mauves et verts, qui éclaboussaient de temps à autre l'horizon ne faisaient pas reculer les ténèbres aussi denses que de la boue. Ses pieds s'enfonçaient dans un tapis épais et mou, chacun de ses pas soulevait une gerbe de cendres. Elle ne distinguait pas encore le mur d'enceinte pourtant distant d'une petite trentaine de mètres et se dirigeait au jugé. L'odeur d'œuf pourri lui rappelait la saveur de la particule de cendres qu'elle avait goûtée et la puanteur dégagée par les geysers et les émanations du parc national du Yellowstone. C'était au cours de leur périple nord-américain qu'elle avait pris conscience de l'incurable mélancolie de Paul et qu'elle avait décidé de le quitter. Beau, délicat, sensible, mais pas rassurant. Franx, lui, avait su la sécuriser avec ses idées bien arrêtées et son sens de la dialectique, et plus encore lorsqu'il lui avait parlé de ses théories sur la fin du monde et de son projet d'arche de Noé. Enceinte de Zoé, inquiète, elle avait jugé séduisante la perspective de passer les années difficiles à l'intérieur d'un solide cocon. Le chemin avait été long, semé d'embûches et de doutes, jusqu'à l'achat du Feu de Dieu. Trois familles avaient accepté de suivre Franx dans ce que d'autres, dont les parents et la sœur d'Alice, appelaient son delirium. Les deux premières années de la cohabitation s'étaient déroulées comme dans un rêve, rythmées par les travaux, les naissances et les rires. On avait mis l'argent en commun. Certains avaient continué de travailler à l'extérieur pour alimenter un compte qui servait à l'achat des matériaux et des vivres, puis les premières fissures étaient apparues, lézardant la belle façade, jusqu'à ce que, une à une, les familles quittent la communauté. Avant de partir, les Loustaleau avaient déposé dans la corbeille commune un présent nommé Jim, vague relation d'Élodie, peut-être son amant. Un cadeau empoisonné. À leur départ, Élodie avait sèchement déclaré qu'ils n'avaient plus de place pour Jim dans leur voiture (un monospace équipé pourtant de sept sièges), mais qu'il finirait bien par se lasser et foutre le camp à son tour. Il était resté, exhibant ses presque deux mètres de cynisme dans l'arche, occupant un espace de plus en plus large, au point que Franx et Ludovic avaient ourdi un plan pour le flanquer dehors. Et puis le notaire avait appelé, Franx s'était rendu à Paris pour récupérer l'héritage de sa tante Maëlle, prévoyant de mettre en vente son appartement et, avec l'argent récupéré, de rembourser leur part du Feu de Dieu aux autres membres de la communauté. Il avait également parlé d'un voyage en Thaïlande ou en Inde du Sud. Alice n'y avait pas cru, elle était de toute façon déterminée à le quitter, à s'enfuir du cachot étouffant qu'il avait bâti autour d'elle et des enfants. Elle regrettait de ne pas avoir trouvé les mots pour retenir les Jeanneret. Avec Ludo à proximité, Jim se serait tenu tranquille. Mais ils avaient épuisé leur patience eux aussi et, incapables de supporter son regard, ils s'étaient enfuis pendant l'absence de Franx.

Elle arriva devant le mur d'enceinte. La grille, ouverte pour le départ des Jeanneret, n'avait pas été refermée. Un ouvrage métallique tellement haut et lourd qu'on l'avait posé sur des rails, avec d'épaisses plaques métalliques vissées dans les barreaux pour le rendre opaque, infranchissable. On avait soudé, le long de son faîte perché à dix mètres du sol, une première rangée de pics verticaux séparés les uns des autres par un intervalle de dix centimètres et une seconde à quarante-cinq degrés. Enfin, pour décourager les éventuels téméraires, on avait hérissé les montants, côté cour, de lames aiguisées suffisamment haut placées pour éviter que les enfants ne s'y blessent. Des mesures de protection qui avaient valu à Franx d'être traité de facho ou de psychopathe. Son idée était qu'après le déclenchement du cataclysme des bandes se formeraient sur le mode des meutes et parcourraient la campagne en quête de nourriture. Ils devaient donc s'entourer de toutes les précautions pour subir le moins d'attaques possible. En revanche, il s'était heurté à un refus catégorique lorsqu'il avait évoqué les armes. Pour lui, il était évident qu'ils devaient se munir de fusils ou d'autres armes à feu, mais, hormis Vitto, les autres avaient poussé des cris d'orfraie et déclaré que sa vision de l'humanité était fondée, comme dans l'ancien temps, sur le conflit, le cynisme, l'individualisme, le rapport de forces. À une majorité écrasante, six voix contre deux, la proposition de Franx avait été rejetée. Alice elle-même avait voté contre, l'occasion pour elle de prendre conscience qu'elle n'avait jamais vraiment cru aux théories de l'homme dont elle partageait la vie. Elle s'avança dans l'espace entre la grille et le pilier de pierre du mur d'enceinte. Aussi loin que portait son regard, elle ne distinguait que le manteau gris de cendres qui se confondait avec les ténèbres. Le Feu de Dieu dominait un causse où ne poussaient que quelques chênes et genévriers faméliques. Les collines environnantes se couvraient de forêts épaisses ou de champs de noyers et de châtaigniers. Franx n'avait pas choisi cet endroit pour la qualité de ses terres, on ne pourrait plus cultiver lorsque le cataclysme se serait déclenché, mais pour son isolement et pour l'épaisseur des murs. Aucun tremblement de terre ne semblait en mesure de renverser la bâtisse, à moins qu'une faille ne s'ouvre exactement sous ses fondations. Le vent violent et glacial cisaillait la nuit sans un bruit. Alice posa la main sur la petite barre horizontale qui servait de poignée. Le froid du métal transperça son gant. Elle fut traversée par le fol espoir de voir Franx surgir de la nuit et s'avancer vers elle en souriant, se traita d'incorrigible rêveuse et entreprit de tirer la grille en direction du pilier. Elle dut s'arc-bouter sur ses jambes pour ébranler le lourd vantail dont les roulettes grincèrent sur les rails. La grille vint se placer contre le pilier en heurtant dans un fracas métallique les cinq pitons plantés dans le mur. Alice inséra la chaîne dans les arceaux et la maintint serrée jusqu'à ce qu'elle puisse enfoncer la pince du cadenas dans deux maillons superposés. Le froid entravait ses gestes. Elle vérifia que la chaîne était suffisamment tendue avant de pousser le gros verrou que Franx avait ajouté en bas de la grille. Elle se releva, en proie à des sensations contradictoires, une forme de soulagement, puisque, en se refermant sur lui-même, le Feu de Dieu accomplissait la mission pour laquelle il avait été conçu, une vive inquiétude soulevée par les incertitudes du présent, l'avenir de ses enfants et la présence de Jim, une profonde mélancolie due à l'absence de Franx, le sentiment qu'elle ne l'avait pas aimé à sa juste valeur et qu'elle n'aurait sans doute jamais l'occasion de rattraper le temps perdu. Elle ne pleurait pas, pas encore, elle avait perdu l'habitude de pleurer.

L'étape deux de la procédure consistait à établir l'inventaire exact des ressources, de les diviser par le nombre de personnes présentes dans le Feu de Dieu, de prévoir ainsi la consommation de chacun pour une durée de sept années. Franx avait calculé que les nuages de particules mettraient entre cinq et dix ans pour se disperser. Sept étaient donc l'estimation moyenne. Elle le soupçonnait d'avoir choisi ce chiffre parce qu'il lui vouait un culte irrationnel – sept jours de la semaine, sept ordres angéliques, sept couleurs de l'arc-en-ciel, sept rishis védiques, sept chakras, sept branches du chandelier et de l'arbre sacré des chamanes, sept têtes de la bête de l'Apocalypse, sept versets de la Fatiha, sept nains, sept péchés capitaux...

Les ampoules s'éteignirent au moment où elle entrait dans la pièce. Zoé avait disparu, sans doute partie bouder dans sa chambre. Elle se rendit à tâtons près du meuble de la cuisine où étaient rangées les lampes de poche, ouvrit le tiroir et se munit d'une petite torche dont le faisceau étonnamment puissant éclaira le bas du mur et un large cercle du carrelage. Elle ouvrit le réduit qui abritait, au-dessus de la machine à laver, le tableau des fusibles. Le disjoncteur n'avait pas sauté. Coupure générale d'électricité. Comme ils étaient en bout de ligne, ils tombaient en panne de courant au moindre orage et attendaient parfois des jours avant que l'EDF ne rétablisse la ligne. Elle avait besoin de lumière pour dresser l'inventaire. Elle n'avait pas d'autre choix que de mettre en route le générateur installé dans une pièce aérée à l'extrémité de la cave, une énorme machine de plus d'une tonne dont l'acquisition avait suscité de vifs débats dans la communauté. Son prix, tout d'abord, près de dix mille euros. Les arguments de Franx – il valait mieux opter pour un appareil de qualité qui consommerait moins et durerait plus longtemps – avaient fini par convaincre les récalcitrants. L'installation, ensuite, de trois cuves de trois mille litres de gazole pour alimenter le monstre, nouvelle facture de douze mille euros, nouveaux grincements de dents. L'affaire avait vidé les comptes de l'arche et obligé Sylvain Loustaleau, commerçant ambulant et principal pourvoyeur de fonds, à travailler deux fois plus et à négliger Élodie, qui s'en plaignait amèrement.

Alice passa dans l'arrière-cuisine et descendit l'escalier de pierre qui menait à la cave. Un silence suffocant régnait sur la maison. Elle n'avait jamais pensé qu'il lui reviendrait d'accomplir cette succession de gestes.

Franx et les autres avaient coulé des feuilles de plomb dans les murs et le sol de béton afin de protéger les vivres et l'eau d'éventuelles radiations nucléaires. Posé sur un socle en briques, le générateur occupait une large salle balayée par les courants d'air qui, malgré les filtres, répandaient une forte odeur de soufre, d'œuf pourri. De couleur rouge, il mesurait plus de deux mètres de long pour une hauteur d'un mètre trente et une largeur d'un peu plus d'un mètre. Comme chaque membre de la communauté, Alice avait appris à le mettre en route. D'abord composer le code, ensuite vérifier le niveau de gazole, brancher l'appareil sur la prise qui prendrait le relais du compteur EDF, puis simplement presser le champignon d'allumage sur le tableau de bord.

Une sensation de mouvement dans son dos la fit sursauter. Le rayon blanc de sa lampe frappa le menton pointu et le maigre cou de Jim, qui s'était approché en silence. Le sourire du parasite montrait qu'il était ravi de la petite farce qu'il venait de lui jouer. Il avait enfilé son jean noir et passé un pull dont les manches lui arrivaient aux avant-bras.

« J'ai rien trouvé à ma taille...

— Tu m'as fait peur, idiot. Qu'est-ce que tu fais là ?

— J'étais dans le salon quand tu es revenue. Et je t'ai suivie.

— Pour quoi faire ? »

Il s'approcha d'elle en remuant lascivement les hanches.

« Devine...

— C'est bien le moment ! L'électricité vient de couper, il faut que je mette le générateur en marche. »

Il la saisit par la taille et plaqua son bassin contre le sien.

« Je te trouve bandante sous toutes tes couches de fringues. »

Elle frémit de peur et de dégoût.

« Il y a un tas d'autres priorités, Jim. »

Il lança un bref regard autour de lui.

« Tu as dit toi-même qu'on était coincés dans ce putain de trou pour plusieurs années. J'vois pas ce qu'il y a de si urgent. »

C'était un prédateur, et, pour ses enfants, pour elle, elle devait lui donner ce qu'il réclamait jusqu'à ce qu'elle trouve le moyen de le mettre définitivement hors d'état de nuire.

5

Le crash se produisit environ quatre cents mètres plus loin.

À court de kérosène, l'avion, un A 340 sans doute, avait surgi dans un vrombissement assourdissant une vingtaine de mètres au-dessus de Franx. Privé de ses instruments électroniques, aveuglé par l'obscurité, les fumées et les poussières, le commandant de bord avait amorcé sa descente au jugé. Il avait manqué les pistes d'Orly d'un ou deux kilomètres. Le train d'atterrissage de l'avion percuta violemment la pointe d'une colline de décombres, l'extrémité de l'aile droite racla le sol, il s'encastra à pleine vitesse dans un ensemble d'immeubles partiellement effondrés, soulevant une grêle d'éclats de béton et de verre dont certaines atterrirent à quelques mètres de Franx et de la fillette perchée sur ses épaules. Le vacarme de la collision et le fracas de métal froissé dominèrent les rugissements des moteurs, puis le silence retomba, ébranlé par une série de grondements et de déflagrations. Des lueurs rougeoyantes embrasèrent l'obscurité, illuminèrent les cendres en suspension.

Des groupes affolés s'éparpillèrent de chaque côté

de Franx. Il n'y avait plus aucune cohérence dans leur comportement. Il ne leur servait à rien de courir, il n'existait plus d'endroit sûr dans les environs, ni probablement dans aucune autre région du monde. Le hasard gouvernait désormais, pas vraiment le hasard, Franx n'y croyait pas, mais la fatalité, le jeu cruel et implacable de la nature, des éléments, d'autres auraient pu dire des démons, des anges ou de Dieu. Il ne croyait pas non plus aux hiérarchies célestes, il était seulement convaincu qu'on ne pouvait échapper à son destin, que les chemins étaient tracés quelque part, que la seule liberté de l'être humain était de l'accepter ou de se rebeller, de coller à sa réalité ou de la refuser. Une faille pouvait s'ouvrir à n'importe quel moment sous ses pas, un dingue pouvait le flinguer simplement pour lui piquer son manteau ou son bonnet, un avion, un hélicoptère, une météorite, lui dégringoler dessus, le froid, la soif ou la faim l'emporter... Son seul libre arbitre était d'affronter le présent et de tenter de toutes ses forces de rejoindre le Feu de Dieu, il ne lui appartenait pas de décider s'il y parviendrait.

Il avait enveloppé la fillette dans une couverture de laine récupérée dans les débris. Elle n'avait pas prononcé un mot ni versé une larme depuis que sa mère la lui avait confiée. Elle ne pesait pas lourd, à peine quinze kilos. Parfois, pour se détendre les épaules, il la reposait sur le sol et la prenait par la main. Elle marchait sans se plaindre jusqu'à ce que sa foulée, déjà menue, se rétrécisse encore, signe qu'elle commençait à fatiguer. Elle avait mangé sans cesser de le fixer les deux barres de céréales qu'il lui avait proposées et bu une gorgée d'eau au goulot d'une bouteille. Comme il s'était souvent occupé de Zoé, et même si sa fille était au même âge dix fois plus tonique et exubérante, les gestes lui revenaient naturellement. Il ne lui trouverait pas de famille d'adoption dans l'agglomération parisienne. Les habitants de la métropole livrée au chaos ne songeraient qu'à sauver leur peau et refuseraient de s'encombrer d'une gamine inconnue, même ravissante avec sa peau foncée, son regard noir et ses cheveux ondulés. Il lui avait demandé à plusieurs reprises comment elle s'appelait, il n'avait toujours pas obtenu de réponse. Sans doute choquée par l'accident de train et la mort de sa mère, elle avait besoin de temps pour recouvrer l'usage de la parole.

Les délinéaments de la large route qu'ils suivaient s'estompaient par endroits. Ils longèrent le gigantesque cratère foré par le crash de l'avion. Le fuselage s'était disloqué en plusieurs morceaux et des cadavres démembrés, dénudés, gisaient au milieu des débris de toutes sortes, des bouts de tôle tordus et des restes de sièges. Des flammes dansaient autour de la carlingue et crachaient d'imposantes gerbes d'étincelles aussitôt dispersées par le vent.

Franx et la fillette s'en éloignèrent, escaladant des montagnes de gravats ou effectuant de larges détours pour contourner les failles. Des silhouettes s'activaient dans les boutiques éventrées, emportant des écrans à plasma ou LCD, des ordinateurs, des chaînes audio, des appareils photo, des caméras, des téléphones multicombinés... Des hommes en armes supervisaient les pillages, nerveux, jetant des regards tranchants autour d'eux. Ils pensaient que la situation redeviendrait normale après une brève période de chaos, comme après les émeutes de Los Angeles, comme après la grande panne d'électricité de Londres, qu'ils pourraient refourguer à bas prix les marchandises entreposées dans leurs caves ou leurs garages. Ils ignoraient qu'il s'agissait d'un bouleversement planétaire, d'une longue période de transformation qui précédait une ère nouvelle où, du moins Franx l'espérait, les relations humaines ne seraient plus fondées sur l'élitisme, l'exploitation, le consumérisme et le profit.

« Hé ! »

Une fraction de seconde avant de se retourner, Franx entrevit le visage de l'homme qui l'apostrophait, comme si l'image lui était parvenue avant qu'elle n'imprime sa rétine. Il ne prêta pas attention au décalage, se croyant victime d'une illusion d'optique ou d'une autre altération de ses perceptions. Vingt-cinq vingt-six ans, peau mate, yeux bruns, coiffé d'un bonnet de rappeur, vêtu d'un sweat-shirt à capuche, d'un pantalon type baggy et de baskets noires, il brandissait un pistolet dont le matériau gris et lisse n'était probablement pas du métal, un genre de PVC plutôt. Le cœur de Franx s'emballa. Un peu plus loin, des adolescents des deux sexes entassaient dans une remorque les bijoux, les montres et d'autres objets qu'ils retiraient des décombres.

Le type au pistolet inspecta Franx de la tête aux pieds.

« Tu vas où comme ça, mec ?

— Je rentre chez moi...

— C'est loin, chez toi ?

— Assez, oui. Comme il n'y a plus de train, je n'ai pas d'autre choix que d'y aller à pied. »

Du canon de son pistolet, le type désigna la fillette.

« Ce petit bout, c'est ta fille, mec ? »

Franx acquiesça d'un mouvement de tête après quelques secondes d'hésitation.

« Et sa reum, elle est où ?

— À la maison, je suppose.

— Ouais, si ta baraque est encore debout. Alors voilà, je t'explique tout, mec. Ici, c'est mon quartier, et, dans mon quartier, personne chourave que dalle sans ma permission, tu comprends ?

— Je n'ai pas l'intention de prendre quoi que ce soit, je veux juste continuer mon chemin. »

Le sourire du type dévoila deux incisives en or.

« Ça, c'est de la sagesse, mec. T'attarde pas dans le secteur si tu veux pas être pris dans une baston. Comment elle s'appelle, ce petit bout ? »

Franx descendit lentement la fillette de ses épaules pour se donner le temps de la réflexion.

« Surya...

— J'connais pas. Ça vient d'où ?

— D'Inde. Ça veut dire soleil en sanskrit. »

L'autre éclata de rire.

« Bien choisi, mec, bien choisi ! Avec cette putain d'obscurité qu'a pas l'air décidée à se lever, on aura un grand besoin de soleil. Toi et ta fille, vous pouvez y aller. Et faites gaffe. »

Franx jucha de nouveau la fillette sur ses épaules et traversa les rangs des adolescents qui, comme des fourmis, fouillaient inlassablement les décombres et en ramenaient des objets qu'ils jetaient dans la remorque. Il franchissait une ancienne zone commerciale. Un peu partout, des bandes se chargeaient de vider les magasins de leurs contenus éparpillés. Comme ni les camions, ni aucun autre véhicule ne pouvaient rouler, on entassait les fruits des pillages dans des brouettes ou des remorques traînées par des hommes. Ils embarquaient parfois d'énormes réfrigérateurs américains, des congélateurs, des machines à laver ou des lave-vaisselle. La vitesse à laquelle les écumeurs s'étaient adaptés au chaos sidéra Franx. Estimant qu'ils n'avaient pas beaucoup de temps devant eux, ils se hâtaient d'exploiter la situation avant la réaction des autorités et le retour à l'ordre. Près d'une benne à ordures, un garçon d'une dizaine d'années, assis sur un parpaing, armé d'un fusil, surveillait un gros homme allongé, ficelé et bâillonné, dont le gilet jaune moutarde indiquait qu'il travaillait pour le compte d'une enseigne. Son ventre proéminent écartelait les boutonnières de sa chemise blanche tachée de terre et de sang. Franx ignora son regard implorant et poursuivit son chemin. Il ne pouvait pas lutter d'égal à égal avec le garçon armé, d'autant que ce dernier n'était sans doute pas seul, qu'il lui suffirait de hurler ou de siffler pour que la meute rapplique. Les scènes de ce genre se reproduiraient jusqu'à ce que les populations comprennent que la vie ne reprendrait jamais son cours, qu'elles devaient se débarrasser de leurs anciens réflexes comme d'accessoires inutiles.

Le vent redoublait de rage, projetait des poussières et des cendres dans les yeux. La fillette et Franx avaient un besoin urgent de lunettes de ski ou de natation s'ils voulaient préserver leur vue. Il se mit en quête d'un magasin de sport ou d'une grande surface encore accessible et ignorée des pillards. Il en profiterait pour s'équiper d'un sac à dos qu'il bourrerait de vivres et fournir à Surya – Surya, le prénom qu'il avait choisi pour sa fille mais dont Alice n'avait pas voulu – des chaussures et des vêtements chauds. Il marcha encore un long moment avant de trouver ce qu'il cherchait. Le froid lui mordait la peau malgré la triple épaisseur de ses vêtements. La température continuait de baisser. D'après les prévisions de spécialistes des périodes glaciaires, elle se stabiliserait entre moins quinze et moins vingt degrés avec des pointes pouvant atteindre les moins cinquante. Des tempêtes de glace et de givre, des blizzards déferleraient sur le pays. Une glaciation soudaine, implacable, du genre de celle qui avait surpris les mammouths en Sibérie avant qu'ils n'aient eu le temps de digérer les fleurs à peine ingurgitées – la découverte tendait à montrer que la Sibérie avait connu des heures chaudes, tropicales, avant de se transformer brutalement en plaine gelée.

Entouré de failles, l'hypermarché émergeait du sol comme la proue d'un paquebot à demi immergé. Quelques lettres de son enseigne étaient restées accrochées au-dessus de son toit plat, C. R... OU. Ne trouvant pas de passage, Franx résolut de franchir la moins large et la moins profonde des fractures. S'il lui fut relativement facile de dévaler la pente irrégulière en gardant la fillette sur ses épaules, la montée se révéla plus ardue. Les pierres auxquelles il s'accrochait s'arrachaient comme des dents pourries des flancs de la terre. Il perdit l'équilibre à plusieurs reprises, retomba d'un ou deux mètres et faillit lâcher Surya qu'il maintenait plaquée contre sa hanche. Des voiles de fumée montaient de la faille et répandaient une odeur de soufre qui se mêlait à la puanteur des égouts ouverts. Le silence étouffait les hurlements de chiens, les cris stridents, les grondements lointains. Franx ne croisa personne sur le parking de l'hypermarché, ni vivant ni mort. Les premières secousses telluriques s'étaient produites une bonne heure avant l'ouverture des centres commerciaux. Il reposa la fillette sur le sol et reprit son souffle. Exténué par l'effort, il se demanda si l'air n'était pas chargé de particules toxiques. Surya ne paraissait pas fatiguée ni effrayée. Il aurait pu la croire résignée, ou indifférente, sans l'étonnante puissance de son regard qui semblait transpercer la matière, voir au-delà des formes. Il se sentait débusqué, mis à nu, chaque fois qu'il plongeait dans les yeux de la fillette. Ils pénétrèrent dans la galerie marchande par une large brèche dans le rideau métallique. Un épais tapis d'éclats de verre craqua sous leurs pas. Franx devait en priorité se munir d'une lampe de poche : l'obscurité était tellement opaque qu'il n'y voyait pratiquement rien. Il traversa la galerie marchande d'un pas prudent et, tenant fermement Surya par la main, parvint sans encombre jusqu'à l'alignement de caisses. Des bourrasques s'engouffraient en hurlant dans les éventrations du toit et des cloisons, poussant et dispersant des feuilles de papier et des sacs en plastique, répandant une odeur de putréfaction. Il se souvint que, dans la plupart des grandes surfaces, les accessoires comme les lampes et les piles se trouvaient à la droite de l'entrée. Sans lâcher la main de Surya, il gagna le rayon électricité en tâtonnant et enjambant les étagères renversées. Une secousse de faible amplitude agita quelques secondes le sol et le bâtiment. Des rayonnages s'effondrèrent dans une ronde de craquements sinistres. La main de Surya se crispa dans la sienne. Il repéra enfin les torches suspendues dans leurs blisters, en dégagea une, inséra les deux piles dans le manche, l'alluma. Son premier réflexe, un réflexe de père, fut d'éclairer et d'examiner la fillette immobile à ses côtés. Elle cilla légèrement lorsque le rai lumineux captura son visage. Il ne remarqua aucune blessure ni même une égratignure, seulement des taches de terre sur son front et sa joue gauche. Aucune expression n'altérait ses traits d'une pureté irréelle. Il se demanda brièvement si elle était autiste.

Il fit une ample moisson de lampes de poche et de piles qu'il glissa dans les poches latérales d'un sac à dos récupéré au rayon bagages. Il choisit ensuite des sous-vêtements de laine, des bottes fourrées, un bonnet, un ensemble pantalon/sweat polaire et une doudoune pour Surya. Elle se laissa déshabiller puis rhabiller sans esquisser le moindre geste de protestation, levant docilement bras ou jambe quand Franx lui présentait un vêtement. Il se mit ensuite en quête de lunettes aux verres non teintés ; ce n'était pas du soleil dont il cherchait à se protéger, mais des poussières, des cendres, des particules nocives colportées par le vent. Il opta pour des lunettes de natation, parfaitement étanches et légèrement grossissantes, prit le modèle enfant pour Surya et les passa autour de la tête de la fillette après avoir ajusté la lanière crantée. Ainsi équipée, elle ressemblait à une survivante d'un de ces films de science-fiction des années 1970 qui préfiguraient le délabrement écologique et social d'un monde célébrant le consumérisme, adorant le veau d'or. Il se munit également de deux couteaux, l'un doté des fonctions ciseaux, ouvre-boîte et tire-bouchon, l'autre d'une lame amovible parfaitement aiguisée. Il se rendit enfin au rayon alimentation dont la moitié avait disparu dans une fissure. Le tremblement de terre avait plié le toit et n'avait laissé debout que deux rayonnages. Le faisceau de la torche éclaira des formes grises et furtives entre les fromages, les morceaux de viande et les saucissons jonchant le carrelage fendillé.

Des rats.

Des centaines de rats surgis de la terre bouleversée. Leurs yeux flamboyèrent dans la lumière et leurs cris agressifs avertirent les intrus qu'ils ne se laisseraient pas chasser d'un tel paradis sans combattre. Eux aussi s'organisaient pour la survie, et Franx n'avait pas intérêt à s'attarder. Il fourra dans le sac des fruits secs, dattes, pruneaux, noix, abricots, des tablettes de chocolat, des barres de céréales qu'il retira de leurs emballages pour gagner un peu de place, et trois bouteilles d'eau de source. Il ne pouvait pas trop se charger. Il espérait avoir d'autres opportunités de s'approvisionner en eau et en vivres au long du chemin. Le froid, qui transformait la Terre en gigantesque congélateur, conserverait les aliments et serait pour la circonstance son meilleur allié. Il retira la bande de tissu nouée autour de son front. Son arcade éclatée continuait de l'élancer, mais elle ne saignait plus. Il chaussa ses propres lunettes, régla les lanières du sac à dos avant de les glisser sur ses épaules, puis, tirant la fillette par la main, il regagna la galerie marchande et la sortie du centre commercial.

Une épaisse pluie de cendres les accueillit dehors. Les flocons gris étaient tellement denses qu'ils stoppaient net le rayon de sa torche deux ou trois mètres devant lui. Il l'éteignit pour économiser les piles. L'odeur dominante de soufre indiquait que les cendres provenaient d'une intense activité volcanique, de la chaîne des puits d'Auvergne peut-être, ou encore des profondes failles creusées par les séismes. Le sol se tendait déjà d'un voile gris qui donnait l'impression de porter les ténèbres. Pas évident d'avancer dans une telle poix. Pas question non plus de se mettre à l'abri en attendant que la pluie s'éclaircisse : les cendres risquaient de tomber pendant des jours et des jours, d'atteindre une hauteur de dix à vingt mètres, de condamner à l'asphyxie les survivants piégés dans des lieux clos. Franx époussetait régulièrement les verres de ses lunettes, son bonnet, le haut de son sac à dos, et prenait le temps de faire la même chose pour Surya.

Surtout ne pas s'affoler, ne pas se précipiter, accomplir chaque geste comme il devait être accompli. Des démangeaisons dans ses narines et sa gorge l'invitèrent à protéger ses voies respiratoires et celles de la fillette. À l'aide d'un couteau, il coupa son écharpe en deux, noua l'un des deux pans sur le bas du visage de Surya et l'autre sur le sien.

Le silence était maintenant total.

Ils auraient pu se croire seuls au monde.

Ils étaient seuls au monde.

6

Les cendres tombaient sans interruption, les plus dures crissaient sur la baie vitrée. La couche atteignait maintenant plus de cinquante centimètres dans la cour intérieure. Des avalanches grisâtres dégringolaient de temps à autre du toit. Dispersées par le vent, elles formaient un brouillard épais qui se déposait lentement sur les reliefs. La température n'avait cessé de baisser, poussant Alice et les enfants à allumer l'un des trois poêles de la grande salle, le plus proche de la cuisine. Ils se tenaient tous les trois près du foyer ronflant, perdant peu à peu la notion du temps. Alice levait régulièrement les yeux sur la pendule ; la course des aiguilles lui paraissait incohérente, tantôt accélérée, tantôt ralentie. Elle avait craint un moment que le haut de la cheminée ne soit complètement bouché, mais, prévoyants, les hommes de l'arche avaient posé un chapeau chinois qui protégeait le conduit. S'ils voulaient économiser les bûches, il leur fallait maintenant restreindre leur espace, demeurer le plus près possible de la source de chaleur, manger, dormir dans la même pièce, à proximité de la cuisine et de l'entrée de la cave. Le confinement leur permettrait également d'épargner l'éclairage et, donc, la réserve de gazole du générateur. Ils étaient entrés dans la phase trois de la procédure, le mode survie ou hibernation. Volets et portes fermés, interstices calfeutrés, déplacements limités aux allers et retours entre la pièce de vie, la cuisine et la cave. On se contenterait d'une douche par semaine, rapide et à l'eau tiède. Le reste du temps, on se laverait, si on le souhaitait, avec de l'eau froide ou légèrement réchauffée sur un coin du poêle (s'il y avait de la place, on aurait aussi besoin du ou des poêles pour la nourriture, la lessive et les boissons chaudes). Alice avait donné un quart de tour aux deux manettes situées dans la cave près du compteur d'eau. La maison était dorénavant alimentée par le puits. Franx avait estimé que l'eau du robinet se tarirait rapidement et, que, même si les tuyaux résistaient quelque temps aux secousses telluriques, elle serait contaminée par toutes sortes de pollutions consécutives à la destruction des structures de contrôle et de purification, chimiques, bactériologiques, radioactives... Les probabilités seraient supérieures de s'en sortir avec l'eau du puits, potable à en croire les derniers contrôles et purifiée par des filtres à charbon installés sous le robinet de la citerne. Alice la contrôlerait tous les jours à l'aide d'un petit appareil importé du Canada. Quand les filtres ne suffiraient plus, elle recourrait au dispositif d'urgence sanitaire prévu pour la phase cinq (pompe Diesel, sable fin, charbons actifs, hypochlorite de calcium...), le même que les secours utilisaient lors des tremblements de terre ou des inondations.

Elle se postait régulièrement devant la baie vitrée et fixait jusqu'au vertige les arabesques des cendres. Les assauts rageurs du vent soulevaient des tourbillons gris qui traversaient la cour intérieure et se pulvérisaient contre le mur d'enceinte. Même si les chances étaient nulles que Franx puisse survivre dans un environnement livré à l'obscurité, au froid et au chaos, elle ne pouvait pas s'empêcher d'espérer. Elle n'aurait jamais cru qu'il lui manquerait à ce point. Elle regrettait amèrement d'avoir ouvert son lit et ses bras à Jim. Le parasite l'avait saillie dans la cave comme un animal, par-derrière, l'empêchant, d'une main fermement appuyée sur sa nuque, de relever la tête, comme pour la dominer de toute sa hauteur et la maintenir dans une position humiliante. Par chance il avait joui rapidement et, comme il n'était pas du genre à s'embarrasser de tendresse, il s'était éclipsé après avoir repris son souffle et remonté son pantalon. Elle avait mis du temps à se relever, les reins brisés, les larmes aux yeux, dégoûtée d'elle-même, puis elle s'était ressaisie et avait rajusté ses vêtements en s'efforçant d'oublier sa détresse et sa nausée. Elle devait réfléchir à la meilleure manière de repousser Jim tout en préservant ses enfants. Elle ne connaissait pas grand-chose en médicaments, mais elle consulterait le Vidal piqué par Vitto dans le bureau d'un praticien et trouverait peut-être dans la pharmacie de quoi réfréner les ardeurs du prédateur.

Le poêle ronronnait comme un gros chat et diffusait une douce chaleur sur un rayon d'une dizaine de mètres. Ses rougeoiements s'associaient aux flammes des bougies disposées en divers endroits de la pièce pour dispenser un éclairage ténu, tremblotant. Au-delà, guettait le froid, la bête tapie dans les ténèbres et prête à mordre. Les sifflements du vent transperçaient le silence comme des fantômes hurlants. Selon l'inventaire dressé par Alice, les réserves alimentaires prévues au départ pour dix-sept personnes leur permettraient de tenir plus d'une dizaine d'années. On n'aurait donc pas besoin de rationner les vivres, mais de se montrer le plus économe possible en bûches, en gazole, en filtres à eau et, si les cendres recouvraient la maison, en oxygène.

« Il fait trop froid dans les chambres, dit-elle. À partir de maintenant, nous dormirons tous dans cette pièce. »

Les enfants, qui n'avaient pas ouvert la bouche depuis un bon moment, lui lancèrent des regards inquiets.

« Je vais démarrer le générateur pour qu'on puisse avoir de la lumière et transporter les lits jusqu'ici.

— Et les vêtements, on les emmène aussi ? demanda Zoé. Et les livres ?

— Tout ce que vous pouvez. À partir de maintenant, on restera le plus possible près du poêle.

— Pourquoi on n'allume pas les autres ? intervint Théo.

— On le fera quand la température sera encore descendue. Pour l'instant, un seul suffira. »

Zoé hésita avant de poser la question qui, visiblement, la tracassait.

« Et Jim ? Il dormira ici, lui aussi ?

— S'il ne veut pas mourir de froid, il n'aura pas le choix.

— On devrait le... enfin... il devrait partir.

— Le mettre dehors, c'est le condamner à mort.

— Moi, ça me dérangerait pas ! » Zoé posa le menton sur ses genoux serrés, la tête légèrement penchée sur le côté. « Tu admets donc que papa n'a aucune chance de s'en sortir ? »

Alice s'efforça de donner un minimum de fermeté à sa voix.

« Il a un avantage sur les autres : il avait prévu que ça arriverait, il aura sans doute les bons réflexes.

— Même avec les bons réflexes, moi je dis qu'il tiendra pas longtemps dehors dans un tel froid.

— Sauf s'il trouve un abri. »

Zoé eut une moue dubitative.

« Avec de la nourriture, de l'eau, du chauffage ?

— Je suis sûr qu'il reviendra, dit Théo d'une voix forte.

— Tu l'as déjà dit, microbe ! »

Il se renfrogna et s'absorba dans la contemplation des braises qui rougeoyaient au travers de la vitre du foyer. Alice se leva. Le froid profitait des moindres gestes pour se glisser dans les replis des vêtements, se couler sur la peau.

« Je vais démarrer le générateur. »

Une fois l'électricité rétablie, ils commencèrent par la chambre de Théo, la plus éloignée. Ils traînèrent son lit à une place dans la grande salle, l'installèrent à trois ou quatre mètres du poêle, sélectionnèrent les vêtements et les livres qu'ils entassèrent dans deux sacs-poubelle, tirèrent l'armoire vide qu'ils placèrent en paravent sur un côté du lit et, enfin, posèrent ses affaires de toilette sur la table de chevet. Ils firent la même chose pour Zoé, dont le lit double se révéla nettement moins facile à manier. Elle mit un temps fou à choisir ses vêtements bien que sa mère lui enjoignît de se presser afin d'économiser le carburant du générateur.

« Si tu as besoin de quelque chose, tu pourras toujours aller le chercher dans ta chambre...

— Tu parles ! Dans peu de temps, tout sera gelé dans cette baraque ! »

Ils parvinrent à traîner la lourde armoire en bois massif en la faisant glisser sur des patins et à la disposer entre les lits de Théo et de Zoé. Puis ils se rendirent dans la chambre d'Alice où ils tombèrent sur Jim, endormi, enfoui sous une quadruple couche de couvertures et de duvets. Alice le secoua par l'épaule.

« Lève-toi, on transfère les chambres dans la grande salle. »

Jim ouvrit un œil, poussa un grognement de protestation et tira un coin d'un duvet sur son visage. Elle le secoua de nouveau, plus rudement. Il se redressa avec la vivacité d'un coq, ébouriffé, les yeux hors de la tête.

« Laisse-moi dormir, putain !

— Debout. La température va encore baisser, et on ne pourra pas chauffer toute la maison.

— Y a rien qui presse, non ? Vous ferez ça plus tard.

— Maintenant ! » cracha Zoé.

Alice ne savait pas si elle devait se réjouir ou se désoler de l'audace de sa fille, que Jim fixait d'un air à la fois ahuri et menaçant.

« Sinon quoi ? murmura-t-il entre ses lèvres minces et serrées.

— Sinon, tu risques de ne plus pouvoir te relever. »

Il la maintint dans le faisceau de ses yeux exorbités comme un lapin dans les phares d'une voiture, puis il esquissa un sourire.

« Si c'est pour ma santé, alors, c'est différent... »

Il repoussa les couvertures, se leva, s'étira et dévoila, sous sa chemise et son pull relevés, des jambes maigres, des fesses creuses et un attirail viril qu'il exhiba un long moment avant de rabattre bras et vêtements. Alice se demanda comment elle avait pu se laisser toucher par ce type. Il enfila avec une lenteur étudiée ses chaussettes, son caleçon et son pantalon.

« Y a quelque chose à bouffer ? Je meurs de faim !

— Il y a un reste de confit dans la casserole. Tu n'as qu'à le mettre à réchauffer sur le poêle.

— Le poêle ? Il reste du gaz, non ?

— On est passé en mode survie. À partir de maintenant, on ne gaspille plus rien, d'accord ? »

Il la dévisagea d'un air sarcastique.

« T'as pris la place du grand maître ? Tu parles comme lui. Putain, c'est vrai que ça caille !

— Tu ne nous aides pas à transporter le lit ? demanda Zoé.

— Je vous laisse faire, ce sont vos affaires, hein, et je voudrais surtout pas les abîmer. »

Il sortit de la chambre en abandonnant derrière lui une odeur âcre qu'Alice aurait reconnue entre mille, l'odeur du cauchemar.

« Quel sale con ! marmonna Zoé. Y a plus personne ici pour lui faire la peau ?

— Zoé ! » protesta Alice.

Mais elle savait au fond d'elle que sa fille avait raison, que ce serait un jour sa peau ou la leur.

Après avoir recensé les médicaments de l'armoire à pharmacie, Alice avait ouvert le Vidal pour voir si elle pouvait, chimiquement, mettre Jim hors d'état de nuire. La plupart des molécules étaient des traitements d'urgence qui, malgré quelques effets secondaires indésirables, ne pouvaient en aucun cas neutraliser un homme dans la force de l'âge. Ils avaient installé le lit d'Alice en face de ceux de Théo et de Zoé, dont il n'était séparé que par le poêle et le tuyau horizontal qui se jetait dans la cheminée. Elle s'était dit que la promiscuité suffirait peut-être à tenir le parasite à l'écart, mais, bien qu'elle l'en eût prié à plusieurs reprises, il n'était pas allé chercher son propre lit dans sa chambre, comme s'il ne jugeait pas utile de s'aménager un coin, comme s'il allait de soi que sa place était déjà réservée auprès d'elle. Il avait râlé parce qu'il n'y avait presque plus d'eau chaude et réclamé qu'on allume le générateur afin de mettre le ballon sur marche forcée. Alice avait déclaré d'une voix déterminée que, désormais, les douches ne se prendraient qu'une fois par semaine et que, s'il tenait à se laver, il devait remplir une bassine en fer qu'il pouvait poser sur le poêle à condition qu'il y eût encore de la place. Il avait maugréé avant de disparaître, puis il était revenu à la charge quelques instants plus tard en vitupérant qu'il avait besoin d'une douche MAINTENANT et que c'était complètement crétin de vouloir à tout prix économiser le gazole alors que la tempête de cendres allait sans doute bientôt s'arrêter, le jour revenir, les choses s'arranger. Alice avait un avantage sur lui : elle seule connaissait le code du générateur et elle n'avait pas l'intention de le lui révéler. Elle n'avait pas cédé malgré son ton menaçant. Il en avait donc été réduit à remplir une bassine en fer-blanc qu'il avait posée sur le poêle, puis il s'était vengé en se lavant dans la lumière rougeâtre du foyer, au vu et au su de tous, insistant de façon obscène sur ses parties intimes. Négligeant d'essuyer les traces d'eau qu'il avait semées autour de lui, il s'était allongé d'autorité, après s'être rhabillé, sur le lit d'Alice. Elle avait lu un article sur les parasites, cafards, souris et autres bêtes charmantes qui s'invitaient dans les maisons. Leur comportement correspondait point par point à celui de Jim : une effraction discrète, une reconnaissance craintive, une présence de plus en plus affirmée, une assurance qui devient de l'audace, puis une occupation totale. Jim en était au stade de l'audace. Si elle n'agissait pas, il régnerait bientôt en despote sur le Feu de Dieu.

Peut-être que si...

Oui, ça pouvait peut-être marcher, à condition que Zoé présente les mêmes symptômes, ou le prédateur se rabattrait sans vergogne sur elle. Elles devraient seulement refaire régulièrement les marques que ne manqueraient pas d'effacer les frottements des vêtements. Une pointe métallique, une aiguille ou un couteau, pour fabriquer quelques égratignures, quelques croûtes ; un crayon rouge pour le reste. Alice se demanda si la menace ne se déplacerait pas sur Théo. Jim n'avait pas l'air attiré par les petits garçons, mais on ne savait pas ce qui passait par la tête d'un détraqué en manque. Si elle pressentait le moindre risque, elle se dévouerait de nouveau pour protéger son fils jusqu'à ce qu'elle trouve une solution expéditive. Elle s'assura d'un regard que Jim dormait et se rendit près de Zoé, plongée dans la lecture d'un magazine sur les célébrités, un monument d'absurdité dans les circonstances.

7

Une vraie saloperie, le froid. Il se faufilait dans la moindre faille et s'enfonçait dans la peau jusqu'à ce qu'il vous agrippe les nerfs et vous ronge les os. On ne trouvait aucun endroit, aucun abri, pour lui échapper. Il vous traquait sans relâche sous les toits, entre les murs, dans les caves des pavillons éboulés, dans les voitures ou les camions abandonnés, dans les grottes formées par les décombres et les failles.

Franx et la fillette butaient sans cesse sur les cadavres d'hommes, de femmes et d'enfants qui n'avaient pas eu le temps de se couvrir. Pris de panique, ils avaient couru au hasard en croyant que les secours viendraient les tirer de là, comme dans les films ou les séries télé. Le froid n'avait eu qu'à les cueillir, les paralyser et les congeler sur place comme les mammouths de Sibérie. Les corps ne portaient parfois rien d'autre que des sous-vêtements ou des peignoirs enfilés à la hâte. Certains s'étaient échappés entièrement nus des ruines, et les chiens livrés à eux-mêmes ou les rats avaient grignoté leurs cadavres jusqu'à ce que la chair devienne trop dure pour leurs puissantes canines ou incisives. La vitesse avec laquelle l'air glacé avait supplanté la chaleur émolliente et anormale de ce mois d'octobre avait pétrifié la vie. Franx avait rajouté des couches de vêtements à ceux que Surya et lui avaient déjà enfilés, une superposition d'étoffes qui ne facilitait pas les mouvements. Dès qu'ils s'arrêtaient pour manger, boire ou satisfaire un besoin naturel (et là, danger : sitôt qu'on exposait un bout de peau à l'air, le froid s'en emparait et partait de cette minuscule base pour conquérir l'ensemble du corps ; Franx s'était demandé s'il ne devait pas tout simplement faire sur lui et bénéficier ainsi de la chaleur de ses mictions et de ses déjections, puis il avait estimé que ce serait encore pire après avec les vêtements humides et y avait renoncé), il empilait les cartons, les morceaux de bois, les journaux, craquait une allumette et restait tout près des flammes au risque de se brûler. Il était donc en pleine lumière lorsque, pour purger sa vessie ou ses entrailles, il se débraguettait ou s'accroupissait après avoir baissé ses deux pantalons. Gêné, voire bloqué les premières fois, il avait fini par s'habituer au regard de Surya, constamment braqué sur lui. Il n'attendait pas qu'elle le lui réclame – elle ne réclamait jamais rien, ni par la parole, ni par le geste – pour dégager le bassin de la fillette de l'invraisemblable fouillis de ses vêtements et l'asseoir sur les talons près du feu. Souvent il ne se passait rien, parfois elle expulsait quelques gouttes, parfois quelques crottes, et, à l'aide des mouchoirs en papier dont il avait bourré ses poches, il l'essuyait avec soin avant de la rhabiller. La pluie de cendres était si dense qu'il ne voyait rien devant lui. Un panneau routier encore debout lui confirma qu'il marchait dans la bonne direction : Nationale 20, Orléans 84 kilomètres,

Boissy-sous-Saint-Yon 5 kilomètres, Étréchy 14 kilomètres, Étampes 21 kilomètres... Il avait seulement parcouru une trentaine de kilomètres. Décourageant au regard des efforts fournis. La route se dessinait avec netteté par endroits. Le vent violent dégageait les rubans d'asphalte de leurs tapis de cendres et révélait des files de véhicules habillés d'une pellicule grise. Des visages figés et blêmes se découpaient par les vitres, des conducteurs et des passagers saisis par le froid eux aussi. Ils n'avaient pas voulu abandonner leurs voitures, leurrés par l'impression qu'ils étaient en sécurité dans les habitacles. Ils avaient sans doute survécu jusqu'à ce que les moteurs, à court d'essence, s'arrêtent de tourner. Franx avait inspecté les carcasses métalliques dans l'espoir d'y trouver ce qui lui manquait, une arme principalement. Un sentiment d'horreur l'avait saisi à la gorge et au ventre lorsque le rayon de sa torche avait éclairé une famille entière dans un monospace, les parents, les enfants échelonnés de huit ans à quelques mois, pétrifiés dans des positions révélatrices de leur affolement et de leur désespoir. Le nourrisson était resté dans les bras de sa mère, la bouche arrondie autour du sein dégagé. La mère assise, stoïque, avait sans doute espéré que son lait réussirait au moins à détourner du petit dernier, du plus fragile, le spectre du malheur qui s'était abattu sur elle et les siens. Le vent colportait une répugnante odeur de soufre. Possible que tous ces malheureux aient été fauchés par les émanations d'hydrogène sulfuré. Franx en eut la confirmation lorsque, deux kilomètres plus loin, il arriva au bord d'une faille dont il ne discernait pas le bord opposé. D'elle montaient des fumées jaunâtres qui répandaient une puanteur d'œuf pourri. Elle avait sans doute libéré, lorsqu'elle s'était ouverte, une quantité effroyable de soufre et asphyxié tout être vivant sur un rayon de dix ou quinze kilomètres. Il lança une grosse pierre dans la bouche obscure, ne l'entendit pas tomber dans le silence pourtant sépulcral, signe que la fracture de l'écorce terrestre était profonde. Il n'avait pas d'autre choix que de la contourner. À gauche ? À droite ? Il risquait de s'éloigner de la nationale 20 et de perdre tout sens de l'orientation, mais il n'allait tout de même pas attendre que la faille se rebouche seule, quelques milliers d'années avec de la chance.

À droite.

Il eut l'impression que quelqu'un avait soufflé la réponse par-dessus son épaule. Il se retourna ; personne derrière lui, rien d'autre que les cendres drues qui jaillissaient de la nuit perpétuelle et se disséminaient sur la surface de la terre. Pourquoi pas à droite, de toute façon ? Il alluma la torche dont il promena le rayon sur Surya. Elle ne tremblait pas, se contentant de le fixer de ses immenses yeux sombres. Il tira une barre de céréales de la poche latérale du sac à dos et déchira l'emballage de papier avant de la lui présenter. Elle la mangea avec une tranquillité qui le rassura en même temps qu'elle l'intrigua. Elle semblait supporter aussi bien, voire mieux, que lui, les conditions qui ne cessaient de se dégrader depuis leur départ de Paris. Il n'avait pas croisé âme qui vive après être sorti du centre commercial. Il n'avait donc pas eu l'opportunité de chercher une famille d'adoption pour la fillette. Au fond, il n'était pas pressé de la confier à quelqu'un d'autre. Un intérêt purement égoïste : même si elle ne parlait pas, elle lui tenait compagnie, elle lui donnait des raisons de continuer d'avancer, de ne pas céder au découragement qui, comme le froid, guettait les moindres failles pour s'insinuer en lui... À quoi bon insister ? Seulement trente kilomètres franchis, et il en restait plus de quatre cent cinquante jusqu'au Feu de Dieu. Des jours et des jours à marcher à travers un pays détruit et glacé, des jours et des jours à lutter pour avancer avec une lenteur exaspérante, pour retarder une fin qui semblait inéluctable. Et puis le Feu de Dieu aurait peut-être été englouti, Alice et les enfants tués... Peut-être aussi qu'ils ne voulaient plus de lui, qu'ils ne l'attendaient plus, qu'ils l'avaient remplacé en tant que mari et père, qu'ils l'avaient effacé de leur mémoire... Surya l'obligeait à se battre, au moins pour tenir la promesse arrachée par sa mère mourante. Il nettoya ses lunettes, celles de la fillette, la jucha sur ses épaules, par-dessus le sac à dos, et se remit en marche en longeant le bord de la faille. Il traversait ce qui lui sembla être une zone pavillonnaire. Ne subsistaient des maisons que des pans de murs et des monticules de décombres ensevelis sous une épaisse couche de cendres. Toujours aucune trace de vie, pas même de chiens, de chats ou de rats.

Un éclat de lumière attira son attention : les lueurs tremblantes de bougies par la fenêtre d'une construction pratiquement intacte au milieu du lotissement. Une ombre occultait par instants les flammes chétives. Aiguillonné par l'espoir de rencontrer des survivants, il accéléra le pas, s'approcha avec prudence de la fenêtre et, l'œil collé à la vitre, jeta un coup d'œil à l'intérieur. Plusieurs personnes étaient assises autour d'une cheminée où crépitait un feu clair, immobiles. Il ne les distinguait pas nettement. Il donna quelques coups sur la vitre sans obtenir de réaction, entreprit de chercher la porte d'entrée. Lorsqu'il se retourna, il se retrouva nez à nez avec un homme vêtu d'un passe-montagne, de bottes après-ski, d'une combinaison matelassée et d'une doudoune argentée. Les orifices noirs d'un canon de fusil de chasse se perchaient à quelques centimètres de sa tête.

« Qu'est-ce que tu fouines dans le coin ? »

La voix de l'homme était tranchante, menaçante.

« Rien, répondit Franx en s'efforçant d'ignorer le fusil braqué sur lui. Je tente avec ma fille de rentrer chez moi.

— À d'autres ! gronda l'homme. T'es rien qu'un petit salopard qui profite de la situation pour voler ce qui ne lui appartient pas ! »

Franx s'abstint de répliquer que les notions de propriété étaient absurdes dans un tel contexte, conscient que son vis-à-vis ne l'entendrait pas, que sa maison, miraculeusement épargnée par le tremblement de terre, était la seule certitude à laquelle se cramponner.

« Je peux descendre ma fille par terre ? »

L'homme se recula d'un pas, devint une silhouette floue, presque abstraite, dans la pluie de cendres.

« Si tu fais le moindre geste de travers, je te troue la peau, tu m'entends, petit enculé, je te troue la peau ! »

Franx souleva Surya de ses épaules, la reposa sur le tapis gris et souple, puis défit l'écharpe qui lui couvrait le bas du visage.

« Combien de survivants dans la maison ? demanda-t-il en se redressant.

— Qu'est-ce que ça peut te foutre ? Tu as juste à te barrer d'ici et à ne plus y revenir. La prochaine fois, j'hésiterai pas à tirer !

— Vous ne croyez pas qu'il serait préférable de s'entraider ? »

L'homme ricana.

« Toi, t'es rien, t'as plus rien, moi, j'ai encore ma maison, ma famille. Tu veux me les prendre, hein ? »

Sa voix grave avait dérapé dans les aigus.

« Je ne veux rien vous prendre du tout, dit Franx d'un ton calme. Je veux seulement m'assurer que vous allez bien avant de reprendre mon chemin.

— J'te crois pas, t'es comme tous ces salopards qui cherchent à piquer le fric et les biens de ceux qui travaillent ! Si y avait pas ta fille avec toi, j'te jure que j't'aurais déjà fait la peau ! »

Un cliquetis ponctua la fin de sa phrase ; il avait déverrouillé le cran de sûreté de son fusil.

« D'accord, d'accord, dit Franx en écartant les bras. On s'en va. »

Il saisit Surya par la taille et l'installa à califourchon sur ses épaules au-dessus du sac. Il ne quitta pas des yeux les orifices sombres du canon du fusil. Une fraction de seconde avant le coup de feu, il sut que l'homme, qui respirait de plus en plus fort, allait tirer. Il se jeta sur le côté tout en maintenant la fillette devant lui, à bout de bras, ils tombèrent tous les deux en soulevant une gerbe de cendres, il la relâcha dans le choc, la perdit de vue, l'odeur piquante du soufre s'infiltra dans ses narines et sa gorge, le bruit de la détonation resta un long moment suspendu dans le silence ouaté, les plombs se fichèrent dans le sol et miaulèrent sur des bouts de ferraille.

« Tous des salopards, marmonna l'homme. Tu vas voir ce qu'il en coûte de t'attaquer à moi ! »

Franx se débarrassa du sac à dos, se rétablit sur ses jambes, chercha Surya du regard, ne la repéra pas dans l'uniformité grise. Frémissant de rage, il plongea la main dans la poche de manteau de cuir et s'empara de son couteau. Les gants de laine et son engourdissement rendaient ses gestes imprécis, maladroits. L'homme soliloquait quelques mètres plus loin. D'abord s'occuper de ce dingue, puis retrouver Surya. Il venait juste de déplier la lame quand, à nouveau, un chuchotement l'avertit que son vis-à-vis s'apprêtait à faire feu. Il plongea vers l'avant et roula sur lui-même. Une lueur rageuse déchira les ténèbres, les plombs sifflèrent au-dessus de sa tête. Il se releva avec une vivacité de bête sauvage et fondit sur l'homme, la lame en avant. Il évalua mal la distance et percuta l'autre de plein fouet. Il se rendit compte avec horreur que le fer, traversant les étoffes, s'était enfoncé jusqu'à la garde dans le ventre proéminent de son adversaire. Ils restèrent quelques secondes debout l'un contre l'autre, comme deux cerfs épuisés après une joute intense, puis l'homme hoqueta, vacilla, s'affaissa avec une légèreté de feuille morte. Sans lâcher le manche de son couteau, Franx s'assura qu'il était mort. Hébété, il se retourna pour fouiller l'obscurité du regard. Il lui fallut une bonne minute pour remarquer une forme allongée dans la grisaille. Il franchit en quelques bonds la distance qui le séparait de Surya. Elle ne bougeait pas, étendue, déjà recouverte d'une fine pellicule de cendres. Il crut qu'elle avait été touchée par les plombs ou qu'elle s'était brisé les vertèbres, et son cœur se serra. Il revit avec une netteté dérangeante le visage tragique de sa mère prisonnière du train de banlieue renversé. Il la souleva, elle tourna la tête et leva sur lui ses grands yeux sombres dans lesquels il crut discerner des lueurs joyeuses. Elle n'avait rien, pas même une égratignure. Il en fut tellement soulagé qu'il faillit éclater de rire. Puis son regard heurta la lame ensanglantée du couteau, il se rappela qu'il venait de tuer un homme, de priver une famille d'un mari, d'un père. Il devait leur expliquer les circonstances du drame. Il n'avait pas eu l'intention de donner la mort, seulement de défendre sa vie. Un malheureux accident. Il récupéra le sac à dos et, portant la fillette d'un bras, se dirigea vers l'entrée de la maison. Il frappa plusieurs coups à la porte. Seul le silence lui répondit. Il hésita un moment avant de tourner la poignée. Peut-être qu'il se fourrait dans la gueule du loup, que d'autres étaient armés à l'intérieur, qu'ils le prendraient eux aussi pour un pillard, qu'ils ouvriraient le feu sans sommation. Mais c'était la première fois qu'il tuait un homme, et il lui fallait se justifier, se laver immédiatement de ce qu'il ressentait comme une souillure. La lame s'était enfoncée dans la chair comme dans du beurre mou. Prendre la vie était d'une facilité dérisoire, une farce et une offense faites aux dieux, aux lois de la Création. Bien que Franx ne fût pas théiste, au sens biblique du terme, les explications purement matérialistes ne l'avaient jamais satisfait. Il se tenait sur la frontière entre croyances et certitudes, à l'endroit où le réel se voile, où la science s'efface devant le mystère, au carrefour de tous les possibles, et il privilégiait la logique ou l'irrationnel selon les préoccupations ou les intérêts du moment. Il restait néanmoins convaincu, au fond de lui, qu'il n'avait pas vraiment de prise sur sa vie, qu'une volonté supérieure ouvrait et fermait les issues, comme les dieux de l'Olympe dans les récits homériques. La porte de la maison s'entrebâilla en grinçant. Il s'avança avec prudence dans le vestibule baigné de ténèbres, le traversa, passa dans la grande pièce éclairée par une multitude de bougies posées à différentes hauteurs et les flammes de la cheminée. Les bûches craquaient et projetaient des gerbes d'étincelles qui fusaient et rougeoyaient sur le carrelage. Franx s'avança entre les fauteuils et le canapé. Une femme d'une quarantaine d'années le fixait avec insistance.

« J'ai... euh, une mauvaise nouvelle à vous annoncer... »

Elle ne bougeait pas, elle ne bougerait plus jamais, elle était morte. Il installa Surya près de la cheminée avant d'inspecter les lieux du regard. Ils étaient tous morts, la femme, deux adolescentes et un garçon d'une vingtaine d'années, installés dans les fauteuils pour la reconstitution macabre d'une soirée familiale ordinaire. Franx associait maintenant le remugle lourd qui, tel un bourdon grave, sous-tendait les odeurs de soufre, de bois brûlé et de cire chaude, à la chair en voie de décomposition. Devant ce théâtre morbide, il prit conscience de l'énormité de la catastrophe, et des larmes lui vinrent aux yeux. Comme les dinosaures ou les mammouths avant elle, comme tant d'espèces disparues, l'humanité risquait de s'effacer à jamais. Combien restait-il de survivants sur la surface du globe ? Des millions ? Ou seulement quelques poignées qui ne suffiraient pas à perpétuer l'espèce ? Les chamanes mayas avaient parlé d'une simple transition, du passage tumultueux d'une ère à l'autre, le cataclysme s'avérait nettement plus destructeur que prévu. La question, lancinante, revint le tarauder : à quoi bon se battre ? Il défit Surya de son écharpe, de son bonnet, de ses lunettes et de quelques-uns de ses vêtements afin qu'elle puisse profiter de la chaleur de la cheminée. Il retira lui-même son sac à dos, son manteau de cuir et la veste de laine qu'il portait en dessous. Il avait l'atroce impression, lui, le survivant, de se donner en spectacle pour une poignée de spectateurs morts. Surya contemplait les flammes dansantes avec fascination. Franx décida de faire un rapide inventaire de la maison. La réserve de bois, située dans le garage, ne tiendrait que trois ou quatre jours au rythme où le feu les dévorait. Il trouva sur la banquette d'un pick-up une boîte d'une cinquantaine de cartouches. Il les récupéra, fouilla ensuite la buanderie, dénicha dans les placards des gâteaux secs, des biscuits apéritifs, des cacahuètes salées et des pistaches qu'il entassa dans les différentes poches du sac à dos. Le frigo était en revanche pratiquement vide. Il ajouta des bûches dans l'âtre avant de se rhabiller puis, après avoir recommandé à Surya de ne pas bouger, il sortit dans les ténèbres. Un linceul gris s'était tendu sur l'homme qu'il avait poignardé. Il épousseta les cendres pour dégager le fusil. L'homme ne l'avait pas lâché dans sa chute, et Franx dut écarter ses doigts déjà raides et crispés sur le pontet. L'arme, un modèle ancien, fonctionnait parfaitement, il avait failli le constater à ses dépens quelques instants plus tôt.

La cartouchière pressée autour du ventre du cadavre aurait pu détourner la lame et lui sauver la vie, mais le fer l'avait frappé juste au-dessus, sous le plexus. Le sang gelé formait une minuscule fontaine pétrifiée au-dessus de la plaie. Franx dégrafa la cartouchière et la fit glisser sous le corps. Quelques cartouches dégringolèrent, qu'il ramassa et enfonça dans leurs compartiments. Déjà engourdi par le froid, il se hâta de rentrer dans la maison et de se réchauffer devant la cheminée. Surya n'avait pas bougé, le regard rivé sur les flammes. Il ne prêta pas attention aux cadavres assis dans les fauteuils. Incroyable, la rapidité avec laquelle on s'accoutumait aux situations les plus lugubres, les plus monstrueuses. La scène avait perdu son caractère incongru et revêtu un aspect familier, intime presque. Il retira son manteau, compléta la cartouchière avec les munitions prélevées dans la boîte et la ceignit autour de son ventre. Moins corpulent que l'ancien propriétaire, il la serra jusqu'au dernier cran, puis, comme elle demeurait encore un peu lâche, il pratiqua, à l'aide de la pointe de son couteau, un trou supplémentaire dans lequel il enfila la patte métallique. Satisfait, il inséra deux cartouches dans la culasse du fusil. L'arme, de facture rustique, était d'un maniement simple même pour un novice comme lui, un cran de sûreté juste devant le verrou, une double détente à l'intérieur du pontet. Il cala la crosse en bois contre son épaule et resta un petit moment dans la position du chasseur à l'affût. Si des meutes féroces rôdaient dans la nuit sans fin, animales et humaines, il était désormais équipé pour les affronter.

« On va rester un peu ici, murmura-t-il autant pour

lui-même que pour la fillette (il ne savait pas si elle le comprenait ; elle n'était pas sourde, il avait constaté à plusieurs reprises qu'elle réagissait aux bruits, mais elle ne comprenait peut-être pas le français). Histoire de reprendre des forces. D'accord, ma belle ? »

Un sourire s'épanouit sur les lèvres de Surya. À cet instant, Franx entrevit plusieurs silhouettes dans la tempête de cendres. Elles s'approchaient de la maison. Il ne chercha pas à savoir d'où lui venait cette vision – en principe, les yeux des êtres humains n'avaient pas la capacité de transpercer les murs –, il eut la certitude, une certitude suffocante, que la fillette et lui étaient en danger.

8

« Fais ce que je te dis.

— Mais, maman... »

Les ronflements de Jim profondément endormi grossissaient le chœur des ronronnements du poêle, des craquements des pierres et des sifflements du vent. Alice était venue s'asseoir sur le lit de Zoé.

« On chauffera les aiguilles pour éviter les infections.

— Ça va faire trop mal !

— Crois-moi, ce ne sera rien en comparaison du mal que Jim peut te faire.

— Il s'en fout de moi, il s'intéresse qu'aux vieilles !

— Merci pour les vieilles ! On ne sait pas combien de temps il restera avec nous. Et comme je n'ai pas non plus l'intention de lui céder, j'ai peur qu'il se rabatte sur toi.

— J'te signale que tu lui as déjà cédé ! »

Un spasme douloureux contracta le bas-ventre d'Alice.

« J'ai commis une erreur, et je n'ai pas l'intention de la reproduire.

— Et moi, je dois me mutiler à cause de tes conneries ! »

Alice prit une profonde inspiration, surtout garder la tête froide, ne pas réagir aux provocations de sa fille. Elle s'assura d'un bref regard que leurs éclats de voix n'avaient pas réveillé Jim allongé sur le lit. Par chance, il avait besoin de ses dix à douze heures de sommeil quotidien.

« Même si je ne l'avais pas faite, cette connerie, tu aurais été en danger, reprit-elle à voix basse. Tu as vu comment il te regarde ?

— Tu crois vraiment que des points rouges et des croûtes suffiront à l'empêcher de...

— Je n'en suis pas sûre à cent pour cent. J'espère qu'il se tiendra tranquille au moins le temps de nous organiser. Si ça ne marche pas, je lui donnerai ce dont il a envie, pour te préserver. »

Zoé garda un temps de silence, les yeux larmoyants, avant de hocher lentement la tête.

« D'accord. On peut toujours essayer. »

Elles mirent immédiatement leur projet à exécution. Théo, plongé dans la lecture d'un manga, ne leur prêta aucune attention. Elles jetèrent deux aiguilles de couturière dans l'eau bouillante d'une casserole, se munirent d'un feutre rouge indélébile, d'une lampe, et, après avoir récupéré les deux fines tiges métalliques, s'enfermèrent dans la salle de bains du rez-de-chaussée où, par les grilles d'aération, se diffusait la chaleur douce du poêle. Alice pratiqua, avec la pointe d'une aiguille, une dizaine de perforations dans la peau tendre des cuisses et du pubis de sa fille couvert d'un duvet fin et noir. Zoé se mordit les lèvres pour ne pas hurler, mais ses gémissements sourds et ses larmes faillirent empêcher sa mère de continuer. Serrant les dents, Alice nettoya les plaies avec un coton imbibé de solution antiseptique, puis, quand elles eurent cessé de saigner, elle se servit du feutre pour cribler de points rouges les renflements de la vulve de l'adolescente.

« Et voilà le résultat. »

Alice plaça un miroir entre les jambes écartées de Zoé, qui tiqua lorsqu'elle découvrit son entrejambe ainsi dénaturé : elle eut vraiment l'impression d'être rongée par une maladie infectieuse.

« À mon tour.

— Tu veux que je te le fasse, maman ?

— Pas la peine, je devrais pouvoir y arriver seule. »

Alice retira ses vêtements du bas et s'assit, les jambes écartées, sur le vieux bidet, le seul élément conservé de la salle de bains originelle.

« Donne-moi au moins la lampe, je vais t'éclairer.

— Si tu veux. »

Alice enfonça la pointe de la deuxième aiguille quelques centimètres sous ses lèvres à l'intérieur de sa cuisse. La douleur lui rappela les brûlures sèches des piqûres quotidiennes pendant sa longue hospitalisation pour anorexie à l'âge de quinze ans. Une ou deux prises de sang par jour, et, comme ses veines n'étaient pas très saillantes, d'interminables séances de charcutage par les infirmières les moins adroites. Le rayon de la lame tremblait, comme si Zoé ne supportait pas de voir sa mère se mutiler, ou parce que l'intimité ainsi exhibée de sa génitrice la mettait mal à l'aise. Alice perça une dizaine de trous sur la face interne de ses cuisses et sur les côtés de son pubis – qu'elle avait en partie épilé à la cire quelques jours plus tôt, pour Jim, quelle conne !

« Pourquoi tu t'es rasée ? »

La voix de Zoé était hésitante, gênée.

« Pour plaire, répondit Alice. Les hommes aiment ça. Et puis c'est horrible quand les poils dépassent de la culotte !

— Moi, je les raserai pas !

— Pourquoi ?

— Si tous les hommes sont comme Jim, j'ai vraiment pas envie de leur plaire !

— Ils ne sont pas tous pareils, Dieu merci. »

Le rayon de la lampe s'écarta de nouveau des jambes d'Alice et se promena quelques secondes sur le carrelage de terre cuite de la salle de bains.

« Éclaire-moi, s'il te plaît.

— Si Jim est aussi affreux que ça, pourquoi t'as couché avec lui ?

— Je t'ai déjà dit que j'avais fait une bêtise.

— T'en avais marre de papa ? »

Alice passa un coton imbibé de solution antiseptique sur les plaies d'où perlaient des gouttes de sang.

« Je croyais en avoir marre. La vie n'est pas toujours simple, Zoé.

— Et maintenant, qu'est-ce que tu vas faire ?

— Essayer de survivre, pour ton frère et toi.

— Non, je veux dire, maintenant que papa est mort, tu ne vas pas chercher un autre...

— Zoé, ton père n'est pas mort !

— Il le disait lui-même : quand la fin du monde aura commencé, plus personne ne pourra survivre dehors. Ça sert à rien de croire qu'il va revenir. À rien. »

Des sanglots étranglèrent la voix de Zoé, le rayon de la lampe piqua de nouveau vers le sol, révélant des taches de sang sur le carrelage.

« Je le sentirais s'il était mort, murmura Alice, enveloppée soudain d'une ombre froide.

— C'est le microbe qui t'a mis cette idée en tête. Lui, même devant son cadavre, il continuerait d'affirmer qu'il est toujours vivant.

— Arrête d'appeler ton frère le microbe, Zoé ! Nous devons tout mettre en œuvre pour survivre, au moins pour que le Feu de Dieu n'ait pas servi à rien. Éclaire-moi. »

Alice tremblait lorsqu'elle appliqua la pointe du feutre rouge sur ses muqueuses. Elle fut obligée de s'y prendre à plusieurs reprises pour laisser des traces visibles sur les replis soyeux de cette chair qui n'avait pas exulté depuis trop longtemps. Si par miracle Franx revenait, si la vie voulait bien lui offrir ce cadeau, elle ne permettrait plus à leur couple de s'enliser dans la morosité, elle déploierait ses sortilèges de femme pour susciter et prolonger leur désir. Zoé avait raison, il n'avait pratiquement aucune chance de survivre, mais elle voulait encore croire à son retour, elle avait l'intime sensation que les liens n'étaient pas rompus, qu'il continuait de respirer et de bouger au fond d'elle. Elle observa les résultats de son travail dans le miroir. Les points rouges du feutre et le sang séché des plaies simulaient une éruption de boutons qui rebuterait tout homme normalement constitué. Mais Jim le parasite était-il un homme normalement constitué ?

« Le feutre finira par s'effacer, dit Zoé.

— On refera régulièrement les points, chaque soir

s'il le faut, jusqu'à ce qu'on ait trouvé le moyen d'éliminer Jim. »

Le rayon de la lampe se promena sur le mur, sur le plafond.

« Si on l'éliminait maintenant, pendant qu'il dort. Un coup de couteau dans le cœur, et...

— Tu crois que c'est si facile, de tuer un homme ? Si on le rate, lui ne nous ratera pas. Il faut guetter le bon moment. Ne lui laisser aucune chance. »

La lumière revint frapper le visage d'Alice.

« L'endormir avant, peut-être, souffla Zoé.

— Ce serait idéal. Mais avec quoi ?

— Y avait pas de somnifères dans la communauté ?

— Pas que je sache. Tout le monde était contre.

— Hum, j'crois bien que Coraline en prenait en cachette. Enfin, c'est Julie qui me l'a dit.

— Julie avait tendance à raconter des mensonges.

— On pourrait aller fouiller dans leur ancienne chambre. Peut-être qu'on trouverait quelque chose.

— Ça ne coûte rien d'essayer en tout cas.

— Je m'en occuperai... »

Une série de coups ébranlèrent la porte de la salle de bains.

« Qu'est-ce que vous fichez là-dedans ? »

La voix de Jim. D'un geste du bras, Alice jugula le flot de terreur qui menaçait d'emporter Zoé.

« On a un problème, répondit-elle d'une voix ferme.

— Quoi encore ?

— Un problème de femme. Je t'expliquerai après.

— Magnez-vous. J'ai besoin des chiottes.

— On a fini, on sort dans quelques instants. »

« Quel genre d'infection ?

— Du genre qui touche les femmes, apparemment, puisque Zoé et moi sommes atteintes, et pas toi ni Théo. »

Lorsque Jim, visiblement courroucé, avait demandé des explications à Alice, elle l'avait entraîné dans la salle de bains et avait soigneusement refermé la porte derrière eux.

« C'est quoi encore, cette merde ? »

Le mécontentement ou la méfiance se traduisaient chez lui par un arrondissement des yeux et une tendance au grommellement. Alice baissa résolument son pantalon, sa culotte et maintint relevés son pull et sa polaire.

« Regarde toi-même. »

Jim se pencha et, à la lueur de la lampe, examina le bassin d'Alice tout en gardant une distance prudente. Elle sut que le stratagème fonctionnait lorsqu'une grimace de dégoût déforma le visage du parasite.

« Putain, c'est dégueulasse ! »

Alice rajusta ses vêtements, pas fâchée de se soustraire au regard exorbité de Jim.

« Je ne sais pas ce que c'est exactement. Au début, j'ai cru que tu m'avais refilé une saloperie vénérienne, puis, quand j'ai vu que Zoé elle-même avait été touchée, j'ai pensé à une infection virale ou bactérienne. On doit avoir des antibiotiques quelque part dans le Feu de Dieu, mais j'ignore s'ils seront efficaces. En tout cas, ça démange et ça brûle horriblement. »

Jim se redressa dans une série de froissements et de craquements.

« T'es sûre que ta fille est atteinte ?

— Elle a exactement les mêmes boutons, les mêmes démangeaisons, les mêmes brûlures que moi. Peut-être qu'il y a des saloperies dans l'eau.

— Je croyais qu'elle était filtrée...

— Elle l'est, mais rien n'est jamais garanti à cent pour cent.

— Tu crois que... c'est contagieux ? »

Elle marqua un temps de silence pour le laisser mariner dans ses inquiétudes.

« Sans doute, puisque l'une de nous deux a contaminé l'autre. Il vaut mieux éviter les contacts si on ne veut pas prendre de risque. »

Il lui jeta un dernier regard de frustration et de dégoût avant de se diriger vers la porte.

« On dormira pas ensemble pour le moment.

— Ça me paraît être une bonne idée... »

Elle avait gagné l'essentiel : du temps. Jim était allé chercher son lit et s'était installé le plus loin possible des autres tout en demeurant dans la chaleur du poêle. En contrepartie de cette menue victoire, Alice et les enfants devaient supporter l'humeur massacrante du parasite, qui râlait en permanence sur la nourriture, sur les restrictions d'eau, de bois et de gazole, le manque de lumière, la proximité des deux « vérolées » qui risquaient de lui inoculer une maladie grave, peut-être mortelle. Il leur avait demandé d'aller incuber ailleurs dans une chambre, Alice lui avait rétorqué que c'était à lui, s'il craignait tant la contamination, de s'isoler dans une autre partie de la maison. Il n'avait pas insisté même si des lueurs meurtrières avaient embrasé ses yeux sombres. Parfois il se levait et se plantait devant la baie vitrée. Les cendres continuaient de voler, moins épaisses cependant, et la couche grisâtre dans la cour intérieure atteignait maintenant une hauteur d'un mètre. De temps à autre, une lueur vive, rouge, mauve ou verte, déchirait le rideau de ténèbres et illuminait quelques secondes les particules en suspension. La terre tremblait régulièrement, de petites secousses frémissantes qui traversaient le Feu de Dieu sans créer d'autres dégâts que des nuages de plâtre et des fissures dans les joints du carrelage.

Alice s'était débrouillée pour mettre Théo dans la confidence. De ses explications, il avait retenu que maman et Zoé jouaient les malades pour éviter d'être embêtées par le grax. Il comprenait maintenant pourquoi ce dernier avait fini par rapporter son lit dans la grande salle. Il avait demandé à sa mère s'il ne risquait pas de tomber malade à son tour. Elle lui avait ébouriffé les cheveux avec un large sourire et l'avait embrassé en lui disant de ne pas s'inquiéter. Il continuait de s'inquiéter cependant. Pour eux, bien sûr, bloqués dans la maison en compagnie de ce prédateur dangereux qu'était le grax, mais aussi pour son père, perdu dans les ténèbres, jeté sur les routes glacées et ensevelies sous les cendres. Il lui semblait apercevoir des silhouettes engoncées dans plusieurs couches de vêtements ; elles progressaient avec lenteur sur une surface défoncée et balayée par les averses de particules grises. Il ne les distinguait pas avec les yeux – comment aurait-il pu voir quoi que ce soit à travers des murs épais du Feu de Dieu ? –, elles marchaient dans sa tête. Comme on lui reprochait souvent ses délires fantaisistes, il craignait qu'elles ne fussent que les fruits de son imagination. Cependant, les visions s'imposaient à lui sans qu'il cherchât à les susciter, ni à les stimuler, au contraire des mondes fabuleux qu'il créait et étoffait jour après jour. Les silhouettes n'appartenaient pas à la multitude des héros ou des méchants qui peuplaient ses aventures intérieures. Il en déduisait qu'il était relié à une autre réalité, une réalité située au-delà de ces murs, au-delà de l'espace et du temps. La réalité de son père. En lui s'ancrait la certitude que, tant que le grax rôderait dans le Feu de Dieu, son père n'aurait aucune chance de retrouver sa place.

Théo avait laissé son arc et ses flèches dans une annexe de la maison qui était devenue son terrain de jeu presque exclusif. Il avait posé des boîtes de conserve et des bouteilles en plastique sur le manteau de la vieille cheminée pour améliorer la puissance et la précision de son tir. Avant le départ des autres familles et le déclenchement de la fin du monde, il réussissait à ficher profondément le fer dans le bois vermoulu de la porte, ce qui l'avait conduit à prétendre, un peu prématurément sans doute, qu'il avait désormais la possibilité de tuer un bison avec une seule flèche, comme ses modèles les Indiens des plaines d'Amérique. Ils s'étaient tous moqués de lui, et surtout ces pestes de filles, y compris la petite Marie qui, quelques jours auparavant, lui avait affirmé qu'elle n'aimerait jamais personne d'autre que lui. Il devait à tout prix récupérer son arme afin de libérer sa mère et sa sœur des griffes du grax et permettre à son père de reprendre sa place dans la maison.

Elles n'accepteraient jamais qu'il affronte le froid terrible du dehors, il se débrouillerait donc pour sortir à leur insu, pendant qu'elles dormiraient par exemple. Il se souvenait avoir caché l'arc et les flèches sous une vieille couverture et espérait que le froid n'aurait pas rendu cassants le bois et le fil de fer qui servait de corde. Il prendrait le temps de s'en assurer pour garder toutes ses chances face au grax. Fort de ses résolutions, il se replongea dans la lecture du manga qu'il connaissait par cœur et dont le héros, un garçon d'une douzaine d'années, surmontait une à une les épreuves terribles qui jalonnaient son existence.

9

Cinq hommes, deux femmes, âgés d'une trentaine d'années, emmitouflés dans des couvertures, coiffés de bonnets de type péruvien.

Franx avait soufflé les bougies, mais, comme il n'avait pas eu le temps d'éteindre le feu, ils avaient aperçu les lueurs des flammes et s'étaient dirigés vers la maison. Il les voyait, par la vitre embuée d'une fenêtre, se déployer dans la rue, soulevant des gerbes grises à chaque pas. Des canons dépassaient des entrebâillements de leurs couvertures, des armes récentes, des fusils d'assaut peut-être. Ils avaient un comportement de meute en chasse ou de commando lâché en territoire ennemi, ils se plaquaient contre les moignons de murs et traversaient en courant les espaces dégagés. Franx distinguait leurs visages blêmes. Les cendres tombaient désormais de façon clairsemée dans une obscurité un peu moins dense. Le vent soufflait en rafales continues et dissipait le brouillard persistant. Les éléments lui offraient peut-être le répit auquel il avait aspiré de toutes ses forces. Si la lumière du soleil réussissait à percer l'étoupe de particules, le froid diminuerait, les probabilités augmenteraient sérieusement de franchir les quatre cent soixante-dix kilomètres qui le séparaient du Feu de Dieu.

Les visages des hommes et des femmes de la meute étaient des masques féroces, comme si le cataclysme et l'instinct de survie avaient éradiqué en eux toute forme d'humanité. Fermés à la raison, ils erraient sur la terre dévastée en quête de nourriture et d'un éventuel abri. Trois jours, trois petits jours – le temps qui, selon les estimations de Franx, s'était écoulé depuis le déclenchement du bouleversement planétaire – avaient suffi à les métamorphoser en animaux. Un pavillon intact représentait une chance inespérée dans une telle dévastation. Franx n'avait pas l'intention de le leur disputer, mais ils ne lui laisseraient pas le temps de s'expliquer. Il déverrouilla le cran de sûreté du fusil de chasse. Il lui fallait prendre l'initiative, repérer et tuer le chef de la meute, le dominant. S'il ratait son coup, ils se rueraient sur lui avant qu'il n'ait pu recharger. Il lança un coup d'œil par-dessus son épaule en direction de Surya qui, assise devant la cheminée, fixait avec obstination les flammes crépitantes. Il crut un instant qu'elle avait franchi la frontière, qu'elle était passée du côté des morts affalés sur le canapé et dans les fauteuils. La meute n'était plus maintenant qu'à une vingtaine de mètres. Leurs yeux brillaient dans la pénombre. Des nuages de condensation gonflaient devant leurs bouches, aussitôt soufflés par le vent.

L'une des deux femmes dirigeait les opérations, les autres en tout cas ne bougeaient qu'à son signal. Une observation soutenue confirma à Franx qu'elle était la dominante, la tête du serpent. Taille moyenne, environ trente-cinq ans, visage émacié, yeux luisants et maléfiques, couverture beige par-dessus un anorak foncé, bonnet enfoncé jusqu'aux sourcils, bottes fourrées, gants en polaire, arme au canon large et criblé de trous. Elle se comportait avec l'autorité d'un officier sur un champ de bataille. Les remords revinrent harceler Franx : il avait poignardé un homme et les circonstances le poussaient à tirer sans sommation sur une inconnue. Il se secoua, il devait à tout prix se débarrasser des vieux principes, des oripeaux judéo-chrétiens. Dans les temps troublés qui suivraient le cataclysme, seuls s'en sortiraient ceux qui resteraient hermétiques aux émotions. Tuer ou être tué, il n'y aurait pas d'autre alternative. Franx leva le fusil et, le doigt crispé sur la détente, maintint la dominante dans sa ligne de mire. Il s'efforça de maîtriser son souffle et le tremblement de ses mains. Jusqu'alors, il n'avait tiré qu'avec des carabines à plomb sur des ballons dans les foires.

Attendre encore qu'elle s'approche.

Elle disparaissait par instants derrière les monticules de décombres qui jonchaient les rues et l'ancien jardin. Il se dit que le double vitrage fausserait son tir, qu'il valait mieux briser le verre avant de presser la détente, mais le bruit risquait de les alerter et de les exciter. Curieusement, malgré les battements désordonnés de son cœur, un grand calme se déployait en lui : éviter de précipiter le mouvement, rester concentré, guetter le moment propice. Il ne savait pas d'où lui venait cette étrange sérénité, une voix, un chant, s'élevait du plus profond de lui, qui dominait le tumulte de ses pensées et dissipait la peur. Le sol trembla de nouveau, une vibration sourde et prolongée ballotta la maison comme une vague une coquille de noix. Franx exploita le bruit pour fracasser la vitre avec la crosse du fusil et glisser le canon par la brèche. Les éclats de verre volèrent autour de lui et se répandirent en pluie scintillante sur ses épaules et ses manches. Les silhouettes, dehors, s'étaient figées, alarmées par la secousse tellurique et le grondement surgi des profondeurs. Le silence redescendit sur les lieux. Les cendres se remirent à tomber, denses, épaisses, répandant une forte odeur de soufre. Le vent glacial s'engouffra par la vitre, se rua dans la pièce, gifla les flammes dans l'âtre. La meute reprit sa progression, guidée par les gestes et la voix de la dominante. Elle se tenait une quinzaine de mètres plus loin, dans la ligne de mire, les yeux rivés sur la maison, le nez levé. Traits fins, mais visage incroyablement dur, comme sculpté dans une matière blessante. Aucune pensée parasite ne s'interposait entre le cerveau et l'index de Franx.

Maintenant, ordonna la voix intérieure.

Il pressa la détente. Le coup de feu éclata avec la force d'un coup de tonnerre. L'arme se cabra et lui meurtrit l'épaule. La femme ne broncha pas. Il crut qu'il l'avait manquée et s'apprêtait à tirer la deuxième cartouche quand elle esquissa quelques pas chancelants. Elle parcourut six ou sept mètres sur ses jambes flageolantes avant de s'effondrer comme une masse dans la cendre. Les autres, stupéfaits, ne bougèrent pas jusqu'à ce que l'un d'eux pousse un glapissement. Ils s'égaillèrent et s'évanouirent dans l'obscurité. Franx inséra une cartouche dans la culasse encore brûlante et resta un moment posté près de la fenêtre. Ils avaient réagi comme il l'escomptait. Ils ne reviendraient pas tout de suite, pas avant de s'être choisi un nouveau chef, mais ils reviendraient. Pas question de traîner dans les parages. Il rhabilla Surya, enfila son manteau de cuir, son bonnet, ses lunettes, son sac à dos, ses gants, et mit son fusil en bandoulière après avoir verrouillé le cran de sûreté. Il contempla une dernière fois les flammes qui sifflaient dans la cheminée. Il n'avait vraiment pas envie d'affronter le froid, les averses de cendres, la nuit perpétuelle, les innombrables pièges d'une Terre devenue folle. Il raffermit sa résolution d'une profonde inspiration, se rapprocha du feu pour sentir une dernière fois la chaleur bienfaisante sur son front et ses joues, prit la fillette par la main et quitta l'abri de la maison.

Le froid, de nouveau, omniprésent, implacable.

Ils passèrent devant la femme étendue sur le sol, en partie occultée par les cendres. Elle gisait dans une mare de sang déjà gelée, sur sa couverture déployée. Les plombs lui avaient déchiqueté la poitrine et le cou. L'extrémité du canon de son arme dépassait d'un pan déchiré de son anorak. Ses yeux, grands ouverts sous l'élastique froncé de son bonnet, imploraient Franx, des gémissements à peine perceptibles mouraient dans son souffle. Elle n'était plus la créature dure, animale, qu'il avait aperçue quelques instants plus tôt, son agonie lui restituait sa douceur et sa beauté originelles. Il regretta de l'avoir tuée sans sommation, sans lui avoir offert une opportunité de négocier. Elle tenta de parler, ne parvint pas à expulser le moindre son, sa tête roula sur le côté, elle se figea définitivement dans un ultime spasme. Il renonça à récupérer l'arme de la morte ; il n'était pas sûr de savoir s'en servir ni de trouver les munitions correspondantes, il n'avait ni le courage de manipuler son corps, ni celui de s'attarder dans le coin, la crainte de voir resurgir les autres membres de la bande et les nuées de remords.

Depuis combien de temps longeaient-ils la faille ? Il avait l'impression d'avoir parcouru des dizaines de kilomètres, et aucun passage ne s'était présenté. Ils avaient traversé d'autres villes, d'autres lotissements, d'autres centres commerciaux dévastés, d'autres routes jonchées de voitures, de bus et de camions couchés... À en perdre tout sens de l'orientation. Il ne connaissait pas le nom des villages sur les pancartes couchées qu'il réussissait à déchiffrer. La pluie de cendres, toujours aussi dense, l'empêchait de voir à plus de deux mètres devant lui. De temps à autre, il juchait la fillette sur ses épaules, par-dessus son sac à dos, et la portait jusqu'à ce que la fatigue l'oblige à la reposer par terre. Elle marchait alors à ses côtés d'une foulée menue qui le contraignait à ralentir l'allure. Il pensait de plus en plus souvent qu'elle le retardait, qu'elle était un fardeau, et il regrettait amèrement la promesse extorquée par sa mère agonisante. Il était parfois taraudé par la tentation de l'abandonner à son sort sur le bord du chemin ou, plus radical encore, de la précipiter dans la faille. Il avait ensuite honte de ses accès de rage ou de haine, se sentant aussi inhumain que les hommes et les femmes de la meute qui avaient tenté de prendre d'assaut le pavillon intact. La facilité avec laquelle il avait tué un homme et une femme, la vitesse à laquelle il se transformait lui-même en animal, en monstre, l'effrayaient. Peut-être le froid lui chamboulait-il les nerfs ? Peut-être la disparition de la ceinture magnétique qui protégeait la Terre perturbait-elle son métabolisme, son comportement ?

Une lumière brillait dans le lointain, assez puissante pour transpercer la brume de cendres. Elle s'élevait à une hauteur vertigineuse et retombait en longs rubans dorés sur les flancs de ce qui était sans doute une colline. Les particules qui frappaient les rares parties du visage découvertes de Franx étaient tièdes. L'odeur de soufre était tellement forte qu'il redouta l'asphyxie et rajusta l'écharpe sur le nez et la bouche de Surya. L'éruption volcanique – c'en était une, sans aucun doute, il avait visionné de nombreux films sur les volcans en activité – n'aurait jamais dû se produire dans cette région. Il n'était pas encore sorti de l'Île-de-France, loin, très loin de la chaîne des puits d'Auvergne, mais les anciennes logiques n'avaient plus cours, les mouvements de plaques avaient ouvert de nouvelles blessures dans l'écorce terrestre, les hypothèses et les calculs des spécialistes avaient perdu toute pertinence. Portant Surya, il grimpa au sommet d'une butte pour admirer le spectacle somptueux qui se jouait quelques kilomètres (ou dizaines de kilomètres) plus loin. Il ne distinguait pas la masse sombre du volcan, seulement les panaches étincelants qui, projetés presque en continu, s'évasaient en une corolle titanesque et rougeoyante, les filaments scintillants qui s'affaissaient et s'évanouissaient avant de toucher le sol, les torrents rutilants qui dévalaient les pentes pour se jeter dans une large couronne d'or, les cascades qui tiraient sur la nuit des rideaux flamboyants. Fasciné, il ne parvint pas à s'arracher de sa contemplation. Aucun autre bruit ne résonnait que le grésillement des flocons de cendres et les mugissements du vent, et cette impression de paix, de silence, soulignait la splendeur du jaillissement de lave.

Le froid transperçait ses bottes fourrées, ses trois paires de chaussettes, et s'agrippait à ses pieds. Il lui fallait bouger rapidement s'il ne voulait pas finir pétrifié. L'air ne se réchauffait pas malgré la tiédeur des cendres. Il décida d'avancer en direction du volcan, de bénéficier ainsi de la chaleur dégagée par l'éruption, puis il se dit que l'atmosphère serait de moins en moins respirable et que, comme les hommes, les femmes et les enfants piégés dans leurs voitures près de la faille, la fillette et lui risqueraient de mourir asphyxiés. Il observa les environs, suivit des yeux la course sinueuse de la faille, s'aperçut, grâce à la lumière ténue de la lave, qu'elle s'étranglait à l'horizon. Peut-être ses bords finissaient-ils par se rejoindre quelques kilomètres plus loin ? Il épousseta son bonnet, ses lunettes, resserra le pan de tissu sur le bas de son visage, vérifia l'équipement de Surya avant de la jucher sur ses épaules et de dévaler la pente de la butte.

Il perdait la notion du temps. Bien que Surya pesât des tonnes, il la gardait sur ses épaules. La présence de plus en plus marquée de soufre dans l'air accentuait sa fatigue. Il avait estimé, du haut de la colline, que la faille se rétrécissait après deux kilomètres, mais il avait parcouru quatre ou cinq kilomètres et le bord opposé ne paraissait pas se rapprocher. Il continuait d'avancer vers le volcan, guidé par la lumière de l'éruption. Il faillit rebrousser chemin tant l'air devenait irrespirable, mais il n'avait aucune idée de la longueur de la faille de l'autre côté, des dizaines de kilomètres sans doute, et il préféra continuer en espérant qu'il pourrait bientôt la traverser et s'éloigner des émanations de soufre. Il repoussa avec l'énergie du désespoir l'envie envoûtante de s'arrêter, de s'allonger, d'attendre tranquillement que la mort vienne le délivrer de ses tourments. Si le cataclysme ne les avait pas emportés, Alice et les enfants s'étaient organisés sans lui. Il n'était qu'un être humain parmi d'autres, un rêve infime sur le point de s'éteindre, une poussière dans l'immensité cosmique, sa vie ne valait pas toute cette débauche d'énergie, toute cette souffrance. Le destin, par l'un de ces détours ironiques dont il avait le secret, l'avait entraîné loin du Feu de Dieu juste avant le grand bouleversement, il devait maintenant s'effacer de la surface de la Terre sans colère ni peur, se libérer d'une enveloppe organique inadaptée, passer sur l'autre rive à la fois attirante et effrayante. Son pas se fit heurté, lourd. Il ne voyait plus rien. Il s'immobilisa une première fois. Les talons de Surya lui frappèrent les pectoraux, comme un jockey aiguillonnant son cheval. Saisi d'une rage soudaine, il faillit l'empoigner par la cheville et la balancer le plus loin possible de lui. Il évacua sa colère en marchant d'une allure soutenue jusqu'à ce que, épuisé, il s'arrête une deuxième fois. Il posa la fillette sur le tapis de cendres et reprit son souffle. Elle le fixait, au travers des verres des lunettes, avec ces petites lueurs moqueuses qu'il avait fréquemment remarquées. Il fut de nouveau tenté de l'abandonner à son sort, d'abandonner tout court. L'odeur du soufre le rendait fou. Il se défit de son fusil et de son sac à dos. Le vent se glissait sous les diverses couches de ses vêtements et semait sur sa peau des baisers glacés. Il s'accroupit devant la fillette, la prit par les épaules, la secoua sans ménagement et hurla :

« Tu trouves que c'est marrant ? Hein ? Tu trouves que c'est marrant ? »

Les cendres accumulées sur ses vêtements volèrent autour d'elle. Elle ne protesta pas, elle ne parut pas effrayée, ni même simplement inquiète.

« Qu'est-ce que je vais faire de toi, bon Dieu ? Qu'est-ce qu'on va faire de nous ? »

Des larmes lui vinrent aux yeux, embuant ses lunettes. Jamais il n'avait éprouvé un tel sentiment de solitude, une telle détresse, même lorsque ses parents étaient morts. Il traversait le pays de la désolation, le monde des enfers, là où la vie était niée. Il s'assit sur le sol, résigné. Le vent éparpillait les cendres, dénudait des bandes de terre noire, des gravats, des formes allongées, sans doute des carcasses de vaches ou de chevaux. Il lança un dernier regard autour de lui avant de se coucher. Une bourrasque particulièrement violente balaya le ciel et éclaircit les environs. Il s'aperçut qu'il était arrivé à l'extrémité de la faille : les deux bords se rejoignaient à moins de dix mètres de lui. Des restes de pavillons se dressaient dans l'obscurité tels des spectres figés. Il estima que, comme la fracture terrestre l'avait obligé à bifurquer vers l'ouest, il lui fallait maintenant prendre la direction perpendiculaire à celle qu'il venait de suivre. Rien n'était moins sûr. Il ne pouvait se fier qu'à ses impressions. Il avait faim et soif, ses mains s'engourdissaient, le manque de sommeil lui pesait sur les paupières, sur la nuque et les épaules. Le fait d'être arrivé au bout de la faille lui redonnait envie de lutter, d'essayer encore, mais, s'il ne trouvait pas rapidement un abri pour se reposer, il finirait par s'endormir n'importe où et ne se relèverait plus. Il sautilla sur place afin de rétablir la circulation sanguine. Surya l'imita et, même s'il ne distinguait pas ses traits, il vit qu'elle souriait. Une fois l'engourdissement atténué, il dégagea une bouteille d'une poche du sac à dos. L'eau était gelée. Il brisa le plastique et, à coups de lame de couteau, brisa la glace en petits morceaux. Il en tendit un à la fillette.

« Tiens, garde ça dans la bouche jusqu'à ce que ça fonde. Ça ne vaut pas l'eau, mais ça t'évitera de mourir de soif. »

Surya releva son masque de tissu au-dessus de sa bouche et glissa le glaçon entre ses lèvres. Franx lui proposa ensuite des barres de céréales et des dattes, qu'elle accepta sans rechigner et mangea de bon appétit. Ils repartirent quelques instants plus tard, revigorés. Lorsqu'il contourna la faille et tourna le dos à la lumière du volcan, Franx eut l'impression de s'enfoncer dans un pays ténébreux d'où l'on ne revenait pas et en appela à toute sa raison, à toute sa volonté, pour ne pas rebrousser chemin.

Ils arrivèrent dans ce qui avait été quelques jours plus tôt une petite ville. Le clocher de l'église dominait encore la masse informe de décombres qu'était le reste de l'édifice. Des dizaines de corps jonchaient la place entre les arbres arrachés, les voitures blêmies par les cendres et les reliefs impossibles à identifier. Franx explora les maisons effondrées, ne trouva aucun abri parmi les gravats, pas même un soupirail qui leur aurait permis de se glisser dans une cave.

Il entrevit tout à coup des lumières et des silhouettes dans une habitation souterraine. La vision s'estompa presque aussitôt qu'elle lui était apparue. Il pensa qu'il avait rêvé et se remit à fouiller les ruines. D'autres images s'imposèrent à lui quelques secondes plus tard, plus nettes, plus proches. Elles lui montraient une porte en fer, l'intérieur d'un passage voûté et luisant, une immense salle souterraine éclairée par des projecteurs, des silhouettes allongées sur des matelas ou assises devant des écrans scintillants. Une illusion d'optique sans doute. La forte teneur en soufre lui donnait-elle des hallucinations ? Il respira lentement et garda un temps les yeux fermés afin de les disperser. Lorsqu'il les rouvrit, Surya n'était plus à ses côtés. Scrutant les environs, il vit l'obscurité avaler sa frêle silhouette une dizaine de mètres plus loin.

« Surya ! Reviens ! »

Il poussa un juron, se lança à sa poursuite, faillit la perdre de vue à plusieurs reprises dans le labyrinthe des décombres. La fillette filait entre les murs affaissés avec une vivacité et une adresse surprenantes, sans marquer la moindre hésitation, comme si elle savait où elle allait.

« Surya ! »

Elle disparut derrière la façade pratiquement intacte d'une maison. Franx passa à son tour sous un porche en partie effondré et déboucha, de l'autre côté, dans une cour intérieure habillée d'un épais tapis gris. Il eut beau sonder l'obscurité avec la plus grande attention, il ne distingua pas la fillette. Il n'y avait pourtant aucune autre issue que le porche.

10

Je sais pourquoi la maison s'appelle le Feu de Dieu. Je l'ai appris en lisant la vieille revue toute pourrie que j'ai trouvée dans l'ancienne chambre des Jeanneret.

Je recopie l'histoire :

Un seigneur local a construit ces bâtiments pour y enfermer sa deuxième fille, déshonorée par un palefrenier. La construction était entourée d'un large fossé et les fenêtres couvertes d'épais barreaux. Le seigneur a décidé de l'installer au sommet de cette colline parce que la foudre y avait jadis frappé un couple illégitime et que sa propre fille connaîtrait le même sort si elle continuait ainsi de se donner à n'importe qui. La légende ne précise pas ce qui est arrivé à la fautive et à son bâtard, mais l'endroit y a gagné un nom : le Feu de Dieu.

J'ai décidé de tenir un journal tout le temps que nous resterons coincés dans la maison. Comme Anne Frank. Un jour peut-être, quand les choses seront redevenues normales, mon journal sera lui aussi étudié en classe. Il paraît que j'écris bien. J'ai toujours été en avance, j'ai appris à lire à trois ans et à écrire à quatre. Papa dit que la vie ne sera plus jamais la même après le grand bouleversement, mais il a tendance à voir tout en noir. Je parle de lui au présent, même s'il n'a que très peu de chances de survivre à l'extérieur, parce qu'il reste toujours un espoir au fond de moi et que, même si j'aime bien me foutre de la gueule du microbe, je suis du genre teigneuse et optimiste.

Maman m'a dit que papa a sauté de joie en découvrant le Feu de Dieu. C'était exactement le genre d'endroit qu'il recherchait : tout en haut d'une colline, coupé de tout (la ferme la plus proche est à cinq kilomètres, le premier village à huit kilomètres, fallait prendre la voiture pour aller acheter du pain), dans un très mauvais état, donc pas cher, au milieu d'un causse nase et pelé de dix hectares (je sais pas combien ça fait exactement, mais je pense que c'est grand...). Papa disait que l'isolement tiendrait les curieux à l'écart pendant la phase de préparation. La communauté serait tranquille lorsque les temps viendraient du repli, de l'autarcie (maman m'a expliqué la signification de ce mot ; nous sommes maintenant entrés dans l'autarcie, nous ne pouvons plus compter que sur nous-mêmes). Papa a également effectué de savants calculs pour déterminer l'orientation du Feu de Dieu, les forces telluriques (j'ai regardé ce que voulait dire ce mot dans le dictionnaire), la qualité des fondations, la solidité de l'ensemble, ses chances de rester debout après un cataclysme. Il en a conclu que les bâtisseurs l'avaient édifié selon des règles complexes et précises, que les anciens avaient des connaissances supérieures aux modernes dans bien des domaines. Il disait aux autres : « Nous attendons le feu divin dans le Feu de Dieu ! » mais, allez savoir pourquoi, ça ne faisait rire que lui.

Moi et les autres enfants en tout cas, on s'en est donné à cœur joie pendant que les adultes retapaient les bâtiments. Comme ils ne s'occupaient plus de nous, on courait et on jouait toute la journée, on se baignait dans le ruisseau transparent et glacé qui coule trois kilomètres plus loin au pied de la colline, le Viroule il s'appelle, et, comme aucun adulte ne nous accompagnait, on ne rentrait qu'à la nuit tombante. Moi et Julie, comme on était les plus âgées, on était les responsables du groupe, et ça ne plaisait pas aux garçons, surtout à Hugo, le fils aîné des Dallaglio. On n'a pas raconté à nos parents la moitié des bêtises qu'on a faite (y a un s ? ou pas ?... j'écris bien, mais j'ai toujours été nulle en grammaire et en orthographe, y a comme une contradiction...), encore moins les dangers qu'on a couru (même chose, un s ou pas... pfff, je me rends compte que, si quelqu'un lit un jour mon journal, il passera la plus grande partie de son temps à corriger mes fautes et à se moquer de moi...). Le jour, par exemple, où ce type dégueu est apparu alors qu'on se trempait dans le Viroule, il a baissé son pantalon, il est resté un long moment devant nous avec son gros machin tout rouge en l'air, il s'est tripoté en nous regardant et en riant d'une drôle de façon, on a eu tellement peur qu'on s'est sauvés dans tous les sens, on a perdu deux petits, on a cru que le sale type les avait enlevés jusqu'à ce qu'on les retrouve, tremblants de peur, derrière un buisson. Il ne leur avait pas fait de mal. On a décidé de ne rien dire aux parents, d'abord parce qu'ils nous auraient interdit de nous éloigner des bâtiments, ensuite parce que moi et Julie on se sentait un peu coupables, on avait failli dans notre mission, on avait été incapable (s ?) de protéger les plus jeunes du danger. Depuis, les hommes me font peur, j'ai l'impression qu'ils se servent de leur machin comme d'une arme, je ne crois pas aux histoires des femmes qui prétendent avoir du plaisir avec eux.

J'ai peur de Jim. Peur qu'il me coince un jour dans un recoin du Feu de Dieu et m'oblige à faire des trucs dégoûtants. Maman a eu une bonne idée. Au début, j'ai craint à l'idée de me percer à cet endroit avec des aiguilles, et puis je me suis rendu compte que, depuis, le grax (j'aime bien le surnom que le microbe a donné à Jim, je trouve qu'il lui va comme un gant) nous évitait. Même pour manger, il reste à trois ou quatre mètres de nous, comme s'il avait la trouille d'être contaminé par notre infection. Ça me fait marrer. Chaque soir, je vérifie que les croûtes sont toujours en place, que les points rouges du feutre ne se sont pas effacés, et je les refais au besoin. Maintenant je me pique toute seule avec les aiguilles que je plonge d'abord dans l'eau bouillante (à l'abri du regard de Jim, faut surtout pas éveiller ses soupçons). J'en ai pris l'habitude même si ça me fait un mal de chien dans les parties les plus sensibles. Si, déjà, je supporte mal la piqûre d'une minuscule aiguille, alors qu'en sera-t-il des machins monstrueux des hommes ? Décidément, je n'ai aucune chance d'être un jour étudiée au collège comme Anne Frank : celui ou celle qui lira ce journal aura l'impression d'avoir affaire à une obsédée. Bah, je le corrigerai avant de le confier à un regard indiscret. De toute façon, il n'y a pas grand-chose d'autre à faire et à dire dans une maison fermée. Impossible d'aller dehors. On ne verrait rien dans l'obscurité et puis, avec le froid, on ne tiendrait pas plus de quelques minutes. En disant cela, je me rends compte que je n'ai aucune chance de revoir papa et je me sens toute triste, toute vide.

De la discipline, Zoé, de l'organisation, tu racontes beaucoup trop de choses en même temps !

J'en reviens donc au tout début du Feu de Dieu. Tant que les adultes étaient occupés par la restauration des bâtiments, l'ambiance restait au beau fixe. Je me souviens de soirées joyeuses. Les rires résonnaient tard dans la nuit, au point que parfois ils nous réveillaient en sursaut. Les ennuis ont commencé à la fin des travaux, avec les problèmes d'argent. Les autres se sont mis à douter des prédictions de papa (où sont-ils maintenant ? Où est ma copine Julie ? Morte de froid quelque part ? Ses parents ? Sa petite sœur ?), et ont commencé à le critiquer. Ce n'étaient plus les rires ni les chants qui nous réveillaient, mais les cris, les disputes. Je crois aussi, et mon futur lecteur va encore me traiter d'obsédée, que certains pères ont couché avec d'autres mères, et, même si papa n'en était pas responsable, ça a fini de pourrir l'ambiance. On avait creusé une cave de guedin, on l'avait remplie de vivres, de réserves d'eau et de fioul, on avait acheté trois poêles et un énorme générateur, on avait consolidé les toitures, les murs, on avait fermé la cour avec une énorme grille métallique, on avait posé des pièges et des protections un peu partout pour empêcher les parasites de pénétrer dans le Feu de Dieu, et tout le monde a fichu le camp quelques mois, quelques semaines, avant le début de la catastrophe (les Jeanneret auraient attendu seulement quelques heures, ils ne se seraient pas retrouvés dehors dans la nuit perpétuelle et glacée). Ils ont menacé papa avant de ficher le camp : il les avait trompés, il les avait menés en bateau, il avait profité de leur argent pour réaliser son rêve parano... comment ça s'écrit, ça encore ? yaque ?... Papa leur a rappelé qu'ils l'avaient suivi de leur plein gré, que toutes les décisions avaient été prises en commun, mais ils sont partis en hurlant qu'ils le traîneraient en justice pour abus de confiance et en claquant la porte. Ils se sont échappés les uns après les autres, comme si le Feu de Dieu était devenu un bagne, un enfer.

Tous, sauf Jim.

C'est les Loustaleau qui, je crois, ont ramené Jim le grax dans le Feu de Dieu. Élodie a dit que c'était un cousin à elle. Tu parles d'un cousin. Le microbe, qui se faufile partout où il ne faudrait pas, les a surpris ensemble dans le grenier, dans une position qui n'a rien à voir avec les relations entre cousins. Il a également vu Jim en compagnie de Coraline Jeanneret, de Stéphanie, la femme de Vitto, et on s'est rendu compte qu'il avait couché avec maman. Qu'est-ce qu'elles lui trouvent donc, toutes les mères ? Il est trop moche avec ses grands bras et ses grandes jambes qu'on dirait des pattes d'araignée, ses gros yeux de poisson frit, son nez de rat, sa peau pleine de trous, ses dents de cheval et ses cheveux crasseux. Il se gêne pas, comme le sale type ex... exibitionniste ? au bord du ruisseau, pour se déshabiller devant nous et, franchement, tout nu, je le trouve encore plus dégueu qu'habillé avec ses poils partout et ses cuisses toutes creuses. Je ne comprends pas maman. Si elle le regrette autant qu'elle le prétend, pourquoi l'a-t-elle fait venir dans son lit ? Pour se venger de papa ? Papa n'a jamais été brutal avec elle, je n'ai jamais entendu de disputes entre eux, sauf une fois, à propos du générateur qu'elle trouvait trop cher. Il faudra que je lui demande un jour. Pas sûr qu'elle me réponde. Elle me considère toujours comme sa petite fille, comme son bébé. J'ai pourtant l'impression que ma poitrine a doublé de volume ces derniers temps, que mon ventre lui aussi a gonflé, que mon sang, ce sang que j'attends avec impatience, va bientôt couler. Une fois que j'aurai eu mes règles, elle sera bien obligée de me regarder comme une femme.

Pauvre Anne Frank. Si elle lisait par-dessus l'épaule de ses sucess... eurs ? rices ?..., elle serait sans doute horrifiée. Il faut reconnaître que l'époque a bien changé depuis la Deuxième Guerre mondiale. On ne parle plus des mêmes choses qu'en 1940, ni de la même façon. Bientôt d'ailleurs, on ne parlera plus de rien, il ne restera pratiquement plus d'êtres humains sur la surface de la Terre. Je me demande si d'autres que nous ont échappé au cataclysme. J'avoue que je suis glacée d'horreur à l'idée que nous sommes les seuls survivants, que je devrai vivre jusqu'à ma mort en compagnie de ma mère, du microbe et de Jim. S'il n'y a que nous quatre pour repeupler la terre, il me faudra avoir des enfants, et je ne pourrai pas les faire avec mon frère. Le seul que je pourrais choisir pour père est... Jim ! Ah non ! Je m'enfuirai dès que j'en aurai la possibilité et, si je ne peux pas, je me tuerai plutôt que de laisser le grax poser ses sales pattes sur moi ! Tant pis pour l'humanité ! En attendant, il faut survivre. Et refaire le soir ce que les frottements des vêtements défont le jour. C'est devenu une habitude. Je tire soigneusement le verrou de la porte de la salle de bains, je m'assois sur le bidet, jambes écartées, et, à l'aide des aiguilles, je perce la peau de mes cuisses en serrant les dents pour ne pas gémir. Je passe ensuite le produit antiseptique avec un coton, comme me l'a montré maman, puis je complète le tout à l'aide du feutre rouge. Les sensations de brûlure ne durent pas trop longtemps, heureusement. C'est incroyable ce qu'on est obligée de faire quand on est une fille. Comme on n'a pas la force, on est obligée d'utiliser la ruse. Par moments, je déteste être une fille, je me déteste. J'ai envie de planter un couteau dans le ventre de Jim. Si un jour j'en ai le courage, je jure que je ne le lâcherai pas des yeux, que je le regarderai agoniser jusqu'à ce qu'il crève, je veux qu'il me voi... un e, un t ?... en train de sourire. Maman dit qu'il est encore trop tôt pour nous débarrasser de lui, qu'il ne nous ratera pas si nous, on le rate, mais, quand j'entends ses ronflements la nuit, je me dis qu'on n'est vraiment pas obligé de lui faire avaler des somnifères pour le zigouiller. Il ne faudra pas compter sur le microbe, le seul autre homme de la maison, avant cinq ou six ans. Pour l'instant, Théo est encore tout minus et n'a que la peau sur les os. Je vois bien à son regard sournois qu'il mijote quelque chose. Il disparaît parfois de la grande salle et ne réapparaît qu'une ou deux heures plus tard. Il ne répond jamais quand maman lui demande d'où il vient. Il y a des cendres sur ses vêtements, c'est bien la preuve qu'il sort dans la cour intérieure. Il reste tout près du poêle à son retour comme un chien mouillé. Je suppose qu'il se couvre chaudement avant d'aller dehors. Il a toujours été solitaire, bizarre. Même quand il jouait avec les autres enfants de la communauté, il restait à l'écart. Il lui arrivait de se sauver et de nous obliger, moi et Julie, de le chercher pendant des heures et des heures. On le retrouvait assis sur un rocher, ou perché sur un arbre, perdu dans ses pensées. Il ne se rendait pas compte du temps passé ni de nos inquiétudes. Les autres avaient tendance à se moquer de lui (je n'étais pas la dernière), et il se fâchait tout rouge. Je l'ai vu piquer des crises terribles, au point que je me demandais s'il n'allait pas s'arrêter de respirer. D'autres fois il semblait indifférent, comme si ce monde ne l'intéressait pas, il entendait des voix qu'il était le seul à percevoir, il disait qu'il vivait entre deux univers. Je me moque encore souvent de lui, mais il m'impressionne et je ne sais pas trop comment l'aborder, ce petit frère qui reste pour moi un mystère.

Papa me manque. Même s'il a été souvent contesté ces derniers temps, même si maman et lui se sont éloignés l'un de l'autre, s'il ne sait pas toujours manifester ses émotions, s'il n'est pas toujours drôle, c'est mon père et je lui vou... e ? s ? une affection éternelle. Curieusement, sa disparition ne me fait pas pleurer. Je suis sans doute une fille monstrueuse, toute sèche, déjà morte à l'intérieur. Les réactions de maman me surprennent aussi. Elle n'a pas l'air très affecté par la mort probable de papa. Est-ce qu'elle l'a déjà rayé de sa vie ?

Revenons à nos moutons (je ne sais pas pourquoi on dit ça, mais j'ai déjà entendu cette expression dans la bouche des adultes). Je suis allée dans l'ancienne chambre des Jeanneret où, selon Julie, sa mère Coraline aurait planqué des somnifères. Je me suis munie d'une lampe et couverte comme une guedin, mais, malgré mon bonnet, mes gants, les trois couches de pulls et l'anorak, j'ai bien cru mourir de froid. Dès que je restais plus de trois secondes dans un endroit, j'avais l'impression d'être transformée en pierre. J'avoue aussi que j'ai peur de l'obscurité. Même avec la lumière de la lampe, même en sachant qu'il n'y avait personne d'autre que nous dans le Feu de Dieu, j'ai cru que des créatures silencieuses rôdaient autour de moi, j'ai exploré la chambre beaucoup plus vite que j'aurais dû, je n'ai pas pris le temps d'ouvrir tous les tiroirs de la commode, de vérifier toutes les étagères de l'armoire, de regarder sous les tables de chevet, sous le lit. Incroyable comme cet endroit, qui ne m'avait jamais causé la moindre frayeur avant, m'a paru hostile, épouvantable. Je m'y suis sentie prise au piège, et je n'ai eu qu'une idée, m'enfuir le plus rapidement possible. Tant pis, on se passera de somnifères pour saigner Jim. Je suis revenue en courant dans la grande pièce, si terrorisée et glacée que, comme le microbe quand il revient de ses mystérieuses éclipses, je suis restée un long moment dans la chaleur du poêle. Bien sûr, j'ai eu honte ensuite de ma terreur et de ma lâcheté, et je n'ai pas osé parler à maman de ma minable expédition. J'ai pris la ferme résolution d'y retourner le plus tôt possible, et, cette fois, de prendre le temps de fouiller la chambre à donf. Les yeux vicieux de Jim me confortent dans ma décision. Je n'aime pas la façon dont il me regarde. On dirait un chat sauvage guettant une souris. J'ai cru constater qu'il s'intéresse désormais autant à moi qu'à maman. C'est dire si je me mutile avec application chaque soir. Hier, il a demandé à maman comment évoluait la maladie. Elle a répondu que les boutons et les brûlures n'avaient pas diminué, qu'elle n'était pas certaine que les antibiotiques suffiraient à soigner l'infection, qu'on n'avait pas d'autre choix que d'attendre. Il s'est mis à la traiter de tous les noms avec, dans la voix, une violence qui m'a tordu le ventre. Déjà qu'il se plaint de tout, du manque d'eau, de chaleur, de lumière, de la mauvaise qualité de la nourriture, je sens que sa violence peut à tout instant le déborder et tomber sur nous. Il faut absolument que je retourne dans la chambre des Jeanneret et que je trouve ces somnifères. Et puis bien cacher mon journal. Le grax me voit écrire et se demande visiblement ce que je raconte. Imaginez qu'il tombe dessus et lise ce que je dis sur lui, je passerais un sale quart d'heure, ça, c'est sûr. Sans doute que je prends un risque en laissant des traces écrites, mais j'adore, j'adore la course du crayon sur le papier et les mots tracés par la mine. Plus tard, même s'il ne reste pratiquement plus un seul être humain pour me lire, je serai écrivain... on dit écrivaine pour une femme ?... J'imagine que, des siècles et des siècles plus tard, quand un explorateur, descendant des rares survivants, retrouvera mon petit cahier à spirale dans les ruines d'une maison en haut d'une colline, il sera heureux d'apprendre ce qui s'est réellement passé l'année du grand bouleversement.

11

La porte métallique battait doucement contre le chambranle. Comme elle n'avait pas de poignée, Franx glissa les doigts entre la tranche et les pierres taillées pour l'entrouvrir. Le vent la prit en travers et la claqua violemment contre le mur. Elle ressemblait comme une jumelle à la porte qui lui était apparue dans ses visions quelques instants plus tôt. Elle donnait sur un escalier dont il n'entrevoyait que les premières marches. Il les descendit prudemment et s'engagea dans un passage imprégné d'une forte odeur de moisissures. Après que ses yeux se furent accoutumés à l'obscurité, il distingua une voûte grise au-dessus de sa tête, identique, là encore, à celle qu'il avait entrevue dans sa vision.

« Surya ? »

Sa voix mourut en échos décroissants dans le silence. Il n'avait pas retrouvé la fillette dans la cour intérieure. Elle n'avait pu s'échapper que par cette porte. Il déverrouilla le cran de sûreté du fusil et, l'arme pointée devant lui, pénétra dans le passage en pente descendante. Le froid reculait au fur et à mesure qu'il s'enfonçait dans les entrailles de la Terre. Il lui sembla entendre des bruits dans le lointain, accéléra le pas, faillit buter sur une énorme pierre dont l'affaissement avait provoqué un début d'éboulement. Il tira une lampe torche de la poche de son manteau. Il évitait autant que possible de l'utiliser, afin d'épargner les piles, mais, à l'intérieur de cette galerie plongée dans les ténèbres, il risquait à tout moment de tomber dans une crevasse ou de heurter un obstacle. Le rayon dévoila des parois suintantes, des objets disséminés sur le sol de terre battue, des bouteilles fracassées, des cageots débordants de légumes ou de fruits secs recouverts d'une mousse cryptogamique blanche et bouffante. Des grattements retentirent à quelques mètres de là. Il braqua le faisceau lumineux sur la source du bruit, entrevit un mouvement furtif, un éclair grisâtre qui disparut dans un amoncellement de cartons, de journaux, de vêtements, de fils électriques, de caisses. Il dévala, un peu plus loin, un deuxième escalier droit aux marches creusées. Le sang s'était remis à circuler dans ses mains et ses pieds, réveillant des douleurs aiguës. Le faisceau débusqua des formes grouillantes dans les recoins d'obscurité, des rats gris aux yeux brillants, poussant des couinements agressifs. Il espéra que, si Surya était passée par là, ils ne l'avaient pas déchiquetée. La faim pouvait les rendre audacieux, impitoyables. Ils ne reculèrent pas face à la lumière, certains hérissèrent le poil et montrèrent les dents. Ils nettoyaient de ses derniers lambeaux de chair la dépouille d'un lapin ou d'un chat. Il les abandonna à leur sinistre besogne et parvint, à l'extrémité d'une galerie plus étroite, devant une deuxième porte métallique. Quelqu'un l'avait entrouverte et n'avait pas pris soin de la refermer. Des rayons obliques de lumière s'en échappaient et éclairaient le sol légèrement bombé et les poutres vermoulues du chambranle. Il l'ouvrit prudemment et, le fusil toujours levé, s'introduisit dans une immense cave d'une hauteur de quatre ou cinq mètres. L'odeur suffocante l'informa qu'il venait de pénétrer dans une ancienne champignonnière. Un rectangle de lumière éclairait, sur un côté de la pièce, un pan de paroi et une dizaine de silhouettes assises en demi-cercle. Un écran de télévision ou d'ordinateur. Des pensées d'espérance dansèrent une folle sarabande dans l'esprit de Franx : certains endroits du monde étaient donc toujours connectés entre eux, tous les continents n'avaient pas été touchés, l'Europe serait bientôt secourue, la vie reprendrait son cours.

« C'est elle que vous cherchez ? »

Il sursauta et pivota sur lui-même, le fusil pointé sur l'homme qui avançait dans sa direction, tenant Surya par la main.

« Hé, mec, cool avec ton flingue ! Personne ne te veut de mal. »

Surya lâcha la main de l'homme et vint se placer contre la jambe droite de Franx.

« C'est ta fille ? »

L'homme, d'une trentaine d'années, portait une casquette de base-ball, une barbe blonde de plusieurs jours, des baskets blanches, une veste d'un cuir épais et usé. Ses yeux se posaient comme deux oiseaux effarouchés sur le canon du fusil. Franx retira ses lunettes, son foulard et son bonnet, puis il dégagea la tête de la fillette. Elle lui adressa l'un de ces merveilleux sourires qui avaient le don de désamorcer instantanément les humeurs et les colères les plus noires.

« Il ne faut plus me faire des peurs comme ça ! »

murmura-t-il d'une voix plus douce qu'il ne l'aurait voulu.

Des larmes perlèrent à ses cils. Il garda la tête baissée en attendant que cette stupide envie de pleurer soit passée.

« Vous venez d'où ? demanda l'homme.

— De Paris », répondit Franx.

Des lueurs vives enflammèrent les yeux bruns de son vis-à-vis.

« Comment c'est, là-bas ? »

Lançant un bref regard autour de lui, Franx se rendit compte que d'autres hommes et d'autres femmes s'étaient approchés d'eux, jeunes pour la plupart, les visages creusés par l'angoisse.

« Il ne reste pratiquement plus un seul immeuble debout », finit-il par dire d'un ton las.

Ils se pressèrent autour de lui et l'abrutirent de questions. Ils avaient eux aussi ressenti les secousses, mais ils n'y avaient pas vraiment prêté attention jusqu'à ce qu'ils essaient de remonter à la surface et que le froid et l'obscurité les obligent à revenir dans l'ancienne champignonnière où ils tournaient un film. Deux membres de l'équipe, le réalisateur et le chef opérateur, avaient décidé de partir en reconnaissance. Le réalisateur était revenu quelques heures plus tard dans un sale état. Il avait eu le temps de leur dire, avant de mourir, que le froid avait eu raison de son compagnon. Depuis, ils montaient régulièrement à la surface pour voir comment évoluaient les choses. Ils disposaient de réserves de nourriture qu'ils cuisinaient à l'aide des trois réchauds à gaz alloués par la production. Par chance, cette dernière avait prévu large, à la fois en vivres, en eau et en bouteilles de gaz. De même ils pouvaient se servir d'un petit générateur prévu pour alimenter les batteries, les moniteurs et les projecteurs. Il leur restait environ la moitié de l'essence répartie en plusieurs jerrycans. Franx leur demanda pourquoi ils gaspillaient le précieux carburant pour simplement allumer des écrans. Le premier assistant, le type à la casquette de base-ball qui l'avait accueilli à son arrivée, lui répondit qu'ils avançaient dans leur travail en visionnant les rushes, en effectuant un boulot de prémontage. Coupés du monde, ils n'avaient pas mesuré l'ampleur du cataclysme. Franx leur expliqua que la ville de Paris était entièrement détruite par les tremblements de terre, que le monde connaissait un tel bouleversement qu'il mettrait probablement des siècles à s'en remettre, que leur film ne serait diffusé par aucun réseau ni hertzien ni satellite, qu'ils devaient donc garder précieusement leur énergie pour les fonctions essentielles, manger, se chauffer, dormir, jusqu'à ce que la planète ait achevé sa mue. Ils auraient été bien inspirés par exemple, pendant qu'ils en avaient encore la force et la lucidité, de traquer et de manger les rats avant que ceux-ci, affamés, ne se jettent sur eux et ne les taillent en pièces. Dans un environnement où les ressources se raréfiaient, la lutte pour la survie serait implacable. Il fallait donc se débarrasser des habitudes comme de frusques usées, revenir à l'essentiel, s'organiser sans perdre un instant pour surmonter les épreuves qui les attendaient. Ses paroles soulevèrent de l'effroi et de la colère chez ses interlocuteurs.

« Je crois que vous exagérez. »

La femme blonde qui venait de parler d'une voix

forte émergea de la pénombre et s'avança vers Franx. Il la reconnut instantanément bien qu'il ne regardât pratiquement jamais la télévision et n'allât plus au cinéma depuis des lustres : Charline Sibony, ex-étoile du grand écran, promue vedette de télévision à l'aube de la quarantaine après une éclipse d'une dizaine d'années, égérie de quelques causes humanitaires et de nombreuses marques, blondeur et beauté intactes, l'une des personnalité préférées des Français malgré ses frasques et l'interminable liste de ses amants. Vêtue d'un manteau blanc noué à la taille, le visage en partie enfoui dans le col remonté, elle s'approcha et planta ses célèbres yeux myosotis dans ceux de Franx.

« Manger du rat ? dit-elle avec une moue. Vous êtes complètement dingue, mon vieux ! Nous avons de quoi tenir quelques jours. Le temps que cette saleté de tempête fiche le camp ! »

Il éprouva les pires difficultés à se soustraire à l'attraction magnétique de son regard, à l'enchantement de sa beauté.

« Je ne parle pas de tempête, répliqua-t-il aussi calmement que possible. Mais de cataclysme planétaire. La Terre a bougé, il n'y a plus ou pratiquement plus de protection magnétique, des régions entières ont sans doute disparu sous les eaux, les anciens volcans se sont réveillés un peu partout, de nouveaux sont apparus. Leurs éruptions simultanées forment une brume de particules en suspension qui bloque la lumière du soleil et mettra à mon avis six ou sept ans à se disperser. Six ou sept ans d'obscurité et de froid glaciaire, une peccadille sur le plan géologique, une éternité pour les êtres vivants. Il vous faut maintenant économiser votre carburant, votre nourriture, votre eau, votre énergie, et je vous répète que, si vous ne chassez pas ou ne mangez pas les rats, ce sont les rats qui vous mangeront. »

L'actrice le dévisagea avec un mélange d'incrédulité, de dédain et de frayeur.

« Impossible ! Impossible ! On ne nous a pas abandonnés, on viendra bientôt nous chercher.

— Comment les secours arriveraient-ils jusqu'à vous ? Les avions ne volent plus, les voitures, les trains ne roulent plus, l'électricité est coupée, les systèmes téléphoniques et informatiques ne fonctionnent plus. À pied, si vous n'êtes pas équipés, vous ne ferez pas plus d'un kilomètre. Comme ces deux hommes de votre équipe qui sont partis en reconnaissance.

— D'où tenez-vous vos informations ? » Plus une seule trace d'ironie dans la voix grave de Charline Sibony. « Selon vos propres paroles, il n'y a plus de télé, plus de radio, plus de journaux. Comment pouvez-vous affirmer que nous allons être bloqués là pendant six ou sept ans ? Vous vous êtes trompé, je suis sûre et certaine que vous vous êtes trompé. »

Franx remit le fusil en bandoulière et, machinalement, posa la main sur l'épaule de Surya.

« Les calculs des anciens et de certains modernes se rejoignaient pour annoncer un cataclysme à l'échelle planétaire. Je les ai étudiés. Le grand bouleversement est seulement arrivé quelque temps avant le moment prévu. La Terre éprouve régulièrement le besoin de se secouer, de se régénérer. C'est ce que les Mayas appelaient la Croix cosmique, ou l'Arbre sacré, un cycle d'environ cinq mille ans. Faites ce que vous voulez. Je ne vous oblige pas à me croire. »

Les dialogues criards des rushes qui se déroulaient sur l'écran dominaient par instants le ronronnement discret du générateur électrique. Plus personne ne s'intéressait désormais au film, la vingtaine de membres de l'équipe étaient suspendus aux paroles de Charline Sibony et de Franx.

« Qu'est-ce que vous foutez dehors avec cette gamine ? Si vous pensez vraiment ce que vous affirmez, vous seriez resté tranquillement chez vous en attendant le retour du soleil, non ? »

La voix puissante de l'actrice se ficha dans son plexus avec la violence et la précision d'une lame. Il n'avait pas cru à ses propres intuitions ni à ses calculs, miné par le découragement et l'hostilité des autres membres de l'arche. S'il s'était cramponné à ses convictions, il n'aurait jamais entrepris le voyage à Paris, il serait resté dans le Feu de Dieu en compagnie d'Alice et des enfants, il aurait attendu le cataclysme, il aurait pu les protéger de la rapacité de Jim le parasite. Il était loin d'eux parce qu'il n'avait pas su coller à sa réalité, qu'il s'était renié, séparé de lui-même.

« Un concours de circonstances m'a éloigné de chez moi. Je cherche maintenant à rentrer à la maison. La petite et moi, on a juste besoin de prendre un peu de repos à l'abri du froid et des cendres.

— C'est loin, chez vous ? demanda une femme.

— Périgord noir. Où sommes-nous, ici ?

— À Buc, entre Vélizy et Guyancourt, dans les Yvelines.

— Il me reste encore presque cinq cents bornes.

Une faille m'a obligé à faire un énorme détour. C'est comme si je repartais du début.

— Vous venez tout juste de dire qu'on ne peut pas faire plus d'un kilomètre dans ce froid ! objecta Charline Sibony.

— Je n'ai pas le choix. Et puis je suis à peu près équipé.

— Votre fille ne tiendra pas le coup.

— Vous admettez donc que les choses ne s'amélioreront pas d'ici quelques jours ? »

L'actrice lui décocha un regard hostile, presque haineux, avant de tourner les talons et de s'évanouir dans la pénombre.

Boris, le premier assistant, offrit à Franx un matelas de polyester qui servait normalement à amortir les chutes des comédiens. Les scènes tournées dans la champignonnière racontaient la confrontation du personnage joué par Charline Sibony et du ravisseur de sa fille, une rencontre musclée qui finissait en bagarre, d'où la présence des matelas amortisseurs.

« On ne croit pas une seule seconde qu'une nana de la carrure de Charline puisse casser la gueule à un mec de quatre-vingt-dix kilos, ni même qu'elle puisse être mère d'une fille de deux ou trois ans, mais elle l'a exigé dans le scénario et la production ne peut rien lui refuser. Elle nous en fait baver grave pendant le tournage, c'est moi qui vous le dis. »

Franx remercia l'assistant, s'allongea aux côtés de Surya et tira sur eux les deux couvertures de laine qu'il avait dénichées dans un recoin de la grande salle voûtée. Il s'endormit assez rapidement malgré les éclats de voix des membres de l'équipe de tournage qui discutaient sur la conduite à suivre, les uns persuadés qu'ils rentreraient tranquillement chez eux dans quelques jours, les autres, ébranlés par les arguments de Franx, se demandant s'ils ne devaient pas se préparer à un long enfermement et, donc, à la nécessité de capturer et de manger des rats.

Une sensation de mouvement réveilla Franx. Quelqu'un se glissait à ses côtés sous la couverture. Il saisit la torche qu'il avait posée sous le matelas au-dessus de sa tête. Le rayon accrocha une chevelure blonde, un regard myosotis, un visage blanc enfoui dans un col relevé.

« Éteignez votre fichue lampe. »

Charline Sibony s'allongea et se serra contre lui.

« Qu'est-ce que...

— J'avais besoin de vous parler en privé. Votre fille dort ?

— Je crois. Ce n'est pas ma fille au fait, mais une gosse que m'a confiée sa mère mourante. Elle est muette. Vous voulez quoi, au juste ? »

Elle se rapprocha encore, il sentit sur sa joue son haleine tiède, troublante, et, au travers des étoffes, la chaleur de son corps.

« J'ai repensé à ce que vous avez dit tout à l'heure, chuchota-t-elle. J'ai lu un tas de bouquins sur les prédictions apocalyptiques. Je n'y ai jamais cru, mais, parfois, la vie vous paraît si... insignifiante que vous en arrivez à souhaiter un changement radical, un cataclysme. Ce que vous êtes incapable de faire, vous espérez que la nature s'en chargera. »

Franx entreprit de se reculer, mais le corps de Surya,

allongé quelques centimètres plus loin, le contraignit à demeurer dans l'attraction de Charline Sibony. Les trois quarts des mâles français auraient aimé être à sa place en ce moment. Du temps de sa splendeur, considérée comme l'une des plus belles femmes du monde, elle avait posé pour un nombre invraisemblable de magazines et de calendriers, parfois habillée, souvent nue, et ses posters avaient orné les murs d'innombrables chambres de célibataires ou les cloisons des cabines de routiers. Il avait lui-même fantasmé sur elle pendant son adolescence. Il se souvenait d'une photo double page, où allongée sur un sofa de velours rouge, elle posait négligemment sur son entrejambe une main qui ne cachait pas grand-chose de son intimité. Il se demandait s'il ne rêvait pas, si c'était bien Charline Sibony qui était allongée contre lui, la déesse tombée de l'Olympe pour partager avec les hommes un peu de sa gloire éclatante, l'actrice qui avait tourné avec les plus prestigieux metteurs en scène avant de connaître une éclipse soudaine et de revenir en grâce, dix ans plus tard, humiliée, humanisée, dans la petite lucarne.

« Vous pensez certainement que je suis malvenue de me plaindre, moi qui ai vécu tout ce dont peut rêver une femme, moi qui ai à peu près tout connu sur cette terre, mais plus je m'approchais de la lumière, et plus le vide grandissait en moi, yin et yang, vous connaissez ? J'ai tout tenté pour le combler, amants, alcool, cocaïne, je suis devenue une loque, incapable de mémoriser deux lignes de texte, d'ânonner trois mots, j'ai fait six cures de désintoxication, et puis j'ai réussi à décrocher et à revenir dans le circuit, mais le vide est toujours là, au fond de mon ventre, le gouffre continue de se creuser, je sais maintenant ce qui aurait pu le combler, mais il est trop tard, j'ai passé la cinquantaine, je resterai une branche morte, je m'effacerai de la surface de cette Terre sans laisser de trace.

— Il restera vos films... »

Le petit rire enroué de Charline vibra sur les lèvres de Franx.

« Si vous avez raison, plus personne ne regardera mes films. Et puis, même si quelques salles restent debout, ils se comptent sur les doigts de la main, les films honorables auxquels j'ai participé. Aucun chef-d'œuvre dans le... »

Un bruit de pas l'interrompit. Un homme et une femme passèrent tout près et s'éloignèrent dans l'obscurité en semant derrière eux des murmures étouffés.

« ... dans le tas, reprit Charline. Les réalisateurs s'arrangeaient surtout pour montrer mes fesses. Eh oui, il fut un temps où mes seules fesses garantissaient un financement confortable et un million d'entrées en salles. Un peu court comme argument artistique, non ? »

Elle lâcha un nouveau rire aux accents désespérés.

« Pourquoi me racontez-vous tout ça ? » demanda Franx.

La main de Charline se posa sur son avant-bras.

« Comment vous appelez-vous ?

— François-Xavier. Tout le monde m'appelle Franx.

— Eh bien, Franx, même si ce que vous affirmez est terrifiant, je crois au plus profond de moi que vous avez raison. Que la vie ne sera plus jamais comme avant.

Que nous devons nous adapter. Je... je suis venue vous proposer un pacte. »

Elle glissa le bras autour de la taille de Franx et l'attira contre elle. Il ne lui opposa aucune résistance.

« Tu as réussi à faire le chemin de Paris jusqu'ici », reprit-elle. Ses lèvres effleuraient, ensorcelaient le cou de Franx. « Aucun de nous n'est préparé, contrairement à toi. Nous disposons d'un abri relativement sûr, de quelques réserves, mais ça ne suffira pas, nous avons besoin de quelqu'un comme toi pour réussir à passer ces temps difficiles.

— Vous pensez que... »

Charline prit la main de Franx et la plongea dans l'encolure de son manteau. Elle était nue en dessous et sa peau, brûlante.

12

Théo ne pouvait pas rester longtemps dans la longue pièce qu'il avait baptisée le pas de tir. Une demi-heure maximum, et encore, à condition de bouger sans cesse. Au-delà, le froid devenait insupportable, les pieds, les mains et les oreilles s'engourdissaient, signe qu'il était temps de retourner dans la salle commune et la chaleur du poêle. Il aurait pu allumer un feu dans l'antique et immense cheminée, mais il lui aurait fallu aller chercher du bois dans la cave et sa mère n'aurait pas permis qu'il gaspille pour son seul profit les réserves du Feu de Dieu. Un voile de cendres habillait le sol inégal de l'atelier. Elles tombaient par le conduit dont le chapeau avait sans doute été arraché par le tremblement de terre et flottaient un moment dans l'air glacé avant de se poser sur les tommettes aux couleurs enfuies.

Théo avait subtilisé une vingtaine de bougies et une boîte d'allumettes sans attirer l'attention de sa mère et de sa sœur. Il s'exerçait à la lumière de quatre flammes minuscules et chahutées par les courants d'air. Il avait réussi à ployer à plusieurs reprises le bois durci de son arc sans le casser. L'arme avait nettement perdu de sa puissance : les flèches taillées au couteau, pointes alourdies par un bout de fil de fer enroulé, peinaient à franchir la distance entre la position de tir, juste devant le mur du fond et, plus encore, à toucher la cible posée sur le manteau de la cheminée dix mètres plus loin entre deux bougies allumées. À cette vitesse, à cette puissance, elles n'avaient aucune chance d'égratigner un être vivant, encore moins un bison. Théo avait tendu le fil de fer qui servait de corde, celui-ci s'était rompu, la flèche était partie en travers, l'empennage de bois avait profondément entaillé la première phalange de son pouce. Il avait jugulé l'écoulement de sang avec un pan de tissu et s'était soigné seul. Un bout de coton imbibé d'alcool maintenu par un élastique, le gant passé par-dessus, ni vu ni connu même si la douleur, cuisante, se rappelait régulièrement à son bon souvenir. Il avait badigeonné le bois de l'arc d'une huile piquée dans la salle de bains, de l'huile de germe de blé à en croire l'odeur.

Un truc de filles.

Les femmes de la communauté avaient passé une bonne partie de leur temps à se tartiner le visage de crèmes, d'huiles, d'argile et d'autres produits de beauté. Il les avait observées depuis la cachette qui offrait une vue imprenable sur la salle de bains principale. Il avait découvert la planque, par hasard en explorant le grenier, probablement aménagée par le propriétaire ou le fils du propriétaire précédent. Personne n'avait jamais remarqué les trous, d'un diamètre de six ou sept centimètres, ouverts dans le faux plafond tout près des poutres. Il n'avait révélé son secret à personne ; il n'était pas d'un naturel très expansif et craignait que les autres ne sachent pas tenir leur langue. Il était parfois resté posté pendant des heures entre les chevrons poussiéreux, perdu dans ses rêves, jusqu'à ce que quelqu'un s'introduise dans la salle de bains. Une personne, ou deux. Il avait vu des choses qu'on ne voyait d'ordinaire que sur les sites Internet interdits aux mineurs, Élodie Boullez avec le grax, Stéphanie Aymar avec le grax, Coraline Jeanneret avec le grax, s'embrassant à pleine bouche, se déshabillant avec des gestes fébriles, ça finissait toujours de la même façon, elles penchées vers l'avant, les fesses en l'air, agrippées au rebord de la baignoire, lui debout derrière elles en train de les saillir à grands coups de bassin, elles se retenaient de gémir, se relevaient, inquiètes tout à coup, faisaient signe à l'autre de se taire, se rhabillaient rapidement, sortaient de la salle de bains après avoir vérifié que personne ne déambulait dans le couloir, il prenait une douche, s'admirait sous toutes les coutures en se séchant et filait à son tour après s'être peigné avec ses doigts écartés. Parfois, le grax emmenait ses conquêtes dans le grenier où il avait installé un matelas et, à trois reprises, Théo avait dû supporter leurs gémissements et les autres bruits, séparé d'eux par un petit mètre et une mince cloison de bois, sans pouvoir tousser ni se gratter alors que sa gorge, ses cheveux, son corps tout entier étaient pris de démangeaisons horribles. Le soir, lorsque tout le monde se rassemblait autour de la grande table, le grax et les femmes feignaient de s'ignorer, elles s'efforçaient de paraître normales devant leurs maris sans se douter une seule seconde qu'elles avaient été épiées et qu'un seul mot de sa part aurait déversé sur elles une cascade d'ennuis. Il ne connaissait pas grand-chose en amours conjugales, mais il se doutait que les maris n'auraient pas été contents de savoir leurs femmes avec un autre homme, et puis, elles prenaient de telles précautions avant de s'enfermer avec le grax qu'elles n'avaient sûrement pas la conscience tranquille. Les hommes n'étaient pas en reste, Vitto Dallaglio principalement, qui avait lui aussi entraîné Coraline et Élodie dans le grenier, dans la salle de bains ou dans d'autres recoins isolés de la maison. Théo n'avait pas tout compris des parties qui se jouaient entre adultes, il supposait seulement qu'elles avaient un lien avec les disputes, les fâcheries et les départs successifs. Il n'avait jamais surpris sa mère avec un autre homme, enfin pas avant de découvrir le grax dans la chambre de ses parents. Il en aurait été malheureux, sans savoir pourquoi. Quand elle entrait dans la salle de bains, d'ailleurs, il détournait le regard et se réfugiait de nouveau dans ses rêves. Pas envie de l'épier dans des postures ou des actes qui auraient brisé l'image précieuse et fragile qu'il avait d'elle – une image sérieusement écornée après qu'elle avait permis au grax de se glisser dans son lit. Il devait maintenant rendre sa pureté au tableau familial, réparer l'offense afin que son père puisse reprendre sa place. Depuis deux jours, son père ne marchait plus dans sa tête, il se terrait dans un endroit sombre et froid comme une tombe d'où il n'avait plus le courage de se relever.

Il avait réparé l'arc. L'huile avait rendu sa souplesse et son efficacité au bois. Les flèches se plantaient dans le mur au-dessus de la cheminée avec un bruit mat. Quand elles touchaient la boîte de conserve vide, elles laissaient des impacts visibles sur le fer-blanc. Il lui fallait également améliorer la qualité de la pointe de façon à ce qu'elle traverse n'importe quelle surface dure. Mais comment ? En dérobant, peut-être, des couteaux dans la cuisine et en les liant de façon très serrée aux extrémités des flèches. Malgré sa triple paire de chaussettes, son bonnet, ses gants et son écharpe, le froid commençait à lui mordre les pieds, les mains et les oreilles. Bientôt il serait incapable de remuer ses doigts à l'intérieur de ses chaussures. Il décida de rentrer, glissa l'arc et les flèches sous le tas de lattes et dans une vieille couverture repliée, souffla les bougies et passa dans la cour intérieure.

Déséquilibré par la gifle glacée du vent, il se plaqua contre le mur et attendit que la bourrasque s'évanouisse pour traverser l'espace dégagé. Le haut du tapis de cendres continuait de s'envoler sous les coups de boutoir du vent et à chacun de ses pas ; le bas s'était agrégé et durci sur une hauteur de trente ou quarante centimètres. Les particules grises n'étaient pas aussi volumineuses que les premiers temps, elles tombaient maintenant en points minuscules et serrés qui flottaient un long moment et formaient un brouillard poisseux, impénétrable. Une odeur de pourri s'en dégageait. Il lui sembla que la température continuait de baisser, que le froid se faisait de plus en plus virulent et vorace.

Théo franchit rapidement la cour et se glissa dans la maison par la porte blindée qui donnait sur l'ancienne buanderie et dont il avait tiré le verrou. Comme à chaque fois, il s'épousseta avec soin après avoir refermé la porte. Seuls les sifflements du vent et les ronflements discrets du poêle habitaient le silence, d'une profondeur insondable. Une silhouette surgit de l'obscurité et se déplia devant lui. Son cœur se mit à battre à tout rompre, petit oiseau affolé se cognant aux barreaux de sa cage.

« Qu'est-ce que t'es allé foutre dehors ? »

La voix du grax. Une telle frayeur se déploya en Théo qu'il lâcha une goutte ou deux d'urine.

« Réponds, petit con ! »

Théo chercha désespérément une réponse plausible, aucune pensée ne jaillit à la surface de son esprit aussi gelé que son corps. L'autre s'avança dans une succession de froissements, de craquements, et pointa le bras sur la porte.

« Qu'est-ce qu'il peut bien y avoir d'intéressant à foutre, dans cette putain de cour ? »

Son odeur aigre fouetta les narines de Théo.

« J'avais... envie... de prendre l'air...

— Prendre l'air ? Respirer ces saloperies, risquer d'être gelé en quelques secondes ? Tu te fous de ma gueule ? »

Théo garda la tête baissée, envie de pleurer à nouveau. Ses parents et d'autres adultes l'avaient disputé à plusieurs reprises, mais jamais il n'avait ressenti cette peur immense, atroce, cette impression que la corde pouvait lâcher à tout moment et libérer l'épée suspendue au-dessus de sa tête.

« Qu'est-ce qui se passe, ici ? »

La voix de sa mère, rassurante même si elle ne faisait pas le poids face au grax. Elle s'accroupit devant Théo et le scruta avec attention. Elle portait une épaisse veste de laine par-dessus un pull à col roulé et un bonnet d'où s'échappaient ses longs cheveux châtain clair.

« Il y a que ton fils s'amuse à sortir dans la cour, gronda le grax. Et qu'il risque de finir en glaçon !

— C'est vrai, Théo ?

— J'voulais juste faire un petit tour dehors, ânonna le garçon.

— C'est ça, mec ! J'adore moi aussi me shooter aux cendres volcaniques ! siffla le grax.

— Ce n'est pas à toi de régler ce problème, Jim, dit Alice. Je ne te croyais pas si soucieux de la santé de... »

L'autre poussa un soupir bruyant avant de frapper violemment le mur du plat de la main.

« Si ce petit con nous met en danger, ça me regarde ! Moi, je lui foutrais une bonne trempe, histoire de lui remettre les idées en place.

— Tu n'es pas son père. »

Le grax saisit Alice par le bras, la força à se relever et la maintint tout près de lui, face contre face.

« Ne me parle plus jamais comme ça ! Ou, je te jure, c'est toi qui la recevras, la trempe !

— Lâche-moi.

— Je suis le seul homme dans cette putain de baraque. Mets-toi ça dans le crâne ! Et si t'es pas capable de te faire obéir de ce petit con, c'est moi qui m'en chargerai, compris ? »

Il la secoua sans ménagement. La colère chassa la frayeur dans le corps de Théo. La colère et une résolution cimentée par la haine.

Alice se demandait si elle ne devait pas donner à Jim ce qu'il réclamait. Elle n'en avait vraiment pas envie, l'idée même la révulsait, mais le parasite devenait de plus en plus agressif avec les enfants et c'était sans doute la seule façon de le calmer. Après tout, elle n'aurait qu'un mauvais moment à passer, un moment qu'elle s'arrangerait pour faire durer le moins possible, elle se frotterait ensuite avec un gant de crin jusqu'à ce que sa peau soit débarrassée de l'odeur et du souvenir de Jim, en attendant de trouver une solution plus radicale. Zoé la pressait de l'éliminer pendant qu'il dormait, mais, même s'il avait le sommeil lourd, elle craignait de rater son coup et de le transformer en chien enragé. Tuer un homme lui apparaissait soudain comme une montagne impossible à gravir. Il faudrait le frapper sans trembler, lui trancher la gorge ou toucher un organe vital, et la peur de l'échec serait telle qu'elle ne maîtriserait pas ses gestes. Elle avait déjà choisi l'arme, le couteau à la lame longue et fine dont elle se servait pour découper les carcasses de poulet et les épaules d'agneau, elle l'avait pris en main, elle l'avait soupesé, planté de toutes ses forces dans le bois de table et choisi pour arme, facile à manier, assez solide et tranchante pour crever la carcasse de Jim. Elle repoussait sans cesse le moment de passer à l'acte, conditionnement moral ou défaut de courage, elle ne le savait pas. Elle regrettait de plus en plus l'absence de Franx. Le manque d'un homme serait à la longue difficile à supporter. Elle se disait que Jim n'était pas un si mauvais bougre, qu'il pouvait certainement s'améliorer, et elle lui prêtait des vertus insoupçonnées qui, hélas, ne résistaient pas aux faits. Égoïste, vaniteux, coléreux, méprisant, répugnant, il ne montrait aucune disposition pour la vie communautaire et ne faisait aucun effort pour s'adapter. Il ne lavait pas sa vaisselle, ne nettoyait pas la cuvette des

WC qu'il souillait pourtant avec une régularité exaspérante, ne participait jamais aux tâches quotidiennes, restait des heures et des heures allongé sur son lit, comme un lézard se gorgeant de chaleur sur un rocher, se lavait près du poêle en exhibant généreusement son anatomie, abandonnait la cuvette sur place, emplie d'eau sale, jusqu'à ce que quelqu'un, de guerre lasse, se décide à la vider, jetait ses fringues et ses serviettes n'importe où, fumait des cigarettes roulées malgré l'interdiction formelle d'Alice, se plaignait sans cesse de la qualité de la nourriture, bref, se révélait insupportable, incompatible. Alice voulait encore se persuader que chaque être humain avait une double face, que Jim avait lui aussi ses bons côtés, il s'ingéniait jour après jour à lui démontrer le contraire, ne laissant paraître de lui que les aspects les plus pénibles de la nature humaine. Sans doute avait-il vécu une petite enfance ou une adolescence difficiles, sans doute une belle âme palpitait-elle sous cette carapace de dureté et d'indifférence, mais elle ignorait comment l'atteindre dans son humanité véritable, comment l'amener à prendre conscience qu'ils auraient davantage de chances de s'en sortir en faisant preuve d'un minimum de solidarité. On ne lui réclamait pas de l'amour, ni même de la sympathie, le simple bon sens suffirait.

Le temps était venu d'agir. Elle pouvait encore le repousser quelques jours avec la fausse infection, mais elle devait maintenant concevoir un nouveau stratagème. Elle avait surpris le regard de Théo lorsque Jim lui avait hurlé dessus et l'avait secouée avec brutalité. Elle n'avait jamais vu une telle frayeur, une telle haine dans les yeux de son fils. Une haine froide, implacable, terrifiante, rien à voir avec un caprice ou une colère d'enfant, le genre de haine qui débouchait sur les tragédies. Elle puisa un peu de courage dans le souvenir de Franx. Théo affirmait avec force qu'il était toujours vivant, qu'il marchait sur une terre dévastée et grise, qu'il reviendrait bientôt au Feu de Dieu. Bien qu'ébranlée par la conviction de son fils, elle n'y croyait pas vraiment. Elle tentait de temps à autre de ressentir le lien qui l'unissait à Franx, leurs fils croisés dans la trame, elle n'expérimentait rien d'autre qu'un vide assourdissant. Après en avoir conclu qu'il était mort, elle admettait qu'elle ne pouvait pas faire confiance à ses perceptions, que Théo, après tout, avait peut-être raison.

« Tu dors ? »

Jim, debout devant son lit. Elle se redressa et s'assura que les enfants dormaient.

« J'ai envie de baiser. »

Il lui montra l'étendue de son désir en tirant sur l'élastique de son pantalon de jogging transformé en pyjama. Des pensées affolées s'égaillèrent dans le cerveau d'Alice.

« Tu sais bien qu'on ne peut pas, je risque de te refiler ma saloperie. »

Il lui colla sous le nez un petit carré brillant qu'elle identifia instantanément à la lumière rougeoyante du poêle.

« Avec ça, on ne risque rien. »

Des capotes. Où diable le parasite s'était-il procuré des capotes ? Elle avait soigneusement planqué toutes celles qu'elle avait trouvées dans une vieille commode fermée à clef.

« Où tu les as dénichées ? »

Il tira sur le coin de l'emballage et dégagea le préservatif.

« J'ai fouillé. Y a toujours des trucs à traîner dans une baraque. Elles sont un peu petites, hein, mais ça ira. »

Un cadeau empoisonné de la famille Loustaleau-Boullez, sans doute, il semblait à Alice reconnaître les préservatifs qu'ils commandaient sur un site Internet, moins chers selon eux, et surtout si fins qu'on ne les sentait pratiquement pas.

« Il y a quand même des risques, objecta Alice sans conviction. On ne sait pas si l'infection ne se transmet pas aussi par la salive et la sueur.

— Pas besoin de se rouler des pelles !

— Je ne te souhaite pas de l'attraper. Crois-moi, ça brûle, et on ne sait pas comment ça peut évoluer. »

Il glissa les mains à l'intérieur de son pantalon pour installer le préservatif.

« Je prends le risque, j'en crève d'envie, je te dis. Pousse-toi. »

Il n'attendit pas la réponse d'Alice pour se glisser dans le lit.

13

Franx décelait des reproches dans le regard fixe de Surya. Il avait perdu toute notion du temps. Il lui semblait parfois être arrivé la veille dans la champignonnière et, parfois, il avait l'impression d'y être installé depuis des mois. Sidérante, la vitesse à laquelle l'être humain s'habitue à ses nouvelles conditions de vie, à son nouvel environnement. Oubliées, déjà, la marche exténuante dans le froid perpétuel et les averses de cendres ; oubliées, les éruptions et les gigantesques failles ouvertes par les secousses telluriques ; oubliée, la peur permanente de périr de faim, de soif ou d'épuisement ; oubliés, le Feu de Dieu, Alice, les enfants, Jim le parasite, comme s'ils appartenaient à un monde parallèle, ou qu'ils n'avaient jamais existé. Son noyau familial s'effaçait de sa mémoire avec une rapidité déconcertante, sans doute parce qu'il l'avait davantage forgé et maintenu avec le mental qu'avec le cœur. Franx appartenait à la catégorie des êtres malhabiles avec les sentiments. Comme Alice n'était pas beaucoup plus douée que lui en ce domaine, ils avaient conclu un pacte tacite basé sur l'entente raisonnable, cordiale, espérant que l'arrivée des enfants parviendrait à nourrir à l'intérieur ce qu'ils avaient esquissé par l'extérieur. Lorsqu'il avait vu les nouveau-nés sortir, luisants, sanguinolents, chiffonnés, du ventre d'Alice, il avait ressenti pour eux un élan puissant et spontané qu'il n'avait jamais éprouvé pour leur mère, puis, les années passant, accaparé, voire obsédé par le projet de l'arche du Feu de Dieu, il avait négligé de cultiver son amour paternel, il avait laissé la friche habituelle recouvrir ses sentiments, il s'était souvent surpris à éprouver du désintérêt, voire de l'indifférence, oui, de l'indifférence, pour la chair de sa chair. Le gouffre qui le séparait d'eux lui paraissait désormais infranchissable. Il se demandait de temps à autre si l'emplacement du Feu de Dieu avait été bien choisi, si les bâtiments avaient résisté aux secousses. La perspective de la disparition des siens ne lui causait qu'une peine légère aussitôt ensevelie par une multitude d'autres pensées, d'autres considérations.

Surya restait assise des heures sans bouger, les yeux levés sur Franx, comme un chiot sollicitant inlassablement le regard de son maître. Elle ne bougeait que pour manger, boire et faire ses besoins dans le coin toilettes aménagé par les techniciens de l'équipe de tournage. Le soir, elle s'allongeait docilement sur le petit matelas de mousse installé à une dizaine de mètres de la couchette de Franx. Il ne savait pas si elle dormait. Chaque fois qu'il allait vérifier, il la trouvait les yeux grands ouverts. Elle ne manifestait en tout cas jamais le moindre signe de mécontentement ou de fatigue, elle arborait toujours la même expression, la même absence d'expression plutôt, elle traversait l'existence avec une impassibilité qu'aucun événement n'était en mesure de fissurer. Autiste.

Charline Sibony, elle, ne supportait pas la fillette : elle la traitait de petite cinglée au visage de démon, de succube, et disait qu'il fallait s'en débarrasser au plus vite avant qu'elle n'ait pompé l'énergie de tout le monde. Franx objectait qu'il avait promis à sa mère mourante de lui trouver une famille d'accueil et un abri sûr.

« Les promesses n'ont aucune valeur dans le foutoir géant qu'est devenu le monde, rétorquait Charline. Tu ne vas tout de même pas t'encombrer d'une bouche inutile alors qu'il n'y a pratiquement plus de ressources. »

Elle accompagnait ses paroles d'effleurements qui affolaient Franx et l'empêchaient de réfléchir. Elle le rejoignait chaque nuit – les nuits et les jours étaient marqués par les montres et le vieux réveil mécanique au tic-tac rassurant qu'un perchman avait eu la bonne idée d'emmener avec lui – sur le large matelas en polyester, et il n'avait pas l'envie ni la volonté de la repousser. Avec elle il découvrait des facettes de l'amour physique qu'il n'avait pas expérimentées avec Alice, peu sensuelle au demeurant – il lui arrivait également de penser qu'il n'était pas lui non plus un amant exceptionnel. Il se sentait happé, aspiré tout entier par Charline, ses baisers et ses caresses semaient des enchantements sur sa peau, elle se démenait tant, et avec tant d'habileté, qu'elle semblait pourvue de mille bouches avides et le laissait, à la fin de leur joute, dans une merveilleuse euphorie qu'Alice ne lui avait jamais offerte. Pendant l'acte, elle poussait des gémissements et des feulements sans se soucier de ceux qui dormaient à côté. Elle le repoussait ensuite avec sécheresse et se tournait de l'autre côté. Elle ne supportait pas le contact de l'homme qu'elle venait de baiser, cette espèce de glu formée par la sueur et les sécrétions, l'odeur, les mouvements intempestifs, les manifestations de tendresse obscènes, les ronflements. Les hommes, ces crétins d'hommes, se comportaient comme des petits garçons recherchant la tiédeur et l'affection de leur mère, elle n'était pas leur mère, elle ne leur donnait pas ses seins à téter, elle avait besoin de tranquillité pour dormir. Il aurait pourtant aimé se serrer contre elle, sentir son corps brûlant contre le sien, poser la main sur sa hanche ou sa poitrine, prolonger par la douceur la violence étourdissante de leur étreinte. C'était le moment qu'il préférait avec Alice, dormir contre elle, leurs corps apaisés, emboîtés, leurs jambes et leurs odeurs emmêlées.

Charline avait proclamé chef de leur groupe l'homme qui avait traversé le pays dévasté et qui était devenu son amant. Le plus étonnant est que les seize autres regardaient désormais Franx comme le seul être capable de les tirer de ce mauvais pas. Bien que la Terre ne fût plus qu'un champ de ruines, l'actrice conservait cette aura, cette autorité que confère la célébrité. Ils avaient commencé à épargner le gazole et réservé le générateur à des tâches essentielles. Puis, sur les conseils de Franx, ils avaient aménagé de façon rudimentaire la champignonnière destinée à leur servir d'habitation pendant plusieurs années. Laura, une scripte d'une trentaine d'années, avait eu une crise de nerfs en prenant conscience qu'elle ne reverrait sans doute pas le fils de deux ans qu'elle avait confié à son père dont elle était séparée depuis cinq mois.

« Finalement, j'ai bien fait de ne pas avoir de gosse, avait commenté Charline avec une moue de mépris. Ça vous met dans ces états... »

Ils avaient installé, contre les parois, des box à l'aide des planches et des tissus découverts dans les galeries et les caves environnantes. Les ramifications de la champignonnière s'étendaient sur des centaines de mètres. L'odeur de moisissures était par endroits si âcre qu'on ne pouvait pas l'inhaler plus de quelques minutes. Ils avaient ensuite dressé l'inventaire des réserves de vivres et d'eau (en comptant celles de Franx) et en étaient arrivés à la conclusion qu'en se rationnant au maximum ils tiendraient au plus une vingtaine de jours. Ils devaient donc très rapidement chercher de nouvelles ressources à l'extérieur, de la nourriture et de l'eau, mais aussi des bougies, des lampes, des couvertures, des vêtements, des ustensiles.

Les rats poussés par la faim s'enhardissaient et rôdaient autour des caisses de vivres, heureusement hermétiques. Ils n'auraient bientôt qu'un seul choix : s'attaquer aux êtres vivants. La nuit, les plus audacieux s'approchaient des dormeurs et ne s'enfuyaient pas quand ils entendaient un bruit ou détectaient un mouvement. Franx proposa de les piéger, de les égorger, de les dépiauter et de conserver leurs carcasses dans l'immense congélateur qu'était la cour intérieure. Charline affirma qu'elle préférerait crever de faim plutôt que de bouffer du rat ; quelqu'un lui rétorqua que, lorsqu'elle aurait vraiment le ventre vide, elle oublierait ses répulsions et se jetterait comme les autres sur tout ce qui se mangerait. Comme il n'était pas question de les abattre avec le fusil (il y aurait davantage de plomb que de viande à récupérer), ils fabriquèrent un piège à l'aide d'une vieille cage grillagée qu'ils consolidèrent et équipèrent d'une petite porte battante qui ne pouvait s'ouvrir que de l'extérieur. Ils répartirent à l'intérieur plusieurs morceaux de sandwiches avariés et placèrent le tout près de l'orifice par lequel les rats avaient l'habitude de passer.

Le piège en avait capturé cinq quelques heures plus tard, gris, énormes, hérissés, prostrés. Restait maintenant à les saigner, et personne ne se déclara volontaire. Il revint encore à Franx d'imaginer un stratagème pour les tuer sans risquer de morsure ou de griffure. Il lia solidement, à l'aide d'un fil de fer, le manche d'un couteau à une hampe de bois qu'il glissa par une petite ouverture pratiquée dans le haut de la cage et, à la lueur d'une lampe, planta d'un coup sec la lame sur une première boule de poils ébouriffés. Le rat se débattit furieusement, griffa le grillage avec une telle violence que les mailles métalliques parurent sur le point de céder. Luttant contre son propre écœurement, Franx maintint fermement le fer enfoncé dans le flanc de l'animal jusqu'à ce qu'il cesse de bouger.

« Nom de Dieu, c'est une putain de vraie boucherie ! » s'exclama Boris, le premier assistant.

Franx croisa le regard à la fois horrifié et fasciné de Charline et s'essuya le front d'un revers de manche avant de retirer la lame du cadavre du rat.

« On n'a pas le choix, souffla-t-il. Si on ne les tue pas de toute façon, ce sont eux qui nous boufferont.

— Donne-moi ça, mec, je m'occupe des autres, ça m' dérange pas. »

Un homme se détacha du groupe, s'approcha de Franx et lui prit d'autorité la hampe des mains. Pas très grand, plutôt frêle, un visage encore enrobé des rondeurs de l'adolescence, une barbe clairsemée, un bonnet noir et un ample sweat-shirt de rappeur passé par-dessus d'autres couches de vêtements, des yeux ronds et vifs, Max, le cadreur stagiaire.

« T'es sûr de ce que tu fais, Max ? » demanda Boris.

Max ne répondit pas, il plongea la lame avec une telle rapidité à l'intérieur de la cage que le rat visé, frappé au cou, n'eut pas le temps de couiner ni de se débattre. Il tua les trois autres avec la même efficacité froide, sans marquer la moindre hésitation, puis il ouvrit la cage et en extirpa les cinq cadavres sanguinolents qu'il aligna devant la petite porte.

« J'les dépiaute. Y aura juste à les porter au froid là-haut. »

Max devint à partir de ce jour le boucher officiel du groupe. Les rongeurs se laissaient prendre avec une belle régularité, jusqu'à dix par nuit, trop affamés pour éventer le piège. Le cadreur stagiaire se chargeait de les exécuter, de les dépiauter et de les vider, sans état d'âme. Une odeur aigre de sang et de viscères dominait par instants celle des moisissures dans l'air confiné de la champignonnière. Quelqu'un se chargeait ensuite d'emporter les dépouilles préparées dans la cour intérieure, toujours baignée de froid et d'obscurité, et de les entreposer, à l'abri des éventuels rôdeurs, dans un vieux buffet de cuisine blanchi par le givre. Là-haut, les pluies de cendres s'étaient transformées en une brume épaisse que le vent peinait à disperser.

« D'accord, en admettant qu'on mange ces sales bestioles, on tiendra quand même pas très longtemps. »

Charline s'était retournée vers Franx pour lui murmurer ces quelques mots. Les autres dormaient, une cacophonie de ronflements et de sifflements s'élevait sous les voûtes de la champignonnière, des rats pris au piège s'agitaient et couinaient à l'intérieur de la cage grillagée. Elle avait raison. Les réserves de viande leur assureraient une autonomie de quelques semaines, pas davantage. Ils devaient donc se mettre en quête d'un supermarché proche où ils pourraient se réapprovisionner. Le bourg de Buc ne disposait probablement pas de grande surface, mais les centres commerciaux ne manquaient pas entre Vélizy et Guyancourt. Avec un bon équipement, leurs chances n'étaient pas négligeables de revenir vivants de l'expédition.

« Demain, je tenterai une sortie avec un ou deux gars. »

Franx regretta ces paroles sitôt après les avoir prononcées. Il avait pris goût au confort relatif de la champignonnière, et son corps se révoltait à l'idée d'affronter de nouveau le froid, les ténèbres, les pluies de cendres. Mais c'étaient les mots que Charline désirait entendre et il ne voulait pas prendre le risque de lui déplaire. Elle le remercia en se rapprochant de lui et en lui offrant avec fougue ce qu'elle lui avait refusé quelques instants plus tôt.

Franx et ses deux compagnons, Boris, le premier assistant, Joker, l'accessoiriste – ainsi nommé parce qu'il ressemblait au Joker de Batman 4 –, luttaient contre les rafales cinglantes qui balayaient le paysage gris et noir. Ils se suivaient de très près pour ne pas se perdre de vue. De temps à autre, le vent soulevait des gerbes de cendres qui se fracassaient sur des obstacles invisibles ou les murs de brume. Impossible de se repérer dans une telle poix. Ils s'étaient équipés avant de sortir : plusieurs couches de vêtements, lunettes, trois paires de gants et de chaussettes enfilées les unes sur les autres, pans de tissu noués sur le nez et la bouche, sacs à dos, son fusil et la cartouchière pour Franx, des couteaux pour les deux autres. Ils n'avaient croisé aucune créature vivante depuis leur départ. Boris avait proposé une direction au sortir de la cour intérieure, croyant se souvenir que Vélizy se trouvait quelque part par là, et les autres, incapables de s'orienter, avaient suivi sa suggestion. Ils ne parlaient pas. Marcher épuisait leur énergie. La gravité terrestre semblait avoir subitement augmenté, le froid se faufilait entre les étoffes, ils évitaient de prendre de profondes inspirations pour ne pas inhaler des coulées de glace.

Franx regrettait d'avoir laissé Surya dans la champignonnière. Même si elle n'avait esquissé aucun geste pour le retenir, il avait cru déceler de la tristesse dans ses yeux noirs. Il l'avait confiée à deux femmes de l'équipe, Carole, la maquilleuse, et Laura, la scripte, mais il craignait que Charline ne mette à profit son absence pour se débarrasser de la fillette. Les autres, qui éprouvaient pour l'actrice un mélange de fascination et d'exécration, risquaient de se laisser influencer. Franx jugeait étrange qu'elle continuât à exercer une telle séduction dans un monde où les anciennes hiérarchies s'étaient estompées au profit d'une seule : les besoins fondamentaux, manger, boire, s'abriter. Lui-même avait le plus grand mal à sortir de son attraction. Il n'était pas amoureux d'elle, il ramassait seulement les éclats d'un rêve brisé, il prenait une revanche sur ses années d'anonymat, lui, l'homme qui avait eu raison contre tous et que personne n'avait écouté, frappé de la malédiction de Cassandre. Il lui plaisait, il devait l'admettre, de se vautrer dans l'intimité d'une célébrité, il avait l'impression d'être enfin reconnu à sa juste valeur, adulé, et, même s'il ne devait sa bonne fortune qu'au grand bouleversement, il ne boudait pas son plaisir, il jouissait, oui, il jouissait, des attentions et du corps de Charline Sibony, l'actrice qui avait tourné avec les plus grands cinéastes et partagé la couche des hommes les plus prestigieux. Ces pensées, puériles évidemment, prenaient toute la place et rejetaient les autres, Alice, les enfants, le Feu de Dieu, Jim le parasite, au second plan. Seule Surya parvenait à surnager, comme un roc au milieu de flots agités. Il ne comprenait pas pourquoi cette gosse, une parfaite étrangère, l'habitait à ce point. À plusieurs reprises, il faillit rebrousser chemin pour revenir près d'elle et la mettre hors de portée de Charline. Il se reprochait amèrement de l'avoir abandonnée, d'avoir trahi la promesse arrachée par sa mère. Il tentait alors de se persuader qu'elle était entre de bonnes mains, que Carole et Laura empêcheraient l'actrice de lui faire du mal, qu'on ne pouvait sacrifier une enfant comme on éventrait un rat, mais le cataclysme modifiait les comportements, le jour ne se levait plus, les frontières dessinées par les religions et les lois se déplaçaient, la raison s'effaçait devant l'instinct, la vie et la mort se confondaient...

« Hé ! »

Franx se retourna. Les deux autres s'étaient arrêtés quelques mètres en arrière. Il les discernait à peine dans la brume. Il retourna près d'eux.

« Qu'est-ce qui se passe ?

— Joker veut plus avancer, dit Boris.

— S'il refuse d'avancer, il est mort.

— Dis-lui, toi ! Moi, il m'écoute pas. »

Franx entrevit les yeux de Joker au travers des verres pourtant voilés des lunettes ; la mort s'y était déjà installée.

« Hé, Joker, on ne peut pas t'attendre, ou on mourra tous les trois. Et moi, j'ai pas l'intention de crever ici. »

Joker tremblait de tous ses membres. Franx lui secoua l'épaule.

« Te laisse pas emporter par le froid, bon Dieu ! »

Joker fixa Franx d'un air désespéré, puis, subitement, il se laissa tomber sur le tapis de neige.

« Qu'est-ce qu'on fait ? glapit Boris.

— On n'a pas le choix, on continue, ou on ne tardera pas à le rejoindre.

— On va tout de même pas le laisser claquer ici, merde !

— Même si tu as le courage et la force de le porter, il finira par mourir. Il n'a plus la force de lutter. Il faut qu'on reparte, Boris, tout de suite, ou on se laissera à notre tour engourdir. »

Boris eut un geste de rage, hocha la tête et se remit à marcher sans jeter un dernier regard à leur compagnon allongé sur le dos. Le pan de tissu et les lunettes avaient glissé dans la chute de Joker et dévoilaient son visage blême. Franx envia ses traits détendus.

14

Alice n'avait plus besoin de se percer la peau des cuisses avec une aiguille. Jim avait épuisé la maigre réserve de préservatifs et décidé de s'en passer. Comme il n'avait constaté aucun signe avant-coureur d'infection, il en avait déduit que les hommes étaient épargnés et il s'invitait dans le lit d'Alice quand bon lui semblait, sans tenir compte de ses envies à elle. Elle ne protestait pas, craignant que sa colère ne retombe sur les enfants s'il n'obtenait pas ce qu'il désirait. Elle le laissait disposer d'elle en s'efforçant d'étouffer ses cris de colère et de dégoût. Il se montrait de moins en moins respectueux, de moins en moins conciliant. Il la contraignait sous la menace d'allumer le générateur afin qu'il puisse prendre une douche brûlante, et cela, tous les jours. Au rythme auquel se consumait le carburant, nettement plus vite qu'annoncé par la brochure du constructeur, et même s'ils n'étaient que quatre au lieu des dix-sept prévus, ils ne tiendraient pas les six ou sept années d'enfermement calculées par Franx. C'est que le grax – le surnom dont l'avait affublé Théo lui allait à la perfection – restait parfois une demi-heure sans interruption sous la douche, bloquant le thermostat sur les quarante degrés, alors qu'Alice et les enfants s'accordaient à peine deux minutes tous les sept jours avec une eau à trente-trois degrés.

Le parasite en était désormais à la phase finale de l'occupation. Constatant que les autres habitants n'avaient pas les moyens de le contrarier, il régnait en tyran, satisfaisait ses besoins sanitaires, alimentaires et sexuels sans se soucier de ses compagnons ni de l'avenir, proche ou lointain. Alice le voyait avec inquiétude rôder autour de Zoé, qui avait eu ses premières règles deux jours plus tôt. En d'autres temps, elle aurait organisé une fête pour célébrer la métamorphose de sa fille, les circonstances ne s'y prêtaient pas. Elle faisait tout ce qui était en son possible pour détourner sur elle les attentions de Jim, mais, comme il persistait à poser sur Zoé un regard aigu de convoitise, elle n'avait plus le choix. Les recherches n'avaient rien donné, on n'avait pas trouvé de somnifère dans l'ancienne chambre des Jeanneret, ni aucun autre médicament qui aurait pu neutraliser momentanément le parasite. Elle avait donc résolu de le poignarder la nuit suivante pendant son sommeil. Depuis qu'elle avait pris sa décision, son cœur battait à tout rompre, sa gorge s'asséchait, son ventre se nouait, sa vessie débordait, elle sautait sur les moindres prétextes pour repousser l'échéance, puis elle croisait les yeux inquiets de sa fille et raffermissait sa détermination. Jim les entraînait inexorablement dans ses univers de cruauté et de souffrance, dans ses enfers ; il transformait l'arche, conçue comme une œuvre de survie, en un lieu de mort, un tombeau.

Elle fixait sans cesse la pendule, seule gardienne du temps dans un monde où il n'y avait plus de jour ni de nuit. La course affolante des aiguilles tirées de la pénombre par les lueurs tremblotantes des bougies accentuait sa fébrilité. Elle essayait d'occulter ses pensées en se consacrant aux diverses tâches quotidiennes, allumer le générateur pour la douche quotidienne de Jim, se rincer elle-même rapidement afin de dissiper les sécrétions et l'odeur du grax, vérifier la pureté de l'eau à l'aide du petit appareil importé du Canada, aller chercher du bois dans la cave pour alimenter les poêles, changer si nécessaire les bougies, composer les menus du jour en choisissant parmi les conserves, les pâtes, le riz, les lentilles, les pois chiches ou les haricots blancs, confectionner des nans indiens avec de la farine complète, de l'eau, du sel, un peu de levure et du fromage à tartiner, nettoyer les toilettes avec du produit désinfectant, aérer les lits, se poster un moment devant la baie vitrée avec l'espoir fou de voir la silhouette de Franx surgir de l'obscurité et de la brume de cendres, s'assurer que les joints des portes et fenêtres conservent leur étanchéité, ravauder les pulls, les chaussettes, les gants et autres vêtements chauds, surveiller Théo qui restait sagement assis sur son lit depuis l'intervention musclée du grax, prendre un peu de temps pour discuter avec Zoé presque devenue femme, se raisonner pour ne pas la questionner sur le journal qu'elle rédigeait chaque jour sur son petit cahier, bref, essayer de maintenir un minimum d'ordre et de cohérence dans le Feu de Dieu malgré la présence encombrante du prédateur.

Pour le déjeuner, elle choisit un cassoulet soi-disant artisanal qu'elle oublia sur le poêle, et qui, légèrement brûlé, tira des grimaces de dégoût aux enfants et inspira au grax une salve de réflexions grossières. Ses plaisanteries stupides lui valurent une repartie cinglante de Zoé. Il la dévisagea avec un mélange de férocité et d'ardeur qui souffla sur les craintes d'Alice. Elle lança un coup d'œil au couteau enfoncé dans son socle de bois. Elle devait absolument le tuer.

Cette nuit.

Elle traînerait son cadavre jusqu'à la porte des sous-sols qui donnait sur les douves et le jetterait dehors. Elle sentit sur son front la brûlure du regard insistant de Jim. Elle évita de le fixer, craignant d'éveiller ses soupçons. Ce soir, au moins, elle aurait une bonne raison de passer à la casserole. Il s'endormait comme une brute quelques secondes après avoir joui. Le serpent dans l'arche. Il éjaculait comme il aurait craché son venin. Elle irait ensuite chercher le couteau et le lui planterait jusqu'à la garde dans la gorge, ou dans le cœur, ou dans le ventre, tout dépendrait de sa position. Elle se promit d'aller au bout de ses intentions, de ne pas fléchir au dernier moment. L'après-midi lui offrit une nouvelle occasion de mesurer la relativité du temps. Il s'accélérait parfois jusqu'au vertige et, d'autres fois, semblait se ralentir, voire s'arrêter. Elle ne parvenait pas à se concentrer sur ses activités. Son regard s'échouait régulièrement sur la pendule ou dans la cuisine par la porte entrouverte. Elle faisait et refaisait sans cesse le chemin qu'elle parcourrait quelques heures plus tard, saisissait le couteau, s'approchait du lit à pas de louve, levait l'arme au-dessus de Jim endormi... Elle doutait encore d'avoir le courage d'abaisser son bras. Bien qu'elle n'eût pas été élevée dans la religion, l'idée de prendre la vie de quelqu'un la révulsait. Elle avait tenté un temps d'imposer le végétarisme à Franx et aux autres dans le Feu de Dieu ; découper et cuisiner de la viande la rendait hargneuse, alors enfoncer une lame dans une chair humaine encore palpitante... Elle franchirait une frontière inconnue, rejoindrait les légions des damnés qui hantaient l'histoire humaine. Elle se répéta, comme un mantra, qu'elle n'avait pas le choix, que sa priorité était de protéger sa famille, qu'elle devait donner la mort pour garantir la vie.

Plus les heures s'égrenaient, plus elle se surprenait à haïr ses enfants. Les liens de la chair, du sang... foutaises, tout ça ! Bien sûr, ils avaient grandi dans son ventre, bien sûr elle les avait nourris de sa substance, bien sûr elle les avait allaités, bien sûr elle les avait irrigués de sa tendresse, mais ils l'obligeaient à commettre un geste contre lequel son âme, son corps, son essence même se révoltaient. Elle avait eu beau se persuader que, sans eux, sa vie n'aurait pas eu de sens, que, sans eux, elle aurait probablement quitté Franx et se serait suicidée, elle constatait, au bord de l'abîme creusé en elle par une terreur surgie du fond des âges, que les liens du sang ne revêtaient pas l'importance qu'elle leur avait accordée, qu'on lui avait implanté des obligations de mère comme on gravait des commandements dans l'esprit des fanatiques, qu'elle avait été engluée dans un filet social, culturel, historique, aux mailles serrées. Elle renversait alors le cours de ses pensées et recensait les raisons personnelles d'en vouloir au parasite. Œil pour œil, dent pour dent, proclamait l'Ancien Testament. L'haleine de Jim sur sa nuque, les mains rudes de Jim sur ses seins, la dureté blessante du sexe de Jim dans son vagin, la brutalité de

Jim, le mépris de Jim, l'odeur repoussante de Jim, la sueur et la semence acides de Jim, les insultes de Jim, la grossièreté et l'égoïsme de Jim... Tout cela valait-il qu'on lui plante une lame dans la peau ? Elle n'était pas une guerrière, elle avait toujours déserté les champs de bataille, les conflits, elle avait détesté les altercations parfois violentes entre Franx et les autres membres de l'arche. Toujours enfermée dans l'ombre, de ses parents, de son mari, de ses enfants, elle avait refusé d'en sortir pour répondre aux avances de Vitto...

Une inquiétude soudaine la tira de ses pensées. Elle releva la tête et vit, de l'autre côté du tuyau du poêle, Théo recroquevillé sur son lit, le nez plongé dans un manga. Zoé avait disparu. De même que le grax.

Elle reposa le pull qu'elle était en train de ravauder sur le dossier du fauteuil tiré près du poêle, fonça dans la cuisine, se munit d'une lampe torche, du couteau, et décida de commencer son exploration par la chambre de Zoé. Elle ne l'y trouva pas. Le froid, intense, transformait la pièce quasiment vide en congélateur. Son pied heurta un bout de tissu rigidifié sur le parquet. De plus en plus inquiète, elle passa dans la chambre de Théo, puis dans la sienne. Aucune trace de sa fille ni de Jim. Zoé s'était sans doute rendue dans l'ancienne grange transformée en logements et occupée par les trois autres familles du temps de l'arche. Alice frissonna. Elle n'était pas assez couverte, mais, trop inquiète pour prendre le temps de retourner dans la pièce principale, elle s'engagea dans le couloir qui débouchait sur la réception desservant les trois appartements.

« Zoé ! Zoé ! »

Sa voix se brisa dans le silence de glace. Cette aile du Feu de Dieu semblait pétrifiée depuis des siècles, comme un château des contes enseveli dans l'oubli. Combien de jours s'étaient-ils écoulés depuis le début du cataclysme ? Sept, huit... dix ? Alice avait perdu la notion du temps. Elle n'avait pas tenu la comptabilité exacte des jours comme le prévoyait la procédure, indispensable selon Franx pour répartir au plus juste les réserves énergétiques et alimentaires. Elle se promit de faire preuve d'un peu plus de rigueur à l'avenir. Quand elle aurait retrouvé Zoé. Elle se rendit dans la chambre des Jeanneret, où sa fille était déjà allée à deux reprises en quête des hypothétiques somnifères de Coraline. Vide. Alice n'y avait pas remis les pieds depuis le départ de la famille Jeanneret. La pièce était restée quasiment intacte. Ils n'avaient pas eu la place pour mettre tous leurs effets dans le coffre de leur voiture et ils en avaient laissé une grande partie dans les armoires en attendant, selon Coraline, de revenir les chercher dès qu'ils seraient installés dans leur nouveau logement. Ils ne reviendraient jamais. Pas davantage que les autres familles. Qu'avaient-ils pensé lorsque la nuit et le froid s'étaient abattus sur eux ? Étaient-ils morts instantanément ? Avaient-ils eu le temps de regretter leur décision ? Alice refusa de se laisser submerger par l'eau amère qui sourdait du plus profond d'elle. Elle regretta d'avoir ressenti de l'exécration pour ses enfants. Elle était leur unique protectrice, elle devait arracher d'elle, comme des plantes vénéneuses, toutes les pensées qui la séparaient d'eux. Les considérer comme les prolongements de son propre corps. La chair de sa chair.

Le froid s'insinuait sous ses deux pulls, sous son tee-shirt aux manches longues, sous son pantalon, sous son collant de laine, sous ses chaussettes. Comme elle n'avait pas enfilé de gants, elle gardait enfouie l'une de ses deux mains dans la poche de son pantalon jusqu'à ce que l'autre, celle qui tenait la lampe, commence à s'engourdir. Elle visita les deux chambres minuscules des enfants Jeanneret (leur exiguïté avait fait l'objet de vives récriminations de la part de Coraline, qui estimait sa famille lésée par rapport aux autres membres de la communauté), meublées de lits et de commodes en bois blanc, ornées de posters fixés avec de la gomme sur les murs, personnages de mangas et de dessins animés, chanteurs et chanteuses adolescents aux tenues provocantes, rêves bradés par la télé et le Net. Elle passa ensuite dans l'appartement des Loustaleau, entièrement vide celui-ci – ils avaient loué un camion de déménagement pour, le jour même de leur départ, emporter toutes leurs affaires – et sinistre. Le rayon de la lampe accrochait de temps à autre des voiles blancs sur les lattes du parquet, sur les carreaux de terre cuite, des petits tas grisâtres dans les recoins, preuve que le Feu de Dieu n'était pas aussi étanche que l'avaient cru les membres de l'arche. Il aurait fallu repérer et reboucher les fissures dans les murs et les toitures, mais elle se sentait incapable de faire ce genre de travail.

Elle trouva Zoé dans l'ancienne chambre de Camilla, la fille de Vitto et de Stéphanie ; elle sanglotait, prostrée contre le petit lit, le pantalon et le collant baissés sur ses cuisses nues.

« Zoé, ça fait une heure que je te cherche ! Qu'est-ce qui s'est passé ? »

Pas de réponse. Elle s'approcha de sa fille, s'accroupit à ses côtés, promena le rayon de la torche sur elle : du sang lui barbouillait l'intérieur des cuisses.

« Est-ce que le grax t'a... »

Zoé lui lança un regard éperdu par-dessus son avant-bras replié.

« Zoé, réponds-moi ! »

Alice entoura de son bras les épaules tressautantes de sa fille.

« Non, maman... »

Zoé essuya d'un revers de manche ses joues baignées de larmes.

« Il ne m'a pas touchée. Je croyais mes règles finies, mais le sang s'est remis à couler, et j'ai pas eu le temps de mettre une serviette.

— C'est pour ça que tu pleures ? »

Zoé secoua la tête. Des larmes se décrochèrent de ses cils et scintillèrent dans la lumière de la lampe.

« Quand j'ai vu les chambres vides, je me suis rendu compte que nous étions seuls, maman, seuls au monde. Je n'aurai plus jamais d'amies, je n'aurai jamais de copain. J'étais tellement pressée de grandir. Tout ça, tout ça... (elle désigna le sang sur ses cuisses)... ne servira à rien.

— Il y a certainement d'autres survivants. Nous partirons à leur recherche dès que nous le pourrons.

— Dans cette nuit, dans ce froid ?

— Le soleil finira bien par réapparaître.

— Quand ?

— Dans six ou sept ans d'après les prévisions de ton père.

— Ouais, soixante ou soixante-dix si ça se trouve ! Et je serai une petite vieille toute desséchée.

— Eh ben, on peut dire que tu as le moral ! »

Un sourire fugace s'évanouit sur les lèvres de Zoé.

« De toute façon, je me vois mal vivre comme ça encore six ou sept ans.

— On n'a pas d'autre choix, Zoé. Il faut attendre. Et garder espoir.

— Tu en as, toi, de l'espoir pour papa ? »

Alice se redressa pour détendre ses jambes ankylosées et soustraire sa tristesse soudaine au regard aigu de sa fille.

« Théo dit qu'il reviendra, et je me fie à ses perceptions.

— Le microbe prend ses désirs pour des réalités.

— Tu ne devrais pas appeler ton frère comme ça. Et te rhabiller : tu vas attraper la mort.

— La mort, on l'a déjà attrapée, maman. »

1 h 15.

Le tic-tac de la pendule battait avec la puissance d'un gong. Jim ronflait depuis plus de deux heures, mais Alice avait attendu que les menus bruits en provenance des lits de Théo et de Zoé s'estompent définitivement. Théo avait été le dernier à s'endormir. Il avait lu à la lueur d'une bougie avant de s'allonger sous la couette, se tournant et se retournant ensuite comme à son habitude avant de trouver la bonne position. Alice repoussa les draps et se glissa hors du lit. Elle s'assura que Jim dormait toujours, posa ses pieds nus sur le carrelage glacé, enfila à tâtons ses chaussons fourrés, passa un gilet de laine par-dessus le pyjama en coton qu'elle mettait pour la nuit et se dirigea à pas lents vers la cuisine. Le grax ne l'avait pas ménagée un peu plus tôt, la labourant avec brutalité, comme pour lui fournir une motivation supplémentaire. Elle n'eut pas besoin d'allumer la torche pour se repérer dans l'obscurité et se diriger vers la cuisine. Elle avait tellement parcouru le chemin en pensée au cours de la journée qu'il s'était imprimé dans son esprit. Lorsqu'elle s'éloigna du poêle, le froid transperça le coton de son pyjama et s'enroula autour de ses jambes. Une première volée de doutes l'assaillit, une nuée de rapaces aux becs acérés. Elle faillit rebrousser chemin, retourner dans la chaleur du lit, rassurante malgré la présence du grax, résista, se rendit dans la cuisine, contourna la table centrale, s'approcha du plan de travail, referma la main sur le manche lisse du couteau et l'extirpa de son socle de bois.

15

« C'est la nuit...

— Comment tu peux affirmer ce genre de truc ? grogna Boris. Moi, j'vois pas la différence.

— Je le sens dans mon corps. Je dirais même qu'on est au milieu de la nuit. Une ou deux heures du mat'. Si tu regardes bien, tu t'apercevras que l'obscurité est un peu plus dense que tout à l'heure.

— Noir c'est noir, putain ! »

Ils avaient marché des heures sans trouver le centre commercial qu'ils cherchaient. Ils avaient traversé des villages, des lotissements, des champs qui s'étendaient à perte de vue sous la cendre et la glace, une forêt pétrifiée, un cimetière, mais aucune zone commerciale. Égarés dans la campagne des environs de Paris, quelque part entre les Yvelines et l'Essonne, ils avaient perdu tout sens de l'orientation. Les fruits secs et les barres de céréales que Franx avait fourrés dans les poches de son manteau avant de partir leur avaient permis de tenir le coup, mais la lutte incessante contre le froid et le vent avait entamé depuis longtemps leurs réserves énergétiques. Ils ne résisteraient plus très longtemps s'ils ne trouvaient pas rapidement de quoi s'alimenter. L'allure de Boris se faisait hésitante, titubante. Franx, plus habitué que l'assistant réalisateur aux terribles conditions extérieures, l'encourageait sans cesse de la voix et du geste.

« Là, peut-être. »

Une ombre grise se dressait devant eux. Les bourrasques balayaient une surface lisse et plane qui évoquait un parking. Un peu plus loin, des formes blêmes, des voitures et un camion entièrement recouverts de cendres. Le bâtiment n'avait apparemment pas trop souffert des secousses telluriques. Ils s'y introduisirent par une brèche étroite sur un côté. Ils purent, une fois à l'intérieur, retirer leurs lunettes et baisser les pans de tissu qui leur protégeaient le nez et la bouche. Le rayon de la torche de Franx éclaira divers rayonnages jonchés de prises électriques, de fils, de fusibles, d'ampoules, de lampes de chevet et de bureau, recouverts d'une fine pellicule grise et par endroits prisonniers de la glace. Le vent s'engouffrait en mugissant par les fissures et soulevait des tourbillons de poussière qui dansaient dans la lumière comme des essaims ivres.

« Fais chier ! souffla Boris. Un putain de magasin de bricolage. »

Ils explorèrent les autres rayons, certains renversés, dévastés, plomberie, bois, quincaillerie, jardinage, sans rien dénicher d'utile, hormis des lampes de poche, des piles, et une hachette dont l'assistant réalisateur s'équipa après l'avoir dégagée de sa gangue de givre. Elle serait, selon lui, nettement plus efficace en cas de baston qu'un simple couteau.

« Baston contre qui ? objecta Franx. On n'a croisé personne.

— Y a forcément d'autres survivants quelque part. »

Ils découvrirent un cadavre dans les bureaux vitrés, un homme d'une cinquantaine d'années renversé sur une chaise et parfaitement conservé par le froid. Une plaie au cou, dans la jugulaire, indiquait qu'il n'était pas mort de façon naturelle. Le sang gelé maculait les mèches grises de sa chevelure, sa chemise et le col de sa veste. Ses yeux grands ouverts et sa bouche béante exprimaient une stupéfaction éternelle. Boris désigna le coffre-fort entrouvert au fond de la pièce.

« Vraiment pas de bol. Égorgé pour du fric juste avant le cataclysme.

— Mourir de ça ou d'autre chose, murmura Franx.

— Y a peut-être un flingue dans les parages. »

Boris fouilla fébrilement les quatre tiroirs du bureau, qui contenaient seulement des dossiers, des papiers, des crayons et d'autres accessoires de papeterie.

« S'il avait eu un flingue, il s'en serait servi, objecta Franx. Son assassin n'avait qu'une arme blanche.

— Je crève de faim, putain !

— En général, les magasins de bricolage ne sont pas loin des supermarchés. »

Ils sortirent après avoir chaussé leurs lunettes et protégé le bas de leurs visages avec les pans de tissu. Une pluie dense de cendres et de neige mêlées les accueillit dehors. Ils faillirent retourner s'abriter en attendant que les éléments s'apaisent, puis ils y renoncèrent, la tempête risquant de les bloquer dans leur refuge pendant des jours et des jours. Franx perçut les échos d'un tumulte entre les mugissements du vent. Il se crut victime d'une illusion sensorielle, puis, tandis qu'ils avançaient vers une autre masse grise qui émergeait de la nuit comme un tanker piégé par les glaces, les bruits se précisèrent, grondements, crépitements, hurlements... Il s'arma du fusil, déverrouilla le cran de sûreté et, d'un geste, recommanda silence et prudence à Boris. Une lumière éblouissante brillait par intermittence dans le lointain et transperçait les rideaux serrés de brume et de flocons. Ils longèrent une grille habillée de cendres agglomérées. Le grondement était celui d'un moteur, d'un 4 x 4 aux roues hautes qui fonçait régulièrement en direction d'une sorte de muret et partait dans un dérapage contrôlé une dizaine de mètres avant de le percuter.

« Qu'est-ce qu'il branle, ce con ? » marmonna Boris.

Des lueurs rageuses brillaient fugitivement en haut du muret, des coups de feu, couverts par le vacarme du moteur et les hurlements du vent. Après son demi-tour, le véhicule parcourait une distance d'une cinquantaine de mètres dans l'autre sens. Ses phares éclairaient, au milieu des flocons et des cendres, des silhouettes postées derrière des monticules, des voitures en stationnement sans doute, puis il piquait de nouveau à pleine vitesse sur le muret d'où émergeaient d'autres silhouettes qui l'arrosaient d'un feu nourri. Les balles miaulaient sur la carrosserie et soulevaient des gerbes d'étincelles. Franx devina qu'il s'agissait d'une tactique de harcèlement destinée à épuiser les munitions des défenseurs et à préparer l'offensive des assaillants déployés à l'arrière. Il supposa également que le bâtiment assailli et défendu avec une telle ardeur contenait quelque chose de précieux. De la nourriture et de l'énergie sans doute, un trésor fabuleux dans les circonstances. Affinant son observation, il remarqua que le muret, d'une hauteur d'un mètre cinquante environ, formait un arc de cercle devant l'entrée principale de la grande surface. Les occupants avaient probablement bouclé le bâtiment pour ne conserver qu'une seule issue. Les tirs sporadiques des assaillants ricochaient sur les cloisons ou sur les rideaux de fer tirés sur les vitrines.

« Qu'est-ce qu'on fait ? souffla Boris.

— On n'a pas le choix, déclara Franx. Si on veut récupérer de la nourriture, il faut qu'on propose notre aide à ceux qui essaient d'entrer. On est dans la même galère qu'eux.

— On va se faire tirer comme des lapins, ouais !

— On restera à l'abri avec les autres en attendant que la situation s'éclaircisse. Encore une fois, on n'a pas le choix. »

Ils s'approchèrent des silhouettes planquées derrière les voitures. Lorsque les phares du 4 x 4 les emprisonnèrent dans leurs faisceaux, Franx écarta les bras et garda le fusil en l'air pour signifier aux passagers qu'il n'était pas animé d'intentions belliqueuses. Le véhicule fonça en grondant dans leur direction. Boris se jeta en arrière.

« Putain ! »

Le véhicule pila à moins de cinq mètres d'eux. Des claquements dominèrent le ronronnement sourd du moteur au ralenti. Deux hommes émergèrent de l'obscurité et s'avancèrent de chaque côté dans la lumière, vêtus de passe-montagnes, de gants, de parkas fourrés, de pantalons vert kaki, chaussés de rangers, brandissant des fusils d'assaut.

« Qui êtes-vous ? demanda l'un d'eux d'une voix forte.

— Des voyageurs égarés, répondit Franx. On a entendu des bruits. Et vous ?

— C'est moi qui pose les questions. Vous venez d'où ?

— De Buc. On s'est perdus. On cherche de la nourriture. » Franx désigna la grande surface d'un geste de la main. « Je suppose que c'est la même chose pour vous et qu'on ne vous laisse pas vous servir.

— Vous n'êtes que deux ?

— Y en a une quinzaine d'autres à Buc.

— Ils se terrent où ?

— Dans une ancienne champignonnière. On est prêts à vous donner un coup de main à condition qu'on puisse se servir une fois qu'on sera entrés dans l'hypermarché.

— Vous êtes armés ?

— Un fusil, des cartouches, une hachette, deux couteaux. Ils sont combien là-dedans ?

— On estime leur nombre à trente ou quarante.

— Et de votre côté ?

— Quatorze en tout.

— Vous êtes militaires ?

— Cinquième régiment du génie de Versailles. On était en manœuvre dans le coin quand cette merde s'est déclenchée.

— Et les autres, derrière les bagnoles, ils sont aussi militaires ? »

L'interlocuteur de Franx marqua un temps d'hésitation.

« Des civils. On les a trouvés en train d'errer dans le secteur, à moitié morts de faim. Ils ont cherché un ravitaillement et ont trouvé cet hypermarché, mais, quand ils ont voulu entrer, ils ont été cueillis par une grêle de balles. Ils ont essayé de négocier, les autres n'ont rien voulu entendre, alors, quand on a croisé leur chemin, on a décidé de leur donner un coup de main. » L'homme désigna à son tour les silhouettes tapies derrière les voitures. « De toute façon, ils n'ont plus la force d'aller plus loin. Nous non plus d'ailleurs. On tente le tout pour le tout.

— Où trouvez-vous l'essence pour votre véhicule ?

— On a une réserve de jerrycans à l'intérieur. Ça fait plus de huit jours que le moteur tourne en permanence, pour éviter que le gazole gèle. On en a encore pour un jour, grand max.

— Et le reste de votre régiment, il est où ? »

Nouveau temps de silence.

« Disparus dans une faille pendant le tremblement de terre. Gobés comme des mouches. Il ne reste plus que nous deux. Sergent Dalbard pour vous servir. Lui, c'est le soldat Martins.

— Je suis Franx, et mon ami s'appelle Boris. Ils ont l'air d'avoir une sacrée réserve de munitions, de l'autre côté. »

Le sergent Dalbard avait combattu en Afrique et en Afghanistan. Il avait connu l'horreur là-bas, pas seulement de la part des adversaires, moudjahidin kamikazes ou rebelles gavés de drogues du Congo, mais de la part des forces onusiennes, capables des pires atrocités pour obtenir des renseignements. Il avait lui-même participé aux massacres de femmes et d'enfants dans des villages perdus dans les montagnes ou dans la brousse. Les casques bleus s'étaient comportés comme des bouchers loin des objectifs des médias occidentaux. Accroupi dans la lumière des phares près de l'un des deux braseros qui projetaient des nuées d'étincelles enveloppées dans des replis de fumée noire, Dalbard parlait d'une voix monocorde, les yeux rivés au sol. À trente ans, il avait déjà touché le fond des enfers et, si le gouvernement n'avait pas mis fin à l'opération Tonnerre dans un Congo livré aux factions et aux pillages, il n'en serait jamais remonté. Il avait menacé de crever les yeux d'un gosse de trois ou quatre ans devant sa mère pour la contraindre à dénoncer les hommes du village qui appartenaient à l'armée rebelle, elle avait parlé, des sanglots dans la voix, il avait quand même crevé les yeux du gosse parce que cette satanée guerre l'avait rendu complètement cinglé. Il entendait chaque nuit les hurlements de l'enfant et de la mère, et Dieu, pour le châtier, lui avait envoyé une nuit perpétuelle. Il aurait préféré mourir avec les autres dans le tremblement de terre. Aider ces pauvres bougres à trouver un peu de nourriture le rachèterait en partie des saloperies qu'il avait commises sur des terres lointaines. Le soldat Martins, lui, n'avait que vingt-trois ans. Portugais d'origine, il avait intégré l'armée française un an plus tôt et avait reçu sa feuille de route pour la Somalie trois jours avant le déclenchement du cataclysme. Il avait échappé à l'un des conflits les plus sordides et meurtriers du début du XXIe siècle, mais il n'avait pas gagné au change avec cette nuit et ce froid perpétuels qui avaient rendu le pays plus hostile que le pôle Nord. Il n'avait pas de nouvelles de sa femme et de sa fille restées à Versailles, ni de ses parents repartis s'installer au Portugal, ni de ses potes supporteurs du PSG... Sa vie s'était envolée en fumée, comme ça, le temps d'un claquement de doigts. Il espérait rejoindre aussitôt que possible une partie du monde épargnée par la catastrophe. Franx déclara que la Terre tout entière était prise dans la tourmente, que des pays avaient sans doute disparu, que d'autres étaient apparus, redessinant une nouvelle géographie planétaire, et qu'il faudrait des décennies, voire des siècles, pour évaluer les conséquences du désastre.

Les douze autres membres de la petite troupe, cinq hommes, quatre femmes, deux adolescents et un enfant de huit ans, les écoutaient d'un air grave. Appartenant tous à la même famille, venus de différentes régions pour fêter les noces d'or des grands-parents, ils avaient dormi dans la cave d'un pavillon aménagée sommairement en dortoir. C'est ce qui leur avait sauvé la vie lorsque, vers les huit heures et demie du matin, la première secousse avait soufflé la construction comme un château de cartes. Ils étaient restés coincés sous les décombres en attendant les secours, puis, comprenant que personne ne viendrait les tirer de là, ils avaient entrepris de se frayer un passage dans les amas de pierres et de poutres. La chute de l'immeuble voisin de quatre étages ne leur avait guère facilité la tâche. Ils étaient ensuite restés dans la cave pour ne pas affronter le froid glacial et s'étaient nourris des restes du banquet de la veille et des conserves que les grands-parents, de vraies fourmis, avaient entassées en grande quantité. Ils avaient brûlé les poutres, les meubles, tout ce qui pouvait servir de combustible, s'aménageant une vie relativement supportable et espérant le retour des jours meilleurs. Les jours meilleurs n'étaient pas venus, ils avaient épuisé les réserves de nourriture et de bois, les rats, de plus en plus nombreux et agressifs, avaient dévoré un nourrisson en exploitant un moment d'inattention de sa mère, ils avaient décidé de se mettre en quête d'un nouvel abri et de nouvelles ressources. Après avoir récupéré des vêtements chauds dans les décombres, ils s'étaient aventurés à l'extérieur. Le froid avait emporté une femme (la mère du nourrisson dévoré par les rats) et un garçon au bout de seulement quelques heures. Ils avaient repéré cette grande surface à peu près intacte, avaient tenté d'y pénétrer, mais, repoussés durement par ses occupants, ils étaient repartis dans une nouvelle errance. Ils avaient rencontré les deux soldats qui parcouraient le pays dévasté à bord de leur véhicule, leur avaient expliqué la situation et étaient revenus sur leurs pas, convaincus que leurs seules chances de survie reposaient sur la conquête de l'hypermarché. Après avoir entendu leur histoire, Franx songea qu'en transformant l'arche du Feu de Dieu en un bunker inviolable et bourré de provisions il s'était comporté comme les salauds enfermés dans la grande surface qui refusaient de partager leurs ressources. Il avait cru tout prévoir, et le destin le condamnait à rejoindre les cohortes de rescapés condamnés à se battre pour ne pas crever de faim. Le visage impassible et les grands yeux noirs de Surya s'imposaient souvent à lui.

Dalbard avait décidé d'une courte trêve avant de lancer une nouvelle offensive. Les assiégés avaient bouché les autres entrées et consolidé le bâtiment afin de contenir les éventuels assauts de véhicules béliers. Les deux militaires avaient lancé leur 4 × 4 blindé à pleine vitesse sur les cloisons extérieures. Ils avaient seulement réussi à cabosser la tôle étayée par des parpaings, des planches, des poutrelles métalliques et des rayonnages. Ils se demandaient où les gens qui se trouvaient à l'intérieur avaient pu récupérer une telle quantité d'armes et de munitions.

« Ils ont sans doute pillé une armurerie, ou une gendarmerie, ou encore une caserne, lança Franx.

— Y a pas d'armurerie ni de caserne sur un rayon de plus de quinze kilomètres », dit Dalbard avec une moue.

Leur groupe ne disposait que des deux fusils d'assaut des militaires, de leurs pistolets automatiques qu'ils avaient confiés à deux hommes, de deux carabines et d'une vingtaine de balles ramassées dans les ruines. L'irruption de Franx avec son fusil de chasse et sa cartouchière pleine était donc la bienvenue. La faim creusait les traits des femmes, des deux adolescents et de l'enfant emmitouflés dans des duvets ou des couvertures. Leurs yeux brillaient à la lueur des phares du 4 × 4 comme des étoiles décrochées de la nuit. Les hommes, eux, arboraient l'air grave et concentré des combattants avant une bataille décisive, conscients que la survie des leurs reposait entièrement sur leurs épaules fatiguées.

« Et par le haut ? demanda Boris. Vous avez eu l'idée de passer par le toit ? »

Dalbard lui décocha un regard au vitriol.

« On y a pensé, figure-toi, mais c'est perché à plus de douze mètres de hauteur.

— Je suis sûr qu'il y a un moyen de grimper.

— Te gêne pas, si t'es si malin ! »

Boris ne se démonta pas.

« On peut faire le tour du bâtiment avec votre engin ?

— On l'a déjà fait plusieurs fois. Je vois pas ce que...

— Emmenez-moi, j'aimerais jeter un coup d'œil. »

Dalbard laissa quelques secondes ses mains gantées posées sur le bidon métallique qui servait de brasero.

« Admettons que tu y arrives, qu'est-ce que tu ficheras, là-haut ?

— Chercher une trappe, ou une autre façon de se glisser dans le bâtiment. Si on n'a pas quelqu'un dans la place, on n'a aucune chance de les déloger.

— Tu vas les chasser de là à toi tout seul ?

— Je suis pas obligé d'être seul. » Boris s'approcha à son tour du brasero et tendit ses mains au-dessus des flammes. « Y a des cordes ou des filins dans le magasin de bricolage qui est juste à côté. Une fois là-haut, je vous aiderai à me rejoindre.

— Qu'est-ce qui te fait croire que tu arriveras à grimper sur ce toit ? intervint Franx.

— J'en ai pas l'air, comme ça, parce que je me suis un peu enrobé, mais j'ai fait pas mal d'escalade dans le temps.

— Il y a combien de temps ?

— C'est comme le vélo, ça s'oublie pas... »

16

Il dormait, la tête renversée sur l'oreiller, la gorge offerte. Un ronflement léger, presque musical, s'échappait de sa bouche entrouverte. Quelques instants plus tôt, le gros orteil d'Alice avait heurté un gobelet de plastique. Le bruit pourtant fracassant n'avait pas réveillé le grax, ni les enfants, dont elle entendait les respirations régulières et sifflantes. Elle s'était approchée du lit, le couteau plaqué contre sa cuisse, transie de frayeur et de froid. Bien que revenue dans la bulle de chaleur, elle ne parvenait pas à se réchauffer. Les lueurs rougeoyantes du poêle éclairaient les pieds des lits séparés les uns des autres par des draps suspendus à des cordes.

Elle leva le couteau, incapable de maîtriser ses tremblements. Il suffisait pourtant d'abattre la lame, qui s'enfoncerait comme dans du beurre dans cette gorge à la pomme d'Adam saillante. Malgré la faiblesse de la lumière, elle remarqua des détails qu'elle n'avait jamais observés auparavant, le large grain de beauté au coin de la clavicule, les poils foisonnants dans le creux de la base du cou, la cicatrice blanche sous la mâchoire gauche, les cratères épars forés par l'acné sur les pommettes et les joues... Elle n'avait jamais regardé Jim, même lorsqu'elle avait cru avoir envie de lui. Comment avait-elle pu le désirer ? Sa beauté diabolique l'avait séduite, il avait désormais la laideur d'un ange déchu. La grossièreté enrobait la délicatesse originelle de ses traits.

Elle ressentit de la pitié pour ce visage martelé et durci par la vie. Elle se ressaisit. Pas le moment de fléchir. À trois, elle abaisserait la lame. Un... Deux... Elle se crispa. Trois. La lame resta d'interminables secondes suspendue au-dessus de la gorge palpitante du grax. Si elle ne le tuait pas, le prédateur finirait par violer sa fille et martyriser son fils. C'était un être démoniaque, il ne lui appartenait pas de lui trouver des circonstances atténuantes, elle devait lui ouvrir la gorge, sans haine, avec détermination. Elle en appela aux héroïnes de son panthéon personnel, à ces femmes admirées en secret qui avaient accompli leur devoir sans faiblir, parce que la situation l'exigeait, parce qu'elles ne transigeaient pas avec elles-mêmes, Olympe de Gouges, Louise Michel, Rosa Parks, Indira Gandhi... Certaines l'avaient payé de leur vie. Comme Charlotte Corday, la jeune exaltée du pays d'Auge qui, par haine de la sanglante Montagne, avait eu l'audace de frapper au cœur le terrible Marat dans sa baignoire... Alice avait lu et relu les biographies qui leur avaient été consacrées. Elles l'avaient vengée de la médiocrité de son existence, de ses abdications. Son bras refusa de s'abaisser. Elle n'entrerait jamais dans leur cercle.

Jim entrouvrit les yeux, deux traits brillants entre les cils encore collés par le sommeil. Il découvrit le couteau pointé une cinquantaine de centimètres au-dessus de son cou. Il ne parut pas surpris de découvrir Alice penchée au-dessus de lui. Il eut pour seule réaction de sourire, oui, il sourit, comme pour signifier à son agresseuse qu'il ne la craignait pas. Il savait qu'elle n'aurait pas le courage, qu'elle appartenait à la multitude terne des êtres veules, emberlificotés dans leurs principes, et il lui tourna le dos avec une tranquillité et une négligence qui la stupéfièrent et l'humilièrent. Non seulement elle n'avait pas débarrassé le Feu de Dieu du parasite qui le rongeait, mais, en lui montrant ses véritables intentions, elle avait gâché l'effet de surprise, elle lui avait déclaré une guerre qu'elle n'avait pas les moyens de gagner, elle avait aggravé le danger qui planait sur la tête de ses enfants.

Elle tenta une dernière fois de plonger la lame entre les omoplates de Jim. Son corps tout entier ne lui appartenait plus. Pétrifié. Elle ne sut combien de temps elle demeura dans cette position. Son bras finit par retomber le long de son corps, inerte. Une fatigue intense l'engourdissait. Elle n'avait plus de volonté, plus de force. Elle avait échoué. Elle ne s'était pas libérée des chaînes du grax. Il n'y avait aucune désolation, aucune révolte, dans cette constatation. Elle était résignée. Elle se sentait morte.

Si Jim ne fit aucune allusion à la tentative de meurtre d'Alice, il ne manqua pas d'en tirer avantage. Il régnait désormais sur le Feu de Dieu en tyran sûr de sa puissance, en roi fainéant. Il ne se levait que pour esquisser quelques mouvements d'assouplissement, se laver (Alice avait estimé qu'allumer et éteindre sans cesse le générateur consommait finalement plus de gazole que de le maintenir en veilleuse), boire un café, manger, se gratter l'entrejambe, se rouler une cigarette. Il avait fortement diminué sa consommation de tabac, car il ne lui restait plus qu'une dizaine de paquets, et le manque le mettait dans une humeur massacrante.

Pendant qu'il prenait sa douche, Alice avait recommandé à ses enfants de le contrarier le moins possible.

« Qu'est-ce que tu attends pour... » Zoé avait baissé le son de sa voix après avoir jeté un coup d'œil à Théo. « ... tu sais, pour ce qu'on avait dit ?

— J'ai essayé, la nuit dernière, je n'ai pas eu la force.

— Il t'a vue ? »

Alice avait hoché la tête, se retenant, sans trop savoir comment, d'éclater en sanglots.

« Putain, ça craint. Il va se méfier maintenant. Faut absolument qu'on trouve le moyen de l'endormir. Et puis, si t'es pas capable de... enfin... tu sais, c'est moi qui me chargerai du reste.

— Je te l'interdis, Zoé, tu m'entends ? »

Zoé s'était redressée sur son lit, butée.

« Tu peux m'interdire tout ce que tu veux, je ferai ce que je voudrai.

— Ne t'avise surtout pas de jouer les héroïnes. Il a ouvert les yeux au moment où je m'apprêtais à le frapper. Il a un sixième sens, comme tous les prédateurs. On ne le tuera pas comme ça.

— On ne va tout de même pas se laisser maltraiter par cet... ce monstre jusqu'à la fin des temps !

— Il faut réfléchir, surtout pas agir sur un coup de tête. Je vais essayer de...

— La fin des temps, elle est déjà arrivée, avait coupé Théo.

— Bouche-toi les oreilles, microbe, et occupe-toi de tes fesses.

— Zoé ! avait protesté Alice.

— C'est papa qui reviendra s'occuper du grax, avait insisté Théo.

— Me dis pas encore que t'as des visions ! avait gloussé Zoé.

— Je sais qu'il est vivant et qu'il essaie de rentrer chez nous.

— On peut survivre dans un abri, sûrement pas dehors.

— Il est avec d'autres hommes dans... on dirait un magasin, je ne sais pas ce qu'ils font, c'est trop sombre.

— Moi, je crois que tu t'inventes des histoires, microbe. »

Théo s'était retiré dans un silence boudeur. Jim était revenu de sa douche, l'œil et le poil luisants, et avait mis fin à leur conversation.

Alice se creusait la cervelle du lever au coucher. Mortifiée par son échec, par les reproches de Zoé, elle échafaudait mille et un stratagèmes, mille et une façons de venir à bout du grax. Il la traitait désormais comme sa servante. Il lui donnait des ordres et menaçait de la frapper si elle ne les exécutait pas assez rapidement ou si elle montrait le moindre signe de réprobation. Elle regrettait amèrement de ne pas avoir eu la force de plonger le couteau dans sa gorge. Elle avait eu davantage peur d'elle-même que de lui. Peur d'être à jamais reniée en tuant un être de son espèce. D'où lui venait cette terreur ? Elle n'avait jamais cru au paradis ni à l'enfer. Elle accordait toujours un certain intérêt à la réincarnation (un temps défendue avec acharnement par Franx), mais le concept d'action réaction renvoyait à la responsabilité individuelle, excluant la notion de châtiment suprême et définitif. Craignait-elle les conséquences de ses actes ? Était-elle à jamais dépourvue de la moindre larme de courage ? Si Théo continuait de la regarder avec l'amour inconditionnel d'un fils, elle entrevoyait du mépris dans les yeux de sa fille. Au moins pour regagner l'estime de Zoé, elle devait violer le tabou suprême, crever le plafond, puiser dans une autre elle-même pour neutraliser définitivement le grax. Elle résolut d'étouffer ses révoltes, de feindre la soumission, d'endormir la méfiance de Jim et de tendre son ressort intérieur jusqu'à ce qu'elle puisse accomplir le geste qui s'était refusé à elle. Lorsque Franx reviendrait – elle commençait à être influencée par les visions de Théo –, il trouverait un Feu de Dieu débarrassé de son prédateur et ils reconstruiraient leur vie commune dans une demeure nettoyée de ses ombres.

Le grax, qui en avait marre de ne rien voir et de se cogner partout, exigeait de maintenir les lampes allumées de la grande salle, pas seulement le plafonnier, mais aussi les appliques et l'halogène, qui pourtant consommait une grosse quantité d'électricité, donc de gazole. Il voulait, crachait-il, vivre de façon normale, il ne voyait pas pour quelle raison il était privé du confort minimal alors que la période d'obscurité et de froid ne durerait selon lui que quelques mois et qu'on avait largement de quoi subvenir aux besoins.

« Ouais, mais si elle dure dix ans ? » avait objecté Zoé.

Le grax lui avait lancé un regard de colère et de désir mêlés. Alice avait constaté à l'occasion que sa fille avait embelli, que son visage avait perdu ses rondeurs enfantines, qu'elle grandissait à vue d'œil.

« Une nuit de dix ans, ça ne s'est jamais vu !

— Ah ouais, et comment tu peux le savoir ? T'étais pas sur Terre pendant les cinq milliards d'années qui nous ont précédés ! »

Alice supplia intérieurement sa fille de se taire. Jim se leva et se dirigea à grandes enjambées vers le lit de Zoé.

« On dirait que ça t'amuse de me contredire ! »

Elle se redressa, son petit cahier serré contre elle, et soutint sans ciller le regard étincelant de Jim. Des mèches de ses cheveux dépassaient de son bonnet de laine. Elle avait passé une veste polaire par-dessus ses deux pulls, sa tête semblait posée sur un corps disproportionné.

« Papa a dit qu'il fallait plusieurs années avant que se disperse le nuage de particules... »

Jim désigna la pièce d'un geste du bras.

« Ton père, il n'avait pas tout prévu, puisqu'il s'est fait surprendre comme un con par le cataclysme. »

Zoé pâlit, mais retint les larmes qui lui embuaient les yeux.

« Peut-être, mais tout ce qu'il avait annoncé est arrivé. Et ça s'est passé exactement comme il l'avait dit. Alors tu ferais mieux de ne pas gaspiller les réserves de gazole et de bouffe si tu veux pas crever, toi, comme un con ! »

Jim s'avança d'un pas et se retourna vers Alice.

« Dis à ta fille de ne pas me parler sur ce ton !

— Zoé, tu ne devrais pas... commença Alice.

— Ah non, maman, tu ne vas pas obéir comme un caniche à cette espèce de psycho ! »

La gifle claqua avec une telle violence que la tête de Zoé parut se détacher de son tronc. Alice jaillit de son fauteuil, se rua sur le grax et tenta de lui griffer le visage. Il la saisit par les poignets, la frappa du pied dans le ventre et la repoussa. Le souffle coupé, elle parcourut quatre ou cinq mètres à reculons avant de tomber de tout son long sur le carrelage. Il lui bondit dessus sans lui laisser le temps de se relever, pesa sur elle de tout son poids en lui posant les deux genoux sur la poitrine et l'empoigna par les cheveux.

« Recommence une fois ça, et je te tue, t'entends, je te tue !

— Lâche-la ! cria Zoé.

— Toi, tu fermes ta gueule, ou je t'en colle une deuxième. »

Malgré ses larmes, Alice entrevit la silhouette menue et figée de Théo sur son lit. Sa lâcheté condamnait ses enfants à vivre dans la terreur. Elle se promit de ne pas rater Jim la prochaine fois, mais se verrait-elle offrir une deuxième chance ?

Le grax se leva. Elle put à nouveau respirer. La douleur s'épanouissait dans son ventre comme une fleur aux pétales ébréchés. Elle ferma les yeux. Les hurlements de Zoé la contraignirent à les rouvrir aussitôt. Le grax était en train de lui arracher son cahier des mains. Elle résistait, accrochée de toutes ses forces à son trésor. Jim la tirait en souriant vers le bord du lit.

Alice tenta de se relever, elle en fut incapable, prise de vertige, plaquée au sol par la douleur.

« Fais voir ce que tu écris là-dedans !

— T'as pas le droit ! Salaud ! Salaud ! T'as pas le droit ! »

Zoé tomba du lit sans lâcher le cahier, dont quelques pages se déchirèrent dans un craquement. Elle s'enroula aussitôt sur elle-même, obligeant le grax à lâcher prise. Il la frappa dans le dos, entre les omoplates. Elle resta recroquevillée sur elle-même en poussant un gémissement.

« Que tu le veuilles ou non, petite conne, je lirai ce que tu as écrit quand j'en aurai envie », grogna Jim.

Après avoir grignoté une poignée de fruits secs dans la cuisine, il se dirigea vers la baie vitrée de la grande salle et contempla la cour intérieure baignée de ténèbres et de grisaille.

Alice surmonta sa douleur pour se rendre près de sa fille toujours prostrée sur le carrelage. Elle voulut prendre Zoé dans ses bras, qui l'en empêcha en s'ébrouant comme un chien.

« Laisse-moi... »

Elle ramassa les feuilles de papier froissées, déchirées, couvertes d'une écriture ronde et appliquée.

« Je les mets sous ton oreiller », murmura-t-elle.

Théo pleurait en silence sur son lit. Alice s'assit à ses côtés et attendit qu'il vienne poser la tête sur sa poitrine pour lui entourer les épaules de son bras et le serrer à l'étouffer.

17

« On dirait des... flics ! »

Franx désignait, par l'épaisse vitre dégagée de sa gangue de glace, les silhouettes qui déambulaient entre les rayons de l'hypermarché, éclairées par les rayons rectilignes de lampes de poche et les lueurs tremblantes des braseros alimentés avec des cartons, des bûchettes d'aggloméré et des planches de rayonnages.

« Des gendarmes, murmura le sergent Dalbard. Voilà pourquoi ces enfoirés ont des réserves de munitions... »

Des gendarmes et leurs familles, puisqu'on discernait également des femmes et des enfants.

S'aidant des failles et des aspérités, Boris s'était hissé sur le toit de la construction avec une agilité surprenante pour un homme de sa corpulence, pliant à deux reprises les excroissances métalliques, se rattrapant à la saillie la plus proche pour éviter la chute. Une fois là-haut, il avait arrimé à des prises résistantes les deux filins récupérés dans la grande surface de bricolage et les avait lancés aux autres. Les soldats et Franx l'avaient rejoint en veillant à faire le moins de bruit possible. Un vent violent et glacial balayait le toit, soulevant des tourbillons de cendres et de neige.

« Faut qu'on descelle une de ces satanées plaques pour descendre, souffla Dalbard.

— Pas facile avec ce putain de vent et cette putain de glace, grogna le soldat Martins.

— C'est facile pour personne, mon vieux ! »

Explorant le toit aux rayons de leurs lampes torches, ils repérèrent l'équivalent d'une trappe dont les linéaments restaient visibles sous l'épais manteau de glace et de cendres. Ils s'y mirent à quatre pour la desceller, grattèrent la couche de glace avec les lames de leurs couteaux sans prêter attention aux bourrasques ni à l'engourdissement progressif de leurs doigts. Le ciel était d'une noirceur absolue. Franx essaya de se remémorer la dernière fois où il avait contemplé les étoiles. Il en fut incapable, comme si elles n'avaient jamais brillé. Comme si la Terre était enfoncée depuis la nuit des temps dans ces ténèbres insondables. Comme s'ils flottaient dans le néant d'avant le Big Bang. Il n'avait jamais cru au Big Bang. Si la vie était, comme le prétendaient les scientifiques, une succession de causes et d'effets, alors la chaîne s'arrêtait brutalement au Big Bang parce que celui-ci n'avait pas de cause. La science ne parvenait ici qu'à illustrer le fiat lux de la Genèse et des créationnistes. Le mystère restait entier ; tant mieux dans le fond, il n'aurait pas aimé vivre dans un monde démontable comme un vulgaire Meccano.

Dalbard enfonça la pointe de sa lame dans l'interstice enfin dégagé et s'en servit comme d'un levier. L'acier pourtant résistant de son coutelas ploya avant de soulever le panneau d'un ou deux millimètres. La trappe s'entrebâilla sous les efforts conjugués des quatre hommes. Elle donnait, deux mètres plus bas, sur un faux plafond de polyester jonché de fils électriques et posé sur des poutrelles métalliques.

« Attention de ne pas passer au travers », dit Dalbard.

Ils se glissèrent par la trappe l'un après l'autre en s'appliquant à prendre appui sur les poutrelles, retirèrent leurs lunettes, abaissèrent les pans de tissu protégeant leurs visages, puis découpèrent une ouverture dans le polyester. Leurs yeux s'accoutumèrent à l'obscurité égratignée par les lueurs lointaines des lampes et des braseros. Ils surplombaient une réserve meublée de rayonnages qui montaient pratiquement jusqu'au faux plafond. Ils utilisèrent les planches des étagères comme les barreaux d'une échelle pour descendre jusqu'au sol, craignant à chaque instant qu'elles ne s'affaissent sous leur poids.

Le rayon étincelant d'une lampe jaillit tout à coup d'un recoin et emprisonna Martins, en train de remettre de l'ordre dans sa tenue.

« Bouge pas, connard ! Je te descends au premier... »

Les mots de l'homme s'achevèrent en gargouillis. Dalbard avait surgi de l'arrière et lui avait tranché la gorge. Ils le dépouillèrent de sa lampe, de son pistolet et des trois chargeurs qu'il portait à la ceinture. Boris reçut l'arme, les munitions, et s'assura aussitôt que le cran de sûreté était déverrouillé. L'homme, une trentaine d'années, cheveux et barbe éclaboussés de sang, était mort la bouche et les yeux ouverts, cueilli avant d'avoir poussé son dernier cri.

« Qu'est-ce qu'on fait des femmes et des gosses ? demanda Franx.

— Aucune raison de les flinguer s'ils ne nous opposent pas de résistance, répondit Dalbard.

— Ouais, mais ça fera des bouches supplémentaires à nourrir, grommela Boris. Y en a déjà pas assez pour tout le monde.

— On avisera après. Ne vendons pas la peau de l'ours avant de l'avoir tué. Ils sont plus nombreux que nous là-dedans. On reste groupés pour l'instant. »

Les quatre hommes sortirent en file indienne de la réserve et s'avancèrent dans les allées plongées dans la pénombre. Des rats trottaient sur les rayonnages, déchiquetant de leurs griffes et de leurs dents les emballages de carton. Ils ne fuyaient pas. La faim avait supplanté la peur chez les rongeurs, qui ne tarderaient pas à s'en prendre aux hommes, leurs rivaux dans la quête de nourriture. Les occupants de l'hypermarché s'étaient concentrés vers la sortie pour en interdire l'accès aux assaillants. Placé en deuxième position dans la file, Franx entrevit une ombre claire sur la gauche. Ils s'immobilisèrent, puis, sur un signe de Dalbard, Martins disparut dans l'obscurité. Il en revint une minute plus tard, son couteau ensanglanté à la main, et souffla, avec une grimace :

« C'était une fille, une gosse...

— Nom de Dieu, t'as pas vérifié avant ? gronda Dalbard à voix basse.

— Pas eu le temps. Elle a foncé sur moi, elle m'a heurté, j'ai pas voulu lui laisser le temps de donner l'alerte.

— Elle est peut-être pas morte, murmura Boris.

— Avec ce genre de lame enfoncée jusqu'à la garde dans le cœur, c'est rare qu'on en réchappe.

— Si les autres la découvrent, ça va être un vrai carnage ! cracha Dalbard.

— Pour eux ou pour nous ? » lâcha Boris entre ses dents serrées.

Déjà retentissaient les couinements et les crissements des rats se disputant le cadavre.

Le premier affrontement se produisit quelques instants plus tard, lorsque, débouchant d'une allée, ils tombèrent sur trois hommes qui comprirent immédiatement qu'ils avaient affaire à des intrus. Un premier coup de feu claqua, suivi d'une brève riposte de Dalbard et d'un repli stratégique derrière un monticule de rayonnages renversés. Des cris perçants, des bruits de pas précipités retentirent. Les lumières s'éteignirent, plongeant le bâtiment dans une obscurité uniquement caressée par les lueurs rougeoyantes des braseros. Une deuxième volée de balles sifflèrent autour d'eux, rebondirent sur le sol, frappèrent les montants de ferraille, projetèrent des éclats de bois. Ils évitèrent de gaspiller leurs munitions. Bien que supérieurs en nombre et en armement, leurs adversaires ne courraient pas le risque de s'aventurer hors de leur abri. C'étaient des gendarmes, des hommes qui n'avaient pas l'habitude de la guérilla urbaine, contrairement aux soldats.

Dalbard lâcha une rafale au jugé avant de se rapprocher de Martins.

« Il faut les prendre à revers. Toi et Boris, vous restez là pour les occuper pendant que Franx et moi, on essaie de les contourner.

— Et s'ils ont la même idée que nous ? chuchota Martins.

— Les probabilités sont faibles si vous les arrosez régulièrement. On y va. Faites attention à vous.

— Bonne chance. »

Le sergent fila vers le fond de l'hypermarché, suivi de Franx. Ils atteignirent le mur opposé, qu'ils longèrent en s'arrêtant tous les cinq ou six pas pour rester quelques secondes à l'écoute des bruits. Les rafales du fusil d'assaut de Martins répondaient de façon sporadique aux aboiements rauques des pistolets des gendarmes. Les couinements des rats surexcités par l'odeur de poudre et de sang, les cris étouffés des enfants montaient dans les intervalles de silence. Des courants d'air glacé cinglaient les visages de Dalbard et de Franx, qui approchaient de l'entrée principale du bâtiment. Ils aperçurent, à l'extrémité d'un rayonnage, une petite troupe regroupée autour d'un brasero, principalement femmes et enfants, qui lançaient des regards anxieux en direction des détonations. Les gendarmes avaient posté quatre sentinelles devant l'entrée entrouverte. Franx distinguait, à l'extérieur, la forme grisâtre du mur de protection en arc de cercle, et, plus loin encore, la nuit perpétuelle d'où surgissaient des essaims de cendres et de neige.

Dalbard se rapprocha de lui.

« Ils sont probablement une dizaine là-bas, lui glissa-t-il à l'oreille. Faudra pas se rater. Avec ça, tu seras plus efficace qu'avec ton fusil de chasse. »

L'officier lui présenta son pistolet par le canon. Franx s'en saisit. Surpris par son poids, il le mania jusqu'à ce qu'il l'ait parfaitement en main. Il remit son fusil en bandoulière après en avoir verrouillé le cran de sûreté.

« Le chargeur contient dix-sept balles neuf millimètres, chuchota Dalbard. Il est déréglé : il tire un peu haut. Si tu veux atteindre la tête, vise le cou. »

Ils avancèrent en veillant à ne pas se faire repérer par les femmes et les enfants regroupés autour du brasero. L'hypermarché grouillait de rats qui exploraient les moindres recoins pour les nettoyer de leurs dernières miettes. Les hommes avaient fourré la plupart des réserves de nourriture dans des malles en plastique ou en fer que les incisives pourtant puissantes des rongeurs ne parvenaient pas à entamer ; ils étaient tellement nombreux qu'ils enveloppaient certaines caisses d'une couverture mouvante.

Guidés par les éclats rageurs des coups de feu, Dalbard et Franx traversèrent la grande surface sur toute sa largeur et se rapprochèrent des gendarmes embusqués derrière un rayonnage encore debout, qui n'avaient pas envisagé la possibilité d'être pris à revers et regardaient tous dans la même direction. Dalbard fit signe Franx de s'accroupir à ses côtés, au milieu de l'allée, pour qu'ils puissent ouvrir le feu simultanément. L'espace de quelques secondes, Franx eut l'impression d'être une cible offerte. Sa gorge et son ventre se serrèrent. Il ne pensait ni à sa femme, ni à ses enfants, mais à Surya. S'il disparaissait, elle se retrouverait seule dans ce monde hostile. La solidité des liens tissés entre la fillette et lui le surprenait. Il s'y était autant attaché, voire davantage, qu'à ses propres enfants. Il devait survivre pour elle, et le temps lui parut interminable jusqu'à ce que le bras levé de Dalbard s'abaisse.

Il pressa la détente du pistolet, visant les silhouettes disséminées dans la pénombre. Il lui fallut deux tirs pour s'habituer au tressautement de l'arme. La crosse métallique chauffa dans sa paume. Dalbard, lui, lâchait de longues rafales de son fusil d'assaut en imprimant un mouvement circulaire au canon. Les gendarmes s'affaissèrent l'un après l'autre, comme fauchés par une invisible faux. Leurs ripostes maladroites se perdirent sur les rayonnages, les murs ou le plafond de la construction. Franx vida le chargeur du pistolet avec une rage proche de l'ivresse. Le flot continu d'adrénaline chassait de son corps la fatigue, la faim, la peur.

« On cesse le feu ! » glapit Dalbard.

Le silence retomba sur les lieux, fissuré par les frissonnements du vent et les couinements des rats. Ils se relevèrent et s'approchèrent à pas prudents des corps jonchant le sol. Un gendarme, adossé au rayonnage, gémit et bougea un bras ; le sergent l'acheva d'une rafale en pleine tête. Les effluves de poudre masquaient en partie l'odeur de sang.

La voix grave de Martins s'éleva une dizaine de mètres plus loin.

« C'est propre de votre côté ?

— Affirmatif. »

« Pourquoi les avez-vous tués ? »

La femme, d'une cinquantaine d'années, ne pleurait pas, contrairement à ceux qui avaient perdu un père, un mari ou un fils (ou une fille, l'adolescente poignardée par Martins). Les sentinelles postées à l'extérieur, de jeunes recrues en cours de formation, n'avaient opposé aucune résistance et avaient déposé les armes. Martins était allé chercher le petit groupe qui attendait dehors et s'était rué dans l'hypermarché comme dans une caverne fabuleuse.

« C'étaient eux ou nous, répondit Dalbard. Ils ont choisi de protéger leurs ressources au lieu de les partager, ils en ont subi les conséquences.

— Vous savez pourtant que les vivres de ce magasin ne suffiront pas à nourrir tout le monde.

— Ils étaient gendarmes, ils auraient dû aider la population dans le besoin au lieu de ne penser qu'à eux.

— Ils ne l'ont pas fait pour eux, mais pour leurs familles.

— Il y a d'autres familles dehors, elles méritent autant que vous de survivre. »

La femme baissa la tête, comme pour échapper à la lumière blessante de la lampe. Ses yeux ternes, ses cernes, ses joues creuses, ses dents grisâtres révélaient une santé défaillante. Des sanglots et des gémissements montaient du fond du bâtiment plongé dans l'obscurité.

« Nous laisserez-vous au moins enterrer nos morts, monsieur ? »

Dalbard secoua la tête.

« Je crois qu'il vaut mieux les abandonner aux rats.

— Aux rats ? Mais c'est... monstrueux !

— Ça me paraît au contraire extrêmement sage, madame. D'abord, on ne peut pas creuser de tombes dans la terre gelée. Ensuite, les rats sont comme nous : ils crèvent de faim. Le temps qu'ils s'occupent des cadavres, ça nous laissera le répit nécessaire pour faire l'inventaire exact des ressources et décider de la conduite à tenir. Au moins, les vôtres ne seront pas morts pour rien. »

Franx et Boris furent chargés de rassembler les armes, les munitions, et de regrouper femmes et enfants près de l'entrée de l'hypermarché. Certaines protestèrent, regimbèrent, refusèrent d'abandonner les dépouilles de leurs maris aux rats, ils usèrent de la menace pour les contraindre à suivre le groupe. Il aurait été impossible, de toute façon, de repousser les rongeurs qui, attirés par le sang, pullulaient déjà entre les corps. La récupération des armes des morts se révéla une entreprise périlleuse, et Franx faillit à plusieurs reprises être mordu ou griffé. Après qu'ils eurent rassemblé tout le monde et donné à manger aux plus affamés, ils exploitèrent la relative accalmie pour établir, à la lueur des torches, l'inventaire des vivres et autres ressources. Le froid, moins cinq ou moins six degrés environ, avait parfaitement conservé les aliments entassés dans les caisses et les malles en dur qu'on avait trouvées dans l'hypermarché. Une fois celles-ci bourrées jusqu'à la gueule, le reste avait été entreposé sur des étagères soigneusement occultées avec des planches clouées ou des parpaings. Les rats avaient tenté en vain de s'y faufiler, comme le montraient les déjections, les nombreuses traces de griffures et de morsures.

Ils calculèrent que les réserves pourraient nourrir une soixantaine de personnes pendant six mois.

« Pourquoi soixante ? demanda Hélène, la femme aux joues creuses, qui, en tant qu'ancienne épouse du capitaine de la gendarmerie, avait spontanément endossé le rôle de porte-parole de son groupe. Nous étions... enfin, nous ne sommes qu'un peu plus de quarante.

— Quarante-deux pour être précis », confirma Dalbard. Il désigna Franx et Boris. « Il faut ajouter la quinzaine d'unités de leur groupe qui sont réfugiées dans une champignonnière à une douzaine de kilomètres. Vous seriez mieux là-bas qu'ici. Les galeries souterraines assurent une température constante.

— Nous sommes totalement incapables de parcourir douze kilomètres dans de telles conditions.

— Les plus résistants iront à pied. Pour les autres, il nous reste peut-être suffisamment d'essence pour faire cinq ou six allers et retours jusqu'à Buc.

— Qu'est-ce que vous faites des vivres ?

— On en transportera un maximum. Une fois sur place, on s'organisera pour venir chercher le reste.

— Vous ne craignez pas une attaque des rats lorsque vous reviendrez ?

— Ils finiront bien par foutre le camp s'ils ne trouvent plus rien à manger. »

Le véhicule, qui avait continué de tourner sous la surveillance d'un ancien mécanicien, fut amené devant l'entrée. On arrima plusieurs caisses sur le toit, on entassa six enfants sur la banquette arrière et les deux femmes les plus faibles sur le siège passager. Boris, qui connaissait l'entrée de l'ancienne champignonnière, prendrait place auprès de Martins, le conducteur. Ils s'aideraient d'une carte d'état-major très détaillée pour s'orienter et gagner Buc. Les sifflements du vent et les ténèbres absorbèrent peu à peu le grondement du moteur. Une inquiétude mêlée d'espoir supplantait le chagrin sur le visage des mères. Les rats poursuivaient leur sinistre besogne dans un concert de couinements et de craquements.

Ils continuaient d'empiler caisses et malles tout près de l'entrée. Une femme d'une trentaine d'années perdit son sang-froid et s'élança vers le fond de l'hypermarché pour, hurla-t-elle, se donner aux rats. Franx et Dalbard réussirent à la rattraper avant qu'elle ne se jette dans la vague des rongeurs qui avait déjà réduit les cadavres à l'état de squelettes. Elle se débattit avec une telle énergie que les deux hommes éprouvèrent les pires difficultés à la maîtriser. Lorsqu'elle se fut enfin calmée, elle leur expliqua qu'elle avait perdu son mari et qu'elle regrettait amèrement de s'être séparée de ses deux enfants. Elle pensait que le véhicule s'égarerait dans l'obscurité, ou bien qu'il tomberait dans une faille, qu'elle ne les reverrait plus.

« Faites confiance à Martins, argumenta Dalbard. C'est un excellent soldat.

— Mon mari, aussi, se croyait un excellent gendarme. Voyez ce qu'il est devenu : il n'aura même pas de tombe. »

Ses larmes éclataient sur ses lèvres, le fil de sa vie semblait tout près de se rompre.

« Comment vous appelez-vous ? demanda Dalbard.

— Stéphanie...

— Eh bien, Stéphanie, je crois, moi, que vous retrouverez vos enfants et que, pour eux, vous devez vivre. »

L'ensemble des vivres, mais également les piles, les torches, les ampoules, les bouteilles de camping-gaz, le bois, les couteaux, les pelotes de laine, les chaussures, les nécessaires à mercerie, le tout par ordre de priorité, avait été amassé près de l'entrée. Les rats, qui avaient terminé leur festin, recommençaient à rôder près des survivants, enivrés par le goût et l'odeur du sang.

18

Je t'ai sauvé de justesse, mon cher journal. J'ai cru que le grax allait t'arracher à moi et te lire. J'ai eu la trouille de ma vie. Il m'aurait certainement tabassée, peut-être même massacrée s'il avait découvert ce que j'ai écrit sur lui. J'ai résisté de toutes mes forces. Tu as perdu des bouts de pages, mais j'ai réussi à te reconstituer. Maintenant, je ruse : je te planque dans un endroit secret, j'écris des bêtises sur un autre cahier qui te ressemble pour mettre le grax sur une fausse piste. Ma mère aussi : elle aimerait trop découvrir ce que tu caches. Sur le deuxième cahier, j'écris des trucs sans importance, du genre de ceux qu'écrivent la plupart des filles de mon âge, des histoires de princes charmants, mais les garçons n'ont jamais été des princes charmants avec leurs boutons, leurs poils au menton, leur air bête et leurs rires stupides, et puis quand ils ne puent pas le garçon, ils puent le parfum bon marché... Leur curiosité, le grax et ma mère pourront toujours la contenter en fourrant leur nez dans mon faux journal, ils seront rassurés et me ficheront la paix.

Toi, mon vrai confident, je viens te voir quand je suis certaine que personne ne me regarde. Tu es tranquille dans la super cachette que je t'ai trouvé(e ?). Personne n'aura l'idée de te chercher là. C'est de moins en moins facile de me ménager des moments d'intimité. On vit les uns avec les autres, les uns sur les autres je devrais dire. Il y a toujours quelqu'un dans les parages, et les draps tendus entre les lits ne dissimulent pratiquement rien. J'ai vu, l'autre nuit, ma mère lever le grand couteau sur le grax. J'ai exagéré ma respiration pour lui faire croire que je dormais, mais j'avais les yeux bien ouverts et je n'ai rien perdu de la scène. Mon cœur a battu si fort quand elle est revenue de la cuisine avec le couteau que j'ai bien cru qu'il allait réveiller tout le monde. Je me suis tendue, j'ai supplié intérieurement ma mère de saigner le monstre endormi, et puis son bras est resté en l'air, j'ai compris qu'elle n'aurait pas le courage de le faire et je l'ai détestée. Moi, je n'aurais pas hésité, je le jure, j'y aurais même pris du plaisir. Des fois, je me demande si je ne suis pas aussi monstrueuse que le grax. Depuis que j'ai eu mes premières règles, de drôles de sensations me passent par la tête et le corps. Ça bouillonne, là-dedans, une vraie centrale nucléaire ! J'ai peur de ma propre violence. Mon petit frère m'agace parfois tellement que j'ai envie de l'écrabouiller comme le microbe qu'il est. Je ne lui pardonne rien, surtout pas son air de poussin ébouriffé et ses visions. Il prétend toujours que mon père est sur le chemin du retour. J'ai envie de le secouer jusqu'à ce qu'il ouvre les yeux, qu'il regarde la réalité en face. Pareil pour ma mère. J'avais déjà du mal à la supporter, alors, depuis cette nuit où elle n'a pas réussi à planter le couteau dans la peau du grax, je l'ai en horreur. J'espère vraiment qu'elle ne te mettra jamais le grappin dessus, mon cher journal. À toi je peux tout raconter, à elle, rien. Je me dis souvent que je serais mieux seule au monde, juste toi et moi, le silence, le froid, l'obscurité, le grattement du stylo sur le papier, les sifflements du vent, le craquement du feu dans le poêle... Au moins, je n'aurais de comptes à rendre à personne. Et puis, je mourrais à mon tour, il ne resterait plus un seul être humain sur terre, j'aurais été la dernière, la dernière de mon espèce, ça, au moins, ce serait une fin trop classe.

Je crois bien que je plais au grax. Ses yeux ne brillent plus de colère quand ils se posent sur moi. Je dois dire que sa façon de me déshabiller du regard n'est pas désagréable. Pourtant, je le hais, j'ai vraiment envie qu'il crève, je n'y comprends plus rien. Il se montre plutôt gentil avec moi tandis qu'il maltraite de plus en plus ma mère et mon frère. Ça m'arrange pour l'instant, j'ai besoin qu'on me fiche la paix. Je sais que cette ac... calmie (deux c ?) ne durera pas, qu'il ne se contentera pas toujours de me regarder, j'essaie d'en profiter au maximum, tant pis si je passe pour une mauvaise fille et une mauvaise sœur !

Je me moquais tout à l'heure des filles qui croient encore au prince charmant. J'avoue que j'y crois un peu moi aussi, je suis une rêveuse, comme elles, mais mes chances d'en croiser un sont encore plus nulles que les leurs. Il n'y a peut-être plus un seul garçon sur Terre. Le froid et la nuit perpétuels nous interdisent de sortir du Feu de Dieu et d'aller à la rencontre d'éventuels survivants. Impossible de savoir quand le soleil reviendra. Sept ans, a prédit papa. Et pourquoi pas un siècle ? Nous mour... (r ?)ons peut-être de froid et de faim avant, et ma vie se sera presque entièrement écoulée entre ces murs. À la vitesse à laquelle le grax descend les réserves de nourriture et d'essence, on tiendra sûrement moins longtemps que prévu. Ma mère n'a plus la volonté de s'opposer à lui. Elle est soumise, elle baisse les bras. Elle a toujours baissé les bras, sauf au moment où il l'aurait fallu. Je les entends, le grax et elle, la nuit. Leur lit grince. Hyper énervant. Lui, il souffle d'abord comme un bœuf avant de grogner comme un cochon. Elle, elle ne dit rien, il me semble percevoir de la détresse et de la résignation dans ses soupirs. Je n'ai pas de pitié pour elle. Elle avait l'occasion de le tuer, elle ne l'a pas fait, ça veut dire qu'elle accepte son sort, je me demande même si elle n'y trouve pas son compte. Elle vient parfois m'embrasser. Mon corps devient alors dur comme du bois, ou comme de la pierre. Elle me fixe en se demandant visiblement ce qui se passe dans ma tête. C'est génial, la pensée, c'est la liberté totale, on pense ce qu'on veut, et personne ne peut rien deviner. Enfin, sauf si vous écrivez vos pensées sur le papier et que quelqu'un tombe dessus par hasard. Comme Anne Frank. Elle ne croyait sûrement pas que son journal serait publié et étudié en classe. Imaginez qu'un jour les gens soient capables de lire directement dans votre tête, il n'y aurait plus aucune liberté, on ne pourrait plus vivre les uns avec les autres. Un drôle de truc, l'être humain, pas facile à comprendre. Faut que j'y aille. Mes doigts commencent à geler, j'ai de plus en plus de mal à maîtriser mon écriture.

Hier, le grax s'est montré odieux avec ma mère. Elle lui a reproché pour la centième fois de rester trop longtemps sous la douche, il l'a frappée au visage. La gifle a claqué comme un coup de fouet. Elle est tombée et l'arrière de sa tête a cogné le sol dans un tin... (tain ?) tement prolongé de gong tibétain. Elle est restée un moment immobile. J'ai cru qu'elle était morte, et Théo aussi, il s'est mis à pleurer, puis elle a bougé et elle s'est relevée. Elle m'a fait penser à un poulain tout juste né, j'en ai vu un une fois dans un champ pas loin du Feu de Dieu, elle avait du mal à tenir sur ses jambes, elle s'est dirigée vers la salle de bains, elle s'est enfermée, j'ai observé le microbe, il était paralysé sur son lit, son manga, toujours le même, à la main, il m'a lancé un regard désespéré, alors j'ai décidé de bouger, je me suis rendue devant la porte de la salle de bains, j'ai demandé à ma mère si elle allait bien, elle m'a répondu que oui, j'ai deviné, à sa voix tremblante, que ce n'était pas vrai. Je me suis sentie morte à l'intérieur. Je crois bien que mon mépris pour elle a augmenté. Je me le reprocherai sans doute un jour, mais, pour l'instant, je ne peux toujours pas éprouver de la pitié pour elle, vraiment pas. Elle dit souvent qu'on est responsable de ce qui nous arrive, elle n'a qu'à s'appliquer ses grands principes à elle-même. Elle a maintenant un gros cocar (t) (d) ? tout autour de l'œil gauche. On dirait que, de ce côté-là, sa tête a doublé de volume. Le grax n'y est pas allé de main morte. Va falloir que je m'occupe moi-même de son cas, à celui-là ! Sans rien dire à ma mère. Je n'aurai pas besoin de l'endormir avec des médicaments. Ses ronflements me dérangent toutes les nuits. Ma mère aurait pu le tuer vingt fois avant qu'il se réveille, moi, je n'aurai besoin que d'un coup. La lame dans la gorge, direct. Je tuerai le seul homme de cette baraque. De toute façon, il ne deviendra jamais un prince charmant, il restera toute sa vie un sale con. Et il...

Ouf, j'ai bien failli me faire surprendre l'autre fois. J'étais comme d'habitude installée dans l'ancienne chambre des Jeanneret, em... (m)itouf(f)lée dans trois couvertures et duvets quand j'ai entendu des pas. J'ai eu tout juste le temps de souffler la bougie, de planquer mon journal et de refermer la trappe de la cachette quelques secondes avant l'entrée du grax dans la pièce. Le rayon de sa lampe m'a éblouie. Je ne voyais de lui que sa main et le bas de son visage.

(Je reconstitue de mémoire notre discussion.)

Qu'est-ce que tu fous là ? il m'a demandé.

Ben, et toi ? j'ai répondu.

Il s'est passé la main sur le front. La lampe l'a éclairé une ou deux secondes. Il avait sa tête des mauvais jours, la mine chiffon, les mâchoires serrées, les yeux ronds, les cheveux en pétard.

Réponds d'abord !

Je lui ai dit que je venais de temps en temps dans cette chambre parce que j'avais besoin d'être seule.

T'es aussi fêlée que ton petit con de frère, il a dit. Tu vas finir par crever de froid dans cette piaule.

Avec les couvertures, ça peut aller, j'ai répondu. Et toi, qu'est-ce que tu fais là ?

Je t'ai vue partir, je te cherchais.

Pour quoi faire ?

Il s'est approché de moi, et mon cœur s'est mis à battre. Même si je hurlais, personne ne m'entendrait dans l'autre partie du Feu de Dieu. Et puis même si ma mère et mon frère m'entendaient, ils ne pourraient pas empêcher le grax de faire de moi ce qu'il voulait.

T'es devenue drôlement mignonne, tu sais.

Il s'est penché sur moi, m'a planté la lumière de la lampe dans les yeux et m'a caressé la joue du dos de sa main. Il puait la cigarette et une autre odeur que je n'ai pas réussi à reconnaître, quelque chose comme l'ail, ou le moisi. Je me suis mise à trembler et à claquer des dents.

T'as pas à avoir peur. J'te veux aucun mal. Bien au contraire. Tu sais, on a sans doute de longues années à passer ensemble dans ce trou, alors on a intérêt à s'entendre, tu crois pas ?

Ben, si on veut pas crever de froid et de faim plus tôt que prévu, faudrait peut-être que tu arrêtes de gaspiller...

Il s'est penché pour frapper le sol de son poing, avec une telle puissance que j'ai eu l'impression de décoller du parquet.

Et toi, si tu veux te faire une petite vie peinarde, faudrait que tu arrêtes de parler comme ta mère !

Je me suis mordu l'intérieur des lèvres à en saigner. J'ai gardé le silence. Il s'est calmé.

Bientôt, je viendrai te voir la nuit et je t'apprendrai plein de trucs. Tu verras, on s'amusera vachement bien, tous les deux.

Je me suis souvenue des soupirs de ma mère, de ses grognements à lui, j'ai repensé au sale type qui nous avait montré son gros machin sur les bords du ruisseau, et je ne lui ai pas demandé en quoi consisterait l'amusement.

Faudra pas me repousser, hein, faudra pas résister.

Ou j'serai pas content, et j'deviendrai méchant. Faudra juste te laisser faire. D'accord ?

Il m'a pincé la joue jusqu'à ce que je pousse un cri. J'ai hoqueté.

Oui, oui...

T'es une gentille fille. Je sens qu'on va super bien s'entendre tous les deux.

Sa main a rampé sur ma poitrine, il m'a caressé par-dessus mes vêtements, j'ai eu une drôle de sensation, du dégoût, évidemment, et aussi du plaisir, comme lorsque je joue moi-même à me faire durcir les bouts des seins. Puis il s'est relevé avec un petit rire et il est sorti de la pièce. J'ai attendu qu'il se soit éloigné pour récupérer mon journal et rallumer la bougie. J'ai voulu me remettre à écrire, mais je tremblais tellement que j'en ai été incapable et que je suis retournée dans la grande salle.

Je ne dors plus.

Chaque nuit, je me demande si le grax ne va pas se glisser dans mon lit pour m'apprendre les trucs dont il m'a parlé. Je n'aime vraiment pas son odeur. On dirait qu'il s'est vautré dans du bois mort, même après sa douche. Je me demande ce que ça me fera de me frotter sur sa peau. Si j'avais un minimum de logique, je me tuerais plutôt que de me laisser toucher par lui, mais je n'ai pas envie de mourir. Ça doit être ça, l'instinct de survie. Même si ma vie est nulle, je m'y accroche de toutes mes forces. L'autre possibilité, c'est que je le tue avant que l'envie ne lui prenne de s'inviter dans mon lit. Alors pourquoi est-ce que je ne le fais pas ? Pourquoi est-ce que je ne cours(rre ?) pas dans la cuisine chercher un couteau et que je ne le saigne pas comme il le mérite ? Qu'est-ce que j'attends ?

Il n'y a qu'à toi, mon cher journal, que je peux vraiment en parler. Je ne devrais sans doute pas l'écrire, car je passerai pour une moins que rien si on me lit un jour, mais les mots ne vaudraient rien si je ne racontais pas la vérité. En réalité, ce que j'attends, c'est la visite de ce mec que je hais de toutes mes forces. Je suis curieuse de savoir ce que font un homme et une femme dans un lit, pourquoi ils gémissent, pourquoi ils grognent, pourquoi ça tient une telle place dans leur vie. J'avais juré de ne jamais laisser le grax poser ses sales pattes sur moi, mais, s'il meurt, je ne connaîtrai peut-être jamais d'homme, hormis le microbe, qui restera jusqu'au bout mon petit frère. Toutes les femmes qui sont passées au Feu de Dieu ont un point commun : elles ont couché avec le grax. Pourquoi est-ce que je ne ferais pas comme elles ?

Tant de choses se sont passées ces derniers temps que je t'ai négligé, mon cher journal. Même si je suis encore bouleversée, je vais essayer de rattraper le temps perdu et de ne rien oublier. Ça a commencé il y a quatre nuits. Un mouvement m'a réveillée. On se glissait dans mon lit. Mon premier réflexe a été de crier, mais une main s'est posée sur ma bouche et m'en a empêchée. J'ai reconnu l'odeur de moisi du grax. Le moment était donc venu. Je me suis mise à trembler, comme à chaque fois que je me retrouve seule avec lui. Ma mère et mon frère dormaient, enfin, je crois. Moi qui avais prévu de surprendre le grax dans son sommeil, c'est lui qui m'a surprise dans le mien. Un courant d'air froid m'a saisi les jambes malgré mon bas de pyjama, j'ai frissonné, puis j'ai senti son grand corps se coller contre le mien. Ses pieds tout froids se sont posés sur les miens, ses grandes mains se sont glissées sous mon haut de pyjama et ont tracé des sillons glacés sur ma peau. Je crois me souvenir que j'ai failli vomir. Il m'a pincé les seins, avec douceur au départ, puis avec brutalité. Un gémissement m'a échappé. Il m'a chuchoté, à l'oreille :

Pas un bruit, compris ?

Comme je n'ai pas réagi, il a insisté :

Compris ?

J'ai dit oui d'un mouvement de tête.

Il m'a enveloppée de son souffle chaud, sa main est descendue sur mon ventre, entre mes cuisses. Il a tenté de les écarter, mon corps était si tendu, si raide, qu'elles ont refusé de s'ouvrir.

Hmmmm, il a murmuré. Ta peau est super douce. Détends-toi, relax, ça va bien se passer.

Je ne savais pas comment je devais réagir, j'avais seulement un sentiment de malheur, de perte. Il soufflait de plus en plus fort, comme avec ma mère. Il se frottait contre moi comme un chien, et je sentais, au travers de son pyjama, une chose dure et menaçante.

C'est à ce moment-là qu'un fracas a retenti, venant de la cour intérieure. Le grax s'est aussitôt redressé.

Putain, qu'est-ce que...

Un deuxième bruit a résonné, aussi fort que le premier. Le grax a bondi hors de mon lit et s'est précipité vers la baie vitrée. Au passage il a pris ma lampe torche sur ma table de nuit et l'a allumée.

Qu’est-ce qui se passe ? a crié ma mère.

Le rayon lumineux a dévoilé des silhouettes dans la cour intérieure. Cinq, peut-être six, en train de lancer des pierres sur la baie vitrée.

19

« Où est Surya ? »

Carole, la maquilleuse, et Laura, la scripte, baissaient la tête comme des gamines prises en faute.

Le dernier groupe était arrivé une poignée de minutes plus tôt. Le 4 x 4 avait transporté une bonne partie des rescapés et des vivres avant d'épuiser ses réserves d'essence. Le dernier groupe, qui avait gardé les caisses dans l'hypermarché sous la responsabilité de Franx, avait dû parcourir à pied le chemin entre le centre commercial et le bourg de Buc. Les sept hommes et les deux femmes n'avaient pas éprouvé de difficultés à s'orienter grâce aux repères disséminés par le soldat Martins au cours de ses différents allers et retours, mais la brume de cendres était par endroits si épaisse qu'ils s'étaient perdus de vue et qu'il leur avait fallu donner de la voix pour se regrouper. Ils avaient parcouru les onze kilomètres du trajet en un peu plus de cinq heures, marchant sur un sol gelé et glissant, luttant contre un froid coupant et un vent violent. Aux cendres, s'associaient par instants des flocons d'une neige dure et cinglante. Ils étaient passés au-dessus de deux corps parfaitement conservés dans une épaisse couche de glace. Un homme et une femme surpris par le froid, serrés l'un contre l'autre, élégamment vêtus, comme s'ils s'apprêtaient à sortir ou revenaient d'une soirée. Le rayon de la lampe de Franx était resté un moment braqué sur les corps avant d'éclairer, plus loin, le chiffon coloré attaché par Martins à un ancien poteau électrique.

Les nerfs à fleur de peau, Franx retira ses lunettes et le foulard qui lui protégeait le bas du visage. Un pressentiment l'avait accompagné tout au long du chemin, il avait à plusieurs reprises demandé aux autres d'accélérer l'allure, mais la progression s'était révélée lente, exténuante. Des familles se reconstituaient avec des cris de joie dans l'entrée de la champignonnière.

« Elle est où, merde ? »

Carole releva la tête et le fixa d'un air tragique.

« C'est... Charline...

— Quoi Charline ?

— Elle disait que... qu'on devait se débarrasser de Surya, qu'elle nous porterait malheur...

— Qu'est-ce que vous en avez fait ?

— Comme on voulait pas la tuer, on l'a... euh... emmenée dans une des galeries de la champignonnière...

— Ça fait combien de temps ? »

Les deux femmes se consultèrent du regard.

« Je sais pas au juste, finit par répondre Laura. Un jour, peut-être plus...

— Vous avez pensé aux rats ? »

À peine avait-il posé cette question qu'une image lui traversa l'esprit : des rats, des milliers de rats, grouillant dans l'obscurité autour d'une forme inerte. Il tira le pistolet que lui avait remis Dalbard et déverrouilla le cran de sûreté.

« Conduisez-moi dans cette galerie ! »

Les deux femmes jetèrent des coups d'œil furtifs vers le cœur de la champignonnière. La nouvelle que d'autres survivants allaient se joindre à leur petit groupe avait à la fois réjoui et inquiété l'équipe de tournage.

« Charline a convaincu tout le monde que...

— Faites chier avec Charline ! Si jamais il est arrivé quelque chose à Surya, je vous jure qu'elle le paiera ! Conduisez-moi tout de suite à l'endroit où vous l'avez laissée. Ne m'obligez pas à utiliser ce flingue. »

À la lueur de sa lampe torche, Carole et Laura l'entraînèrent dans le labyrinthe. Ils traversèrent la cave principale, où les membres de l'équipe avaient installé les box, les matelas, les toilettes sommaires et un coin abusivement baptisé cuisine. Franx reconnut, au milieu d'un groupe, Charline et Dalbard enlacés, éclairés par les lumières tremblotantes des bougies. Considérant l'ancien sergent comme le nouvel homme fort du groupe, elle avait aussitôt misé sur lui. La vitesse à laquelle elle l'expulsait de sa vie avait quelque chose de dérisoire, d'humiliant. Il lui fallait renoncer au plaisir brûlant qu'il avait goûté avec elle et qui lui avait révélé des aspects inconnus et grisants de sa virilité. Impression désespérante d'être chassé de l'Olympe et condamné à retomber parmi les hommes. D'avoir connu un instant de grâce et d'avoir aussitôt été rattrapé par la malédiction. Il lui fallait sortir de l'enchantement, ce même envoûtement qui avait poussé deux femmes saines de corps et d'esprit à perdre une fillette de cinq ou six ans dans un dédale ténébreux et infesté de rats. Incapables de reconnaître les lieux, elles explorèrent plusieurs galeries avant de revenir sur leurs pas. Curieusement, les rats semblaient avoir déserté la champignonnière. Ils continuaient pourtant de grouiller dans l'esprit de Franx. Un crissement continu résonnait de manière désagréable sous son crâne. Il ne discernait toujours pas la forme immobile au milieu de la vague grise et frissonnante. Son impatience et son inquiétude s'exaspéraient, son index se crispait sur la détente du pistolet. Oubliées, déjà, la fatigue et les craquelures du bas de sa botte par lesquelles le froid s'était engouffré et lui avait engourdi le pied.

Même s'il ne voyait rien, il sut qu'il était dans la bonne galerie avant même d'en avoir franchi l'entrée. Il se sentit aspiré, comme tiré par un fil. Dépassant les deux femmes qui marchaient devant lui, il fonça vers le fond du boyau, parcourut environ trois cents mètres avant de tomber sur les premiers rats, s'immobilisa, haletant, et promena la lumière de sa lampe sur les rongeurs. Le rayon faiblissant s'avéra trop court pour s'étirer jusqu'au centre de leur cercle. Combien étaient-ils ? Des milliers ? Des dizaines de milliers ? Comment pouvaient-ils survivre ? En se dévorant les uns les autres ? Ils ne lui prêtaient aucune attention, tous tournés dans la même direction. Ils ne semblaient pas agressifs malgré la famine qui leur creusait les côtes et ternissait leur poil.

« Quelle horreur ! »

Les deux femmes étaient arrivées derrière Franx. Elles ouvraient des yeux effarés sur la multitude grisâtre qui occupait toute la largeur de la galerie. Si les rongeurs décidaient de déferler sur les rescapés réfugiés dans la champignonnière, il ne leur faudrait pas plus de quelques minutes pour les réduire en squelettes. Franx leva le bras pour donner davantage de longueur au rayon de sa lampe. La lumière glissa sur les échines hérissées pour s'échouer sur une forme immobile émergeant de la nuée frémissante comme un rocher au milieu des flots agités. Il crut discerner la silhouette menue et familière.

« Surya ? »

Elle ne bougea pas. Les pensées s'entrechoquaient dans l'esprit de Franx. Il lui paraissait impossible que les rats l'eussent épargnée, elle était sans doute trop faible pour venir jusqu'à lui, il devait donc traverser le pullulement pour aller la chercher. La peur gonfla en lui, lui obstruant la gorge.

« Elle est vivante, murmura-t-il. Il faut que j'aille la chercher.

— Vous êtes fou ! gémit Carole. Ils vont vous...

— Ils ne l'ont pas mangée, elle. »

Les picots de la crosse du pistolet lui irritaient la paume. Il avança d'un pas, pour se reculer aussitôt quand les premiers rongeurs dérangés se retournèrent vers lui en montrant les dents, faillit presser la détente de son arme, calma d'une profonde inspiration les battements de son cœur, remit sa torche à Laura en lui ordonnant de l'éclairer et s'encouragea de la voix et du geste avant de fendre la multitude.

Il jugulait à chaque pas sa panique galopante pour ne pas rebrousser chemin. Les rats s'écartaient devant ses pieds, creusant un sillon qui se refermait aussitôt derrière lui. La traversée lui parut interminable. Il marchait précautionneusement, craignant d'écraser par mégarde une queue, un museau, une patte, et de déclencher une réaction massive qui ne lui laisserait aucune chance. La tension était telle qu'il transpirait sous ses nombreuses couches de vêtements. La lumière de la lampe brandie par Carole faiblissait. Il pénétrait désormais dans une zone ténébreuse, silencieuse, avec en point de mire, la silhouette de Surya légèrement plus claire, toujours immobile. Il se demanda un instant si elle n'était pas morte, eut aussitôt la vision de ses grands yeux noirs et pétris de vie, accéléra l'allure. Les rats s'écartaient une fraction de seconde avant que son pied ne se pose sur la terre battue. L'odeur était indéfinissable, un mélange de musc, de déjections, de moisissures. La fillette le regardait en souriant, visiblement heureuse de le revoir. Des larmes jaillirent des yeux de Franx. Son bonheur de la retrouver saine et sauve balayait ses remords et ses inquiétudes, il avait l'impression de recouvrer une partie de lui-même, d'être à nouveau rassemblé, entier. Elle avait encore maigri, son visage s'était creusé, des cernes profonds soulignaient ses yeux. Elle se tenait au milieu d'un cercle d'environ deux mètres de diamètre dont les rats ne franchissaient pas la circonférence. Arrivé près d'elle, il glissa le pistolet dans la poche de son manteau, s'agenouilla et la prit dans ses bras en balbutiant :

« Pardon, pardon, je ne te laisserai plus, je te le promets... »

Il la serra un long moment contre lui sans chercher à retenir ses larmes, puis il se releva en la maintenant plaquée contre sa poitrine. Elle posa la tête sur son épaule et s'endormit immédiatement. Il craignit la réaction des rats, mais ils s'écartèrent sur son passage et le laissèrent rejoindre les deux femmes sans manifester la moindre agressivité.

« Fichons le camp d'ici ! souffla Carole. J'ai eu assez peur comme ça pour aujourd'hui !

— Qu'est-ce qui se passe avec ces sales bestioles ? » demanda Laura. Elle désigna Surya d'un mouvement de menton. « Comment ça se fait qu'elles se sont regroupées autour d'elle et qu'elles ne l'ont pas... enfin...

— Je n'en sais rien, répondit Franx. Tout ce que je peux dire, c'est qu'elle n'est pas tout à fait comme nous.

— Charline a prétendu qu'elle n'était pas votre fille, c'est vrai ?

— Je l'ai récupérée dans un train de banlieue. Sa mère me l'a confiée avant de mourir. »

Ils se dirigèrent vers la sortie de la galerie, abandonnant la multitude grouillante derrière eux.

« Elle a dû être un sacré boulet pour vous.

— J'ai parfois l'impression que c'est moi le boulet pour elle ! Et je ne sais pas ce qui se serait passé pour vous tous si elle n'avait pas gardé les rats près d'elle.

— Qu'est-ce que vous voulez dire ? »

Franx caressa délicatement les cheveux noirs et ondulés de la fillette.

« Simplement qu'elle vous a sans doute sauvé la vie. »

Il avait décidé de repartir. Il lui semblait que Surya l'y encourageait. Ils n'avaient plus rien à faire dans la champignonnière. Il leur fallait maintenant s'arracher du confort relatif des galeries et marcher vers le sud, vers le Feu de Dieu. Là-bas, ils avaient survécu, c'était désormais une certitude, et ils avaient besoin de lui. La famille devait être reconstituée, l'atome, avec son noyau et ses électrons, la seule force qui leur permettrait à tous de franchir le long tunnel des années noires. Le groupe réfugié dans les entrailles de Buc manquait de cohésion. Il se désagrégerait rapidement, car ses membres ne tiraient pas dans la même direction, des électrons perdant de leur cohérence et détricotant la matière. Franx n'était pas certain qu'ils parviennent au terme des trois mois assurés par les réserves de vivres et d'énergie. Charline Sibony s'affichait sans aucune pudeur avec le sergent Dalbard, flatté, comme il l'avait été lui-même quelques jours plus tôt, d'entrer dans le cercle des hommes conviés à partager l'intimité de l'ancienne gloire. Franx ne ressentait plus d'aigreur, se demandant désormais comment il avait pu se laisser charmer par cette femme qui sacrifiait sans pitié ses amants dès qu'ils cessaient de lui être utiles. L'illusion de sa beauté s'était estompée, elle portait sur son visage les tourments de son âme.

Elle avait blêmi lorsque, de retour avec les deux femmes du labyrinthe, il lui avait présenté Surya.

« Si je l'avais retrouvée morte, je t'aurais tuée.

— C'est qu'une gosse débile, avait bredouillé Charline. Je pensais qu'elle était une bouche inutile. C'est toi qui m'as dit que seuls survivraient ceux qui se fermeraient aux émotions inutiles, non ?

— Tu ne sais pas à quel point Surya est une émotion utile ! Ne t'avise surtout pas de la toucher à nouveau.

— Tu n'as aucun ordre à me donner !

— Ce n'est pas un ordre, Charline Sibony, mais un avertissement. Un dernier avertissement. »

Charline avait sollicité du regard l'appui de Dalbard ; l'ancien sergent, embarrassé, avait gardé les yeux rivés au sol. L'arrivée des nouveaux rescapés avait entraîné une réorganisation dans la champignonnière. À l'unanimité, on avait confié la responsabilité du groupe à Dalbard et à Martins. Les deux soldats avaient aussitôt imposé une discipline calquée sur le modèle militaire, rationnement, répartition de l'espace, des veilles et des tâches.

Franx avait confié au sergent sa décision de partir. Dalbard l'avait dévisagé un long moment, les sourcils froncés, le front plissé.

« T'es dingue ! avait marmonné l'officier. Tu n'as aucune chance dehors. Charline m'a dit ce qui s'était passé entre vous, et, crois-moi, je m'en cogne. Je lui ai demandé de foutre la paix à ta gosse. Si elle est la cause de ton départ, laisse-moi te dire que c'est complètement...

— Il ne s'agit pas de ça. Je dois rentrer chez moi. On m'attend, là-bas.

— Tu comptes faire plus de quatre cents bornes à pied dans un environnement hostile sans savoir si les tiens ont survécu ? Je suis pas sûr que le jeu en vaille la chandelle.

— Je tente la chance.

— Tu es maître de ta vie. Si tu veux laisser la gosse, pas de problème, je te donne ma parole que personne ne touchera un seul de ses cheveux.

— Je l'emmène avec moi.

— Comme tu veux. Garde mon pistolet et les deux chargeurs, et on te donnera autant de réserves que tu pourras en porter.

— Merci pour tout.

— Me remercie pas. Sans ton aide et celle de Boris, on n'aurait pas pu prendre ce supermarché. C'est un juste retour des choses. »

Franx colla des bandes de caoutchouc sur les coupures de ses bottes, puis il monta, en compagnie de Dalbard et de l'homme qui occupait la fonction d'intendant, dans la cour intérieure qui abritait l'entrée de la champignonnière et servait de congélateur. Il ouvrit des caisses, bourra son sac à dos de barres de céréales, de fruits secs, de chocolat, de morceaux de sucre, ne prenant que quatre bouteilles d'eau pour éviter de s'alourdir, espérant trouver de quoi étancher leur soif au long du chemin. Une fois résolu le problème du ravitaillement, il enduisit le pistolet et le vieux fusil de chasse d'une épaisse couche de la graisse spéciale que lui fournit Martins, ravauda soigneusement ses vêtements et sous-vêtements ainsi que ceux de Surya, vérifia l'étanchéité des lunettes de natation, s'équipa de trois lampes de poche, des ampoules et des piles correspondantes malgré l'opposition d'une partie des rescapés probablement manipulés par Charline (Dalbard leur ordonna de se taire et dénonça leur ingratitude avec des mots durs), puis, avant de prendre une dernière nuit de repos dans la champignonnière, il étudia avec l'ancien officier une carte détaillée de la région de l'Île-de-France.

« Tu pourrais couper directement, mais je suis pas sûr que tu gagnerais du temps. Le mieux, je pense, est de récupérer la nationale 20 et de la suivre jusqu'à Orléans.

— Comment me repérer ? demanda Franx.

— Pas facile. On ne voit plus les étoiles et ces satanées boussoles refusent de fonctionner.

— La perturbation de l'activité magnétique... »

Surya dormait un peu plus loin. Son visage avait presque recouvré son aspect rond et lisse. Elle avait dévoré de bel appétit le plat que Laura et Carole, repentantes, lui avaient préparé. Les rats n'avaient plus donné signe de vie. Franx se demandait s'ils avaient quitté la champignonnière ou s'ils guettaient leur heure dans la pénombre des galeries. Le piège en tout cas n'en avait plus capturé depuis plus de deux jours, condamnant Max au chômage technique. L'ancien cadreur stagiaire en avait dépecé une quarantaine depuis sa prise de fonction. Il avait décidé de tanner les peaux pour en faire une cape, qui, selon lui, vaudrait les meilleures doudounes pour affronter le froid extérieur. Il allait sans cesse jeter un œil sur la cage installée à l'entrée d'une galerie annexe et en revenait plus nerveux et irritable qu'un fumeur sevré brutalement de nicotine.

« Essaie de te fier aux panneaux routiers, reprit Dalbard.

— À condition que quelques-uns soient restés debout et tournés dans la bonne direction.

— Faut aussi compter sur la chance. »

L'ancien officier braqua le rayon de sa lampe sur la carte et l'étudia un petit moment avec attention.

« Tes points de repère : Jouy-en-Josas, Bièvres, Saclay, Palaiseau, Villebon-sur-Yvette, Longjumeau. Une fois à Longjumeau, tu auras récupéré la nationale 20. Ensuite, tu dois passer par Montlhéry, Arpajon, Saint-Sulpice-de-Favières, Étréchy, Étampes, Angerville, Toury, Artenay, Chevilly, Orléans.

À partir de là, tu suis la direction de Vierzon et de Châteauroux... Enfin, si tu arrives jusque-là.

— Tu n'as pas l'air d'y croire ? »

Le halo de la lampe tirait de l'obscurité les visages graves de Dalbard, de Martins et de Boris. Ils s'étaient battus côte à côte, ils étaient à jamais frères d'armes.

« Les chances n'étaient pas fameuses de revenir vivants d'Afghanistan et d'Afrique, là, j'dirais qu'elles sont nulles. Mais tu es libre, je ne peux pas et ne veux pas t'empêcher de partir.

— T'es sûr de toi ? demanda Boris.

— Sûr et certain, répondit Franx.

— Tu pourrais peut-être attendre que les choses se tassent un peu, intervint Martins en frottant ses joues ombrées de barbe.

— Elles ne sont pas près de se tasser, à mon avis. Vous avez gagné un sursis, mais vous devrez bientôt vous mettre en quête d'une autre nourriture. »

Dalbard hocha la tête.

« Dans deux jours, on enverra une première patrouille en repérage. On fera en sorte d'avoir en permanence trois ou quatre mois d'avance.

— Sage décision. Faites attention aux rats. Je ne sais pas ce qu'ils mijotent, ceux-là, mais leur disparition me paraît anormale. »

Il salua les trois hommes avec une émotion contenue et se coucha près de Surya. Il s'endormit presque aussitôt. Lorsqu'il rouvrit l'œil, les aiguilles phosphorescentes du vieux réveil confié par l'ancien perchman marquaient quatre heures quinze. Surya, assise à ses côtés, le fixait avec son insistance et sa gravité coutumières. Une tache claire flottait à quelques mètres dans la pénombre. Le visage et la chevelure de Charline Sibony, peut-être. Il baignait dans un grand calme. Il vit, ou crut voir, un moutonnement gris coupé en son milieu par un fleuve de lave rutilante, un jalon sur le chemin du Feu de Dieu sans doute.

20

« Les petits enculés de leur sale race ! gronda Jim, les yeux hors de la tête. Si je les chope... »

Les assaillants avaient disparu après avoir bombardé la baie vitrée de morceaux de glace et criblé le verre triple épaisseur d'impacts en forme d'étoiles. Alice avait entrevu leurs visages avant qu'ils ne s'évanouissent dans les ténèbres. Des masques grimaçants de démons.

Franx avait eu raison, une fois de plus, en tentant de persuader les membres de l'arche de s'armer pour repousser les assauts qui ne manqueraient pas de se produire.

« Des hordes tourmentées par le froid et la faim hanteront le pays, gouvernées par leurs seuls instincts animaux, les survivants ne respecteront aucune règle, on ne pourra pas négocier avec eux, il faudra les tuer si on ne veut pas être tués... »

Les autres avaient vigoureusement protesté, excepté Vitto. Alice s'était rangée à leurs côtés, parce que, comme tous les Occidentaux, l'idée même de la mort l'horrifiait. Réfugiée derrière le paravent pratique de la non-violence alors que, comme les autres, elle nourrissait en son sein des haines et des colères secrètes, elle regrettait à présent de ne pas disposer d'un pistolet ou d'un fusil. La peur était telle qu'elle en arrivait à apprécier la présence du grax, dont elle avait mille fois souhaité la disparition les jours précédents. Muni d'un couteau – celui-là même avec lequel elle avait tenté de le tuer –, il s'était posté devant la baie vitrée.

Ils ne s'étaient pas recouchés. Prostrée près du poêle, Zoé lançait des regards anxieux en direction de la cour intérieure. Elle ressemblait à une petite fille perdue dans un monde soudain trop vaste pour elle. Elle était redevenue la Zoé de quatre ou cinq ans terrorisée par le moindre insecte ou le plus petit souffle de vent. Alice se demanda si Jim ne l'avait pas... Non, elle l'aurait remarqué. Elle était parvenue à lire quelques lignes des écrits de sa fille sur le cahier qu'elle planquait dans le tiroir de sa table de chevet. Des mots d'adolescente, sans réel intérêt. Alice en avait été presque déçue. Elle s'était attendue à mieux de la part de Zoé. Les textes qu'elle avait lus d'elle, dans le cadre de la scolarité ou à d'autres occasions, avaient toujours été piquants, originaux, bien tournés. Ses institutrices, avant son retrait de l'école, lui avaient prédit un bel avenir dans le domaine de l'écriture. Mais il n'y avait plus d'avenir pour personne sur Terre, seulement cette obscurité et ce froid d'où étaient surgies, comme des démons de leurs enfers, les faces monstrueuses des assaillants.

Comment avaient-ils réussi à s'introduire dans la cour intérieure ? Ils n'avaient sans doute rencontré aucune difficulté à franchir la douve gelée, mais les murs étaient truffés de tessons de bouteilles et de lames tranchantes. À sa connaissance, aucun passage souterrain ne reliait l'extérieur et la maison. Le bunker n'était certainement pas aussi hermétique que l'avaient prévu Franx et les autres. Des enragés poussés par la faim trouveraient un jour ou l'autre une brèche. Les quatre derniers membres de l'arche ne dormiraient plus jamais tranquilles. Combien lui paraissaient dérisoires désormais ses démêlés avec le grax ! Elle détestait être traitée en esclave domestique et sexuelle, elle s'inquiétait sans cesse pour ses enfants, mais la vision furtive de ces masques de cauchemar avait relégué au second plan ses terreurs et ses indignations quotidiennes. Ce qu'elle avait vu dehors, c'était la férocité incarnée. Elle préférait ne pas penser au sort que ces monstres leur réserveraient s'ils tombaient entre leurs griffes.

Théo était resté assis en tailleur sur son lit, plongé dans une profonde méditation, la tête légèrement penchée vers l'avant, les yeux clos, probablement réfugié dans ses mondes imaginaires, comme chaque fois qu'il se heurtait à une difficulté physique ou émotionnelle. Lui n'avait connu qu'une seule maîtresse, en grande section maternelle, et elle n'avait jamais su comment l'aborder. Elle disait de lui qu'il n'était pas un enfant ordinaire, qu'elle n'en avait pas trouvé le mode d'emploi, qu'il devrait sans doute consulter un pédopsychiatre. Franx s'y était catégoriquement opposé : pour lui la psychiatrie, datant du milieu du XXe siècle, n'était pas adaptée aux enfants du XXIe. Il pensait que les nouvelles générations muteraient et sortiraient enfin du cadre étriqué dans lequel les hommes étaient enfermés depuis des millénaires. Confier Théo à un pédopsychiatre revenait à demander à un chasseur de la préhistoire de comprendre et de juger un individu moderne. Après le grand bouleversement, il y aurait, selon Franx, autant, voire davantage, de différences entre les nouvelles générations et les anciennes qu'entre les hommes préhistoriques et les humains de l'âge technologique. Les bouleversements débouchaient, toujours d'après ses théories, sur les grandes mutations, et celle-ci serait la plus importante, la plus spectaculaire, de toutes. En quoi consisterait-elle ? En un nouveau langage, en de nouvelles perceptions, en une nouvelle relation avec la matière. Alice lui avait demandé à quelle source il puisait ses certitudes. Un mélange de convictions personnelles et de statistiques basées sur les données historiques, avait-il répondu. Il ne croyait pas à la transformation progressive théorisée par Darwin et ses disciples, mais aux ruptures, aux bonds soudains (ou aux sauts en arrière), qui correspondaient aux prises de conscience, aux façons nouvelles d'appréhender ou de rêver le monde. Théo, comme un grand nombre d'autres enfants, était l'un des premiers maillons de cette nouvelle chaîne d'évolution.

Alice vint s'asseoir à côté de son fils, qui ne parut même pas remarquer sa présence. Le vent s'était calmé, un silence angoissant se déployait dans le Feu de Dieu, absorbant le ronronnement du poêle. Le moindre craquement, le moindre murmure prenait une résonance inquiétante. Debout devant la baie vitrée, le couteau le long de la jambe, le grax surveillait la cour intérieure. Alice aurait dû descendre à la cave pour effectuer les vérifications quotidiennes et prendre des réserves de nourriture, elle n'en avait pas le courage.

Elle prit son fils par les épaules et le serra contre elle.

« Ça va, Théo ? »

Il ne lui répondit pas, ni ne rouvrit les yeux, il paraissait immergé dans une catalepsie profonde d'où il n'était pas certain de revenir. Saisie de panique, elle le secoua avec rudesse.

« Théo ! Théo ! »

Il finit par relever la tête et entrouvrir les paupières. Elle crut un instant que la vie avait déserté son corps, puis, peu à peu, les yeux clairs de Théo recouvrèrent leur lumière habituelle.

« T'aurais pas dû me déranger, maman. »

Sa voix semblait surgir de profondeurs insondables, comme si sa bouche était l'entrée d'une profonde caverne.

« C'est pas le moment de dormir, Théo.

— Je dormais pas.

— Qu'est-ce que tu faisais, alors ?

— J'étais avec eux.

— Eux ?

— Ceux qui veulent entrer dans la maison. »

Alice dévisagea son fils, essayant de déceler des traces de folie sur ses traits chiffonnés.

« Qu'est-ce que tu racontes, encore ? »

Théo se renfrogna.

« J'étais sûr que tu me croirais pas ! »

Alice non plus n'avait pas le mode d'emploi de son fils. Elle chassa son irritation naissante d'une brève expiration.

« C'est simplement que je ne comprends pas ce que tu dis. Explique-moi. »

Théo referma les yeux et demeura un moment la

tête baissée, comme pour renouer avec le fil brisé par l'intervention de sa mère.

« Je les vois, dit-il dans un souffle. Ils sont sur la glace. Ils sont six, il y a deux filles avec eux. Ils essaient de passer par une fenêtre par terre, une de celles qui ont des barreaux.

— Un soupirail ? »

Théo haussa les épaules en gardant les yeux clos.

« J'sais pas comment ça s'appelle. »

Alice recensa mentalement les soupiraux de la maison. Trois. Tous les trois donnaient sur la cave pour lui assurer une aération constante. Elle se souvint que Franx et les hommes de l'arche avaient scellé dans les murs des barreaux métalliques épais et torsadés, en principe inébranlables. Les intervalles resserrés entre chacun d'eux n'autorisaient pas le passage d'un corps humain, ni même celui d'un renard ou d'une fouine.

« Est-ce que tu... vois autre chose ?

— Ils ont arraché un barreau... Ils essaient d'en dégommer un autre.

— Impossible ! Ton père et les autres ont coulé une telle épaisseur de ciment que... »

Elle s'interrompit : le gel avait pu faire éclater les scellements. La soudaineté avec laquelle était descendue la température avait peut-être entraîné des réactions imprévues dans les matériaux. Une boule d'angoisse gonfla dans la poitrine d'Alice et l'empêcha de reprendre sa respiration.

« Il y a trois fenêtres, reprit-elle d'une voix hachée. Est-ce que tu peux dire devant laquelle ils se trouvent ?

— J'vois rien d'autre que le mur et la glace, répondit Théo. Il y a la nuit et le brouillard tout autour.

— Essaie... S'il te plaît, essaie de trouver un point de repère... »

Théo marqua un deuxième temps de silence et, le front plissé, les traits crispés, les doigts recroquevillés, il se livra à une exploration intense, presque douloureuse.

« Ils ont eu un deuxième barreau... Y en a un qui essaie de passer... il y arrive pas...

— Rien d'autre ? »

Nouveau temps de silence.

« Y a... une sorte de croix sur le mur... »

Alice s'efforça de rétablir un minimum de cohérence dans ses pensées tourbillonnantes : Théo parlait sans doute d'une croix métallique de renforcement, comme il en existait sur la plupart des vieilles bâtisses. Elle ne se souvenait pas en avoir remarqué sur les murs épais du Feu de Dieu, mais elle n'avait jamais vraiment prêté attention à ce genre de détails.

« Quoi d'autre ?

— Rien... rien... »

Elle crut se remémorer une forme sombre dans le crépi au-dessus d'un soupirail, une croix peut-être, plutôt un x en partie recouvert d'enduit. Mais lequel des trois soupiraux ? Pas celui qui donnait sur la petite pièce du générateur en tout cas. On avait refait entièrement la façade de ce côté-là, et on avait remplacé le crépi traditionnel par une épaisse couche de béton gratté teinté de jaune.

« Le troisième barreau commence à bouger, ajouta Théo. Ils vont pas tarder à l'arracher... »

Les deux autres soupiraux avaient été percés en bas du mur de l'ancienne grange transformée en logements, distants l'un de l'autre d'une vingtaine de mètres.

« Tu... tu es sûr de toi, Théo ? »

Il ne répondit pas, concentré sur ses visions. Elle se leva et courut rejoindre le grax devant la baie vitrée.

« D'après Théo, ils essaient de passer par un des trois soupiraux qui donnent sur la cave...

— Comment il peut savoir ça, lui ?

— Il a des sortes de... visions. On devrait aller voir. »

Les yeux de Jim s'arrondirent, une moue lui plissa les lèvres.

« T'es complètement dingue ! Y aura plus personne pour surveiller la cour si on descend.

— Je... je sens que Théo a raison.

— Normal, t'es aussi tarée que lui !

— Si j'avais une arme, j'irais moi-même. On n'a qu'à descendre le volet métallique devant la...

— Arrête de faire chier ! Y a une hache en bas. T'as qu'à t'en servir si le cœur t'en dit. Moi, j'bouge pas d'ici. »

Alice soupira. Le seul homme de la maison était non seulement un prédateur, un tyran domestique, mais un crétin, incapable d'appréhender l'urgence de la situation. Elle fonça, par la cuisine, vers l'entrée de la cave. Gouvernée par son seul instinct de survie, elle avait franchi la frontière de la terreur.

« Je viens avec toi, maman. »

Théo s'engouffra à son tour dans la cuisine. Elle lut une telle détermination dans ses yeux qu'elle ne chercha même pas à l'en dissuader. Elle le vit tirer un couteau du socle de bois. Frêle, malingre, il n'aurait pas la force de s'opposer aux assaillants, pas davantage qu'elle, mais ils n'avaient pas le choix. Ils dévalèrent les marches de l'escalier. Des coups sourds ébranlaient l'obscurité ; ils provenaient du fond de la cave, sans doute du soupirail percé à l'autre extrémité du mur de la grange.

« Tu vois quelque chose, toi ? chuchota Théo.

— Pas de lumière, surtout, il ne faut pas leur donner l'alerte », répondit Alice à voix basse.

Ils s'enfoncèrent avec prudence dans l'obscurité. Alice récupéra à tâtons la hache suspendue à l'un des piliers de soutènement. Elle s'en servait tous les deux ou trois jours pour fendre du bois, le grax refusant d'effectuer une besogne habituellement dévolue aux hommes ; elle avait l'habitude de la manier malgré son poids et la longueur de son manche gainé de plastique jaune. Ils gagnèrent le fond de la cave, louvoyant entre les étagères et autres obstacles. Les coups continuaient de résonner, de plus en plus forts, de plus en plus proches. Ils percevaient maintenant les murmures et les ahans des assaillants, les crissements du métal qu'ils tentaient d'extirper de sa gangue de ciment.

Des courants d'air glacé s'enroulaient autour des jambes d'Alice, qui tremblait sous sa triple épaisseur de pulls et sous les deux paires de collants passées sous son jean. Ses doigts nus s'engourdissaient et peinaient à serrer le manche de la hache. Derrière elle, le souffle de son fils, âgé de neuf ans, contraint de défendre sa vie contre des créatures qui n'avaient plus rien d'humain. Ils s'arrêtèrent à trois ou quatre mètres de l'ouverture, qui découpait dans la pénombre un demi-cercle légèrement plus clair et partiellement rayé.

Des mouvements derrière les barreaux. Les assaillants étaient sur le point de parvenir à leurs fins. Alice leva la hache et s'approcha d'un pas chancelant à moins d'un mètre du soupirail. Sa seule chance, la seule chance de Théo, la seule chance de Zoé, serait d'abattre sans pitié le premier d'entre eux qui passerait la tête entre les barreaux.

21

Les heures s'écoulaient, identiques. Sombres, froides, brumeuses. Sinistres.

Le pays n'était plus qu'un océan grisâtre aux vagues pétrifiées. Les cendres et la glace recouvraient les champs, les forêts, les routes, les ruines des villages et des villes. De temps à autre, les ténèbres crachaient des averses de flocons durs, cinglants, giflés par un vent rageur. Franx et Surya se réfugiaient alors dans une masure restée debout, dans un train renversé, sous un surplomb rocheux, et attendaient une accalmie. Il leur arrivait parfois d'être surpris par une chute de neige au beau milieu d'une plaine qui n'offrait aucun abri, et ils marchaient la tête courbée en se protégeant de leurs bras repliés. Certains cristaux, tranchants, transperçaient les vêtements et se fichaient dans la peau. Il fallait ensuite retirer ces aiguilles glacées en veillant à ne pas élargir les accrocs et en raccommodant le plus rapidement possible les chairs et les étoffes. La quête d'un endroit pour dormir se révélait, évidemment, ardue. Se coucher n'importe où, c'était se condamner à s'endormir à jamais. Franx refusait énergiquement de céder à la tentation lancinante de s'allonger sur le sol, de fermer les yeux, d'abandonner la lutte, de goûter enfin le repos. Chaque pas effectué, chaque seconde gagnée était une victoire minuscule sur les éléments, un encouragement à poursuivre. Ils marchaient quelque part entre Étampes et Orléans. Franx avait également repoussé toute idée de rebrousser chemin et de revenir dans le confort de la champignonnière, non par orgueil, mais parce qu'il n'y avait plus aucun avenir là-bas. Des images terribles l'avaient visité pendant son sommeil : des milliers de rats s'abattaient sur les rescapés et les déchiquetaient. Il avait vu Charline Sibony courir quasi nue dans une galerie sombre, trébucher, s'étaler de tout son long sur la terre battue, aussitôt submergée par une vague de rongeurs. Son dernier cri, atroce, insupportable, l'avait réveillé. Il s'était redressé, en nage, tremblant, dans l'ancienne bergerie où Surya et lui s'étaient installés. La fillette ne dormait pas. Elle le fixait d'un air grave, le front légèrement plissé, et il avait compris qu'il n'avait pas rêvé, qu'il avait été projeté pendant quelques secondes dans les entrailles de Buc, que les membres de l'ancienne équipe de tournage et les autres rescapés avaient tous été dévorés par les rats... Charline, Boris, Laura, Carole, Dalbard, Martins, Hélène... Les humains n'étaient pas certains de gagner la bataille de la survie contre leurs rivaux, supérieurs en nombre, plus résistants et mieux organisés. Il se demanda si le Feu de Dieu avait échappé au fléau. Maîtres des conduits souterrains, les rongeurs dénichaient des passages dans n'importe quelle construction, y compris la plus hermétique. Même si les membres de l'arche avaient pris la précaution d'entourer les fondations de répulsifs et de graines empoisonnées, rien ne garantissait que les rats ne trouveraient pas des brèches.

Aucune lueur n'apparaissait dans le ciel d'un noir profond, ni aube, ni aurore boréale, ni éruption volcanique. Ils erraient dans le pays de la désolation. Ils ne détectaient aucun signe de vie dans les campagnes et les villes qu'ils traversaient. Pas d'êtres humains, pas d'animaux. Des tumulus de cendres et de glace s'étaient formés autour des cadavres disséminés. Parfois, le vent violent dégageait une surface lisse et transparente, qui, comme une vitre, laissait entrevoir un bout de corps ou un visage figé, tiré momentanément de son sommeil éternel par la lumière de la lampe de Franx.

Des failles, des craquelures géantes et profondes, morcelaient l'écorce terrestre et remodelaient les structures géologiques. La plupart pouvaient être aisément contournées ; certaines exigeaient un détour de plusieurs kilomètres qui risquait de les égarer pour un bon bout de temps. Ils restaient le plus possible collés à la nationale 20, des tronçons quasiment intacts délimités par des barrières métalliques, d'autres disparaissant dans des gouffres ou sous des collines de décombres. On reconnaissait parfois les formes de voitures ou de camions dans les reliefs blanchâtres qui encombraient la route.

Ils s'arrêtaient régulièrement pour manger. Les vivres avaient diminué de façon alarmante et ils devraient rapidement reconstituer leurs réserves. Ils avaient depuis longtemps épuisé leurs bouteilles d'eau, de glace plutôt que Franx pulvérisait avec son couteau avant de donner une poignée de glaçons à Surya. Ils s'abreuvaient désormais de la neige ou de la glace qu'ils prélevaient dans la nature, acceptant le risque de la contamination ou de la pollution. Ils n'avaient pas ressenti pour l'instant d'autres symptômes qu'une diarrhée aiguë dont les conséquences n'étaient pourtant pas anodines dans un tel environnement. Ils avaient pu se réfugier l'équivalent de deux jours dans un motel dont deux bungalows étaient restés quasiment entiers. Ils avaient dégagé l'un d'eux du cadavre qui l'habitait (une femme, vêtue d'une robe de chambre, qui s'était probablement brisé le cou sur le rebord de la baignoire) et s'y étaient installés. Ils avaient récupéré des biscuits apéritif dans le frigo, et aussi des bières, que Franx avait tenté de dégeler à la chaleur du brasero installé près de la fenêtre. Le verre avait éclaté et la bière s'était répandue, moitié liquide, moitié solide, sur le sol. Après avoir repris des forces, ils s'étaient remis en chemin. Toujours aussi difficile d'affronter l'extérieur après avoir passé quelque temps dans un cocon relativement douillet. La physiologie s'était relâchée, la carapace fissurée, il fallait aiguiser la volonté ébréchée, réapprendre à pousser le corps dans ses ultimes retranchements. Endurer l'engourdissement douloureux des pieds et des mains. Supporter les coups de boutoir du vent, les giboulées glacées et cinglantes, la sensation désespérante d'être à jamais suspendu entre un ciel vide et une terre morte.

Orléans, quinze kilomètres.

Le panneau était resté debout à la sortie d'un hameau totalement rasé. Franx avait cherché une épicerie, en vain, impossible de distinguer quoi que ce soit dans cet amoncellement de ruines cimentées par la glace. Surya et lui avaient donc franchi une distance d'une centaine de kilomètres depuis Buc. Un exploit, déjà, mais Franx ne pouvait pas s'en réjouir, il leur restait le triple à parcourir jusqu'au Feu de Dieu. L'urgence commandait maintenant de trouver un hypermarché ou une supérette épargnés par les tremblements de terre et les pillages. Ils tomberaient certainement, en approchant d'Orléans, sur l'un de ces centres commerciaux qui avaient poussé comme des champignons toxiques à la périphérie des villes (Franx avait souvent vilipendé ces bâtiments disgracieux qui donnaient l'impression que les villes s'étaient clonées à l'infini).

Il eut la vision, en sortant du village, d'une maison basse et d'une cheminée d'où montait un panache de fumée blanche. Il ne s'étonnait plus de ces images ou de ces successions d'images qui s'imposaient à lui. Il ne fut donc pas surpris de découvrir, quelques centaines de mètres plus loin, des bâtiments nichés dans un vallon au-dessus de la ligne sombre et sinueuse d'une rivière gelée. Une ferme, une maison d'habitation basse, plaquée au sol, flanquée d'une grange et de deux autres dépendances, également basses, toutes en excellent état. Il distingua des lueurs vacillantes par les interstices d'un volet. Le vent ployait par instants la colonne de fumée qui montait de la cheminée.

« Il y a des gens, là-dedans, dit-il d'une voix joyeuse. Ce serait bien d'aller les saluer, tu ne crois pas ? »

Surya posa sur les bâtiments un regard farouche, presque apeuré. Deux visages apparurent à Franx, un homme et une femme aux cheveux blancs et aux visages foisonnants de rides. L'homme, penché sur une assiette, lapait bruyamment le liquide jaune et fumant qui emplissait son assiette creuse. De temps à autre, il levait sur la femme un regard étrange, indéfinissable.

« Ça ne te dit rien de passer une vraie bonne nuit au chaud ? »

Surya garda les yeux rivés sur la maison. Elle maigrissait à vue d'œil. Il la portait les trois quarts du temps. Chaque fois qu'ils s'allongeaient pour dormir quelques heures, il craignait qu'elle ne se relève pas.

« On n'a pas le choix, de toute façon : tu en as besoin. »

Il la souleva, l'installa sur ses épaules et dévala d'un pas résolu la colline qui descendait vers la maison.

« Ça va vous faire du bien. »

Josy posa deux assiettes de soupe devant ses invités. Son mari n'était pas encore rentré.

« Ça fait longtemps qu'il est sorti ? » demanda Franx.

L'absence de l'homme l'avait surpris, mais il s'était rendu compte en plusieurs occasions qu'un décalage se produisait parfois entre ses visions et la réalité ; elles ne lui montraient pas nécessairement un moment précis, les scènes étaient parfois symboliques, intemporelles.

« J'sais pas, une heure peut-être...

— Qu'est-ce qu'il est allé faire dehors ? »

Josy marqua un temps d'hésitation.

« Chercher... du bois. On en a toujours besoin.

— Pas évident d'en couper avec ce gel.

— Oh, mon Milou, il sait se débrouiller.

— Milou ? Comme le chien de Tintin ?

— C'est à cause de Tintin qu'on l'appelle comme ça.

Tout petit, il passait son temps à lire les albums. Il les connaît par cœur. »

La vieille femme retourna près de la cuisinière et jeta un coup d'œil à l'intérieur du grand fait-tout. Des gousses d'ail pendaient aux poutres noueuses et noires entre les papiers tue-mouches encore couverts d'insectes englués. Des bougies dressées à l'intérieur de boîtes de fromage diffusaient une lumière douce et ambrée. Un lit défait trônait dans un coin de l'unique pièce, des vêtements jonchaient pêle-mêle une antique bergère au tissu déchiré. Une odeur indéfinissable imprégnait la maison, un mélange de charbon de bois, de légumes chancis, de crasse et de graisse rance. Josy était encore bien en chair pour une femme qui s'était amèrement plainte des privations un peu plus tôt. Elle avait accueilli les visiteurs avec un soupçon de méfiance au début, puis elle avait ouvert en grand sa porte avec un sourire de bienvenue. Elle leur avait immédiatement servi une assiette de la soupe jaunâtre qui mijotait en permanence sur la cuisinière. Tandis qu'ils mangeaient, elle leur avait raconté, d'une voix étrangement aiguë, comment son Milou et elle avaient survécu au cataclysme qui avait exterminé pratiquement tout le monde dans les environs. La chance, comment expliquer ça autrement que par la chance ? avait voulu que leur maison résiste aux deux tremblements de terre, de sacrées secousses hein, ça a fait un tel boucan qu'on aurait cru des explosions. L'électricité, la radio et la télé coupées, ils n'avaient pas bougé de chez eux en attendant que tout soit rétabli, puis la nuit était tombée et le jour ne s'était plus jamais levé, une drôle de neige était tombée du ciel, le gel avait tout figé tout autour, ils avaient compris que ce fichu temps du diable était parti pour durer et s'étaient organisés pour ne pas mourir de froid et de faim. Heureusement, ils avaient mis de côté un tas de bocaux de légumes et de fruits, ils avaient tué un beau goret de cent trente kilos quelques semaines plus tôt, ils avaient pendu deux jambons dans le cellier, ils avaient fait du boudin, des pâtés, des rillettes, ils avaient encore de quoi tenir le coup.

Franx lui demanda si d'autres survivants étaient venus frapper à leur porte.

« Dame, non ! Vous êtes les premiers. On croyait bien, mon Milou et moi, qu'y avait plus que nous deux sur cette terre. »

Franx eut la nette impression qu'elle mentait. Il en eut la confirmation dans le regard de Surya. Il entrevit des corps allongés à l'intérieur d'un enclos jonché de paille. La scène, assez floue, soulevait un sentiment d'angoisse, voire d'horreur. Il voulut interroger la vieille femme, mais sa bouche, soudain lourde, incontrôlable, refusa de s'ouvrir. La pièce se mit à valser autour de lui, les poutres, la cuisinière, le lit, la bergère, le sol en pisé, Surya, Josy... Il essaya de se lever, ne parvint qu'à glisser de sa chaise et à s'affaler de tout son long, incapable de maîtriser son corps, comme si ses nerfs et ses muscles ne lui obéissaient plus. Il vit encore tournoyer les lueurs des bougies au-dessus de lui... des étoiles devenues folles dans un ciel instable... le visage de la vieille femme à quelques centimètres du sien, fendu d'un sourire hideux.

Un mouvement le réveilla.

Une série de crépitements retentirent autour de

lui. Quelque chose l'agaçait, lui piquait la joue. Entre ses cils encore collés par la chassie, il ne distinguait rien d'autre qu'une obscurité profonde, impénétrable. L'odeur suffocante de déjections lui donnait l'impression d'être tombé dans une fosse septique. Il tourna la tête pour écarter l'aiguille irritante plantée dans sa joue. Un brin de paille.

La première chose qu'il se remémora, ce fut sa vision des corps allongés dans une litière de paille. Puis le visage de la vieille femme, comment s'appelait-elle déjà ?... Josy, et son horrible sourire. Ensuite les yeux inquiets de Surya.

Surya ?

Il tenta de crier son nom, il ne parvint pas à expulser un seul son. De même, il n'avait pas la capacité d'esquisser le moindre geste. Sa conscience lui avait été rendue, mais pas la coordination entre son esprit et son corps. Prisonnier d'un organisme inutile, inerte. Saisi de panique, il en appela à toute sa volonté pour remuer ses bras et ses jambes, il ne réussit qu'à rouler sur le côté et à heurter un obstacle dur. Un autre corps, il s'en aperçut au bout de quelques secondes en discernant une faible respiration. Trop corpulent pour être Surya. Il lutta encore un moment pour reprendre empire sur lui-même. En pure perte. Épuisé, il sombra dans un sommeil haché, entrecoupé de cauchemars. Dans ses rares instants de lucidité, il comprit qu'il s'était jeté de lui-même dans un piège. Il se souvint de la peur dans les yeux de Surya. La fillette s'était efforcée de l'avertir, il n'en avait pas tenu compte, attiré par la fumée, par la perspective de passer un ou deux jours dans la chaleur d'un foyer.

La porte de bois s'ouvrit dans un grincement, libérant un flot aveuglant de lumière. Une silhouette s'engouffra dans l'enclos et promena une lampe tempête au-dessus de Franx et des autres. Son visage apparaissait par intermittence, au gré de ses mouvements. L'homme portait un seau, dont il renversa le contenu dans la paille. L'un de ses yeux était vitreux, mort ; l'autre, profondément renfoncé sous l'arcade saillante, brillait sous la broussaille du sourcil. Des grognements sourds mouraient dans ses expirations sifflantes. Franx ne recouvrait toujours pas l'usage de la parole, ni de ses mouvements. Il estimait, en comptant les respirations, que six ou sept individus étaient enfermés dans cette pièce basse, une ancienne soue à en juger par l'odeur. L'homme – Milou, sans doute – se pencha et se releva presque aussitôt en soulevant une forme inanimée et en poussant un ahanement. La lampe éclaira furtivement le corps à demi dénudé d'un enfant de dix ou onze ans. Franx le crut mort avant qu'il ne bouge un bras et n'émette un long geignement. L'homme le cala contre sa hanche et sortit de l'enclos dont il referma la porte. Deux crissements retentirent, des verrous probablement, puis des pas décroissants jusqu'à ce que le silence, incisé par les sifflements du vent, retombe sur les lieux.

Des crépitements de paille et des bruits de mastication montèrent autour de Franx. Il lui fallut un peu de temps pour comprendre que l'homme leur avait servi le repas du jour et que, s'il voulait reprendre un minimum de forces, il devait à tout prix s'alimenter. Il rampa donc sur la paille jusqu'à ce qu'il hume une vague senteur de légumes bouillis. Son nez heurta une boule humide qui était, il s'en aperçut en la coinçant entre ses lèvres, une pomme de terre. Il la mâcha lentement. La saveur du tubercule lui tira des larmes. La situation n'était pas brillante, mais il avait la sensation de revenir à la vie. Il mangea d'autres morceaux de pomme de terre, d'autres légumes, navets, carottes, choux, et des petits morceaux de lard répandus dans la litière. Il s'appliquait à retirer les brins de paille collés à l'aide de ses lèvres ou de ses dents. Quand il heurtait un autre prisonnier, ce dernier s'écartait sans insister, trop faible sans doute pour lui disputer les miettes de nourriture.

Le garçon que l'homme avait emporté ne revint pas. Franx prit conscience qu'on lui avait retiré une partie de ses vêtements. Comme il n'avait pas froid, il ne s'en était pas rendu compte jusqu'à présent. On lui avait laissé ses sous-vêtements, ses chaussettes et un pull par-dessus son tee-shirt. Les brins de paille lui irritaient les jambes, le cou et le visage. Il se demanda encore une fois pourquoi ce couple de vieillards les avait bouclés, les autres captifs et lui, dans cette soue. La réponse finit par se dessiner, tellement inconcevable qu'il ne lui avait pas permis de remonter à la surface de son cerveau embrumé.

22

Le torse du premier intrus se glissa par l'ouverture. Alice abattit la hache de toutes ses forces. Un craquement retentit, suivi d'un cri étouffé et d'un choc sourd. Elle releva la hache, prête à frapper une deuxième fois. Elle sentait derrière elle la présence de Théo, la frayeur presque palpable de Théo. Les murmures des assaillants restés à l'extérieur s'insinuèrent dans le silence de la cave et masquèrent le bourdon sourd du générateur. Des gouttes de sueur glacée serpentèrent dans le cou d'Alice. Elle ne quitta pas des yeux l'ouverture arrondie. Elle distinguait nettement le cintre, le rebord de pierre, les barreaux. Elle entrevoyait des mouvements de l'autre côté. Les assaillants hésitaient visiblement sur la conduite à suivre. Il leur fallait absolument passer par l'étroite ouverture entre les barreaux, et, donc, s'exposer aux coups des défenseurs sans avoir la possibilité de les parer. La tête de l'un d'eux s'avança et se retira juste avant que la hache ne s'abatte sur lui. Le fer racla le mur en soulevant une nuée d'étincelles. Déséquilibrée par l'amplitude du mouvement, Alice se rétablit sur les deux jambes. Son pied heurta le corps à terre secoué de convulsions. Les assaillants s'éloignèrent, les ténèbres absorbèrent leurs voix et le bruit de leurs pas.

Alice attendit un long moment avant de s'avancer vers le soupirail et de jeter un regard à l'extérieur. Une haleine glacée l'enveloppa. Elle ne vit rien d'autre que la surface gelée de la douve tapissée de cendres et, un peu plus loin, la haie d'épineux blanchis et pétrifiés.

« Qu'est-ce qu'on fait, maman ? »

La peur fêlait la voix de Théo.

« On surveille le soupirail en attendant de le reboucher.

— Est-ce que tu l'as… tu l'as… »

Alice tira sa lampe torche de la poche de sa veste de laine, l'alluma, en braqua le rayon sur le corps à terre : la hache lui avait arraché la moitié du crâne et du visage. La cervelle s'était en partie répandue par la plaie béante. La mare de sang continuait de s'agrandir sous sa tête. L'homme n'était pourtant pas mort. Toujours agité de spasmes, il poussait des gémissements continus.

« Il est… encore vivant, souffla Théo.

— Il souffre, il faut l'achever. Passe-moi le couteau. »

Théo tendit le couteau à sa mère.

« Éclaire-moi. »

Elle reposa la hache contre le mur, se pencha sur l'agonisant et, surmontant ses tremblements et sa répulsion, lui enfonça la lame dans la gorge. Elle eut l'impression de saigner un poulet. Elle repensa à l'horreur qu'elle avait ressentie en discernant les faces démoniaques dans la cour intérieure et versa des larmes d'amertume. L'homme tenta de lui saisir le bras. Elle sentit sa main lui effleurer le coude, puis il poussa un dernier râle avant de s'immobiliser pour le compte. La lumière de la lampe frappait le sol de béton et le bas du mur. Théo avait le plus grand mal à maintenir le rayon sur le cadavre de l'intrus. Alice se releva en serrant convulsivement le manche du couteau. Elle se sentait couverte d'un voile sombre et froid, enveloppée d'un pan de la cape de la mort. Elle avait pris une vie, perdu son innocence. Elle récupéra la lampe dans les mains de Théo et éclaira le corps. Elle devait le balancer dehors avant de sceller les barreaux ou de trouver un autre moyen de reboucher le passage. Elle ne parvint pas à attribuer un âge à l'homme, qui pouvait avoir quinze ou cinquante ans. Les pommettes saillaient sous sa peau blême et craquelée, ses joues étaient creuses, ses yeux exorbités, sa bouche béante, sa dentition incomplète. Vêtu de hardes, il avait entouré ses chaussures de chiffons noués les uns aux autres. Secouée par une nouvelle crise de larmes, Alice s'essuya les yeux et les joues d'un revers de manche.

« Va dire à Jim de descendre pour m'aider à déplacer le corps. »

Théo hésita. Il n'avait pas envie de laisser sa mère seule dans cette cave de malheur, et encore moins de parler au grax.

« Qu'est-ce que tu attends, Théo ? On n'a pas de temps à perdre ! »

Il obtempéra après avoir poussé un soupir de protestation. Elle observa attentivement le cadavre. Les déchirures de ses vêtements, les nombreuses coupures aux bras et aux jambes indiquaient que ses compagnons et lui s'étaient bel et bien glissés dans la cour intérieure en escaladant le mur ou la grille. Ils avaient sans doute vécu un enfer dehors, et ils avaient dû, pour survivre, se fermer à la souffrance, se couper de leurs racines humaines.

Jim arriva quelques instants plus tard, précédé du rayon de la lampe. Ses yeux ronds de lémurien se posèrent sur le cadavre avant de se lever sur le soupirail.

« Théo n'est pas venu avec toi ?

— J'lui ai demandé de surveiller la cour.

— Comme tu peux le constater, il n'avait pas tort.

— Une putain de coïncidence, c'est tout ! grogna Jim.

— En attendant, il nous a sauvé la vie. »

Le grax haussa les épaules.

« Même s'ils étaient passés, rien ne dit qu'ils nous auraient eus. » Il désigna le corps d'un mouvement de menton. « Regarde-le : il n'a plus que la peau sur les os.

— La faim les rend féroces. Les autres ne renonceront pas. Il faut absolument qu'on rebouche ce soupirail.

— Hé, j'sais pas faire ça, moi !

— Moi non plus, figure-toi. Va falloir qu'on apprenne. »

Il s'approcha du soupirail, examina le ciment fendillé et les trois barreaux jonchant la glace de la douve.

« Erreur, dit-il. Va falloir que TU apprennes.

— Qu'est-ce que tu peux être con, par moments !

— Par moments seulement ?

— On est tous dans la même galère, merde ! On a intérêt à se serrer les coudes. C'est à un homme de s'occuper de ce genre de boulot. »

Il la fixa avec une moue de dédain qui lui allongeait le visage et lui donnait l'air d'un saurien.

« Compte pas sur moi. Démerde-toi. »

Elle s'appliqua à garder son calme.

« Imagine qu'ils se glissent dans le Feu de Dieu et qu'ils nous égorgent pendant notre sommeil.

— Eh ben, ce sera de ta faute. »

Il souleva le cadavre par les aisselles et ajouta :

« Mais je veux bien t'aider à foutre cet enfoiré dehors. »

Zoé l'éclairait tandis qu'à l'aide d'une spatule elle remuait le mortier gris et brun sur lequel elle avait versé de l'eau. Elle avait été surprise de voir débouler sa fille dans la cave. Elle avait réclamé l'aide de Théo et c'était Zoé qui se présentait. L'adolescente n'avait pas décroché dix mots, absente, cloîtrée dans son mutisme.

Alice se souvenait de la façon dont les hommes obtenaient une pâte épaisse et lisse avec l'eau, le sable et le ciment, la même technique, finalement, que la béchamel. Il suffisait ensuite d'étaler la préparation encore molle dans les cavités où elle avait coincé les extrémités des barreaux et de combler les autres fissures. Deux questions se posaient : le ciment prendrait-il avant que les assaillants ne se représentent ? Résisterait-il au froid polaire ?

Elle jetait d'incessants coups d'œil sur le soupirail. La hache reposait contre le mur deux mètres plus loin, son manche jaune fendait les ténèbres. Elle redoutait une nouvelle offensive, pas certaine d'avoir la force de supporter un autre affrontement. Elle se demandait ce que fabriquait le grax avec Théo là-haut. Elle supposait qu'il continuait de surveiller la cour intérieure, la seule tâche dont il parût capable de s'acquitter. Elle croyait se souvenir que les parasites se distinguaient également par leur parfaite inutilité. À quoi servait un cafard ? À quoi servait une souris ? Une puce ? Une mouche du vinaigre ? Un grax ? Elle remua rageusement le ciment, le sable et l'eau jusqu'à obtenir une émulsion régulière et lisse, ni trop dure, ni trop molle, s'approcha du soupirail et, à l'aide de la pointe de la spatule, commença à reboucher les cavités du bas et les fissures.

« Maman...

— Oui ?

— Le grax est venu dans mon lit cette nuit. »

Alice suspendit ses gestes et se retourna. Le visage de Zoé se dessinait en épure dans le halo ténu de la lampe.

« Est-ce qu'il t'a...

— Il a voulu. Et puis les autres sont arrivés.

— Pourquoi... pourquoi tu n'as pas hurlé ? »

Zoé ne répondit pas. Alice jeta un coup d'œil par le soupirail. Une averse de cendres s'était mise à tomber, drue, répandant une odeur caractéristique d'œuf pourri. Quelques flocons se déposaient en silence sur le béton de la cave.

« Il m'a dit qu'il deviendrait méchant si je lui résistais... »

Les jambes d'Alice flageolèrent, elle chercha un endroit où s'asseoir, n'en trouva pas, s'appuya contre le mur.

« Oh, maman, pourquoi tu ne l'as pas tué ? gémit Zoé.

— Si tu crois que c'est facile de tuer un être humain », murmura Alice.

Le rayon de la lampe se déplaça, se faufila par le soupirail, éclaira le corps de l'homme allongé de l'autre côté de l'ouverture, déjà recouvert d'une épaisse couche grise.

« Celui-là, tu l'as bien tué.

— Il y a une différence entre tuer dans l'action et tuer de sang-froid. Éclaire-moi. Il faut que je finisse ce travail. »

Alice scella les barreaux et reboucha les fissures. Le ciment commençait à durcir, elle devait se hâter avant qu'il ne devienne inutilisable. Elle éprouvait les pires difficultés à se concentrer sur sa tâche, emportée par le torrent de ses pensées. Le grax était donc passé à l'acte. Elle avait cru que l'accueillir dans son lit apaiserait ses pulsions et le tiendrait à l'écart de Zoé, mais c'était un prédateur, un être mû par le besoin névrotique d'étendre et de marquer son territoire.

« Tu ne l'as pas provoqué, au moins ?

— Maman ! »

Alice nettoya l'auge de ses dernières traces de ciment avec lesquelles elle consolida les scellements des barreaux.

« Éclaire-moi, Zoé. »

Elle vérifia, à la lueur de la lampe, qu'elle n'avait pas laissé une seule craquelure. Restait maintenant à surveiller le soupirail en attendant que le ciment ait complètement séché. Elle reposa la spatule et l'auge au pied du mur, enfila ses gants fourrés et s'empara de la hache.

« C'est avec ça que tu l'as tué ? »

Des traces rouille maculaient le large fer. Alice avait nettoyé le béton des éclats d'os et de cervelle, mais une partie de la large flaque de sang, presque instantanément gelée, avait résisté à ses frottements et à l'eau de Javel.

« T'as qu'à t'en servir contre le grax, ajouta Zoé.

— Il se méfie de moi.

— On pourrait peut-être... »

Zoé s'interrompit. Alice redouta les mots qui s'apprêtaient à sortir de la bouche de sa fille.

« ... essayer un truc.

— Quoi ?

— Eh ben, je lui fais croire qu'il me plaît, je lui dis de venir dans mon lit et on lui tend un piège.

— Quel genre de piège ?

— Je sais pas, moi ! Faut réfléchir.

— Si ça rate, Zoé, lui ne te ratera pas. Je n'ai pas envie que tu... enfin, que tu découvres l'amour avec un homme dans son genre.

— Avec qui je le découvrirai, alors ? Y a plus personne sur cette terre ! Plus personne ! »

La véhémence soudaine de Zoé surprit et alarma Alice. Contrairement à ce qu'elle prétendait, sa fille avait peut-être sa part de responsabilité dans l'initiative de Jim.

« On n'en sait rien. Tu es encore une enfant, Zoé, tu as tout le temps devant toi.

— Ouais, soixante-dix ans peut-être !

— Les prédictions de ton père se sont pour l'instant révélées exactes, et il n'y a aucune raison... »

Alice crut entrevoir un mouvement, une ombre, derrière les barreaux. Elle se posta près du soupirail, la hache levée.

« Maman, qu'est-ce...

— Éteins la lampe et tais-toi. »

Zoé s'exécuta, l'obscurité se déploya dans la cave. Pendant d'interminables minutes, elles gardèrent les yeux rivés sur le demi-cercle légèrement plus clair de l'ouverture. Le froid engourdissait les extrémités d'Alice malgré ses gants et ses bottes fourrés. Dehors, les cendres continuaient de tomber, éparpillées par les bourrasques.

« Tu peux rallumer.

— Tu as vu quelque chose ?

— J'ai cru.

— Combien de temps on va rester dans cette cave ? Je commence à cailler.

— Jusqu'à ce que le ciment ait séché. Tu es donc si pressée de remonter ?

— Je suis pressée en tout cas de me réchauffer.

— Tu sais, Zoé...

— Oui ?

— J'ai... j'ai lu ce que tu as écrit sur ton cahier.

— Heureusement que ça s'appelle un journal intime !

— Je suis désolée. Je voulais... enfin, m'assurer que tu allais bien. On ne se parle pas beaucoup.

— Ouais, y a tellement d'autres choses à faire dans ce trou ! »

Sans quitter le soupirail des yeux, Alice reposa

la hache dont le poids lui tétanisait les muscles des épaules et des bras.

« La situation n'est facile pour personne.

— De quoi tu te plains, maman ? Tu voulais plus de papa, papa n'était pas là au moment où la fin du monde est arrivée, Théo a trouvé le grax dans ton lit, tu avais tout pour...

— S'il te plaît, arrête, Zoé ! »

Elles se murèrent dans un silence maussade. Le combat contre l'assaillant, la peur omniprésente, le gâchage du ciment, la tension permanente, la discussion avec Zoé avaient épuisé Alice. Elle n'avait plus qu'une envie, se glisser sous les couvertures et sombrer dans un sommeil de brute.

« Tu ne vas pas revenir sans cesse là-dessus, reprit-elle d'une voix morne. Je t'ai déjà dit que j'avais commis une erreur. On doit chercher ensemble un moyen d'empêcher Jim de s'en prendre à toi. Je ne sais pas ce que tu attends de l'amour, Zoé, mais, crois-moi, tu n'en aurais qu'une horrible caricature avec le grax. Il salit tout ce qu'il touche.

— Il t'a salie, alors ? »

Oui, il l'avait salie. Avilie.

« C'est marrant, ajouta Zoé. On emploie toutes les deux un mot inventé par le microbe pour parler de Jim.

— Je croyais que Théo vivait dans des mondes purement imaginaires, je me rends compte aujourd'hui qu'il n'a pas les mêmes perceptions que nous. » Elle désigna le cadavre reposant de l'autre côté des barreaux. « C'est grâce à lui que nous n'avons pas été surpris par ce type et les siens.

— Ça veut dire qu'il a raison quand il affirme que papa est encore vivant et qu'il essaie de revenir au Feu de Dieu ? »

Alice éprouva de la pulpe de son index la solidité du ciment : il commençait à prendre.

« Oui, Franx est vivant, dit-elle. Et nous devons résister jusqu'à son retour. »

23

La vision, assez floue au début, se précisa : Josy, vêtue de noir, fichu gris sur la tête, debout devant la cuisinière, en train de verser quelque chose dans le fait-tout. Une poudre blanche. Franx en déduisit que la nourriture avait un lien avec sa paralysie et qu'il devait éviter d'absorber ce que Milou leur versait quotidiennement dans la paille de la soue. Oublier la faim qui lui tenaillait le ventre. Il aurait davantage de chances de s'en sortir en sacrifiant un peu de ses forces pour recouvrer la coordination entre son cerveau et son corps. Il n'avait pu pour l'instant qu'esquisser de dérisoires mouvements de reptation, approcher sa bouche des morceaux de nourriture éparpillés entre les brins de paille, soulever les paupières, remuer la tête d'un côté sur l'autre. Il restait totalement incapable, en revanche, de bouger bras et jambes. Lorsque le vieil homme entrait pour vider le contenu de ses seaux, la lumière jaunâtre de sa lampe tempête n'éclairait pas assez longtemps les corps allongés pour permettre à Franx de distinguer les détails. Il n'entrevoyait qu'une chevelure, une épaule, une hanche, un genou... Surya était vivante, sans doute, ou il n'aurait pas eu cette vision fugitive de Josy, mais il ne savait toujours pas si la fillette faisait partie des captifs. Il lui fallait d'abord se libérer de la gangue qui lui emprisonnait les nerfs, jeûner, donc, bien qu'il mourût de faim. Il espéra que l'effet de la poudre de Josy s'estomperait au bout d'un ou deux jours, ou il n'aurait plus assez d'énergie pour s'évader de ce sinistre cachot. Il ne servirait à rien de discuter avec les deux vieux, ils avaient depuis longtemps renié leur humanité. Il aiguisa sa volonté. Surtout, surtout, ne pas céder à la tentation lorsque le fumet du ragoût s'insinuerait dans ses narines.

Tenir deux jours.

Deux jours.

Laper un peu d'eau à l'une des écuelles disséminées dans la paille et remplies régulièrement par Milou. Tendre le ressort à l'intérieur et le relâcher d'un seul coup. L'opportunité ne se présenterait qu'une seule fois. Il roula sur le côté et se rapprocha du récipient à demi enfoui dans la paille sur sa gauche, avec une telle maladresse qu'il faillit le renverser, trempa le menton et les lèvres dans l'eau fraîche, but plusieurs gorgées, faillit tout recracher lorsque quelques gouttes s'insinuèrent dans sa trachée. Il se demanda si l'eau n'était pas elle-même empoisonnée. L'odeur et la vague sensation d'humidité entre ses jambes lui donnèrent à penser qu'il avait pissé et chié sur lui. Il ne maîtrisait plus ses sphincters. Enfermé dans une soue, vautré dans une litière sale, réduit à la condition de porc, condamné à finir comme un porc, saigné, coupé en morceaux, transformé en jambons, en côtelettes, en boudin, en pâtés, en rillettes.

Le grincement du verrou précéda de quelques secondes l'entrée de Milou dans l'enclos. Comme à son habitude, le vieil homme renversa le contenu du seau dans la paille en s'arrangeant pour répartir la nourriture devant chacun des captifs. Son œil clair brilla une fraction de seconde à la lueur de sa lampe tempête. Il vérifia les écuelles et sortit en parsemant ses expirations de grognements prolongés.

Franx ignora la supplique de la faim, ferma les yeux, puis, constatant que le vertige s'accentuait, les rouvrit jusqu'à ce que, terrassé par la fatigue, il glisse peu à peu dans une léthargie où les pensées se désagrégeaient en rêves.

Lorsqu'il reprit conscience, il sentit les picotements des brins de paille sur les extrémités de ses doigts, mains et pieds. Une érection nerveuse, douloureuse, comprimait son pénis contre le tissu serré de son slip. Il commanda à son bras droit de se lever et, miracle, son bras se souleva de quelques centimètres. Idem pour son bras gauche et ses jambes. Il n'avait pas encore recouvré toute sa motricité, mais la camisole chimique avait enfin relâché son emprise, une constatation qui l'aida à ne pas se jeter sur les morceaux de lard et les pommes de terre disséminés à quelques centimètres de son nez.

Seulement boire.

Il lapa à l'écuelle une gorgée d'eau dont l'âpre goût de chlore, qu'il n'avait pas identifié jusqu'alors, provoqua une série de spasmes douloureux. La légèreté, la fluidité de ses déplacements déclenchèrent en lui un début d'euphorie. Impression de revenir à la vie, à peine assombrie par une sensation persistante de saleté, d'humiliation. Il essaya de parler. Ses lèvres, ses dents et sa langue lui obéirent, formèrent les lettres et les syllabes, mais aucun son ne sortit de sa bouche. Il ne voyait rien. Un souffle chaud, agréable, jaillissant d'une cavité dans le mur, lui léchait les jambes. Il en déduisit que la soue jouxtant l'habitation était chauffée par le poêle, voilà pourquoi les captifs ne souffraient pas du froid bien que légèrement vêtus. Il tendit le bras devant lui. Sa main heurta une forme. L'arrière d'un crâne. Il passa les doigts dans une chevelure épaisse et collée par la crasse, puis sur une tempe et une mâchoire agitées par des mouvements de mastication. Le garçon – un garçon, sans aucun doute, une barbe éparse lui parsemait la joue – ne se défendit pas, comme s'il ne s'apercevait pas qu'une main se promenait sur son visage, ou qu'il n'avait pas la force de réagir. Franx n'insista pas. Éviter de gaspiller ses forces. Attendre le retour de Milou. Il ne disposait pas d'arme, pas même d'une pierre ou d'un bout de bois, et le vieil homme avait visiblement la force d'un bœuf. Le combat semblait inégal, perdu d'avance.

À moins que...

Le verrou grinça et réveilla Franx en sursaut. Il eut besoin de quelques secondes pour reprendre pied dans la réalité. Milou s'engouffrait déjà dans la soue, portant d'une main un seau et de l'autre la lampe tempête, qu'il accrocha à un énorme clou planté dans une poutre. Il commença à verser le contenu du seau dans les différentes écuelles. Le cœur de Franx battit à tout rompre. C'était le moment ou jamais. Les effets de la poudre ajoutée par Josy à la nourriture s'étaient totalement estompés. Il se sentait encore faible, mais lucide. Guetter le moment propice, tendre encore le ressort. Milou marmonnait d'incompréhensibles sons entre ses lèvres serrées. Franx se tint prêt à bondir. S'il manquait sa cible, le vieil homme l'assommerait et le transformerait plus tôt que prévu en conserves. Il pensa à Surya. Pour elle au moins, il n'avait pas le droit de manquer son coup. Et pour Alice, Zoé, Théo. Ils l'attendaient.

Éclairé par la lueur ténue de la lampe, Milou s'avançait dans sa direction. Surtout rester immobile. Ne pas éveiller ses soupçons. Franx s'était arrangé pour poser sa tête juste à côté d'une écuelle en plastique. Le vieil homme se pencha au-dessus de lui pour la remplir. Son odeur, une odeur âpre, suffocante, mélange d'humus et de vieux bouc, supplanta la puanteur habituelle. Le bruit de ses bottes sur la paille et de l'eau frappant le récipient résonna aux oreilles de Franx avec la puissance fracassante d'un orage. Les deux hommes n'étaient plus séparés que par une cinquantaine de centimètres.

Maintenant.

Franx détendit son bras. Son index tendu se ficha dans l'œil brillant du vieil homme. Son ongle long déchira la cornée et s'enfonça dans le cristallin. Lâchant le seau, Milou écarta violemment le bras de son agresseur, se jeta en arrière avec un hurlement et percuta le mur.

« Qu'est-ce qui se passe, Milou ? »

La voix criarde de Josy.

Franx se leva, esquissa un premier pas sur ses

jambes flageolantes, se dirigea avec une maladresse crispante vers la porte de la soue, trébuchant sur les corps allongés. Fou de colère, Milou battait l'air de ses énormes poings.

« Milou ? Qu'est-ce qu'il y a ?

— Y en a un qu'a crevé mon œil !

— Qu'est-ce que tu racontes ? Ils peuvent pas bouger ! »

Le vieil homme se déplaça latéralement en prenant appui sur le mur et se campa devant la porte afin d'empêcher les captifs de s'échapper. D'une main, il tentait de retenir le vitré qui s'écoulait de son œil crevé.

« Amène le fusil, Josy ! J'te dis qu'y a un enragé là-dedans ! »

Son autre main balayait l'espace devant lui à la façon d'un essuie-glace et maintenait Franx à un mètre de la porte. Un mètre de la liberté. Sortir de la soue avant que Josy ne rapplique avec le fusil. Il avisa le seau métallique couché dans la paille, le ramassa et le lança aussi fort que possible sur la tête de Milou. Touché à la face, le vieil homme proféra une série de jurons entrecoupés de glapissements. Le fer-blanc ne l'avait pas assommé, ni même simplement ébranlé. Franx, remarquant qu'il avait les jambes écartées, plongea devant lui et se faufila à quatre pattes entre ses bottes. Ses épaules frottèrent contre le caoutchouc. Milou tenta de l'attraper en refermant les jambes. Il ne parvint qu'à effleurer une hanche et une cuisse de Franx. Le bout de tissu qu'il agrippa se déchira dans un craquement et lui resta dans les mains.

« Y en a un qu'est sorti ! glapit-il. Tire-lui dessus ! »

Franx se releva. Le bref affrontement avec Milou l'avait exténué. Ses yeux ne parvenaient pas à saisir les reliefs qui papillonnaient devant ses yeux, poutres, cheminée, cuisinière, table, bergère… Une ombre noire fondait sur lui. Elle pointait maladroitement sur lui une forme allongée et noire. Un fusil. Les expirations précipitées de Josy s'achevaient en gémissements suraigus, comme ceux d'un chiot terrorisé.

« Qu'est-ce donc que t'attends pour lui tirer dessus, bon d'là ! » vociféra le vieil homme.

Elle épaula le fusil et coucha son vis-à-vis en joue. Pendant une seconde, peut-être davantage, aucune pensée ne traversa l'esprit de Franx, puis, voyant qu'elle ne maîtrisait pas ses gestes, il franchit en trois bonds l'espace qui le séparait d'elle, saisit le fusil par le canon et l'abaissa vers le sol. Le coup partit dans un vacarme de tonnerre, les plombs rebondirent sur les tommettes en terre cuite et se fichèrent dans la chaux du bas du mur. Franx lâcha le canon, tout à coup brûlant. Surprise, la vieille femme perdit l'équilibre et tomba lourdement sur le dos.

« Tu l'as eu ? » cria Milou.

Pris de vertige, Franx faillit s'affaler aux côtés de Josy. L'effort soudain et intense l'avait vidé de ses forces. Son cœur cognait comme un sourd sur les barreaux de sa cage thoracique. Ses pensées ressemblaient aux débris éparpillés d'un navire sur une mer d'huile. Refoulant la tentation de s'allonger, il se pencha vers l'avant et, les mains posées sur ses genoux, reprit sa respiration.

« Tu l'as eu, Josy ? »

La vieille femme geignit, emberlificotée dans les plis de ses vêtements, incapable de se relever. Le fusil lui avait échappé des mains, avait glissé sur le carrelage et s'était arrêté sous un banc rustique calé contre un buffet. Il s'en approcha à pas hésitants, ramassa l'arme avant de se laisser choir sur le bois rugueux du siège, ouvrit la culasse, retira la cartouche vide, vérifia que la deuxième était pleine.

« Réponds, Josy, bon d'là ! »

La frénésie cardiaque de Franx s'apaisa, les formes cessèrent de tourbillonner, ses pensées se réorganisèrent. La chaleur de la cuisinière, deux mètres plus loin, lui irradiait le flanc et la jambe droite. Du fait-tout s'échappait une appétissante odeur de bouillon parfumé de laurier et de lard. Du coin de l'œil, il entrevoyait les mouvements convulsifs de Josy qui, telle une tortue couchée sur sa carapace, tentait en vain de se relever. Il referma le fusil avant de se rendre près de la vieille femme et de l'aider à se rétablir sur ses jambes.

« Josy ? Qu'est-ce que tu fiches, bon sang ? »

Franx pointa l'extrémité du canon sur le ventre de Josy.

« Où est Surya, la petite qui était avec moi ? »

Les yeux de la vieille femme étaient maintenant les miroirs de son âme ; ils réfléchissaient la bassesse, la haine, la peur.

« Qu'est-ce que tu as fait à mon Milou ? »

Franx perdit patience, il en avait assez de cette maison, assez de ce couple, assez de leurs abominations, il enfonça brutalement le canon dans la chair molle de son interlocutrice.

« Où est Surya ? »

À contrecœur, la vieille femme désigna d'un mouvement de menton une porte basse en partie dissimulée par des vêtements suspendus à une patère.

« J'espère pour vous qu'elle est en bonne santé. Entrez là-dedans, maintenant. »

Franx poussa Josy en direction de la soue. Milou se tenait immobile dans l'entrée, la main posée sur son œil blessé.

« Josy ? C'est toi ? Dis-moi donc c'qui se passe ! »

Elle ne répondit pas, elle se contenta de prendre son mari par la main et de l'entraîner à l'intérieur de la soue. Franx referma la porte et poussa les deux verrous.

Surya l'accueillit d'un sourire radieux. Elle n'avait pas été maltraitée, elle avait mangé à sa faim, les creux de ses joues s'étaient en partie comblés. On lui avait installé un matelas et des coussins dans le minuscule réduit sombre et poussiéreux où elle était bouclée. Franx se demanda pourquoi elle avait bénéficié d'un traitement de faveur. Parce qu'elle n'avait pas assez de viande sur les os ? Parce qu'elle avait su toucher le cœur de ses geôliers comme elle avait touché le sien ? Il eut honte de lui, de sa saleté, lorsqu'elle vint se blottir dans ses bras.

Il commença par chercher leurs effets, le sac à dos, le fusil et les cartouches, le pistolet et les chargeurs remis par Dalbard. Les vêtements, les chaussures, les réserves de nourriture et d'eau, les armes et les balles étaient disséminés dans plusieurs réduits identiques à la geôle de Surya. Il parvint à reconstituer le tout et découvrit, dans une annexe plus vaste, un puits à la margelle de pierre, un établi rudimentaire et, posée contre un mur, une large échelle aux barreaux et aux montants maculés de rouille. Instruments de boucher sur une planche, scie, hachoir, couteaux, tranchoir, bocaux, fragments d'os disséminés sur la terre battue, odeur caractéristique de sang : c'était dans cette pièce que les captifs étaient égorgés et découpés. Franx ouvrit la porte basse du fond de la pièce. Elle donnait sur l'extérieur. Un froid suffocant lui agrippa les jambes et le torse. Il resserra les pans de la veste posée sur ses épaules. Les ténèbres impénétrables ne crachaient aucun flocon, aucune particule de cendres. L'air était figé. Il frémit d'horreur lorsqu'il aperçut, posées sur une couche de glace et de cendres mêlées, deux têtes trépanées, vidées de leurs contenus, encerclées d'une couronne de cheveux blonds et clairs pour l'une d'elles, sombres et courts pour l'autre. Des bocaux, des morceaux de bras encore pourvus de leurs mains, des épaules et d'autres parties de corps humains s'alignaient sur les étagères grossières d'un enclos grillagé, un ancien poulailler sans doute, utilisé comme un congélateur naturel.

Il tira de l'eau au puits à l'aide d'un seau relié à une chaîne et emplit une bassine en fer qu'il posa sur la cuisinière aux côtés du fait-tout. Assise à la grande table, Surya grignotait un morceau d'un pain rond et plat. Taraudé par la faim, il se demanda si Josy avait déjà ajouté la poudre paralysante dans le ragoût qui mijotait dans le fait-tout. Dans le doute, il s'abstint d'en manger et se contenta, comme Surya, d'un bout de pain à la saveur âpre et de quelques barres chocolatées aux emballages intacts liquéfiées par la chaleur de la maison.

Quand l'eau fut tiède, il en versa une partie dans une grande casserole, tira deux chaises en paravent sommaire devant la cuisinière, se dévêtit entièrement et se récura aussi complètement que possible à l'aide d'un bout de tissu transformé en éponge et d'un morceau de savon noir déniché sous l'évier. Il se rinça avec l'eau de la casserole, s'essuya avec un autre pan de tissu, puis nettoya et essora ses sous-vêtements souillés. Il se rhabilla sommairement, alla vider les récipients dehors, tira encore de l'eau au puits, posa de nouveau la bassine sur la cuisinière et invita Surya à se laver à son tour. La fillette acquiesça d'un sourire et se dévêtit sans se faire prier. Franx fut alarmé par ses côtes et ses hanches saillantes. Il se souvint qu'au même âge sa fille Zoé était aussi blanche et potelée que Surya était brune et squelettique. Il lui passa un chiffon imbibé de savon sur le corps, puis frotta vigoureusement ses cheveux bouclés et emmêlés. Il retrouvait les gestes effectués quelques années plus tôt et qu'il croyait déjà oubliés, ses réflexes de père. Quand il l'eut rincée et essuyée, il lava également les sous-vêtements de la fillette et les mit à sécher près des siens sur les dossiers des chaises. Il rajouta du bois dans la cuisinière, puis, terrassé par la fatigue, enveloppé de couvertures, il somnola un temps près de la fillette dans la bergère débarrassée du monceau de vêtements qui l'encombrait.

Lorsqu'il se réveilla, il se demanda ce qu'il devait faire du couple terrible et des captifs dans la soue. Ces derniers ne recouvreraient pas leur coordination et leur énergie avant quatre ou cinq jours. Il n'était pas certain d'avoir la force de repartir à l'issue d'un séjour de quatre ou cinq jours dans une maison bien chauffée, confortable. D'un autre côté, il n'avait pas le cœur de les abandonner à leur sort. Il comprit qu'il ne servait à rien de lutter contre sa nature profonde. Il s'était trompé en créant une structure hermétique comme le Feu de Dieu. Les chances de survie ne résidaient pas dans l'isolement, dans la fermeture, mais dans l'ouverture et le partage. Le repli sur soi rapprochait l'être humain de la nature reptilienne. Or il ne croyait pas que l'homme descendît de l'animal, même s'il en avait parfois le comportement. L'homme était un pont entre le ciel et la terre, dont le regard restait trop souvent rivé à la matière, comme leurré par la gravité. Deux mois avant le cataclysme, Franx avait lu un essai passionnant sur la théorie de la perception subjective de l'Univers. De l'article il avait retenu que, même si l'auteur ne le formulait pas dans ces termes, la réalité n'était qu'une illusion, une construction mentale, qu'il n'existait donc pas de réalité objective, que les hommes la fabriquaient et l'entretenaient en permanence par la pensée. La théorie rétablissait la légitimité du couple esprit/matière et la liaison entre les deux, le Verbe, une autre illustration de la trinité chrétienne, Père, Fils, Saint-Esprit, ou de la Trimurti hindoue, Brahmâ le créateur, Vishnou, le conservateur et Shiva le destructeur. En créant le Feu de Dieu, il avait commis la même erreur que Josy et Milou, qui, parce que la peur avait rétréci leur espace mental, avaient sauté de plusieurs dizaines de milliers d'années en arrière.

Surya dormait paisiblement à ses côtés. Il la

contempla un long moment, émerveillé par la pureté irréelle de son visage dans l'abandon du sommeil. Il ne partirait que lorsqu'il aurait rendu les captifs à la liberté. Leurs regards, leurs pensées, augmenteraient les chances de la Terre de revenir à la vie.

24

Alice n'avait pas donné suite à la suggestion de Zoé : attirer le grax dans son lit et lui tendre un piège, d'abord parce qu'elle n'avait pas la moindre idée de quel genre de piège on pouvait poser dans un lit, ensuite parce qu'elle n'avait pas envie de se servir de sa fille comme d'un appât. Elle avait résolu de dormir avec Zoé en se munissant du couteau dont elle n'avait pas eu le courage de se servir quelques jours plus tôt (douze : elle avait commencé à compter les jours en appliquant scrupuleusement la procédure mise au point par Franx). Elle avait expliqué au grax que sa fille, traumatisée par l'offensive des rôdeurs, avait besoin de sentir près d'elle la présence rassurante de sa mère. Jim s'était contenté de hocher la tête avec un sourire indéfinissable. Cela faisait maintenant cinq jours qu'il se tenait tranquille, ne se plaignant que de la qualité de la nourriture ou la température de l'eau. Le reste du temps, il restait assis devant la baie vitrée, les yeux rivés sur la cour intérieure revêtue de son épaisse couche de glace et de cendres. Il ne tombait quasiment plus une particule, plus un flocon, du ciel obscur ; Alice y décelait le présage d'une réapparition, même provisoire, du soleil et d'un retour à l'alternance des jours et des nuits. Elle espérait également que l'accalmie favoriserait le retour de Franx. Théo disait qu'il s'était réfugié dans une maison mal éclairée où régnait une atmosphère étrange et dont il était sur le point de repartir.

« Est-ce qu'il est en forme ? » avait demandé Zoé.

Théo n'en savait rien, il ne le distinguait pas vraiment comme sur un écran d'ordinateur ou de télé. Parfois, il l'apercevait de très loin, comme un point noir sur l'immensité grise, parfois, il avait l'impression de voir ce qu'il voyait, d'éprouver ses essoufflements, ses fatigues, sa faim, sa soif, d'être au-dedans de lui, parfois, il perdait le contact pendant un temps indéterminé, comme si on avait débranché la prise qui les reliait, et il pleurait dans son coin jusqu'à ce que leurs fils soient renoués. Une petite fille aux cheveux bruns accompagnait Franx dans son périple.

« Pourquoi s'encombrerait-il d'une gamine qu'il ne connaît pas ? s'était étonnée Alice.

— Elle lui donne de la force », avait répondu Théo.

Ils étaient allés à plusieurs reprises vérifier l'état du soupirail dans la cave. Ils se déplaçaient toujours à trois, équipés chacun d'un couteau – d'un tournevis pour Théo. Le ciment avait séché et, même s'il présentait d'infimes craquelures à la surface, les barreaux semblaient solidement scellés. Ils avaient inspecté les deux autres soupiraux, ainsi que la porte basse qui donnait sur la douve et que Franx et les autres avaient renforcée avec des barres métalliques posées en travers.

Alice estima que le temps était venu de reboucher

les fissures par lesquelles s'étaient infiltrées les cendres. Les pluies volcaniques pouvaient reprendre, et de façon plus intense, dans un proche avenir, il fallait rendre aux bâtiments leur étanchéité. Et puis les travaux leur occuperaient l'esprit. Ils explorèrent les couloirs des appartements, recensèrent les accumulations de cendres à l'aide de deux lampes à pétrole, amenèrent un escabeau, ouvrirent les trappes, grimpèrent dans les greniers couverts de feuilles d'aluminium et de panneaux de laine de roche d'une épaisseur de cinquante centimètres. Il leur fut relativement facile de repérer les brèches dans la toiture : là où s'infiltraient les cendres, les poutres et la laine de roche se voilaient d'une épaisse couche grise. Ensuite, les particules se faufilaient par les interstices entre les panneaux d'isolation et les lattes du plancher, et tombaient à l'étage du dessous ; les courants d'air les poussaient dans les recoins où elles s'agrégeaient. Ils déclouèrent quelques voliges pour rajuster les tuiles mécaniques déplacées par les précipitations ou les bourrasques. Le froid polaire qui régnait sous les toits les contraignait à se couvrir chaudement. Les doigts étaient gourds à l'intérieur des gants épais, les bras engoncés dans trois ou quatre couches de vêtements. Seule une douche brûlante leur permettait de se réchauffer après un séjour prolongé dans les soupentes.

Le Feu de Dieu réclamait une attention constante. Le vent et les cendres, délétères, corrodaient les matériaux les plus exposés et les plus fragiles. Alice résolut donc d'effectuer une inspection quotidienne et d'intervenir avant que les fissures et autres dommages n'aient eu le temps de s'amplifier. Elle découvrit ainsi une fuite à l'un des tuyaux de cuivre qui alimentaient en eau la salle de bains. Franx avait prévu tout le nécessaire à plomberie dans le Feu de Dieu, le fer à souder, le masque, les baguettes, les pâtes, les tuyaux de différents diamètres, les colliers, les coudes, et même un manuel pour les nuls. Alice et les enfants entreprirent de boucher la fuite. D'abord, abaisser les manettes d'alimentation et purger le circuit. L'eau s'échappait goutte à goutte d'une soudure entre le tuyau et un coude. Suivant les instructions du manuel, ils scièrent le cuivre, posèrent un nouveau coude, refirent les soudures des deux côtés en s'assurant de leur étanchéité. La tâche leur prit davantage de temps que prévu et provoqua la colère du grax, frustré de ne pas pouvoir se prélasser sous la douche.

Chaque fois que le parasite élevait la voix, Théo tremblait de peur et mettait un long moment à s'en remettre. Puis Alice voyait la haine poindre dans les yeux clairs de son fils. Il semblait tout à coup expulsé de l'enfance et projeté dans un monde trop rude pour lui. Le grax et le cataclysme lui confisquaient son innocence, mais c'était le lot de tous les enfants confrontés très tôt à la brutalité de la vie, les enfants soldats d'Afrique, les enfants travailleurs d'Inde, les enfants tueurs d'Amérique du Sud, les enfants prostitués des pays touristiques d'Extrême-Orient... Théo, comme tous ceux-là, grandissait trop vite. Les Occidentaux avaient tenté d'éloigner de leur progéniture les spectres de la souffrance et la mort ; la souffrance et la mort s'étaient invitées, proclamant qu'il ne pouvait pas y avoir de vie sans mort ni d'évolution sans souffrance. Franx avait essayé de les préparer au mieux à la période de transition, mais la Terre tout entière s'était transformée en un champ de disgrâce où survivre était à la fois une chance inouïe et une succession d'épreuves.

Ils purent rétablir l'eau. Le grax célébra l'événement en restant une bonne demi-heure sous une douche à quarante degrés.

Le grax, autopromu général en chef de la minuscule armée du Feu de Dieu, distribuait ses consignes. Lorsqu'il s'absentait, soit pour aller aux toilettes, soit pour fouiller la maison en quête d'un hypothétique paquet de tabac oublié par les autres familles, il ordonnait à Théo ou à Zoé de prendre sa place devant la baie vitrée et de surveiller la cour. Il lui semblait avoir aperçu des ombres au-dessus du mur d'enceinte. Alice avait vérifié : elle entrevoyait les formes figées et légèrement plus claires du portail et des pans de mur situés à l'autre bout de la cour, mais la densité de l'obscurité l'empêchait de discerner quoi que ce soit d'autre. Elle soupçonnait donc Jim d'avoir exagéré, voire inventé, le danger pour imposer sa férule. Il avait franchi la dernière étape, régnait en tyran sur le minuscule royaume qu'il avait peu à peu conquis et organisait les tours de garde. À en croire les regards luisants qu'il jetait régulièrement sur Zoé, il ne tarderait pas à exiger ce qu'il considérait comme son privilège et son dû.

Théo avait demandé à Alice la permission de se rendre dans l'atelier du fond de la cour.

« Pour quoi faire ? »

Il s'était dandiné d'une jambe sur l'autre, la tête penchée, évitant de croiser le regard de sa mère.

« M'entraîner...
— T'entraîner ? À quoi ?
— Au tir à l'arc.
— C'est ce que tu étais allé faire dans l'atelier quand Jim t'est tombé dessus l'autre jour ? »

Théo avait acquiescé d'un timide hochement de tête.

« Il fait trop froid, là-bas, avait-elle repris.
— Je ne resterai pas longtemps, promis.
— Il y a des rôdeurs dehors. Imagine qu'ils réussissent à passer dans la cour, comme l'autre fois, et qu'ils te coincent dans l'atelier. Pas question.
— Mais, maman, avec un arc, ce serait plus facile de...
— Pas question ! »

Théo avait marqué sa réprobation d'une moue boudeuse et d'un soupir bruyant.

Les rôdeurs lancèrent une deuxième offensive en plein cœur de la nuit. Le cri perçant de Théo qui avait remplacé Alice quelques minutes plus tôt sonna le branle-bas de combat. Le grax bondit de son lit et se rendit en trois foulées devant la baie vitrée, vêtu d'un simple tee-shirt à manches longues qui tombait sur ses jambes seulement vêtues de chaussettes. Il s'était muni de sa nouvelle arme, un trident d'un mètre de long qui servait à remuer les bûches dans l'âtre et dont il avait effilé les pointes en les trempant un long moment dans les braises du poêle et en les étirant à l'aide d'un marteau et d'une pince. Alice et Zoé, armées de couteaux, les rejoignirent après avoir pris le temps de se rhabiller.

Des ombres se déployaient dans la cour, six, sept, peut-être davantage.

« Nom de Dieu, marmonna le grax. Il nous faudrait un flingue !

— Ah, tu vois que mon arc aurait été utile, maman, soupira Théo.

— Eh, tu pouvais pas le dire plus tôt, que t'avais un arc ? cracha Jim.

— Il est dans l'atelier, et personne veut que j'y aille...

— En attendant, heureusement que tu n'y es pas, toi, dans l'atelier, dit Alice.

— Tu aurais dû le ramener ici, ton arc, putain ! siffla le grax. Il sert à que dalle, là-bas. »

Les rôdeurs se rapprochaient avec prudence. On ne distinguait pas leurs visages, enfouis dans des pans de tissu. Certains brandissaient des bâtons ou des barres de fer. Ils avaient sans doute retenu de leur première offensive qu'ils avaient davantage de chances de s'introduire dans la maison par la baie vitrée du salon, et ils avaient visiblement l'intention de la défoncer.

« Le volet ! hurla Alice.

— Qui va aller dehors pour le descendre ? vociféra le grax.

— Pas besoin. Il suffit de presser l'interrupteur dans le mur.

— Pourquoi tu l'as pas dit l'autre jour ?

— Je te l'ai proposé, tu n'as pas voulu ! »

Le grax se tapota le front de l'index.

« Tu délires ! Je me demande s'il y a encore quelque chose, là-dedans ! »

Alice se rendit près de la niche murale qui renfermait la commande électrique. L'abaissement du volet présenterait un inconvénient : ils ne pourraient plus surveiller les mouvements des assaillants.

« Qu'est-ce que t'attends, putain ? » beugla le grax.

Alice pressa l'interrupteur en espérant que le froid et les cendres n'avaient pas grippé le mécanisme. Le volet descendit dans un grincement de fer rouillé avec une lenteur exaspérante. Les assaillants comprirent que les occupants de la maison tentaient de leur couper le chemin et accélèrent l'allure.

« Là, on dirait Ludo », murmura Zoé.

Elle désignait une silhouette nettement plus grande que les autres et dont le visage apparaissait par intermittence entre les pans de tissu noués autour de sa tête. Le volet continua de s'abaisser. L'un des assaillants parvint à coincer l'extrémité d'une barre de fer entre le sol et le panneau métallique. Le mécanisme s'arrêta dans un grincement horripilant. Utilisant la barre comme un levier, l'homme tenta ensuite de soulever le volet.

« Il faut l'en empêcher ! cria Alice. Ou on est perdus !

— Comment ? haleta le grax.

— Ouvre la baie et arrache-lui sa barre !

— T'es dingue ! Ils risquent de...

— On n'a pas d'autre choix, Jim ! »

Poussant un grognement, le grax débloqua le loquet de la baie et la fit coulisser sur son rail. L'homme, dans la cour, donnait de puissants coups de barre pour démanteler le volet. Le froid s'engouffra avec avidité dans la pièce principale, pressé lui aussi de conquérir un espace qui lui résistait depuis des jours.

Le grax s'accroupit et s'empara de l'extrémité de la barre. D'autres assaillants tentaient de glisser à leur tour leurs bâtons sous le volet. Le grax repoussa la tige de fer d'un coup sec. L'autre, surpris, perdit l'équilibre et emporta son levier dans sa chute. Le volet libéré tomba lourdement sur le sol en brisant un bout de bois. Jim se releva et referma la baie dont il verrouilla de nouveau le loquet. Une volée de coups s'abattit sur le panneau. Alice crut que les pièces métalliques articulées allaient voler en éclats, mais, choisies justement pour leur robustesse, elles résistèrent à la première grêle. Zoé plaqua les paumes de ses mains sur ses oreilles. Au bout d'interminables minutes, le vacarme s'interrompit et le silence redescendit sur les lieux.

« J'croyais qu'on pouvait pas franchir ce putain de mur ! grommela le grax.

— Faut croire qu'eux, ils y arrivent, répondit Alice. Ils se fichent apparemment de se blesser sur les tessons.

— Y a pas d'autre endroit par où ils peuvent rentrer ?

— La porte de l'ancienne buanderie qui donne sur la cour, répondit Alice.

— Elle est solide, au moins ?

— Elle est en métal et elle a été blindée, mais ces dingues réussiront peut-être à la défoncer.

— Il faudrait aller voir, dit le grax.

— Vas-y, toi. Tu es le plus costaud.

— Moi, j'reste là. Vas-y, toi. »

Alice hocha la tête. Elle commençait à se demander si, comme la plupart des parasites, le grax n'était pas repris par ses craintes initiales lorsque sa tranquillité était menacée.

« Viens avec moi, Zoé.

— Je viens aussi, dit Théo.

— D'accord. Jim se débrouillera pour les empêcher de passer s'ils démolissent le volet. »

Jim ne perçut pas l'ironie de ces paroles, ou feignit de l'ignorer, puisqu'il ne réagit pas. Le vacarme reprit au moment où Alice et ses deux enfants sortaient de la grande pièce et s'engageaient dans le couloir qui donnait sur l'ancienne buanderie, là où Théo avait croisé le grax en revenant de l'atelier.

Deux verrous de l'épaisseur d'un bras fermaient la porte blindée. Il n'y avait aucune autre issue. On avait bouché l'ancien portail de la grange transformée en appartements. Les fenêtres, conçues comme des meurtrières, étaient à la fois trop hautes et trop étroites pour autoriser le passage d'un homme. Il fallait, pour se rendre d'un endroit à l'autre du Feu de Dieu, transiter par la pièce principale, le cœur et le ventre de la maison. Lorsque Franx avait montré les plans aux autres en disant justement qu'en cas d'attaque il leur serait plus facile de ne défendre que deux issues – la baie à triple épaisseur de verre et protégée par un volet ; la porte blindée de la buanderie qui servirait, en temps normal, d'entrée principale –, ils avaient fustigé son délire paranoïaque avant de valider son projet ; ils n'avaient pas eu le courage de se lancer dans un interminable débat avec un interlocuteur qui ne lâchait jamais le morceau.

De vagues murmures se glissaient entre les sifflements du vent.

« Pas la peine qu'on reste tous les trois ici, chuchota Alice.

— Moi, je retourne pas tout seul avec le grax ! fit Théo d'un air buté qui accentuait sa ressemblance avec son père.

— Moi non plus », ajouta Zoé.

La paix extérieure, chargée de menaces, évoquait le calme précédant les tempêtes.

« On ferait peut-être mieux d'aller chercher la hache, suggéra Théo.

— Elle était efficace quand ils étaient coincés dans le soupirail, dit Alice, mais, là, elle serait trop lourde. » Elle se tourna vers sa fille. « Tu as vraiment reconnu Ludovic Jeanneret tout à l'heure ?

— Il lui ressemblait drôlement en tout cas, répondit Zoé. En nettement plus maigre.

— Si c'était vraiment lui, il aurait essayé de rejoindre le Feu de Dieu sans rameuter tous les survivants du coin.

— On sait pas ce qu'on peut devenir à... »

Un premier coup donné sur la porte, puissant, assourdissant, interrompit Zoé.

25

Six jours furent nécessaires aux anciens captifs pour recouvrer leur motricité et une partie de leur énergie. Au début Franx leur servit leur pitance dans la soue, comme Milou, mais sans la dose de poudre qui les maintenait dans leur léthargie. Ils purent esquisser leurs premiers mouvements et se tenir à peu près debout au bout de trois jours. Il puisait, pour préparer les repas, dans les réserves abondantes de légumes, de pâtes et de riz. Il ne touchait pas aux bocaux qui contenaient de la viande. Il se demandait si les lardons répandus par Milou dans la litière de paille ne provenaient pas d'un corps humain, s'il n'avait pas été anthropophage malgré lui. Il confectionnait également des galettes avec de la farine blanche ou complète qu'il délayait dans un peu d'eau salée et pétrissait jusqu'à obtenir une pâte souple et lisse. Le reste du temps, il maintenait le feu dans la cuisinière, s'occupait de Surya, dormait par périodes de deux ou trois heures sur la bergère, explorait la maison et les environs, armé de son pistolet. Il découvrit deux autres têtes humaines près d'un ancien tas de fumier. Une excroissance métallique leur avait évité d'être ensevelies sous la glace et la cendre. Il estima que les provisions de nourriture, de bois et de charbon auraient permis au couple de survivre deux ou trois ans. Lorsque les six autres captifs de la soue reviendraient à la vie, ils en auraient à peine pour trois ou quatre mois et il leur faudrait rapidement chercher de nouvelles sources d'approvisionnement. Milou et Josy gardaient les effets de ceux qu'ils capturaient, les vêtements, les chaussures, les ceintures, les portefeuilles, les médailles, les montres, et même les téléphones cellulaires, entassant tout ce qu'ils pouvaient amasser, comme si la possession de ces objets, dérisoire dans les circonstances, était une garantie sur l'avenir.

Franx avait rassemblé, dans une caisse de bois qu'il avait installée dehors, près de l'entrée de la maison, les vivres nécessaires à son périple, barres de céréales, tablettes de chocolat, sucre, miel, confitures, noix, noisettes, beurre, huile, galettes de farine, et puis, sur la grande table de la pièce, les lunettes, les écharpes, les gants, les lampes de poche, les piles, les allumettes, les briquets, les couteaux, les cartouches, les balles. Il évaluait la température extérieure à moins trente degrés. Ils partiraient, Surya et lui, dès que les captifs auraient recouvré leur autonomie. Il n'avait pas vérifié l'état de l'œil de Milou, peut-être condamné à une cécité totale et définitive. Les deux vieux se terraient dans le fond de la soue, l'un à côté de l'autre, solidaires dans la disgrâce comme ils l'avaient été dans l'horreur. Franx n'avait pas besoin de les menacer de son pistolet : ils ne bougeaient pas lorsqu'il s'introduisait dans l'enclos, résignés, un peu comme des dictateurs déchus conscients que leur temps est révolu et que le jour est venu de rendre des comptes. De temps à autre, Milou poussait des gémissements de bête blessée et Josy le prenait dans ses bras, lui posait la tête sur sa poitrine et le consolait comme un enfant. Il ne revenait pas à Franx de sceller leur sort, il laisserait les autres captifs en décider. Il y avait probablement une part de lâcheté dans sa résolution, mais il ne se sentait pas capable de les juger, encore moins d'exécuter une sentence.

Le ciel, toujours aussi sombre, ne crachait plus de neige ni de cendres depuis quelques jours, des conditions relativement favorables pour entreprendre le voyage jusqu'au Feu de Dieu. Les captifs étaient désormais suffisamment solides pour sortir de la soue. Il les invita à le suivre lors de sa visite suivante. Ils lui obéirent et passèrent dans la grande pièce d'une allure encore hésitante. Il referma la porte et poussa les verrous. Il perçut, avant de les rejoindre, le long mugissement de désespoir de Milou et les murmures consolateurs de son épouse.

Il observa les captifs, quatre garçons et deux filles, âgés de quinze à douze ans. Leur air hébété et leur saleté repoussante le dissuadèrent de les interroger. Ils devaient d'abord se laver, puis se nourrir et se reposer en attendant que la parole leur soit rendue. Leurs yeux n'affichaient aucune expression, comme si la claustration avait éteint en eux toute étincelle de vie. Ils restaient les bras ballants, muets, incapables de prendre une initiative. Surya les fixait avec une attention presque douloureuse. Franx alla tirer de l'eau au puits et revint avec la bassine pleine qu'il posa délicatement sur la cuisinière. Ils ne réagirent pas quand il leur proposa de se laver. Il eut tout à coup la vision d'un groupe d'adolescents qui entraient en file indienne dans une maison située à l'écart d'une route. Ils longeaient une grande pancarte en bois où s'étalaient ces mots, peints à la main : la Prairie, maison d'accueil pour handicapés. Il se tourna vers Surya. La fillette le dévisageait avec intensité. Elle avait puisé leur histoire dans leurs mémoires pour la lui transmettre. Comment s'étaient-ils retrouvés dans cette ferme après le cataclysme ?

Une ondulation soudaine du bitume soulève et renverse le minibus dans le fossé. Les passagers sortent un à un du véhicule, légèrement étourdis, se regroupent tous les dix et avancent au hasard jusqu'à la tombée de la nuit. Ce n'est pas la nuit, d'ailleurs, mais l'affaissement soudain du jour, comme si la Terre déboussolée s'était mise à tourner dans l'autre sens. Le froid se déploie très rapidement. De drôles de flocons légers et puants tombent du ciel. Les rescapés paniquent, crient, pleurent, marchent jusqu'à la porte d'une ferme. Ils frappent. Une vieille femme vient leur ouvrir et, avec un grand sourire, leur propose d'entrer. Certains renâclent, cette femme leur semble méchante, mais l'obscurité est tellement froide et effrayante qu'ils finissent par entrer. Elle leur sert à manger et, comme ils ont faim, ils vident leurs assiettes, ainsi que les éducateurs du foyer leur ont appris à le faire, proprement, sans en mettre partout sur leurs habits. Leur tête devient tellement lourde qu'elle s'affaisse toute seule sur le bois de la table. Lorsqu'ils se réveillent, ils sont enfermés dans une pièce sombre et noire. Allongés dans la paille, ils ne peuvent plus bouger. L'homme qui n'a qu'un œil vient leur donner à manger et à boire. Ils l'entendent parfois discuter avec la femme. Ils disent des mots qu'ils ne comprennent pas tous.

Je suis allé faire un tour dehors. Tout le monde est mort. J'crois bien que c'est la fin du monde.

Heureusement qu'on a un bon garde-manger !

Ils rient.

J'l'ai toujours dit : y a pas meilleur. Et puis, ceux-là, personne les réclamera.

L'homme à un œil emporte l'un d'eux, Berny, Bouboule, celui qui fait toujours pipi au lit, et Bouboule ne revient pas. Puis il vient chercher Marielle, celle qui rigole tout le temps, et après il prend Laureline, la plus jolie, la plus douce, celle que tous les garçons rêvent d'embrasser et de caresser, et puis Léo, le gentil Léo, toujours prêt à consoler les autres quand ils ont mal et qu'ils sont tristes...

De pauvres gosses incapables de se débrouiller par eux-mêmes. Franx ne pouvait pas les confier au couple infernal ni les emmener avec lui dans son périple vers le Feu de Dieu, ils n'avaient aucune chance de survivre dans un tel froid. Il fallait leur trouver un foyer d'accueil non loin d'ici. Peut-être subsistait-il un embryon d'organisation sociale dans une ville comme Orléans ? Il décida de tenter le coup. D'abord les nettoyer, les nourrir, puis leur fournir des vêtements chauds et les escorter jusqu'à Orléans. S'il ne trouvait personne pour s'occuper d'eux, il n'aurait pas d'autre choix que de les abandonner à leur sort.

Le nettoyage se révéla ardu, d'abord parce qu'ils n'acceptaient pas facilement de se dévêtir devant les autres, ensuite parce qu'ils ne maîtrisaient pas leurs gestes. Franx les sépara en trois groupes, deux groupes de deux garçons et un dernier constitué des deux filles. Il laissa se débrouiller les filles, apparemment plus autonomes, et supervisa les garçons, qui passaient la plus grande partie de leur temps à s'éclabousser. Quand ils furent à peu près récurés, il leur distribua les vêtements, les bonnets, les chaussettes, les chaussures qu'il estima à leur taille. Plus question, évidemment, de leur confier le sort de leurs anciens geôliers. Il prépara ensuite un déjeuner copieux à base de pâtes, de légumes, de lentilles et de galettes de blé. À la fin du repas, il se rendit dans la soue et réveilla d'une pression sur l'épaule Milou et Josy assoupis dans la paille.

« Je pars, dit-il. J'emmène les handicapés que vous teniez prisonniers.

— Vous... vous n'allez pas... nous... tuer ? demanda Josy d'un tout petit filet de voix.

— Vous aviez déjà mangé de la chair humaine avant le cataclysme ? »

Milou releva la tête. La lumière de la lampe tempête dévoilait les bigarrures bleues et rouges de son œil blessé sous le sourcil blanc en broussaille.

« Lui réponds pas, grommela-t-il. Ça l'y regarde pas ! »

La vieille femme renifla bruyamment.

« Dites-moi au moins pourquoi vous n'avez pas enfermé Surya avec les autres.

— Je... j'la trouvais jolie comme un cœur, dit Josy. J'ai demandé à Milou si je pouvais la garder, il a bien voulu.

— Et la poudre que vous mettiez dans la nourriture, elle venait d'où ?

— De la pharmacie. C'est un mélange de médicaments. Vous allez vous venger ?

— Je crois que la plus terrible des vengeances, c'est de vous abandonner en vie. »

Surya trottait d'une allure décidée près de Franx, heureuse de fouler le tapis de cendres et de glace, heureuse de respirer l'air glacé que n'agitait pas un souffle de vent, heureuse de s'éloigner de l'atmosphère éprouvante de la maison de Milou et de Josy. Ils marchaient dans une plaine hérissée de monticules de gravats. Les tremblements de terre n'avaient laissé aucune construction debout dans les environs. Ils traversèrent les villes de Saran et de Fleury-les-Aubrais, du moins c'est ce qu'indiquaient les deux panneaux intacts que Franx dégagea de leur gangue de cendres et de glace. Il ne restait pratiquement rien de la ville d'Orléans, seulement un énorme trou noir dans lequel la plus grande partie de la ville avait sombré, comme aspirée par une bouche géante. Ils entreprirent de contourner l'immense cavité. Leur détour les mena jusqu'aux villages de Pont-aux-Moines et de Mardié, eux-mêmes complètement rasés. Ils franchirent la Loire par la pointe de Carrefour, s'aventurant sur l'épaisse couche de glace qui emprisonnait des arbres décharnés et des bateaux épars. Les handicapés en profitèrent pour effectuer des glissades qui s'achevèrent en chutes et en grappes de rires enfantins. La petite ville, sur l'autre rive, avait moins souffert qu'Orléans des secousses telluriques. Quelques-uns de ses bâtiments étaient restés intacts, dont l'église et son clocher effilé, dressé au centre d'une place nue comme une pointe de lance crevant une épaisse carapace. Franx avisa des traces de pas sur le tapis de cendres, très récentes sans doute, car leurs bords n'avaient pas durci. Il y avait donc des survivants dans les environs. Ils s'octroyèrent une pause glaçons et noix qu'ils cassèrent avec des pinces. Hugues, qui paraissait le plus éveillé, dit avec un grand rire qu'il aimait beaucoup se promener avec Franx (Fansk) et Surya (Souya). Les autres l'approuvèrent en frappant des mains ou en poussant des halètements rauques. Ils essayaient parfois d'attraper les nuages de buée qui gonflaient devant leurs bouches. Comme ils retiraient sans cesse les écharpes ou les bouts de tissu qui leur protégeaient le visage, du givre se formait sur leurs cils, sur leurs lèvres et sous leurs nez, qui ne cessaient de couler. Le froid les emporterait s'ils ne trouvaient pas rapidement un abri. Ils se remirent en route en suivant les traces dans le tapis de cendres. Elles les menèrent à l'entrée d'un bâtiment de forme arrondie, un ancien gymnase. Des colonnes de fumée s'échappaient de la toiture en partie disloquée. Des odeurs de cuisine et des éclats de voix transperçaient les cloisons de tôle. Franx poussa la porte à double battant et pénétra dans la salle principale où les lumières vacillantes de braseros et de bougies éclairaient des petits groupes disséminés sur le terrain de basket et sur les gradins.

Deux hommes s'avancèrent vers Franx. Le visage de l'un était sillonné de rides et encadré d'une longue barbe blanche ; les yeux sombres de l'autre, plus jeune et plus costaud, dévisageaient les nouveaux arrivants avec défiance.

« Le Seigneur soit loué ! s'exclama le plus âgé en

écartant les bras. Nous ne sommes pas les seuls survivants !

— D'où sortez-vous ? demanda le plus jeune.

— Ma fille et moi, nous venons de la région parisienne, répondit Franx. Nous avons trouvé ce groupe de handicapés dans une ferme à une quinzaine de kilomètres d'ici. Nous cherchons pour eux un hébergement avant de repartir vers le sud. »

Le plus jeune passa une main rageuse dans sa barbe et ses cheveux noirs.

« Y a déjà trop de bouches à nourrir, ici ! »

Le plus âgé l'apaisa d'un geste du bras.

« Allons, Luc, ces gens sont nos frères. » Il s'adressa de nouveau à Franx. « Veuillez lui pardonner cet accueil un peu rude. Nous sommes tous à cran. Je suis le frère Thomas et je vous souhaite la bienvenue dans notre refuge. »

Frère Thomas, moine franciscain de son état, rendait visite à des amis dans la petite ville de Jargeau lorsque le cataclysme s'était abattu sur la région. Le Seigneur avait voulu qu'il ne soit pas emporté dans la tourmente. Il avait ainsi pu s'occuper de ses frères dans le besoin, fouillant les décombres à la recherche d'éventuels survivants, dressant un hébergement de fortune dans le gymnase épargné, puis, lorsque le froid et les ténèbres s'étaient durablement installés, organisant la survie des rescapés.

Leur groupe comptait une soixantaine de personnes. Ils consacraient l'essentiel de leur temps et de leur énergie à la recherche de l'eau potable, de la nourriture, du bois et du charbon. Les hommes se chargeaient d'explorer les environs par groupes de quatre ou cinq et de rapporter tout ce qui pouvait leur être utile. Ils y étaient parvenus pour l'instant, mais il leur fallait sans cesse aller plus loin, et les expéditions devenaient de plus en plus aléatoires et dangereuses. Frère Thomas n'était pas à proprement parler le chef de la petite communauté, plutôt la voix de sa conscience, sa garantie morale. Grâce à lui, le groupe avait conservé son unité et sa cohérence. Certaines familles, quasiment complètes, avaient tendance à favoriser leurs membres au détriment des orphelins et des adultes isolés, et frère Thomas leur rappelait sans cesse les vertus de la solidarité : en répartissant les ressources de façon équitable, disait-il de sa voix douce, vous augmentez vos propres chances de survie ; ne vous laissez pas enfermer dans les cages étriquées de vos égoïsmes, permettez à vos esprits et à vos cœurs de grandir, ainsi vous entrouvrirez les portes de la joie et de l'abondance. Les yeux clairs, presque blancs, du moine exprimaient une générosité, une bonté qui ne pouvaient pas laisser insensible. Après avoir rencontré les maîtres spirituels des différentes parties du monde, chamanes amérindiens, sibériens, mongols, aborigènes, sâdhus et rishis indiens, griots et marabouts africains, il avait vécu plusieurs années dans une cabane au cœur d'une forêt profonde, se nourrissant exclusivement des vivres que lui apportaient les visiteurs las des fracas de la vie moderne et en quête de paix intérieure. Lorsqu'il proposa au groupe de recueillir les six nouveaux arrivants, certains élevèrent des protestations vigoureuses : on avait déjà le plus grand mal à se nourrir et à se chauffer, on ne pouvait tout de même pas s'occuper de tous les crève-la-faim du pays, des... euh, handicapés, qui plus est, des gens qui seraient des bouches inutiles, comme des enfants supplémentaires... Sans élever la voix, frère Thomas leur répliqua qu'ils se montraient bien ingrats, eux à qui le Seigneur avait accordé la grâce de la survie, eux à qui la Providence avait toujours fourni de quoi se nourrir et se chauffer, comme les oiseaux des champs de l'Évangile. S'ils se révélaient incapables d'accueillir leurs frères dans le besoin, ces mêmes frères que Franx et sa fille avaient sauvés d'une mort cruelle, alors ils fermeraient leurs cœurs et assombriraient un avenir déjà obscurci. La générosité était un acte de foi. Si son plaidoyer en convainquit quelques-uns, d'autres continuèrent de protester et ils décidèrent finalement de recourir au système démocratique du vote. Ils remirent à chacun des hommes et des femmes majeurs (passant outre à la protestation des adolescents) deux petits bouts de papier blanc où étaient inscrits oui sur l'un et non sur l'autre, fabriquèrent un isoloir à l'aide d'un drap tendu sur un fil de fer et utilisèrent pour urne un carton dont ils fendirent le dessus d'un coup de couteau.

Frère Thomas vient rejoindre Franx assis à l'écart sur les gradins de bois.

« La démocratie a parfois bon dos », murmura-t-il avec un pâle sourire.

Franx désigna les six handicapés regroupés dans un coin du gymnase.

« Je les garderais bien avec moi, mais, dehors, ils n'ont aucune chance de résister. Vous n'avez pas peur de vous asphyxier avec la fumée des braseros ?

— Il y a tellement de courants d'air dans ce gymnase

que l'air se renouvelle tout seul. Pourquoi ne resteriez-vous pas avec nous ?

— Je dois rejoindre ma famille dans le Périgord.

— Vous êtes certain que les vôtres ont survécu ? »

Franx baissa la tête, incapable de supporter la lumière intense, pénétrante, des yeux du moine.

« Je dois justement m'en assurer.

— Il vous reste plus de trois cents kilomètres à parcourir. Avec une fillette de... quel âge a-t-elle au fait ?

— Cinq ou six ans.

— Vous ne semblez pas sûr de vous ? »

Franx laissa errer son regard sur la file qui s'était formée devant l'isoloir. Des hommes et des femmes tentaient encore de convaincre les autres d'opter pour le non.

« Surya n'est pas ma fille. Elle m'a été confiée par sa mère mourante. »

Le regard de frère Thomas lui embrasa la joue droite.

« J'ai l'impression qu'elle est davantage que votre fille.

— Elle est... »

Franx marqua un temps d'hésitation. Assise un peu plus loin, parfaitement immobile, Surya observait les réfugiés du gymnase, comme connectée à leurs pensées et plongée dans leur histoire. Ils s'affairaient autour des braseros, préparant le repas, nettoyant le sol autour des matelas étalés par terre et séparés les uns des autres par de sommaires paravents de tissu. Comme le gel avait condamné les toilettes du gymnase, les hommes avaient installé des latrines en bois au-dessus d'une fosse creusée dans une pièce annexe.

« Vous avez raison, elle est davantage que ma fille, reprit Franx. Elle est ma vigie sur le chemin. Elle n'a pas les mêmes perceptions que nous. Elle me transmet ses visions, je ne sais pas comment. C'est une... mutante. L'Église l'aurait certainement considérée comme une sorcière et brûlée quelques siècles plus tôt.

— L'Église est une grande fossoyeuse : elle a remis en terre le Christ ressuscité. Sans doute le considérait-elle Lui aussi comme un mutant !

— Vous ne semblez pas la porter dans votre cœur...

— Je ne porte aucune organisation religieuse dans mon cœur. La relation avec Dieu est personnelle, individuelle, expérimentale. On ne peut pas réduire l'âme humaine à des principes.

— Vous faites pourtant partie d'un ordre, non ? »

Frère Thomas éclata d'un rire clair, joyeux.

« Je me réclame plutôt du désordre, j'y ai perdu mes certitudes et gagné la liberté. »

Franx regarda un moment les votants entrer et sortir de l'isoloir avant de reprendre la conversation.

« Comment interprétez-vous le cataclysme ? Comme une punition divine ?

— Dieu ne punit pas, puisqu'il permet d'être. La notion de punition est étrangère à Celui qui est tout amour. Je crois plutôt que les hommes s'ingénient à transformer leur jardin en enfer.

— Le regard sur la matière...

— La perception fragmentée. Les hommes tirent des vérités universelles des fragments qu'ils expérimentent avec leurs sens. Ils se saisissent de l'éphémère et le proclament éternel. Et gare à celui qui observe un autre fragment et leur oppose une autre vérité.

— Vous percevez l'Univers dans son ensemble, vous ? »

Frère Thomas rit une deuxième fois.

« De la même manière que le grain de poussière renferme tout l'univers, j'embrasse toutes les formes de vie possibles. Le seul secret est l'accueil. L'ouverture. La vigilance. »

Deux hommes retirèrent le drap de l'isoloir, indiquant que le scrutin était clos, posèrent l'urne en carton sur la grande table centrale et, sous la supervision d'un homme et d'une femme promus assesseurs, entamèrent le dépouillement. Ils se rassemblèrent tous de part et d'autre de la table dans l'attente du résultat. Quand, à l'issue d'une vérification scrupuleuse, un homme aux cheveux blancs déclara d'une voix forte que, sur quarante-trois bulletins exprimés, vingt-trois avaient voté pour l'admission des six handicapés et vingt contre, frère Thomas ajouta, avec un large sourire :

« Vous voyez : il arrive parfois que la vision globale l'emporte sur la perception fragmentée. »

26

« Ça ne s'arrêtera donc jamais ! » soupira Alice.

Des heures que les assaillants tambourinaient sur le volet métallique de la baie vitrée et sur la porte blindée de la buanderie. Certains d'entre eux avaient tenté de se faufiler dans les sous-sols par les soupiraux, mais les barreaux avaient cette fois tenu bon, de même que les traverses métalliques protégeant la porte basse qui donnait sur les douves. Alice était descendue à la cave malgré sa frayeur lorsqu'une volée de coups provenant d'en bas avait ébranlé l'air et le sol. Après avoir ordonné à Zoé et à Théo de ne pas bouger, elle s'était rendue d'un soupirail à l'autre, munie de sa hache, et avait entrevu les ombres qui tentaient de desceller les barreaux à l'aide de courts leviers. Elle y était demeurée jusqu'au départ des rôdeurs, découragés et probablement affaiblis par les privations. Soulagée, elle était remontée près de ses enfants, prostrés près de la porte de la buanderie. Les mains plaquées sur ses oreilles, Zoé sursautait et gémissait à chaque coup de boutoir.

« Tu as pris la hache, finalement », dit Théo.

Alice ne s'était même pas rendu compte qu'elle l'avait emportée avec elle. Elle tremblait de tous ses membres et sa cage thoracique semblait trop exiguë pour son cœur affolé.

« Ils ont essayé de passer par le bas ? » insista Théo.

Alice s'éclaircit la gorge pour redonner un semblant de fermeté à sa voix.

« Ils ont abandonné : ils n'ont pas réussi à arracher les barreaux.

— Ouais, mais, à force, ils vont réussir à défoncer la porte...

— Le temps joue en notre faveur...

— Comment ça ? »

Alice s'assit aux côtés de son fils, qui levait des yeux anxieux sur la porte, et le serra contre elle.

« Ils n'ont rien à manger, ils ne tiendront pas longtemps. »

Comme pour illustrer ses propos, les assauts des rôdeurs s'espacèrent ; de même, le fracas en provenance de la pièce principale s'estompa.

« Ils n'auront peut-être même plus la force de franchir le mur. »

On entendait à présent des geignements de colère et de désolation, puis, peu à peu, un silence morne retomba sur le Feu de Dieu.

Ce fut Zoé qui le rompit :

« Qu'est-ce qu'on fait, maman ? demanda-t-elle d'une voix à peine audible.

— Allez vous recoucher, vous deux.

— Tu... tu comptes nous laisser seuls avec le grax ?

— Je viens avec vous. Il faut que je lui parle. On n'allume aucune lumière, compris ? »

Elle les accompagna dans la grande pièce et les

embrassa sur le front après qu'ils se furent glissés dans leurs lits, puis elle ajouta du bois dans le poêle et se rendit près de la baie vitrée où Jim, son trident collé contre sa jambe, se tenait comme un animal aux abois.

« Ils ont renoncé, on dirait », dit Alice à voix basse.

Il lui adressa un regard de biais. Ses yeux ouvraient sur l'obscurité deux minuscules fenêtres grises et ternes.

« J'en suis pas si sûr !

— Ils ne survivront pas longtemps dans ce froid.

— Possible, mais moi, j'bouge pas d'ici pour l'instant. »

Elle désigna les jambes nues de Jim, qui tombaient de son tee-shirt en branches noueuses et décharnées.

« Tu devrais te couvrir si tu veux pas attraper la crève.

— Va me chercher mes fringues alors ! J'te dis que, moi, j'reste là.

— Tu as raison. Ils vont sûrement revenir à la charge. Moi, je continuerai de surveiller la porte de la buanderie. »

La peur du grax était la meilleure alliée d'Alice. Tant qu'il redouterait l'intrusion des rôdeurs, il ne songerait pas à importuner Zoé. Elle lui apporta ses vêtements et retourna aussitôt dans la buanderie. Elle enfila elle-même une deuxième veste de laine, vérifia au passage que les enfants dormaient et prit trois coussins avec lesquels elle se confectionna un siège relativement confortable. Elle s'installa à côté de la porte blindée, adossée au mur, les jambes recouvertes d'un plaid, se concentra sur les bruits jusqu'à ce que sa fatigue émousse sa vigilance et qu'elle s'égare dans les labyrinthes tortueux de ses pensées. Des murmures traversaient le silence comme des songes, parfois confondus avec les mugissements du vent.

Un bruit, ou un écho, la réveilla en sursaut. Elle se leva en un réflexe, demeura quelques secondes hébétée avant de remettre de l'ordre dans ses pensées et de foncer vers la grande pièce. Elle fut soulagée de découvrir ses enfants endormis dans leurs lits et Jim assoupi, enroulé dans une couverture, dans le fauteuil qu'il avait tiré devant la baie. Elle inspecta la grande pièce à la lueur d'une minuscule torche, enfourna une bûche dans le poêle, puis elle bâillonna sa terreur pour descendre dans la cave enchâssée dans un silence de tombe. Elle constata, avec un immense soulagement, que les soupiraux n'avaient subi aucune dégradation, ni la porte basse qui ouvrait sur la douve. Les assaillants avaient apparemment renoncé à emprunter le chemin des sous-sols. Restait la voie des airs. Pas évident de grimper sur des toits transformés en patinoire par la glace. En revanche, s'ils parvenaient à se hisser là-haut, les assaillants briseraient facilement les tuiles et les voliges. Elle remonta dans la pièce principale. Tout en se gorgeant de la chaleur bienfaisante du poêle, elle hésitait sur la conduite à suivre. Le courage lui manquait à la perspective d'explorer les combles, mais elle n'avait pas le droit d'être négligente dans les circonstances.

Un autre craquement retentit, émiettant le silence. Impossible d'en déterminer la provenance. Plus morte que vive, elle se rendit dans sa chambre, puis dans celle de Théo et de Zoé. Elle eut l'impression de profaner une tombe, ou l'un de ces royaumes plongés dans un sommeil enchanté. Le froid était sournois, ensorcelant. Elle ne perçut aucun bruit au-dessus d'elle. Elle traversa de nouveau la pièce principale, la cuisine, franchit la réception de l'ancienne grange et visita le premier appartement, celui des Jeanneret. Malgré la laine épaisse de ses gants, ses doigts s'engourdissaient et peinaient à serrer le manche de la hache. Des particules de cendres ou de poussières volaient dans le rayon de la torche. Elle revint dans le couloir et jeta un coup d'œil par les meurtrières, si étroites qu'elle ne pouvait passer la tête et ne discernait aucun détail de la cour intérieure. Elle se retourna, alarmée par une sensation de présence, comme si un souffle lui avait léché la nuque. La lumière ne révéla rien d'autre que la cloison opposée et la porte entrebâillée de l'appartement. Alice promena le faisceau étincelant autour d'elle. Personne. Elle aurait juré pourtant que quelqu'un se tenait derrière elle quelques secondes plus tôt. La frayeur la rendait folle. Le craquement se fit de nouveau entendre, très net, juste au-dessus d'elle. Elle crut que son cœur se rétractait et rebondissait comme une balle d'un coin à l'autre de sa poitrine. Ils avaient laissé le vieil escabeau en aluminium dans les environs après leur inspection de la toiture. Elle alla le chercher, gravit les échelons sans lâcher sa hache et, de sa main libre, dégagea le crochet métallique avant d'entrouvrir la trappe. Le craquement, à nouveau, suivi de grattements, de crissements, comme si on déplaçait des tuiles. Elle s'interdit formellement de s'enfuir, glissa la hache dans l'ouverture, puis se hissa dans le grenier. Elle se rétablit sur ses jambes et, peinant à garder son équilibre sur les panneaux souples de laine de roche, elle éteignit la torche afin de ne pas donner l'alerte à celui ou ceux qui se promenaient sur le toit. Étonnée par leur discrétion, elle se plaça juste sous la source de bruit. Des poussières et des particules de givre lui caressèrent le front et les joues. Elle comprit qu'ils avaient réussi à déplacer une ou plusieurs tuiles lorsqu'un courant d'air glacé lui lécha la face. Elle leva lentement la hache. Le fer heurta une poutrelle au-dessus d'elle. Le choc ne fit quasiment aucun bruit, mais la vibration suffit à alerter les intrus, qui suspendirent aussitôt leurs activités. Submergée par la peur, Alice se mordit l'intérieur des joues. Elle n'osa plus respirer pendant un temps qu'elle aurait été incapable d'évaluer, une éternité. Les mouvements et les grattements reprirent au-dessus d'elle. Les intrus s'attaquaient maintenant aux voliges. Le bois, probablement pourri, céda rapidement, des copeaux dégringolèrent en pluie sur les cheveux et les épaules d'Alice en répandant une âpre odeur de moisissures. Elle entrevit un premier mouvement à quelques centimètres de sa tête, trop furtif pour qu'elle puisse abattre la hache. Attendre. Peut-être qu'en allumant la torche au dernier moment, l'effet de surprise lui offrirait un avantage décisif. Elle tira la lampe de la poche de sa veste et la maintint braquée sur la tache légèrement plus claire d'un diamètre d'environ trente centimètres qui se découpait dans le toit.

Un deuxième mouvement. Une forme s'immisça par l'ouverture et se maintint quelques secondes à l'intérieur du grenier. Alice pressa l'interrupteur. Le rayon de lumière fendit les ténèbres et emprisonna une tête gris-brun pourvue d'yeux ronds et noirs, de moustaches, d'un museau et d'oreilles pointus.

Une fouine.

La tension d'Alice se relâcha d'un seul coup. Elle faillit éclater de rire. Elle se souvint du couple de fouines qui, quelques années plus tôt, avait provoqué des dégâts considérables dans la toiture empuantie de leurs odeurs, de leurs déjections et des reliefs de leurs festins. On avait réussi à les capturer dans des cages de fer et on les avait relâchées dans la nature une vingtaine de kilomètres plus loin. Étaient-ce les mêmes qui revenaient s'installer au Feu de Dieu ? Ou d'autres, guidées par les signaux olfactifs disséminés par leurs congénères ? Alice apercevait une partie du cou et du poitrail blancs de la fouine, qui ne bougeait pas, éblouie, hypnotisée. Elle n'était pas seule, comme en attestaient les grattements nerveux et continus sur les tuiles. Comment avaient-elles survécu ? Par quelles mystérieuses voies étaient-elles parvenues jusqu'au Feu de Dieu ? Alice refusa de se laisser attendrir par la ravissante petite tête perchée au-dessus d'elle. Pas question de leur permettre de s'installer dans les combles. Elles appartenaient à la légion des parasites, elles créeraient des brèches par lesquelles s'engouffreraient les cendres, les flocons de neige et les cristaux de glace, elles chercheraient de la nourriture dans les moindres recoins, leur raffut nocturne empêcherait les autres occupants de dormir… La seule façon de les neutraliser était de réinstaller les pièges. Alice se souvint que les cages avaient été entreposées dans l'atelier. Il faudrait attendre, pour les récupérer, que les assaillants aient déserté la cour intérieure. La fouine disparut et s'éloigna avec sa congénère. Le silence absorba les crissements de leurs griffes sur la glace. Elles avaient humé la chaleur, les odeurs de nourriture, la vie dans cette bâtisse, elles ne renonceraient pas à une telle aubaine dans un monde qui n'offrait pratiquement plus aucune ressource. Alice replaça les deux tuiles de son mieux, puis elle bourra la brèche de laine de roche arrachée aux panneaux isolants. Un grand nombre de planches commençaient à pourrir. Elle remonterait plus tard pour vérifier toute la toiture et clouer si nécessaire de nouvelles voliges.

Ils attendirent encore quatre jours pour relever le rideau de la baie vitrée. Les fouines étaient revenues et s'étaient installées dans les greniers. On les entendait folâtrer sur les planchers et pousser leurs petits cris aigus. Elles avaient aussi trouvé le chemin des sous-sols. Elles emportaient tous les aliments qu'elles pouvaient, les pommes, les châtaignes, les noix, les pommes de terre, crevaient les sachets de pâtes, de riz, de lentilles, les boîtes de céréales, bref, elles opéraient chaque nuit une véritable razzia en semant leurs déjections, leur urine, causant des dommages importants.

« Si on les laisse faire, elles vont foutre en l'air la toiture et nos réserves, dit Alice. Il faut intervenir.

— Comment ? glapit le grax. On n'a même pas de flingue !

— On a des pièges, mais ils sont dans l'atelier. »

Comme les assaillants ne s'étaient plus manifestés, ils décidèrent de relever le volet en observant les plus grandes précautions. Lorsque le vantail métallique se fut soulevé d'une hauteur de cinquante centimètres,

Alice le bloqua et Théo s'allongea sur le carrelage pour jeter un premier coup d'œil sur la cour intérieure. Il aperçut des formes sombres et inertes sur le tapis de cendres qui s'était tassé sous son propre poids et réduit à une épaisseur d'une trentaine de centimètres.

« Y a rien qui bouge, dit-il.

— T'es sûr ? demanda le grax.

— Vérifie par toi-même si tu ne le crois pas ! » intervint Zoé, qui avait retrouvé son agressivité coutumière.

Alice n'aima pas le regard torve que Jim lança à sa fille. Elle pressa une deuxième fois l'interrupteur et le volet reprit son mouvement ascendant dans une succession de grincements. La cour baignait toujours dans l'obscurité, mais ses contours se dessinaient nettement, à gauche l'atelier et l'ancien four à pain, à droite la grange et ses meurtrières percées à intervalles réguliers, au fond le portail monumental encadré de ses deux pans de murs. Et puis, disséminées sur le tapis gris, des formes allongées et immobiles. Des corps. Alice en compta huit. Certains d'entre eux avaient tenté de se protéger du froid en se rencognant dans les renforcements de portes ou dans les recoins de la cour.

« Putain de merde ! s'exclama le grax. On n'a plus besoin de tuer ces enculés : le froid s'en est chargé ! »

Son rire claqua comme un coup de fouet et imprima une trace douloureuse sur le front d'Alice. Elle entrouvrit la baie et passa dans la cour. Elle s'était habillée chaudement en prévision. Théo lui emboîta le pas. Il avait insisté pour l'accompagner et reçu le soutien inattendu du grax, qui lui avait demandé de ramener son arc et ses flèches. Ils examinèrent d'abord les cadavres à la lueur des lampes torches. À l'aide de son couteau, Alice écarta les pans de tissus rigidifiés de leurs têtes. Leur maigreur l'horrifia. Leurs visages n'étaient plus que des crânes habillés d'une peau crevassée, fendillée. Leurs yeux grands ouverts exprimaient une peur et une souffrance indicibles. Elle se sentit monstrueuse tout à coup, monstrueuse d'avoir condamné ses portes, monstrueuse de s'être elle-même fermée à la pitié, monstrueuse d'avoir protégé et défendu son espace, son confort, ses réserves, monstrueuse d'être en vie alors qu'eux étaient morts. L'intrusion des fouines démontrait que le repli sur soi, le fantasme sécuritaire, n'était qu'une illusion, une imposture.

« C'est… Ludo ! »

L'exclamation de Théo la tira de ses réflexions. Elle le rejoignit devant un cadavre recroquevillé près de la grille. Le rayon de la lampe de Théo éclairait un visage pétrifié, que, malgré son extrême maigreur, elle reconnut sans l'ombre d'une hésitation : Ludovic Jeanneret. Elle s'accroupit en refoulant une montée de larmes. Il avait survécu au cataclysme, mais qu'étaient devenues Coraline et leurs deux filles ? Comment s'était-il retrouvé dans cette bande ? Était-ce lui qui avait guidé les rôdeurs jusqu'au Feu de Dieu ?

« Tu crois qu'elles sont mortes, Julie et Marie ? demanda Théo.

— Je n'en sais rien.

— Tu crois qu'il nous aurait tués, Ludo ? »

Elle ne le savait pas non plus. La faim, le froid, le rayonnement magnétique avaient peut-être dépouillé Ludovic Jeanneret de tout vestige humain.

« Qu'est-ce qu'on va faire d'eux, maman ? »

Ils ne resteraient pas dans la cour en tout cas. Elle n'oublierait sa propre culpabilité qu'à la condition de ne plus les avoir sous les yeux.

« Il faut les sortir de là.

— Pour les mettre où ? »

Elle n'entrevoyait aucune solution pour l'instant.

« Y a qu'à les mettre dans l'ancien four à pain, suggéra Théo. Tu sais, juste après l'atelier. Il sert à rien. »

Une bonne idée. Le froid les conserverait et, lorsque le jour et la chaleur reviendraient, on les enterrerait ou on les incinérerait.

« D'accord, mais il y a plus urgent. On doit d'abord neutraliser ces satanées fouines. »

27

Après le franchissement de la rivière gelée, le Cher probablement, les panneaux routiers encore visibles n'indiquaient plus N 20, mais N 20 E 09. La ville qu'ils venaient de traverser était sans doute celle de Vierzon, précédée d'une forêt pétrifiée, ensevelie sous une couche de cendres et de neige qui atteignait par endroits une hauteur de trente mètres.

Ils n'avaient décelé aucune trace de vie depuis leur départ des environs d'Orléans. Frère Thomas les avait accompagnés jusqu'à l'entrée de la départementale 921, qui, selon le moine, se jetait une vingtaine de kilomètres plus loin dans la nationale 20. Les six handicapés mentaux avaient été installés dans un coin du gymnase. Les partisans du non avaient contesté le résultat du vote et réclamé un nouveau scrutin. Frère Thomas avait déclaré que, puisqu'elle se réclamait de la démocratie, la population des survivants devait respecter la volonté de la majorité. Franx avait surpris les regards haineux que des hommes et des femmes avaient adressés au moine et en avait conclu que sa vie était menacée.

« Pensez-vous ! s'était exclamé frère Thomas avec

un sourire désarmant de candeur. Il faut seulement leur laisser le temps de s'habituer. Je suis certain que les nouveaux arrivants s'intégreront rapidement au groupe et qu'ils démontreront toute leur utilité. »

Il avait pris congé de Franx et Surya à un croisement qui portait le nom de Gué Gaillard ; il y avait joué, enfant, pendant ses vacances dans une ferme voisine.

« Vous n'avez qu'à suivre la départementale jusqu'à la nationale.

— À condition qu'on puisse voir la route jusqu'au bout. »

Le moine écarta les bras. De ses yeux s'écoulait, comme une eau claire, toute la bienveillance du monde.

« Ayez donc confiance dans la Providence, mon ami. Il me semble que ça ne vous a pas trop mal réussi jusqu'à présent. »

Franx l'avait remercié d'un hochement de tête. Surya était revenue sur ses pas et s'était jetée dans les bras du vieil homme. Il l'avait soulevée et pressée un long moment sur sa poitrine, les cheveux noirs de la fillette jetés dans les poils blancs et emmêlés de sa barbe. Il avait crié, en la reposant :

« Veillez bien sur elle ! C'est une sacrée petite bonne femme, vous savez ? »

Comment ne pas s'en rendre compte ? Franx avait eu maintes occasions de constater les exceptionnelles facultés de Surya. Leur association relevait de la symbiose. Il était ses jambes, son bouclier protecteur, elle était sa vigie, comme il l'avait déjà dit à frère Thomas dans le gymnase, sa longue-vue, son fil dans le labyrinthe. Un lien puissant s'était tendu entre eux, affectif, spirituel, plus fort et plus solide que les chaînes du sang. Ils n'avaient pas besoin de paroles, ni de gestes, il leur suffisait, pour se sentir unis, d'être l'un à côté de l'autre, ou l'une perchée sur les épaules de l'autre. Lorsqu'il observait la fillette dans son sommeil, si détendue qu'elle en paraissait surnaturelle, Franx débordait d'un amour profond, inexplicable, comme un vase se remplissant à une invisible source. Il n'avait rien éprouvé de tel avec Alice et les enfants. Devant eux, il n'avait jamais pu se présenter le cœur nu, entre eux il y avait toujours eu cette barrière de défiance, ces enjeux inconscients qui faussaient les relations, qui poussaient chacun à prendre et à garder, qui les séparaient les uns des autres. Il avait attendu d'eux qu'ils comblent ses failles, il les avait aimés pour ce qu'ils représentaient, et non pour ce qu'ils étaient. Avec Surya, il avait appris à donner sans rien espérer et avait reçu bien davantage qu'il n'aurait pu l'espérer.

Une sacrée petite bonne femme, frère Thomas avait raison.

Les chutes de cendres avaient été plus abondantes dans le centre de la France qu'à Paris, sans doute parce qu'on se rapprochait du Massif central et de la chaîne des volcans. Les tremblements de terre avaient chamboulé les paysages, érigé des reliefs abrupts et tourmentés entre des failles profondes, changé par endroits les creux en gouffres. Des vents violents surgissaient des replis obscurs et déferlaient sur les étendues planes en poussant des mugissements déchirants, brisant comme du verre les branches pétrifiées, dévêtant de leurs dentelles de cendres les surfaces gelées. La lumière du jour manquait de plus en plus à Franx, probablement davantage que la chaleur. Il lui tardait de sortir de ce monde en noir et gris, de revoir les couleurs de la terre, le vert tendre de l'herbe et des frondaisons, l'or, l'incarnat et le bronze des feuilles en automne, les notes allègres des fleurs sauvages, les rosaces mauves, roses et indigo des aubes froides, le bleu limpide du ciel en été, les flamboiements des crépuscules... Il rencontrait des difficultés grandissantes à se souvenir des jours et des nuits d'avant, à reconstituer de mémoire les paysages riants des forêts et des plaines, les vagues dorées des champs de blé, les pentes émeraude des collines, les parois ocre des montagnes, les rochers habillés de mousse, les sous-bois criblés de colonnes obliques et scintillantes, le fourmillement miraculeux des étoiles. Il redoutait de mourir avant d'avoir vu le jour soulever de nouveau la nuit. Il ne lui revenait pas de décider, il devait seulement fendre pas à pas l'air plus coupant qu'un rasoir, porter, en plus du sac à dos, Surya dont les petites jambes fléchissaient, trouver un abri pour manger, boire, faire leurs besoins, éventuellement allumer un feu s'ils avaient la bonne fortune de découvrir un tas de bois préservé, dormir en se serrant l'un contre l'autre pour se tenir chaud, graisser le fusil et le pistolet, repartir quelques heures plus tard en s'efforçant de repousser le découragement, qui, comme un insatiable oiseau de proie, les harcelait sans répit. Franx n'avait pas eu à se servir de ses armes. On ne croisait que des cadavres sur ces étendues gelées, des hommes, des femmes, des enfants, des animaux morts de faim et de froid. Les survivants resteraient terrés dans leurs bunkers jusqu'au retour du soleil.

Les cendres se mirent à pleuvoir alors qu'ils parcouraient une plaine morcelée par les failles d'où montaient, par endroits, des fumées piquantes.

« Il faut remettre les lunettes et les masques », dit Franx.

Il posa le sac au sol, s'accroupit près de Surya, l'équipa de ses lunettes de natation, lui couvrit le bas du visage d'un pan de tissu, puis, après s'être protégé lui-même les yeux, le nez et la bouche, il prit la fillette par la main et repartit. La visibilité devint rapidement nulle et ils progressèrent avec une extrême lenteur pour éviter de se précipiter dans les failles. L'odeur caractéristique de soufre fit craindre l'asphyxie à Franx. Il ne servait à rien de rebrousser chemin. Les cendres tombaient sans doute sur un rayon de plusieurs centaines de kilomètres et il serait confronté au même problème dans n'importe quelle direction. Il continua de suivre la nationale 20, dont certains tronçons restaient identifiables grâce aux panneaux aériens, aux échangeurs, aux barrières métalliques soulevées par les échines de terre.

Ils arrivèrent dans une station-service en ruine. Une grosse berline était restée bloquée entre les pompes, sous le toit en partie affaissé qui les protégeait. Sa carrosserie rouge vif était encore visible sous les dentelles de givre. Franx et Surya, rampant sous un volet métallique légèrement relevé, se glissèrent dans la boutique. Le rayon de la torche éclaira des rayonnages renversés, des gobelets, des revues, des pièces de monnaie, des billets, des reçus de cartes bancaires éparpillés sur le sol, et deux corps en parfait état de conservation, l'un vêtu d'une combinaison brune, l'autre, une femme, d'une robe retroussée qui recouvrait en partie son visage et sa chevelure blonde. Personne n'avait remis les pieds dans cet endroit depuis les premiers tremblements de terre. L'homme et la femme ne portaient aucune trace de commotion sur le corps ou le visage, probablement victimes d'émanations d'hydrogène sulfuré. Franx ramassa des barres chocolatées, des cacahuètes, des gâteaux secs, des cannettes de soda, et les fourra dans les poches latérales du sac à dos.

Un grondement retentit. Le regard de Surya se voila d'inquiétude. Le bruit, qui évoquait un roulement de tonnerre, montait du ventre de la terre. Il avait probablement un lien avec la pluie de cendres et l'odeur écœurante du soufre. Franx eut la vision fugitive d'une arche rocheuse jetée comme un viaduc au-dessus d'un fleuve rutilant. Surya lui retourna un large sourire lorsqu'il lui proposa de se remettre en chemin.

Le fleuve effectuait un large méandre entre les falaises qui bordaient ses deux rives. Ses lueurs flamboyantes projetaient un gigantesque halo qui repoussait l'obscurité à plusieurs centaines de mètres. Un écoulement de lave, majestueux, tumultueux, étincelant, dont Franx, du haut de la falaise, ne discernait pas le début ni la fin. Le cœur dénudé de la terre saignait en abondance. Les cendres continuaient de voler, pourchassées par un vent volage. L'odeur de soufre, toujours aussi forte, restait supportable.

« Il faut qu'on trouve l'arche que tu m'as montrée tout à l'heure, dit Franx. Je crois que c'est par là qu'on doit passer. »

À peine eut-il prononcé ces paroles que la fillette s'élança et dévala à toutes jambes la pente pourtant vertigineuse de la falaise, bondissant de rocher en rocher. Ils contournèrent les cratères et les failles et se rapprochèrent de l'écoulement de lave. L'air devint si chaud qu'ils se contentèrent de longer le fleuve en conservant une distance de deux ou trois cents mètres. Ils n'avaient pas besoin de la lumière des lampes torches, ils voyaient comme en plein jour. La glace fondue dévoilait un sol noir jonché de flaques et de fumerolles.

Franx aperçut l'arche qui reliait les falaises opposées une cinquantaine de mètres au-dessus de la lave. Il avisa également une cabane de bois et eut la vision d'une silhouette quelques secondes avant que cette dernière n'apparaisse dans l'entrebâillement de la porte. Un homme de soixante ou soixante-dix ans. À la façon dont il sondait le sol avec son bâton noueux, à sa démarche hésitante, Franx devina qu'il était aveugle ou mal voyant.

« Qui va là ? »

La voix forte du vieil homme dominait le grondement sourd et continu du fleuve de lave. Ses vêtements, canadienne, bonnet, gants, bottes, semblaient propres et en excellent état.

« Des voyageurs. Franx et sa fille Surya. »

Le vieil homme s'arrêta à deux mètres de Franx et resta un moment immobile, le nez légèrement relevé, comme s'il humait l'odeur de ses vis-à-vis.

« D'où venez-vous ?

— De Paris.

— Où allez-vous ?

— Dans le Périgord. Nous essayons de rentrer chez nous. »

Le vieil homme essuya d'un revers de main ses joues glabres et sillonnées de rides. La lumière de la lave transformait son visage en un masque de bronze martelé par un sculpteur dément.

« Il faut être fou pour affronter des conditions pareilles...

— Nous sommes bien équipés, dit Franx. Nous avons réussi à parcourir la moitié du chemin. Et vous, que faites-vous ici ?

— J'habitais cette cabane avant le cataclysme, j'y suis resté.

— Comment vous procurez-vous votre nourriture, votre eau, vos vêtements ? »

Le vieil homme enfonça la pointe de son bâton dans la terre ramollie par la chaleur de la lave.

« Ce sont les gens du village qui subviennent à mes besoins. Tous les deux jours, quelqu'un m'apporte de quoi boire et manger. Comme avant.

— Il y a donc des survivants dans le coin ?

— Ils avaient été prévenus, ils ont tous survécu.

— Prévenus ? Par qui ? »

Les yeux morts du vieil homme se posèrent sur Franx, qui eut l'impression soudaine et déstabilisante d'être traqué au plus profond de lui-même.

« Par moi. La vie ne m'a pas donné d'yeux, elle m'a offert une autre façon de voir.

— Vous voulez dire que vous aviez prévu le cataclysme ? »

Surya contemplait en contrebas les rougeoiements de la lave. Le vent soufflait par instants des haleines chaudes et nauséabondes.

« Ils venaient sans cesse me consulter, répondit le

vieil homme. La première fois que je leur ai parlé de la fin du monde, ils ne m'ont pas cru, mais, comme je ne les ai jamais déçus, ils ont fini par m'écouter et s'organiser pour passer les temps difficiles.

— Pourquoi n'êtes-vous pas avec eux ? Ils n'ont pas voulu de vous ? »

Le vieil homme éclata d'un rire étonnamment clair, enfantin.

« Ils ont insisté pour que je m'installe avec eux dans leurs grottes, mais je n'ai pas voulu bouger d'ici.

— Vous n'aviez pas peur de...

— Mourir ? » Le vieil homme observa un temps de silence dans lequel Franx perçut une profonde douleur. « La mort, je la réclame chaque instant, mais elle persiste à me fuir. Les images que je ne vois pas à l'extérieur, elles me viennent à l'intérieur, elles peuvent jaillir à n'importe quel moment, même si je n'en ai pas envie, elles ne me fichent pas la paix, elles me font presque toujours souffrir et je sais maintenant qu'elles ne s'arrêteront que lorsque je serai mort. Croyez-moi, c'est une dure épreuve que le ciel m'a envoyée, une vraie malédiction. »

Franx reposa le sac à dos et le fusil sur le sol. Il se demanda si la chaleur de la lave n'allait pas décongeler les aliments et les rendre impropres à la consommation. Il observa la cabane par-dessus l'épaule du vieil homme, une construction en bois assez vaste et bien entretenue.

« Ils sont à combien d'ici, les survivants ?

— Environ quatre kilomètres. Pas la peine que je vous dise où, je sais que vous ne les rejoindrez pas.

— Que savez-vous d'autre ? »

Le vieil homme réfléchit un instant.

« Simplement que vous allez bientôt vous essayer à la traversée de l'arche.

— Pas besoin d'être devin pour prédire ce genre de choses : il n'y a pas d'autre passage.

— Les chemins qui paraissent les plus courts sont parfois les plus longs. Quoi que je vous dise de toute façon, vous n'en ferez qu'à votre tête. Tant mieux dans le fond : il est préférable que votre page reste à chaque instant vierge. L'innocence est la plus appréciable des vertus. »

Franx leva les yeux sur l'arche. Par endroits très étroite, elle n'autoriserait pas le moindre faux pas.

« Vous avez pourtant prévenu les villageois...

— La douleur est par moments si forte que je n'ai pas d'autre choix que de l'évacuer. Et puis ils ont pris eux-mêmes leurs décisions. »

Le vieil homme, qui s'appelait Thierry, les invita à partager son repas. Un lit, un fauteuil, une cuisinière centrale, deux bassines d'eau, une table, trois tabourets et un banc meublaient la cabane. La qualité de la construction surprit Franx : cloisons doublées, lisses et étanches, lattes du parquet parfaitement jointes, poutres et chevrons comme neufs.

« Ils me font le ménage et la lessive tous les sept jours », dit Thierry.

Il se déplaçait d'un endroit à l'autre sans marquer la moindre hésitation, aussi rapidement qu'un valide. Il vida le contenu de deux bocaux dans une casserole posée sur la cuisinière et prépara une soupe épaisse dans laquelle il ajouta des haricots blancs, des morceaux de pain et de viande séchée.

« Vous avez vu passer d'autres voyageurs ? demanda Franx.

— Quelques-uns. Certains m'ont même frappé et dépouillé. Ils ont voulu me traîner jusqu'au bord du fleuve de lave pour m'y balancer, mais faut croire qu'on se débarrasse pas de moi comme ça ! Ils n'ont pas supporté la chaleur quand ils se sont approchés du bord, ils ont rebroussé chemin et m'ont abandonné.

— La lave coule depuis quand ?

— Depuis le début du cataclysme, sans doute. J'ai bien cru que le tremblement de terre allait nous emporter, moi et ma cabane, mais on a tenu debout tous les deux. Ça a pourtant craqué fort.

— Il y avait quoi avant ?

— Une simple faille, l'ancien lit d'une rivière. On l'appelait le petit canyon. Les villageois ont attendu une dizaine de jours avant de m'envoyer deux hommes. Ils s'inquiétaient pour moi. Ils m'ont dit que la lave coulait comme de l'eau. Le magma se cache pourtant bien plus profond que les sources.

— Il ne s'agit pas de simples tremblements de terre, mais d'un mouvement global de l'écorce terrestre, d'un bouleversement géologique, dit Franx après un instant de silence. Quand la nuit se lèvera, on s'apercevra que les terres et les mers se sont déplacées, que les anciennes cartes ne sont plus valables. La Terre est un grand corps, il arrive qu'elle se blesse, qu'elle saigne, puis elle cicatrise... »

Certaines sections du tablier de l'arche, relativement plat, n'excédaient pas un mètre de largeur. La roche rouille et desséchée s'effritait sous les semelles de bottes de Franx. Il évoluait une cinquantaine de mètres au-dessus du fleuve de lave dont la chaleur vive et les fumées piquantes le contraignaient à respirer lentement. Il marchait légèrement penché vers l'avant pour compenser le poids du sac à dos et de Surya perchée sur ses épaules. Il évitait de regarder sous lui, se concentrant sur le passage, craignant à chaque pas un affaissement de la couche rocheuse, par endroits très fine. Enfant, il avait souffert du vertige et esquivé autant que possible les hauteurs. Il jugulait tant bien que mal les vagues de panique qui venaient sans cesse le saper. L'éclat de la lave enflammait les ténèbres. Fatigué, probablement sous-oxygéné, il refusa de prendre un temps de repos au milieu du passage.

Thierry les avait accompagnés jusqu'au bord de l'arche et leur avait souhaité bonne chance. Le vieil homme n'avait pas attendu qu'ils s'aventurent sur le surplomb pour rebrousser chemin, pressé de retourner à sa solitude.

Le tablier s'étranglait plus loin sur une distance d'au moins vingt mètres. Franx s'arrêta, persuadé qu'il ne parviendrait jamais à le franchir, puis les talons de Surya lui frappèrent sèchement le creux des épaules et, comme un cheval éperonné par son cavalier, il se remit en marche.

28

J'ai déjà parlé des fouines dans l'autre cahier, celui que j'appelle mon faux journal. Je ne vais donc pas m'étaler dessus dans mon vrai journal, à part pour dire qu'on a fini par capturer les visiteuses dans l'un des deux pièges qu'on avait posé(s ?) dans les greniers. Elles sont tellement voraces qu'elles se sont toutes les deux précipitées dans la même cage, comme des connes. Théo, qui montait chaque jour vérifier, est revenu tout excité en criant qu'elles étaient prises. Maman et lui ont descendu la cage dans la grande pièce. Fallait voir comment elles s'agitaient, là-dedans ! Complètement cinglées. Elles se jetaient contre les barreaux comme si elles voulaient les défoncer. Elles sont mignonnes quand elles se calment, qu'elles s'allongent et qu'elles restent immobiles, prostrées. On a envie de caresser leur pelage brun et blanc, mais maman nous l'a strictement interdit. Elle dit qu'elles sont encore plus féroces que les rats, que leurs morsures peuvent être profondes et s'infecter. Théo n'arrête pas de les observer, fa(s ?)-ciné. Elles ont foutu un sacré souk dans les combles. Là où elles s'étaient installées, on a retrouvé des tas de coquilles de noisettes et de noix, de restes de pommes, de boîtes de céréales défoncées, d'emballages déchirés. Elles ont amené là-haut tout ce qu'elles ont piqué en bas. Je me demande comment elles ont pu survivre dehors avant de s'introduire dans le Feu de Dieu, elles qui se nourrissent habituellement d'oiseaux, de musaraignes, de taupes et d'autres petits animaux qui n'ont pas survécu au gel. Qu'est-ce qu'elles ont bien pu manger depuis le début du cataclysme ? À moins qu'elles se soient réfugiées dans une maison habitée comme la nôtre et qu'elles aient fini par en être chassées.

Ma pauvre fille, tu avais dit que tu n'en parlerais plus... Faut dire que les jours se ressemblent tellement dans le Feu de Dieu que la capture de deux fouines peut être considérée comme un événement majeur. Voyons, que s'est-il passé depuis l'attaque des rôdeurs ? Des fois, j'ai l'impression que c'était hier, et d'autres fois que ça s'est passé il y a des années.

Maman, Théo et moi, on a transporté leurs corps dans l'ancien four à pain. Il a d'abord fallu les décoller de la glace avec une pioche. Leur légèreté m'a surprise. Ils n'avaient plus que la peau sur les os, même Ludo, lui qui paraissait tellement lourd (lourd dans les deux sens...) avant. Maman n'a pas dit un mot, mais j'ai bien vu qu'elle avait envie de pleurer. Elle se considère toujours comme responsable de leur mort. Eux, vu comment ils cognaient sur la porte et le volet de la baie vitrée, ils ne nous auraient sûrement pas épargnés, ils nous auraient coupés en petits morceaux, rôtis à la broche ou bouffés tout crus. Franchement, je suis bien contente qu'ils n'aient pas réussi à forcer le passage. De toute façon, même s'ils ne nous avaient fait aucun mal, on n'aurait pas eu assez de nourriture pour tout le monde. Ils m'ont foutu la trouille de ma vie, et j'espère qu'on n'aura plus jamais d'autres frayeurs de ce genre. Ça prouve en tout cas qu'il y a d'autres survivants sur cette Terre, que nous ne sommes peut-être pas condamnés à rester entre nous.

Je me demande… je ne sais pas si je dois écrire ça, j'imagine que ma mère et le grax tombent dessus... oh et puis, zut, je me suis promis de dire la vérité… je me demande comment j'ai pu souhaiter que le grax vienne dans mon lit. Je ne l'ai pas allumé, je crois, je n'ai pas eu devant lui une attitude provocante, mais, je le reconnais, j'ai aimé être désirée par lui. Je ne le trouve pas beau pourtant, il n'a rien pour me plaire, je croyais seulement qu'il était le dernier homme sur Terre (Théo et mon père ne comptent pas) et j'avais peur de passer toute ma vie à côté de… enfin, de ce que les hommes et les femmes ont l'air de trouver si… si merveilleux. En fait, le grax me dégoûte. Non seulement il ressemble à une araignée avec ses grands bras et ses grandes jambes, mais il n'est pas très courageux. Il n'en menait pas large quand les autres se sont pointés dans la cour intérieure. Il se croit très fort quand il maltraite une femme et ses enfants, il la ramène moins devant des types prêts à tuer pour manger. Heureusement que maman était là (si mon vrai journal lui tombe entre les mains, elle va croire d'un seul coup que je parle de quelqu'un d'autre). Sans elle, je ne suis pas certaine qu'on aurait résisté. Si elle n'avait pas écouté Théo la première fois, si elle n'était pas descendue dans la cave et n'avait pas fracassé la tête du premier intrus avec la hache, je ne serais pas là en train d'écrire. Puisque j'ai promis de te dire la vérité, à toi, mon lecteur des siècles futurs, j'avoue humblement que je n'ai pas été utile à grand-chose pendant ces événements. J'avais l'impression que chaque coup porté sur la porte et le volet de la baie m'arrachait un bout de chair. Je me suis retirée si loin en moi-même que mon corps ne m'obéissait plus, ni même ne m'appartenait. J'étais enfermée dans ma peau, prisonnière de moi-même, comme enterrée vivante. J'espère qu'il n'y aura pas une prochaine fois, mais, si jamais d'autres survivants nous agressent, alors je ne me laisserai pas paralysé ?... er ? par mes peurs, je prendrai un couteau, un marteau, un tournevis, n'importe quel outil, et je me battrai avec les autres. Tu me diras que ce ne sont que des mots, que je serai peut-être aussi minable que les autres fois, mais je suis déterminée... Hé ! Ne te moque pas de moi !

Quel jour sommes-nous ? J'ai demandé à ma mère, elle pense que nous sommes fin décembre, le 28 ou le 29. Dans la période des fêtes, donc, et je repense aux réveillons de Noël et du Premier de l'an, aux guirlandes lumineuses, aux chocolats, aux cadeaux... Enfin chez les autres, parce que chez nous, on ne fêtait pas vraiment Noël ni le Premier de l'an, on marquait juste le coup avec un cadeau, pas grand-chose, rien à voir avec les trucs de ouf que recevaient certaines de mes copines, et un repas un peu amélioré. Papa refusait de participer à ce qu'il appelait le délire de la consommation. Je l'ai détesté pour ça, j'étais jalouse de mes copines, de leurs téléphones portables à écrans tactiles, de leurs MP4, de leurs fringues et leurs chaussures de marques, de leurs bijoux, et puis j'ai compris : quelqu'un comme mon père, persuadé que la fin du monde va bientôt arriver, n'a pas vraiment le cœur à la fête. Son rire lui-même a toujours sonné triste. Des fois, j'étais persuadée qu'il ne nous aimait pas, moi et le microbe, que ses idées étaient plus importantes que ses enfants. J'attendais de lui des gestes tendres, je me serais sentie entourée d'un coton… cocon ? protecteur, mais comme la fin du monde l'occupait tout entier, il n'avait pas assez de temps ni d'énergie à nous consacrer. J'enviais Camilla et Enzo, les enfants de Vitto, eux que leur père couvrait de baisers, de caresses et de mots doux. Je me souviens d'une émission débile où les familles échangeaient les mamans, et j'aurais bien voulu échanger mon père avec Vitto, au moins pour savoir ce que ça fait de se sentir vraiment aimée. J'ai encore un aveu à faire (tu me diras que, décidément, les gens du début du XXIe siècle étaient bien compliqués dans leurs têtes…) : j'ai un temps espéré que ma mère tomberait amoureuse de Vitto, qu'elle se séparerait de Franx, et qu'ainsi, au moins à temps partiel, j'aurais un nouveau père, pas un beau-père, mais un père beau, charmant, souriant… J'ai surpris des sourires entendus entre Vitto et ma mère, comme s'ils s'échangeaient des promesses muettes. Évidemment, je me désintéressais du sort de Stéphanie, la femme de Vitto, mais on ne peut pas penser en même temps à soi et aux autres. La preuve : on a refusé de partager nos réserves avec les assaillants. Est-ce qu'on aurait eu la même attitude si on avait su que Ludo se trouvait parmi eux ? Je n'en sais rien, je n'ai pas osé poser la question à ma mère. Si Vitto et elle étaient partis ensemble, je serais sans doute morte quelque part, ensevelie sous une épaisse couche de cendres, sous des ruines, tombée dans une faille ou emportée par une de ces coulées de lave dont papa parlait sans arrêt. Il a eu raison, presque seul contre tous, et c'est son obstination qui nous vaut d'être en vie. Je ne sais pas si je dois lui en être reconnaissante. La vie dans le Feu de Dieu n'est pas vraiment une vie. Je sais, je sais, je suis une fille ingrate, mais, franchement, tu trouves ça drôle, toi, de passer la presque totalité de son temps en compagnie d'un microbe moitié fou et d'un taré obsédé qui ne songe qu'à te faire subir le même sort que ta propre mère ?

Le grax…

Tu penseras sans doute que j'exagère, qu'aucun être ne peut être aussi mauvais que je le décris, mais, crois-moi, si tu avais passé comme moi tous ces jours avec lui dans un endroit clos, irrespirable, tu changerais d'avis. Je me suis demandé d'où lui venait cette méchanceté. J'ai essayé de l'interroger sur son enfance, sur sa jeunesse, il ne m'a jamais répondu, comme s'il répugnait à en parler, ou encore qu'il les avait effacées de sa mémoire. Il a souffert, c'est certain, c'est écrit sur son visage, dans ses yeux, comme s'il était en permanence hanté par un fantôme. Il faut lui reconnaître une qualité : la constance. Il ne déçoit jamais, il se montre odieux avec une grande régularité. Quand sa colère et ses caprices ne tombent pas sur ma mère, son souffre-douleur préféré, ils tombent sur mon frère. S'il pouvait se faire encore plus petit lorsque le grax lui crie dessus, le microbe deviendrait invisible. Théo n'a pas d'autre défense que de pleurer et de se rouler en boule. Quand il a vu l'arc et les flèches ramenés par le microbe de l'atelier, le grax s'est d'abord moqué de lui, puis il est entré dans une rage folle, il a hurlé que ce sale petit morveux s'était foutu de lui, il l'a frappé comme un psycho, il a fallu que ma mère se jette entre les deux et prenne sur elle une partie des coups pour que mon frère s'en sorte à peu près vivant. On dirait que le grax ne supporte pas les garçons, peut-être parce qu'il ne supporte pas le garçon en lui, enfin le souvenir du garçon qu'il était. Il n'a pas en tout cas brisé l'arc et les flèches. J'ai vu que Théo les récupérait discrètement et les emportait loin de la pièce centrale, sans doute dans la cave, où il descend régulièrement, pour, je suppose, continuer de jouer aux Indiens. Le microbe m'a assuré que papa et la petite fille traversaient un fleuve de lave si large et brillant qu'on se serait cru en plein jour. Je l'ai observé avec attention pour voir s'il ne se foutait pas de moi. Des fois, j'ai l'impression qu'il invente tout et qu'il y met une telle persuasion qu'il croit lui-même à ses propres mensonges et qu'il réussit à nous en convaincre, ma mère et moi. Je n'ai rien remarqué de différent dans ses yeux ni sur son visage. Je lui ai demandé de me parler de cette fille. Il m'a répondu qu'il ne la voyait pas vraiment, qu'elle lui apparaissait de façon floue, qu'elle semblait avoir de grands yeux noirs, qu'elle ne disait jamais rien. Je lui ai dit qu'elle ressemblait étrangement à un personnage de ses mangas. Il m'a regardée d'un air, comment dire ? désolé, navré, il a poussé un soupir, il a fichu le camp et, depuis, il ne m'a plus adressé la parole. Il m'énerve aussi, avec ses visions ! J'aimerais bien moi aussi être reliée à mon père. Pourquoi le microbe et pas moi ? Qu'est-ce qu'il a de plus que moi ? Tu me jugeras sans doute sévèrement, mon cher lecteur des siècles à venir, mais si je me montre aussi désagréable avec mon petit frère, c'est que je suis jalouse de ses pouvoirs comme j'étais jalouse des cadeaux et des fringues de mes copines, je me sens retardée par rapport à lui, comme abandonnée sur le quai par le nouveau train qui part.

J'ai encore dérivé, j'ai du mal à me concentrer sur mes pensées. L'écriture m'entraîne dans un dédale où je finis presque toujours par me perdre.

Je parlais du grax. Il n'a pas encore essayé de revenir dans mon lit. Ma mère continue de dormir avec moi, mais, même si elle garde un couteau avec elle, ce couteau dont je sens parfois la lame froide contre ma jambe, ça ne suffira sûrement pas à l'arrêter. Il attend simplement son heure. Je pense qu'il n'a toujours pas l'esprit tranquille et que, tant qu'il craindra de nouvelles attaques d'autres survivants, il me fichera la paix. D'ailleurs il fiche déjà la paix à ma mère. Il passe la plupart de ses nuits, enfin ce que nous, on appelle les nuits, assis devant la baie vitrée. Chaque fois que nous nous levons, nous le découvrons endormi dans le fauteuil, enroulé dans une couverture, son trident posé sur lui. Quand il se réveille à son tour et qu'il nous voit, il file direct dans son lit et dort une grande partie de la « journée ». Il vit à l'envers, et ça nous arrange, on ne subit ses humeurs massacrantes qu'au moment de son deuxième lever, jusqu'à ce qu'il ait pris sa douche et bu son café. Il n'a plus de cigarette ni de tabac, et le manque le rend dix fois plus irritable.

Une fois, j'ai bien cru que j'allais y passer.

Ah oui, il me faut d'abord t'expliquer que j'ai changé de planque. Je cache maintenant mon vrai journal dans l'ancienne chambre de mes parents, dans un vieux secrétaire dont je garde en permanence la clef.

D'ailleurs, en fouillant dans les tiroirs, j'ai découvert de drôles de photos de mes parents. C'est la première fois, je crois, que je vois mon père et ma mère tout nus. Ils semblent gênés sur les photos. Le ventre de ma mère est distendu et ses seins énormes. Elle est probablement enceinte de moi. Je me demande dans quelles circonstances elles ont été prises, et qui les a prises. J'ai trouvé aussi des préservatifs et des vieux médicaments. J'ai espéré un temps que ce soi(en)t des somnifères, avec lesquels je pourrais endormir le grax, mais une boîte servait à soigner les rhumes et l'autre à prévenir la constipation. Cette histoire de constipation, ça doit être héréditaire. Dès que je suis contrariée, mon système digestif se bloque. Pardon, mon lecteur, pour des détails aussi nases, je veux simplement te montrer que je suis une humaine tout à fait ordinaire, toi dont je ne sais rien et qui me trouves peut-être bien primitive (ou alors tu me prends pour une déesse, ce qui signifierait que tu aurais régressé à mort sur l'échelle de l'évolution). Je reviens à mes moutons. Je vais donc aussi souvent que possible rédiger mon vrai journal dans la chambre de mes parents, assise dans le canapé deux places qui servait de siège à ma mère devant sa coiffeuse. Je me glisse sous un duvet et me laisse juste une petite place pour pouvoir écrire tranquille à la lueur d'une lampe de poche (oui, je gaspille de l'énergie, mais j'estime que mon journal vaut bien quelques piles). J'ai froid au bout d'un moment, j'ai du mal à tenir mon crayon, alors je remets le cahier dans le tiroir, je ferme soigneusement le secrétaire et je retourne dans la grande salle. Personne ne me demande où j'étais, comme si on n'avait pas remarqué mon absence ou que j'étais invisible. Je devrais sans doute m'en vexer, mais leur indifférence m'arrange.

Un jour que je sortais de la chambre, quelqu'un m'a bondi dessus dans le couloir, m'a coincée contre la cloison et m'a mis sa main sur la bouche pour m'empêcher de crier. J'ai reconnu l'odeur et les manières du grax. Sa chaleur aussi : il en produisait presque autant que le poêle.

Pourquoi tu restes jamais en place ? il m'a demandé.

Quand il a compris que je ne pourrais pas lui répondre tant que sa main resterait plaquée sur mes lèvres, il l'a retirée.

J'ai juste envie de bouger un peu.

Il a rigolé.

Je connais d'autres façons de bouger, vachement plus sympas, on s'y met à deux, ça réchauffe et ça fait du bien.

Fiche-moi la paix, ma mère ne veut pas que tu me touches.

Il a encore rigolé.

Ta mère ? Elle aurait pu cent fois me tuer, elle a jamais eu les... enfin, le cran de le faire !

Je ne veux pas non plus que tu me touches.

Sa main m'a pincé les deux joues, son pouce et son index ont laissé des traces brûlantes sur mes gencives.

Tu te souviens de ce que je t'ai dit l'autre jour ? Je serai très fâché si tu refuses de faire ce que je te demande.

Je crois me souvenir que je lui ai dit de me lâcher, je ne suis plus sûre de rien, j'avais les larmes aux yeux, j'étais affolée par son odeur, par sa chaleur, par son haleine, par ses yeux fous, par ses ricanements. Il m'a pris la main et l'a posée de force en bas de son ventre. J'ai senti quelque chose de dur au travers des étoffes, aussi dur qu'une lame ou un bout de bois, j'ai eu peur, peur qu'il s'en serve comme d'une arme et qu'il me blesse. Il a bougé ma main en soufflant comme un bœuf. J'ai commencé à me retirer loin en moi-même, à l'endroit où mon corps devient un étranger. Il m'a relâchée, je me suis sauvée aussi vite que je le pouvais, poursuivie par son rire.

Je sais maintenant que mon heure est venue. Il n'a plus peur, ses yeux brillent de nouveau. J'hésite à en parler à ma mère : elle a su se battre contre la horde d'affamés, je ne suis pas certaine qu'elle fasse preuve du même courage face au grax. C'est mon affaire après tout.

À moi de trouver une parade. Réfléchis, Zoé, il y a forcément un moyen.

29

Il était encore stupéfait de ne pas être tombé dans le fleuve de lave. Il ne se souvenait pas d'avoir parcouru les derniers mètres, saisi d'un vertige qui l'emplissait tout entier et broyait ses pensées. Il avait avancé comme un automate, les yeux rivés sur l'étroit tablier, apercevant en arrière-plan la lave rutilante d'où s'exhalait une haleine brûlante. Il en avait gardé la vague impression d'avoir traversé les enfers avec la grâce mécanique d'un funambule.

Des aliments congelés s'étaient liquéfiés dans le sac à dos. Franx et Surya avaient été cueillis par le froid après cinq ou six cents mètres sur l'autre rive, peu après que les ténèbres, agacées par les flamboiements de lave, eurent repris possession du territoire. Ils avaient recommencé leur marche harassante dans un monde livré aux tempêtes de neige, de glace et de cendres qui les contraignaient régulièrement à s'abriter. Ils débarrassaient alors les bonnets, les vêtements, les chaussures et le sac à dos de leur pellicule de givre mêlée de poussières grises. Pas question d'allumer un feu : ils erraient dans un désert entièrement gris et plat où l'on ne trouvait ni bois ni aucun autre combustible. Le cataclysme avait ici fait table rase, et, n'étaient-ce les formes torturées des arbres à demi ensevelis ployant sous la glace, on aurait pu se croire sur la banquise.

Franx écourtait les temps de repos. Il leur fallait gagner rapidement une région moins sinistrée, jonchée de vestiges où ils auraient la possibilité de reconstituer leurs provisions et de se reposer dans des abris un peu moins précaires. Comme les points de repère étaient de plus en plus rares, il se fiait à son intuition, sa boussole intérieure. Et, lorsqu'il hésitait, il lui semblait qu'un chuchotement s'élevait en lui pour lui indiquer une direction. Il sondait alors les yeux noirs de Surya derrière le verre de ses lunettes, se demandant si elle lui parlait dans le silence de la même façon qu'elle lui transmettait ses images, ses prémonitions. Se demandant qui elle était en réalité. Qui était la femme qui la lui avait confiée. Elles étaient originaires du Maghreb à en croire les vêtements de la mère, mais d'où exactement ? Qui était le père de la fillette ? Il ne recevrait jamais les réponses à ces questions.

Des formes noires progressant à vive allure sur la plaine...

La vision, qui n'avait duré qu'une fraction de seconde, s'évanouit en laissant une impression durable de menace dans l'esprit de Franx. Il inspecta les environs du regard. La grisaille infinie coiffée de ténèbres. Aucun endroit où se réfugier en cas d'attaque. Il avait cessé de neiger depuis un bon moment. Le vent déroulait inlassablement ses lanières blessantes, le froid cherchait des prises pour anéantir les ultimes formes de vie qui le défiaient.

Franx posa le sac à dos sur le sol et extirpa d'un compartiment extérieur un sachet de fruits secs. Il déchira le plastique et tendit une poignée d'amandes et de noix de cajou à Surya. Elle releva le tissu noué sur le bas de son visage pour les glisser dans sa bouche.

« On est en danger dans le secteur ! cria-t-il autant pour lui-même que pour la fillette. Est-ce que tu te sens assez forte pour accélérer l'allure ? Je ne pourrai pas toujours te porter, tu comprends ? »

Elle mangea en silence sans qu'aucune expression s'affiche dans ses yeux, puis elle lui adressa l'un de ces sourires merveilleux qui le réchauffaient et éloignaient de lui les doutes et les peurs, un peu comme la lumière de l'aube chasse les cauchemars et les terreurs de la nuit. Il s'accroupit, la prit par les épaules et la serra contre lui, ému, heureux de sentir sa tête sur son épaule et son souffle sur son cou. Il n'avait jamais ressenti le besoin d'épancher ses débordements de tendresse avec ses enfants. Zoé, Théo... Comment réagiraient-ils lorsqu'ils le reverraient ? Deviendrait-il enfin le père qu'il n'avait pas su être ?

Un moutonnement à l'horizon.

On s'approchait sans doute des contreforts du Massif central. Là-bas, ils trouveraient peut-être des ruines, voire des habitations encore intactes. Une seule averse de neige était tombée depuis leur dernière halte. Ils avaient marché d'une allure soutenue, suçant des morceaux de glace prélevés sur les branches brisées, ne s'arrêtant que pour manger ou prendre une ou deux heures de repos dans les rares abris qui jalonnaient leur chemin, un bout de toiture dépassant de la couche de cendres et de glace, un amas de tôles couchées, un tas de pierres renfermant un creux...

Franx eut de nouveau la vision de formes sombres progressant à vive allure entre les arbres pétrifiés. D'elles se dégageait une férocité qui le saisit d'effroi. Elles semblaient avoir engagé une course de vitesse contre le temps. Il réussit à déverrouiller le cran de sûreté du pistolet de Dalbard et à glisser l'index dans le pontet sans être obligé de retirer ses deux paires de gants, puis il hissa Surya sur ses épaules, par-dessus le sac à dos, et se hâta vers les collines qui barraient l'horizon.

Les aboiements retentirent avant qu'il n'ait eu le temps d'atteindre les premiers reliefs. Le bruit évoquait le grondement d'une meute de chasse à courre lancée à la poursuite d'un cerf. Il se mit à courir mais le terrain parsemé d'anfractuosités le fit trébucher à plusieurs reprises. Les forces lui manquaient. Il décida de se préparer à l'affrontement plutôt que de se lancer dans une fuite perdue d'avance. Il s'arrêta, reposa Surya sur le sol, se défit de son sac à dos, remisa le pistolet dans la poche de son manteau, dégagea la cartouchière, le fusil, vérifia fébrilement qu'il était chargé, l'épaula et attendit.

La horde déboula quelques minutes plus tard. Des chiens, une cinquantaine environ, lancés à pleine vitesse, aiguillonnés par la perspective de planter leurs crocs dans de la chair fraîche. Surya les observait sans trahir la moindre frayeur. Il ne s'agissait pas de résignation, mais de recul, ou de distance, comme si elle s'extirpait de l'espace-temps, comme si cette scène ne la concernait pas. Son calme en tout cas déteignit sur Franx, dont le rythme cardiaque et la respiration ralentirent. Il garda les premiers éléments de la horde dans sa ligne de mire. Redevenus sauvages, les chiens s'étaient de nouveau organisés en meutes. Ceux-là arpentaient un vaste territoire en quête de nourriture. Sans doute avaient-ils flairé leurs proies à des kilomètres de distance et s'étaient-ils lancés dans une interminable chasse dévoreuse d'énergie, mais les ressources s'épuisaient et une aubaine comme celle-là, deux êtres humains perdus au beau milieu d'une étendue plane, ne se représenterait pas de sitôt. Leurs yeux brillaient dans la pénombre. Les flocons de bave qui jaillissaient de leurs gueules entrouvertes témoignaient de la violence de leur course. Franx attendit encore qu'ils s'approchent. Les plombs seraient plus efficaces que les balles pour frapper leurs rangs serrés. Dès qu'il aurait tiré les deux cartouches, il utiliserait le pistolet en profitant du moindre répit, s'il se présentait, pour recharger le fusil. Les jambes légèrement écartées, il distinguait à présent les premiers individus de la meute, des bâtards aux pelages bruns ou noirs découpés par des côtes saillantes, des babines retroussées sur des crocs d'une longueur impressionnante.

Franx pressa la détente. La crosse de bois lui choqua l'épaule. Le fracas de la détonation se prolongea en échos décroissants dans le silence glacé. Deux des chiens de tête roulèrent sur la surface grise. Les autres changèrent aussitôt de direction, comme ces bancs de poissons qui réagissent avec une rapidité et un synchronisme stupéfiants face au danger. Franx visa le flanc de la horde. Il imprima un léger mouvement tournant au canon, pressa la deuxième détente, tua un chien et en blessa deux autres. La meute, partant dans une nouvelle direction, s'éloigna de ses proies. Le vent dispersa l'odeur de poudre. Franx profita de leur repli, provisoire sans doute, pour recharger le fusil. Les animaux blessés remuaient faiblement en poussant des gémissements à fendre l'âme. Autour d'eux, la surface grise était tachée de sang. La meute s'arrêta une cinquantaine de mètres plus loin. Les grondements répondirent aux aboiements durant de longues minutes. Franx détendit ses bras et ses épaules tétanisées. Les chiens n'abandonneraient pas si facilement leurs proies, leur longue course méritait sa récompense et ils n'auraient bientôt plus assez d'énergie pour entreprendre une nouvelle traque.

Ils amorcèrent une deuxième attaque, moins rapide et désordonnée que la première, avançant sur un large front, soulevant des gerbes de glace et de cendres. Franx n'eut pas besoin d'ouvrir le feu. Ils s'arrêtèrent près des corps de leurs congénères morts ou blessés et se jetèrent sur eux pour la curée. Les hurlements d'agonie furent rapidement recouverts par les bruits de mastication et les craquements des os. La horde observait une hiérarchie précise. Les dominants se servaient les premiers et abandonnaient les carcasses nettoyées de leurs meilleurs morceaux aux inférieurs, qui se disputaient férocement les restes. Ils se désintéressaient apparemment de leurs proies humaines, un sursis que Franx mit immédiatement à profit pour ramasser le sac, glisser le pistolet dans la poche de son manteau, prendre Surya par la main et, gardant le fusil sur l'épaule, avancer en direction des collines. D'incessants coups d'œil en arrière lui confirmèrent que les chiens se contentaient pour l'instant de leur festin cannibale, du moins les dominants de la meute, repus et insensibles à la faim grondante de leurs congénères.

Franx ne pouvait pas porter Surya. Les circonstances le contraignaient à garder son entière liberté de mouvement. Elle le suivait sans se plaindre malgré une allure hésitante qui révélait une fatigue et une faiblesse préoccupantes. Il éprouvait lui aussi le besoin urgent de dormir. Leurs efforts des jours précédents les avaient exténués. Aucun relief, aucun vestige qui aurait pu servir de gîte ne se présentait sur la plaine. Le moutonnement semblait se reculer au fur et à mesure qu'ils s'en approchaient. Peut-être était-ce un leurre, peut-être n'y avait-il aucun refuge là-bas, mais ils n'avaient pas le choix, ils devaient quitter au plus vite cette étendue morne hantée par la meute.

Ils atteignirent enfin une première pente hérissée d'arbres à demi couchés dont les branches basses se plantaient presque à la verticale dans le manteau de glace et de cendres. Surya titubait, au bord de l'évanouissement. Franx la saisit par la taille avant qu'elle ne s'effondre et la plaqua contre son torse. Parvenu au sommet de la colline, il reprit son souffle, scruta les environs, entrevit des formes chaotiques au pied de la colline voisine. Les décombres d'un village renversé par un tremblement de terre. Il vérifia que Surya, inerte, respirait encore avant de se lancer dans la descente. Des hurlements retentirent dans le lointain. Le signal de la reprise de la chasse. Les chiens n'allaient pas tarder à surgir et, pour l'instant, le terrain accidenté leur procurait un avantage : ils pourraient exploiter le manque de visibilité pour progresser en plusieurs groupes et surgir de n'importe où sans laisser à Franx le temps de viser. Il allongea le pas en direction des ruines. Les aboiements et les halètements se rapprochaient. Régénérés par le sang et la chair de leurs congénères, les chiens comblaient rapidement l'intervalle.

Ils franchirent à leur tour le sommet de la colline à l'instant où Franx atteignait les premières ruines. Il reposa Surya sur le sol, se retourna, épaula le fusil et tira un premier coup de feu en direction des formes noires qui dévalaient la pente. Il n'en toucha pas une, mais gagna un moment de répit. Les chiens s'égaillèrent dans toutes les directions. Il explora fébrilement les décombres. Aucune construction n'était restée debout, à part l'église, dont le clocher effondré avait entraîné dans sa chute une partie de la toiture. Aiguillonné par les aboiements qui, de nouveau, se rapprochaient, il chercha une ouverture ou une brèche qui lui permettrait de s'introduire dans le bâtiment. Il avisa une porte en bois arrondie derrière un arc-boutant. Elle refusait de s'ouvrir. Il tenta de la défoncer à coups de pied et d'épaule, le bois ne tremblait pas. Peut-être qu'avec le pistolet... Il se recula de deux mètres et tira plusieurs balles dans la serrure. Le panneau résista encore à sa poussée, puis, alors que les premiers chiens se présentaient à l'angle de l'édifice, céda tout à coup.

Le silence était enfin revenu. Franx avait réussi à pousser le plus haut des deux verrous intérieurs juste avant que les chiens ne se ruent sur la porte. Ils avaient cessé de gronder, d'aboyer, de gémir, de gratter le bois. La serrure fracassée par les balles s'était arrachée en abandonnant un trou carré de quinze centimètres de côté. Un museau s'y était glissé furtivement. Franx avait allumé une lampe torche et inspecté les lieux. Une ancienne sacristie. Des habits sacerdotaux blancs, dorés et mauves s'alignaient dans une penderie ouverte. Sur une commode se côtoyaient plusieurs ciboires, un tabernacle, un ostensoir et un encensoir. La pièce, d'une quinzaine de mètres carrés, était en outre meublée d'un prie-Dieu garni de velours rouge et rembourré, d'une chaise en paille et d'un coffre en bois massif. Il bloqua à l'aide de ce dernier et de la commode la porte capitonnée à double battant qui donnait sur le chœur et qui, de façon assez illogique, ne s'ouvrait que vers l'intérieur de la sacristie. Il confectionna ensuite un lit de fortune avec les habits sacerdotaux, les surplis, les aubes, les étoles qu'il dénicha dans les tiroirs et le coffre. Il y allongea Surya après lui avoir donné des fruits secs à grignoter et la recouvrit de trois chasubles superposées. Elle s'endormit instantanément. Il mangea lui-même quelques noix et amandes, s'assura une dernière fois que la sacristie ne présentait pas d'autre issue avant de se glisser aux côtés de la fillette. Il plaça le pistolet et la torche à portée de main, remonta les chasubles sur lui, eut encore le temps de se demander, avant de sombrer dans un sommeil sans fond, s'il leur resterait suffisamment de forces pour se réveiller.

Un grincement réveilla Franx. Il récupéra la torche à tâtons et l'alluma. Le faisceau déchira les ténèbres et se posa sur la commode et le coffre, agités de légers tremblements. Le pistolet en main, il se leva et se rendit en trois enjambées devant la porte à double battant. Des yeux brillaient dans l'entrebâillement d'une dizaine de centimètres de largeur.

Les chiens.

Ils n'avaient pas renoncé, ils avaient investi l'église afin de s'introduire dans la sacristie. Flanc contre flanc, cinq ou six d'entre eux unissaient leurs efforts pour pousser les battants de leurs fronts, de leurs museaux, de leurs pattes. Ils avaient déjà déplacé la commode et le coffre de quelques centimètres. Ils n'avaient pas émis le moindre grondement ni le moindre gémissement, aussi silencieux que des spectres. Comme leurs crocs, leurs griffes et leur nombre n'avaient pas suffi, ils employaient la ruse et, si le pied de la commode n'avait pas grincé sur le parquet, ils seraient parvenus à leurs fins.

Tout en admirant leur intelligence, Franx se prépara à défendre chèrement leur peau, à Surya et à lui.

30

Le grax, qui continuait de passer ses nuits devant la baie vitrée, exigeait désormais des tours de garde. Il ne semblait pas au mieux avec son air de vautour ébouriffé, son teint cireux, sa barbe clairsemée et les cernes noirs qui lui mangeaient la moitié des joues. Il reniflait sans cesse, toussait à fendre l'âme, ne mangeait presque plus et, hormis ses heures de surveillance, restait la plupart du temps alité. Il avait perdu une bonne partie de sa capacité à nuire, Alice et les enfants s'en réjouissaient tout en évitant de le montrer. Zoé disait qu'il fallait en profiter pour l'achever. Théo acquiesçait en silence, avec, dans les yeux, une détermination qui alarmait sa mère.

« Même diminué, il reste dangereux, rétorquait Alice.

— C'est jamais le bon moment avec toi ! soupirait Zoé.

— On s'est pas si mal débrouillés jusqu'à maintenant. Nous sommes en vie, c'est le principal.

— Tu parles d'une vie !

— On fait avec celle-là, on n'en a pas de rechange. »

Ils n'avaient pas fêté la nouvelle année, d'abord parce qu'ils n'étaient pas certains des dates, ensuite parce qu'ils entraient dans une ère où les anciens calendriers perdaient toute validité, enfin parce qu'ils n'avaient pas le cœur à se réjouir.

Alice observait régulièrement le ciel. Elle guettait une lueur dans les ténèbres, une minuscule fenêtre d'espoir, un signe qui lui aurait permis d'enrayer la sensation de claustrophobie qui grandissait en elle. Elle craignait de devenir folle. Ses pensées lui échappaient, l'entraînaient dans des labyrinthes obscurs d'où elle peinait à revenir, incapable de s'orienter, de retrouver le chemin de sa raison. Elle perdait parfois totalement la notion du temps et il fallait un incident, l'âcre fumée de la nourriture en train de brûler dans la poêle ou la casserole, une dispute criarde entre Zoé et Théo, le claquement d'une porte, un mugissement du vent, pour la ramener dans le présent. Trois mois seulement s'étaient écoulés depuis le début du cataclysme, et elle ne supportait déjà plus la prison du Feu de Dieu. Elle s'efforçait de reprendre empire sur elle-même, se promettait de résister au moins jusqu'à ce que ses enfants aient les moyens de se défendre par eux-mêmes, mais la cage se refermait inexorablement sur elle, elle manquait d'air, elle étouffait, la tentation de sortir dans la cour, de s'avancer dans la gueule du froid et des ténèbres la taraudait avec une fréquence et une violence sans cesse accrues. Elle se disait que les enfants pouvaient très bien se débrouiller sans elle, sans doute même mieux qu'avec elle, elle manquait de caractère et de force, elle reportait sans cesse le geste qui les aurait tous soulagés, infoutue de tuer le grax, la bête malade qu'ils devaient, et Zoé avait entièrement raison là-dessus, achever sans pitié. Tout comme le calendrier grégorien et les calendriers juif, musulman, chinois, les anciens préceptes bibliques n'avaient plus cours sur cette terre bouleversée. Le jardin d'Éden s'était transformé en un champ de souffrance où la mort fauchait sans relâche. Alice elle-même avait participé à la macabre moisson en arrachant la moitié de la tête d'un homme d'un coup de hache, elle en avait laissé d'autres crever de faim sur le seuil de sa porte, alors pourquoi cette hésitation, voire cette répugnance, à exécuter le grax ? Parce qu'il était le seul homme de la maison et qu'elle ne pouvait pas envisager le reste de sa vie sans la présence d'un compagnon ? Parce qu'elle éprouvait le besoin névrotique de se contempler, d'exister, d'embellir dans les yeux d'un homme ? Même si les visions de Théo étaient fondées, elle n'était pas sûre que Franx réussirait à rejoindre le Feu de Dieu, et elle refusait de passer le reste de sa vie seule, elle aurait eu l'impression d'être emmurée vivante dans son propre corps. Elle avait toujours vécu accompagnée, de ses parents, de Paul, son premier amant, de son mari... Oui, c'était à son rejet viscéral de la solitude que le grax devait sa grâce. Elle prétendait aimer ses enfants, elle les sacrifiait sur l'autel de ses peurs, de ses carences.

Elle laissa donc Jim revenir à la vie.

Théo épuisait une grande partie de son temps dans la cave. Lorsqu'elle lui demandait ce qu'il fabriquait là-bas dans le froid, il lui retournait une réponse invariable : je joue. Il avait donc le cœur à jouer dans cette immense tombe qu'était devenu le Feu de Dieu. Bénis soient les enfants nantis d'une imagination débordante ! Ils ne s'ennuyaient jamais, ils transformaient en royaume fabuleux les bâtisses perdues dans les ténèbres glacées et en millions de personnages différents les quelques compagnons d'infortune qui partageaient leur cachot. Zoé, elle, s'éclipsait régulièrement dans une autre pièce de l'arche. La suivant discrètement, Alice avait constaté qu'elle s'enfermait régulièrement dans leur ancienne chambre. Elle ne lui en avait pas touché un mot : elle comprenait que, comme elle, sa fille éprouvait le besoin de quitter régulièrement l'atmosphère étouffante de la grande pièce.

Elle continuait d'assurer machinalement la routine quotidienne, le contrôle sanitaire de l'eau, la vérification du réservoir du générateur, le remplissage de gazole au besoin, le réapprovisionnement du poêle, le choix des repas du jour, l'inspection des tuyaux, des fusibles, des circuits électriques. Théo laissait dans la cave les bouts de carton criblés de trous qu'il utilisait comme cibles. Il les collait les uns aux autres contre le mur du fond jusqu'à ce qu'ils atteignent une hauteur de deux mètres et dessinait, avec un feutre à pointe large, une silhouette grossière qu'il éclairait avec des bougies. La plupart des impacts se concentraient au niveau de la poitrine, dans la région du cœur, et dans le bas-ventre. Elle se demandait si son fils n'était pas lui-même en train de basculer dans la folie. Comment un garçon de neuf ans – il était né un 27 janvier, il allait bientôt atteindre les dix ans – aurait-il pu endurer une telle claustration, une telle angoisse, un tel manque d'espace et de lumière, sans en être profondément affecté ? Même si on débarrassait le Feu de Dieu du grax, Alice n'était pas certaine que son fils recouvrerait son équilibre mental. Il consacrait également beaucoup de temps aux fouines, dont, à cause de la puanteur, on avait installé la cage devant l'un des soupiraux de la cave. Il refusait farouchement qu'on les tue et, comme on ne pouvait pas les relâcher loin de la maison, on les gardait captives dans leur geôle exiguë. Le grax ayant grondé, d'une voix d'outre-tombe, qu'il était hors de question de donner la moindre parcelle de LEUR bouffe à ces saletés de bestioles, Théo mettait de côté une partie de ses propres rations et la leur glissait, morceau par morceau, au travers des barreaux. Elles s'agitaient la nuit avec une telle énergie que les crissements de leurs griffes et de leurs crocs sur le fer de la cage ébranlaient le silence de la grande pièce. Alice avait annoncé qu'on ne pourrait pas les garder, les larmes de Théo l'avaient dissuadée de revenir sur le sujet. Un jour, elle l'entendit s'adresser à elles comme à des êtres humains, elle pensa qu'il avait gravi une marche supplémentaire vers la folie, puis elle s'approcha en silence et observa la scène, son fils assis devant la cage, son arc et une flèche à la main, les fouines immobiles face à lui, la tête levée, calmes, attentives. Elle décela, ou crut déceler, une forme de complicité entre le garçon et les captives, elle comprit qu'elles étaient indispensables à son équilibre, qu'il ressentait le besoin fondamental d'être relié à d'autres fils, à d'autres vies, et elle résolut de les épargner.

Le grax se remit de sa maladie et entreprit de rattraper le temps perdu.

Lorsqu'il voulut imposer les tours de garde devant la baie vitrée, Alice lui objecta que ce genre de précaution était désormais superflue. Il entra dans une fureur noire et menaça de la frapper.

« J'tiens pas à être égorgé comme un poulet dans mon sommeil, glapit-il, la main levée. J'vous rappelle que la dernière fois, c'est grâce aux tours de garde que j'ai mis en place que le petit con a pu donner l'alerte et qu'on est restés en vie. J'vois pas pourquoi je serais le seul à mater cette putain de cour et à choper la crève ! À votre tour maintenant. Démerdez-vous comme vous voulez, mais faut qu'il y ait quelqu'un devant cette putain de baie vitrée à toute heure de la nuit, compris ?

— Nous, on n'a pas la trouille ! riposta Zoé, incapable de tenir sa langue. Ils sont tous morts de faim, et je ne vois pas pourquoi on devrait s'emmerder à surveiller cette cour ! »

La tête du grax s'approcha à une telle vitesse de celle de Zoé que le choc parut inévitable. Ses yeux arrondis par la fureur et la fatigue se perchèrent à deux ou trois centimètres du front de l'adolescente.

« On est en guerre, tu comprends ça ? En guerre ! Y en a d'autres dehors, ils cherchent de la bouffe, un toit, de la chaleur, ils finiront tôt ou tard par revenir dans le coin. »

Alice pensa que, si vraiment d'autres rôdeurs se présentaient, elle n'aurait pas le cœur à leur fermer la porte, elle essaierait d'abord de discuter avec eux, de sonder leurs intentions. On pouvait reconstituer la communauté prévue par Franx, remettre le chauffage dans les appartements de la grange, partager les ressources, voir d'autres visages, entendre d'autres voix, ouvrir d'autres fenêtres sur le monde.

« Inutile de me cracher au visage, murmura Zoé, très pâle.

— Puisque t'es si maligne, continua le grax sans reculer d'un millimètre, c'est toi qui prendras la première veille.

— T'es pas mon père, j'ai pas d'ordre à recevoir de toi. »

Le sourire du grax lui donna fugitivement l'air d'une gargouille. Il détendit le bras sur le côté, agrippa Théo par le col roulé de son pull et lui plaqua le visage sur le bois de la table.

« Si tu refuses, c'est le petit con qui morflera. »

Les yeux larmoyants, Zoé continua de fixer Jim avec effronterie.

« Tu m'impressionnes pas. T'es juste capable de t'en prendre aux plus petits que toi. T'étais moins fier, l'autre jour, quand les autres dingues se sont pointés dans la cour intérieure. »

Il demeura quelques secondes sans réaction, comme sonné par l'attaque de son interlocutrice, puis il lâcha Théo, encercla de ses deux mains le cou de Zoé, la souleva de sa chaise et la laissa retomber presque aussitôt.

« Tu m'obéis, ça ira bien pour tout le monde. Tu refuses de m'obéir, ça ira mal pour tout le monde, c'est clair ? »

Plus question de tergiverser.

Elle devait cesser de s'apitoyer sur elle-même et éliminer le parasite avant qu'il ne commette l'irréparable. La violence de sa réaction face à l'insolence de Zoé avait eu sur Alice l'effet d'un électrochoc. Toutes ses pensées, toutes ses hésitations s'étaient envolées comme une volée d'étourneaux dispersés par un coup de fusil. La solution s'était dégagée d'elle-même, évidente, lumineuse. Pourquoi n'y avait-elle pas pensé plus tôt ? Franx avait estimé que les rats, les maîtres des conduits souterrains, innombrables et bien organisés, seraient les adversaires les plus coriaces des hommes dans la lutte pour la survie. Il avait donc parsemé les murs de fondation du Feu de Dieu de graines enduites de poison. Il suffisait à Alice d'en récupérer une poignée et de les ajouter dans la nourriture de Jim. Elle croyait se souvenir que les hommes de la communauté en avaient disséminé dans la cave, derrière les étagères et dans d'autres endroits inaccessibles aux enfants. Les fouines ne s'y étaient pas laissé prendre, peut-être plus malignes que les rats, ou, si elles en avaient ingéré, elles n'avaient manifesté aucun symptôme d'intoxication, ni vomissement, ni diarrhée, ni convulsions. Les graines avaient-elles perdu de leur toxicité ? La seule façon d'en avoir le cœur net, c'était d'en recueillir quelques-unes et de les servir au grax.

Après le petit déjeuner, et après s'être assuré que Jim dormait toujours, Alice procéda aux contrôles habituels, eau, gazole, électricité, avant de se mettre en quête des graines. Elle débarrassa une étagère métallique de ses bocaux et de ses boîtes de conserve, puis elle la déplaça d'une cinquantaine de centimètres afin de se glisser le long du mur. La lumière de la lampe ne révéla rien d'autre que de la poussière et des restes blanchis d'araignées au centre de leurs toiles déchirées. Elle remit l'étagère en place, replaça les bocaux et les boîtes, et recommença l'opération avec l'étagère suivante. Elle en déplaça encore deux autres avant de trouver une dizaine de petites larmes rouges étalées sur le béton. Elle transpirait sous ses multiples couches de vêtements. Les courants d'air glacé qui s'engouffraient par les soupiraux la maintenaient dans une détestable sensation de chaud et froid.

Des bruits de pas retentirent et se rapprochèrent rapidement. Elle eut juste le temps de s'éloigner des rayonnages et s'avancer dans l'allée principale.

« Maman ?

— Théo ? Qu'est-ce que tu fais là ? Je t'ai pourtant dit de ne jamais laisser ta sœur seule.

— Elle est sortie et le grax dort.

— Sortie ? Où ? »

Théo s'avança dans le halo de la lampe, passe-montagne enfoncé jusqu'aux yeux, mine chiffonnée, polaire jaune trop grande passée par-dessus un invraisemblable enchevêtrement de pulls et de pantalons, bottes après-ski.

« Dans votre ancienne chambre, elle y va tout le temps.

— Comment tu sais ça, toi ?

— Ben, je le sais, c'est tout.

— Qu'est-ce que tu fiches dans la cave ? »

Théo jeta un coup d'œil autour de lui, comme s'il avait discerné un mouvement dans la pénombre environnante.

« Je trouvais que tu mettais du temps à revenir, finit-il par répondre. Et j'avais peur qu'il te soit arrivé quelque chose. »

Alice s'avança et lui caressa la joue du dos de son gant.

« C'est plutôt aux parents de s'inquiéter pour les enfants, tu ne crois pas ? »

Il fronça le nez et les sourcils.

« Il pue le moisi, ton gant ! Pourquoi t'étais aussi longue ?

— Tu n'en as pas marre de manger toujours la même chose ? Je cherchais de quoi améliorer l'ordinaire. »

Elle s'était dit, après une longue réflexion, qu'il valait mieux ne pas parler de son idée aux enfants. Ils auraient risqué d'éveiller involontairement les soupçons de Jim. Et puis elle avait besoin de se prouver qu'elle pouvait aller seule jusqu'au bout de son projet.

« Remonte là-haut, Théo, reprit-elle. Je n'aime pas savoir Zoé seule avec le grax. »

Théo se dandina d'une jambe sur l'autre, sa manière de signifier qu'il avait quelque chose à ajouter.

« Papa... »

Alice se tendit.

« Eh bien, quoi ?

— Il y a des bêtes autour de lui...

— Quel genre de bêtes ?

— Je les vois pas bien... Juste leurs yeux... Des bêtes féroces en tout cas. On dirait des loups... »

31

Franx avait dispersé les chiens en tirant plusieurs coups de feu dans l'entrebâillement de la porte. Il n'en avait pas touché un seul, du moins le rayon de sa lampe n'avait révélé ni cadavre ni trace de sang sur les dalles de pierre usées du chœur. Ils n'abandonneraient pas la partie, ils lanceraient tôt ou tard une nouvelle offensive, ou ils n'auraient pas d'autre choix que de se dévorer entre eux, une solution à laquelle ils ne recourraient qu'après avoir épuisé toutes les autres possibilités. Ni les dominants, ni les inférieurs n'avaient intérêt à décimer la horde. Leur nombre et leur solidarité leur avaient permis de survivre dans un monde hostile, et ils perdraient de l'énergie dans les affrontements avec leurs semblables, ils recevraient des blessures qui les condamneraient à une fin plus rapide encore que la famine. Leur seule véritable chance de s'en sortir était de se repaître de la chair et du sang des deux humains, puis de repartir pour une autre chasse, de flairer une autre proie, de retarder l'échéance. Leurs aboiements déchiraient le silence, sourds, presque implorants, comme si certains d'entre eux étaient déjà entrés en phase d'agonie.

Surya s'était réveillée. Ses yeux anormalement ternes et ses joues creuses révélaient une santé défaillante. Franx ne ressentait presque plus sa présence silencieuse, elle partait, elle s'effaçait de la surface de cette terre, sans un cri, sans un soupir. Elle avait détourné la tête lorsqu'il lui avait présenté des fruits secs et un petit éclat du pain de glace qu'il avait enfoui dans un sachet en plastique et glissé dans un compartiment extérieur de son sac à dos. Elle refusait de s'alimenter, elle qui avait jusqu'alors accepté sans rechigner la nourriture qu'il lui proposait. Du dos de la main, il constata que son front était brûlant. Elle avait déjà déployé une résistance et un courage exceptionnels pour parcourir le chemin depuis Paris. Ils avaient mené un train d'enfer dans un froid sibérien en disposant de maigres ressources et en prenant seulement quelques heures de repos dans des refuges ouverts à tous les vents. Les autres gosses du même âge seraient morts d'épuisement ou d'inanition depuis bien longtemps. Théo et Zoé eux-mêmes, en principe plus résistants, n'auraient pas tenu le coup. Il paniqua soudain à l'idée de perdre Surya et se demanda comment la ramener à la vie. Le froid et la fatigue étaient en train de l'emporter, et il n'avait rien pour la soigner.

Il démantela le prie-Dieu, la chaise et les étagères en aggloméré de la penderie, entassa le tout au centre de la pièce, glissa en dessous une aube de dentelle et l'enflamma à l'aide d'un briquet. Les flammes crépitantes s'élevèrent bientôt de l'amas de bois en répandant une fumée imprégnée d'une âpre odeur de produits chimiques. Le feu ne durerait pas longtemps. Il lui aurait fallu récupérer le bois de la commode et du coffre tirés devant la porte à double battant, mais cela reviendrait à livrer la sacristie aux chiens. Ou alors, trouver un autre moyen de bloquer la porte. Avec des cales peut-être. Il n'y avait pas pensé jusqu'alors, mais des cales bien placées avaient autant, voire davantage d'efficacité que des meubles empilés. Il retira du feu des bouts de bois qui n'avaient pas commencé à brûler, les tailla en biseau à l'aide de son couteau et s'approcha de la porte. De ce côté-ci, les battants étaient équipés de larges béquilles qui permettaient de les tirer vers l'intérieur de la sacristie ; de l'autre, lorsqu'on venait de l'église, il suffisait de les pousser. Il ausculta un petit moment le silence avant de déplacer légèrement les meubles et de glisser les quatre cales sous les battants, se servant de la crosse de son pistolet comme d'un marteau pour les enfoncer jusqu'à ce qu'elles se coincent. Il tira sur les béquilles de façon continue afin de vérifier leur résistance, puis, voyant que le feu diminuait, il démantibula sans perdre un instant la commode et le coffre, dévissa les pièces métalliques, brisa les planches à coups de pied ou les arracha en s'aidant de son couteau comme levier. Lorsqu'il eut terminé, Surya s'était recouchée et rendormie. Il raviva le feu et constata que, la fumée s'élevant de façon rectiligne, ils ne risquaient pas d'être asphyxiés pendant leur sommeil ; elle s'échappait par le plafond et la toiture en partie détruits par l'effondrement du clocher. Il jeta dans les flammes deux des quatre pieds de la commode, denses et lents à se consumer, et revint près de Surya. La poitrine de la fillette se soulevait avec régularité. Il redoutait que sa respiration, très faible, s'interrompe tout à coup. Sans elle, il n'aurait pas le courage de repartir. Il lui caressa la joue et la regarda dormir.

C'est le moment que choisirent les chiens pour attaquer. Des coups sourds ébranlèrent la porte à double battant. Franx déverrouilla le cran de sûreté du pistolet. Combien restait-il de balles dans le chargeur ? Une douzaine peut-être. Sans le paravent du coffre et de la commode, l'espace paraissait découvert, indéfendable. Les chiens se jetaient violemment contre les panneaux. Leurs griffes crissaient sur le bois. Ils ne grondaient pas, ils laissaient de temps à autre échapper un jappement impatient, aigu. Franx se leva et se plaça cinq mètres environ face à la porte. Il délaissa le fusil : deux coups ne suffiraient pas à disperser la meute si elle réussissait à forcer le passage. Il n'avait pratiquement pas de recul et il lui faudrait tirer sans relâche, si possible en faisant mouche à chaque fois. La tension lui contractait la nuque et les épaules. Les lueurs des flammes étiraient des ombres dansantes sur les murs, révélant le plafond en partie affaissé. Encore enduits de plâtre, les débris des lattis pendaient autour de la brèche centrale d'un mètre cinquante de diamètre par laquelle s'engouffrait la fumée. L'assaut des chiens dura environ une demi-heure. Comme les panneaux bloqués par les cales ne cédèrent pas, ils s'éloignèrent en poussant des grognements de dépit. Franx attendit encore un moment avant d'alimenter le feu et de revenir près de Surya. Il la souleva sans la découvrir, la blottit confortablement contre lui et resta assis toute la nuit devant le foyer, persuadé que sa propre chaleur associée à la chaleur des flammes augmenterait les chances de la fillette de revenir à la vie. Les chiens ne se lanceraient pas dans une nouvelle offensive. Il baignait dans un calme parfait, accordé à la paix des ténèbres. Ses pensées se désagrégeaient sur un rempart de silence. Ils étaient seulement dans l'instant, sans passé ni futur, un homme et une fillette réfugiés dans une sacristie assiégée par des chiens affamés. Rien d'autre que deux fragiles souffles de vie dans un monde à l'agonie. Dépouillés de leurs frayeurs et de leurs espérances. Prenant chaque instant après l'autre. Accompagnés par les sifflements du vent, les grincements de l'église, les craquements du bois. Il avait abandonné toute certitude. Il n'était plus le Franx vaniteux, arrogant, qui avait entraîné trois autres familles dans l'aventure du Feu de Dieu ; le Franx calculateur qui s'était mis en tête de maîtriser l'avenir ; le Franx théoricien qui croyait trouver une réponse à chaque interrogation. Il n'était plus qu'un homme suspendu à la respiration d'une petite fille. Il percevait les battements de leurs cœurs au travers des étoffes, ceux de Surya, légers et rapides, les siens, lents et graves, deux rythmes entrelacés.

Lorsqu'il reprit conscience, le feu s'était éteint et une obscurité totale noyait la sacristie. Il ne se souvenait pourtant pas s'être endormi. Son premier réflexe fut de vérifier que Surya respirait toujours. Elle était plongée dans un sommeil paisible. Il la reposa sur le matelas de chasubles, la recouvrit avec soin avant de se relever, de détendre ses muscles tétanisés, puis il ranima le feu en rajoutant du bois et en soufflant sur les braises qui couvaient sous la cendre. Il réchauffa deux des galettes de farine rapportées de la maison de Milou et Josy, et les mastiqua lentement en les accompagnant de dattes décongelées. Il s'efforça d'extraire de chaque bouchée le maximum de saveur et d'énergie. Il redécouvrait la dimension essentielle, sacrée, de l'acte de manger. Les repas des temps de l'abondance, de l'insouciance, n'avaient été pour lui que des rituels vides de sens, voire, quand ils se prolongeaient, des corvées. Un grondement étouffé lui rappela que les chiens rôdaient toujours dans les parages, estimant que leurs proies finiraient tôt ou tard par quitter leur abri. Peut-être également n'avaient-ils plus la force d'amorcer une nouvelle attaque et avaient-ils opté pour l'attente ? Après son repas, il graissa, à la lueur d'une torche, le pistolet et le fusil, et inventoria ses ressources. Il lui restait deux sachets de fruits secs, des barres de céréales au miel, trois tablettes de chocolat, des galettes de farine et le morceau de glace pour se désaltérer, de quoi tenir plusieurs jours et venir à bout de la patience des chiens. Il espéra qu'ils lèveraient le camp avant que Surya et lui n'aient épuisé leurs réserves.

Elle dormit une grande partie de la journée. À plusieurs reprises, il la crut morte et se précipita sur elle pour lui prendre le pouls. Les battements de son cœur étaient toujours aussi rapides et de faible amplitude, des frémissements de moineau. Le hurlement prolongé d'un chien donna le signal d'un concert d'aboiements, de jappements, de grondements, de grognements, qui dura un bon quart d'heure. Il ne restait pratiquement plus de bois. Il entretint le feu au minimum, ne l'alimentant que lorsqu'il était sur le point de s'éteindre. Il se sentait frais, dispos, mieux reposé que dans la champignonnière de Buc, presque impatient de repartir. Il se retourna soudain, tracassé par une sensation de présence, de mouvement. Surya s'était réveillée et assise sur son matelas de chasubles. Ses grands yeux noirs avaient recouvré une grande partie de leur éclat. Elle lui souriait. Il lui proposa aussitôt de se désaltérer avec l'eau qu'il avait recueillie dans deux ciboires en faisant fondre à la chaleur des flammes une partie du pain de glace. Elle en but plusieurs gorgées et s'essuya les lèvres d'un revers de manche énergique. Il lui tendit une galette cuite dans la cendre et quatre dattes, qu'elle mangea de bon appétit. Sa résurrection enchanta Franx, débordant d'une joie qu'il n'avait jamais ressentie auparavant, une joie simple, enfantine, une vibration claire et pure. Elle ne cessait de sourire, émerveillée elle aussi par son retour à la vie.

Un silence durable s'installa, que les chiens ne dérangèrent plus. Pas un seul aboiement, ni un seul geignement. Avaient-ils abandonné la traque ? Franx chercha un moyen de s'en assurer. Il décida de grimper, par la brèche dans le plafond, sur le toit de la sacristie d'où il pourrait observer les environs. Même si l'obscurité persistante rendait la visibilité quasi nulle, les formes sombres et mouvantes des chiens se remarqueraient sur la grisaille uniforme. Il parla de son projet à Surya, qui l'écouta attentivement avant de l'encourager d'un hochement de tête. Équipé de la torche et du pistolet, vêtu de son manteau, de ses gants et de son bonnet, il se jucha sur le haut de la penderie d'où il put attraper le rebord d'une brèche d'une quarantaine de centimètres de largeur qui longeait le mur. Il agrippa une poutrelle dont il vérifia la solidité avant de se hisser sur le plafond. Passant de poutrelle en poutrelle à la lumière de la torche, il atteignit la partie de la charpente éventrée par la chute du clocher et recouverte de cendres et de glace accumulées. De là, il parvint à se glisser sur le toit de la sacristie, légèrement pentu, accoté au mur de l'église et coincé entre deux arcs-boutants. De petites tuiles rouges et plates, déjà alourdies par la glace, se décrochèrent sous son poids, tombèrent dans la cavité et se fracassèrent sur les poutres. Il se releva, s'accrocha à une saillie de pierre pour se maintenir en équilibre et scruta les environs, qu'il dominait d'une hauteur de quatre ou cinq mètres. Un vent violent, soufflant par rafales, abaissait une température déjà polaire. Les ténèbres coiffaient les collines environnantes et les reliefs chaotiques du village habillés de gris clair. Il ne décela aucun mouvement dans les environs et en déduisit que les chiens étaient partis.

Un halètement retentit derrière lui. Il se retourna et braqua le rayon de la lampe dans la direction du bruit. Des yeux flamboyèrent dans la lumière.

Les chiens.

Trois ou quatre, les plus déterminés. Ils avaient résolu de contourner l'obstacle par le haut et trouvé un escalier dans l'église. S'il n'était pas monté, ils se seraient faufilés par les brèches et, guidés par leur flair, se seraient laissés tomber du plafond éventré de la sacristie. Ils se dressaient, le poil hérissé, les babines retroussées, sur le rebord d'une haute fenêtre ogivale parsemée d'éclats pointus et irréguliers de vitrail. Il voulut tirer le pistolet de la poche de son manteau, il n'en eut pas le temps. Un chien bondit dans sa direction et le frappa de ses deux pattes antérieures. Il lâcha la saillie de pierre, bascula en arrière, s'affaissa sur les tuiles, perdit sa lampe dans sa chute. Le filet des lattis et des chevrons céda sous son poids. Il atterrit sur une poutre maîtresse. Le choc lui coupa le souffle. Il eut l'impression de s'être brisé la colonne vertébrale. Des grondements se répondirent au-dessus de lui, suivis de grattements. La tête du chien qui l'avait attaqué se découpa dans le trou de la toiture. La lampe, coincée dans une ferme, continuait d'éclairer la charpente blanchie par les chutes de cendres. Des ombres s'étirèrent et dansèrent sur les poutres et les pierres du faîte. Les autres chiens marchaient sur le plafond et se rapprochaient de lui. Franx parvint à bouger la main et à la glisser dans la poche de son manteau. Le pistolet ne s'y trouvait plus. Il lança un coup d'œil sous lui. Repéra l'arme, luisant entre deux traverses un mètre plus bas. Tendit le bras. Trop court. Un chien lui happa l'avant-bras. Ses crocs déchirèrent les étoffes, dont l'épaisseur, heureusement, les empêcha de s'enfoncer profondément dans sa chair. Il tenta de faire lâcher prise à l'animal en lui cinglant le museau de sa main libre, sans résultat. Le chien tenait sa proie, il ne lâcherait pas. Une odeur forte, fauve, lui fouetta les narines. Un mouvement au-dessus de lui. Le chien qui l'avait agressé sur le toit était descendu dans les charpentes et tendait le cou entre liens de faîtage et arbalétriers pour lui déchiqueter la gorge.

32

Alice contempla sa moisson : une centaine de grains de blé rouges et luisants. Ils n'avaient pas perdu leur pouvoir de nuisance puisqu'elle avait trouvé deux cadavres de rats desséchés derrière les étagères. Elle disposa des grains dans un bout de tissu qu'elle referma soigneusement et enfouit dans la poche de sa veste. Elle prévoyait de les broyer et, à la première occasion, de verser la poudre dans l'assiette ou dans la boisson du grax. Il venait régulièrement soulager ses pulsions dans le lit d'Alice, des pénétrations brèves, sèches, animales, ce qui ne l'empêchait pas de rôder avec insistance autour de Zoé. Le roulement était maintenant établi. Ils surveillaient à tour de rôle la cour intérieure balayée de temps à autre par des averses de cendres et de neige. À Théo avait échu le début de la nuit jusqu'à minuit, Alice prenait le relais jusqu'à 5 heures, Zoé suivait de 5 heures à 11 heures, le grax se réservait la tranche de 11 heures à 19 heures, le plus longue, affirmait-il (et surtout la plus confortable ; il s'en justifiait en disant qu'il avait passé une grande partie de ses nuits devant la baie vitrée, au point qu'il en était tombé malade, à eux maintenant d'assurer leur part). Il ne transigeait pas avec la vigilance. Malheur à celui ou celle qu'il surprenait en train de somnoler dans le fauteuil. Théo avait été puni d'une grêle de coups de poing, Alice et Zoé d'une gifle bien appuyée. L'obsession sécuritaire du grax était absurde : personne ne pouvait survivre dehors dans de telles conditions, personne ne tenterait de prendre d'assaut le Feu de Dieu. Lorsque quelqu'un contestait ses décisions, il leur rappelait que, sans lui, sans sa prudence, les rôdeurs auraient investi la maison sans leur laisser la moindre possibilité de se défendre. Le froid était descendu de quelques degrés. La sonde extérieure du générateur indiquait moins trente-quatre et, lorsque soufflait le blizzard, la température s'abaissait jusqu'à moins quarante-cinq ou moins cinquante degrés. Alice avait allumé le deuxième poêle dans la grande pièce, appliquant étape par étape le protocole mis au point par Franx. La vitesse à laquelle diminuaient les réserves de bois, de gazole et de nourriture, l'alarmait. Elle avait tenté d'en toucher deux mots au grax, qui l'avait fixée de ses yeux ronds de lémurien avant de déclarer, d'un ton sans réplique, qu'il n'était pas question de se restreindre.

« L'arche n'a de sens que si elle nous permet de traverser la période difficile, avait-elle insisté. Que si nous gérons nos ressources au plus serré... »

Il avait haussé les épaules avant de lancer à Zoé un regard malsain. Après sa veille, Théo dormait jusqu'à 11 heures, puis, malgré le froid, il descendait dans la cave pour s'exercer au maniement de l'arc. Alice, elle, effectuait les vérifications quotidiennes avant de réveiller Zoé et de se recoucher, surmontant sa frayeur amplifiée par le silence. Elle se demandait si elle ne devait pas occulter les soupiraux. Franx s'y serait opposé : l'aération de la cave prévenait les émanations toxiques, la prolifération des germes et le pourrissement des aliments, mais il n'avait peut-être pas pronostiqué un froid aussi terrible. Elle avait ordonné aux enfants de rester le plus possible dans la chaleur des poêles ou sous les couvertures, mais Théo passait toujours autant de temps dans la cave en compagnie des fouines, emberlificoté dans plusieurs couches de vêtements, la tête enfouie sous un passe-montagne, chaussé de bottes après-ski. Elle dormait ensuite jusqu'à 10 h 15, préparait le déjeuner et tuait l'après-midi en lisant, en raccommodant les vêtements, en fermant les yeux, en essayant, comme Théo, d'entrer en contact avec Franx, sans aucun résultat, en dormant un peu, en calfeutrant les portes et les moindres interstices à l'aide des rubans d'isolation, en écoutant les battements de son cœur. Le grax n'était pas encore passé à l'offensive, comme un félin jouant un long moment avec ses proies avant de les dévorer. Alice profita d'une de ses longues éclipses dans la salle de bains pour broyer les graines empoisonnées dans le moulin mécanique, obtint une poudre rougeâtre assez grossière qu'elle écrasa ensuite dans le mortier de cuivre. Se lavant les mains après chaque manipulation, elle transféra le tout dans une boîte en plastique dont elle referma soigneusement le couvercle. Elle prépara un ragoût que le grax adorait et versa dans son assiette une partie de la poudre qu'elle mélangea à la sauce. Comme il mangeait vers 10 h 45, avant de prendre son tour de garde, il exigeait que les autres l'accompagnent. Zoé revenait de sa veille les yeux bouffis de sommeil, Théo s'installait en face du grax et ne le quittait pratiquement pas du regard, un défi silencieux qui excitait par instants la fureur du prédateur.

Quand Alice posa son assiette devant Jim, elle crut que le tintamarre de son cœur allait la trahir. Elle se demanda pour la centième fois si elle ne s'était pas trompée, l'épia du coin de l'œil, ne put s'empêcher de trembler lorsqu'il enfourna la première cuillerée. Une grimace fronça les sourcils et le nez du grax. Il marmonna que le ragoût n'était pas comme d'habitude, qu'il y avait un arrière-goût d'amertume, comme du moisi, du pourri. Elle lui assura, d'une voix aussi ferme que possible, qu'elle n'avait pourtant rien changé à ses habitudes.

« Goûte pour voir, toi ! » dit le grax à Zoé.

Alice retint au dernier moment le cri qui jaillissait de ses entrailles.

« Ça va pas, non ? protesta Zoé. Je ne bouffe pas dans l'assiette des autres, moi ! Y a assez de microbes comme ça ! »

Le grax avala plusieurs cuillerées d'affilée en réprimant chaque fois une grimace. Alice avait sans doute forcé la dose. Les épices et les aromates du ragoût ne parvenaient pas à masquer l'amertume de la mort-aux-rats. Il vida cependant son assiette, trop affamé pour faire la fine bouche, essuyant même la sauce avec son pain. Elle ne savait pas si la dose serait suffisante pour tuer, ni dans combien de temps le poison produirait son effet. Elle lui prépara sa boisson chaude, du café soluble, qu'il emporta avec lui lorsqu'il s'affala dans le fauteuil tiré devant la baie vitrée.

Les premiers effets se manifestèrent environ une

heure plus tard. Le grax se plaignit d'un mal au ventre provoqué selon lui par la sauce du ragoût. Alice lui objecta qu'il s'agissait sûrement d'une indigestion et que la douleur passerait vite. Zoé, allongée dans son lit, fixait sa mère d'un air soupçonneux. Théo, lui, s'était déjà sauvé dans la cave. Le grax devint très pâle, se mit à transpirer à grosses gouttes, vomit sur le carrelage, resta un long moment allongé et tremblant sur les dalles. Puis son visage prit une teinte bleuâtre, sa respiration se fit sifflante et, à plusieurs reprises, Alice crut qu'il allait s'immobiliser pour le compte.

« Qu'est-ce qui lui arrive ? demanda Zoé.

— Je n'en sais rien », répondit Alice.

À nouveau elle sentit le poids du regard de sa fille sur sa joue droite.

« Qu'est-ce qu'on peut faire pour lui ?

— Attendre que ça passe. »

Le grax parvint à se lever et à esquisser quelques pas hésitants. Il se dirigea vers la sortie de la grande pièce en poussant des râles et s'arrêtant quasiment à chaque pas pour vomir. Son visage n'était plus qu'un masque de souffrance, noirâtre, hideux. Des larmes s'écoulaient de ses yeux exorbités. Il passa dans le couloir. On entendit encore sa respiration rauque, ses gémissements sourds, puis un claquement de porte et un crissement de verrou. Alice et Zoé attendirent quelques instants avant de nettoyer les flaques de vomi d'où montait une odeur répugnante.

« C'est quand même bizarre qu'il soit tombé aussi brutalement malade, dit Zoé en rinçant la serpillière.

— Les réactions physiologiques sont parfois inattendues...

— Il a parlé d'un goût bizarre dans le ragoût. Si vraiment il a eu une intoxication alimentaire, on devrait tous être malades. Pourquoi il est allé s'enfermer dans son ancienne chambre ?

— Comment veux-tu que je le sache ?

— En tout cas, j'espère bien qu'il va crever !

— Tu ne devrais pas parler comme ça, Zoé.

— Pourquoi ? C'est ce qu'on espère tous, non ? »

Alice observa distraitement l'eau sombre qui s'écoulait par la bonde de l'évier.

« C'est fou d'en être arrivé à souhaiter la mort d'un homme dans un monde où il n'y a pratiquement plus de survivants. »

Le grax est resté enfermé dans son ancienne chambre pendant plusieurs jours. Je me rendais régulièrement devant sa porte et l'entendais tousser ou gémir. Pendant sa maladie (je ne crois pas qu'il s'agisse vraiment d'une maladie), nous avons eu une paix royale. Finies, les corvées de garde, envolée, l'ombre de peur perchée sur notre épaule, nous avons redécouvert à la fois la liberté et la tranquillité. Je n'étais plus obligée de me planquer dans la chambre de mes parents pour rédiger mon journal, je pouvais le faire au chaud, sans craindre d'être surprise par un regard indiscret. Nous n'avions encore jamais expérimenté la vie sans lui depuis le début du cataclysme. J'ai fouillé la cuisine du sol au plafond, j'ai trouvé une petite boîte en plastique avec, à l'intérieur, une poudre rouge qui sentait le moisi et l'amer, exactement comme l'avait décrit le grax en mangeant son ragoût. J'ai essayé d'interroger ma mère, elle m'a répondu d'une façon évasive. Je n'ai pas insisté : nous avons tous nos jardins secrets et je n'aime pas qu'on se promène dans les miens. Mon corps change énormément ces temps-ci. Mes seins continuent de grossir et je prends de plus en plus de plaisir à les caresser (pardon, Anne, tu n'aurais jamais écrit des détails aussi intimes et crus dans ton journal. Nous vivons la fin d'un monde et il me semble important de ne rien passer sous silence ; Anne aussi vivait la fin d'un monde, de son monde, mais je suppose qu'à l'époque une fille de bonne famille ne parlait pas de ces choses-là).

Le microbe nous a raconté que papa et la fillette étaient aux prises avec des chiens féroces. Je lui ai demandé comment il faisait pour être ainsi relié au monde extérieur, il m'a dit que c'était comme ça depuis sa naissance, qu'il avait toujours eu des images à l'intérieur de sa tête, mais que, comme il avait peur d'être traité de fou, il ne l'avait révélé à personne. Il n'a pas pu préciser si papa et la fillette avaient échappé à la meute de chiens. Il n'a aucun contrôle sur ses visions, elles viennent et partent d'elles-mêmes, parfois nettes et précises, parfois floues et incohérentes. Il lui arrive de voir des groupes humains réfugiés dans des endroits protégés et sombres, sans savoir qui ils sont, ni où ils sont. D'autres hommes ont donc survécu au cataclysme et, avec la maladie du grax, c'est le genre de nouvelles qui regonfle le moral...

Le grax va mieux. Il ne crèvera donc pas. Sa tête de hibou aux plumes ébouriffées est réapparue dans la grande pièce. Bien que toujours pâle, son visage a retrouvé un teint à peu près normal. Il a encore maigri, il ressemble maintenant à un squelette. Déjà qu'il n'était pas beau... Les sept jours pendant lesquels il s'est éclipsé ont filé comme un rêve. Ma mère avait raison sur un point : on ne se débarrassera pas facilement de lui. Son rétablissement sonne en tout cas la fin de la trêve. Il va me falloir de nouveau me réfugier dans la chambre congélateur de mes parents pour écrire. Et réfléchir encore au moyen de l'éliminer. J'avoue que je suis à court d'idées. Il ne s'est pas montré trop désagréable au début, sans doute encore un peu faible, puis il a rapidement repris ses habitudes. Il a reparlé des tours de garde en disant que nous étions totalement inconscients de laisser la maison sans surveillance. Ma mère lui a rétorqué qu'à moins quarante, les chances étaient nulles que des survivants tentent de prendre d'assaut le Feu de Dieu. Il n'a pas insisté pendant quelques jours, puis, quand il a retrouvé son appétit et ses forces, il a tapé du poing sur la table et a gueulé qu'il reprenait maintenant les choses en main. Il a ajouté, en lançant un drôle de regard à ma mère, qu'à partir de maintenant Théo goûterait chacun des plats qu'elle lui servirait. Il pensait donc qu'elle avait tenté de l'empoisonner, peut-être avec la poudre rouge que j'avais trouvée dans le placard de la cuisine. Elle a protesté. Il l'a saisie par les cheveux et lui a plaqué le visage sur la table avec une telle violence qu'elle a saigné du nez.

N'essaie plus jamais un truc de ce genre ! il a crié. Ou c'est ton sale gosse qui morflera.

J'ai bien cru que Théo allait se jeter sur lui avec le couteau qu'il triturait nerveusement.

La vie a repris son cours d'avant. Nous subissons de

nouveau la loi du grax. J'ai recommencé mes tours de garde entre 5 et 11 heures. Ma mère vient me réveiller, je m'installe dans le fauteuil, je m'enroule dans deux ou trois couvertures et rive mes yeux à la cour. J'en connais maintenant chaque détail, chaque pierre saillante, le mur de gauche, les portes de l'atelier et de l'ancien four, le portail du fond entre ses deux pans de murs, la façade de la grange avec ses meurtrières. La hauteur du tapis gris varie selon les averses de neige et de cendres. Parfois le blizzard m'empêche de voir à plus d'un mètre, je me concentre alors sur les arabesques (j'adore ce mot) des flocons poussés par le vent et leurs lentes glissades sur la baie vitrée. J'ai beau sentir la chaleur du deuxième poêle derrière moi, je tremble de froid quand j'imagine la température extérieure. Nous avons eu une pointe à moins soixante-dix l'autre jour. Il m'arrive de m'endormir, surtout vers les 6 ou 7 heures. C'est généralement un bruit qui me réveille, un craquement dans la toiture, le sifflement du vent, une protestation de ma mère, un ronflement du grax. Il me faut toujours quelques secondes pour me reconnecter à la réalité. J'ai d'abord l'impression d'être revenue plusieurs années en arrière, du temps où le soleil brillait, je m'attends à ce que résonnent la voix grave de mon père, celles des autres hommes et des femmes de l'arche, les cris et les rires des enfants, puis mes yeux se perdent dans la nuit perpétuelle et la grisaille de la cour, le froid mord les endroits de mon corps qui se sont légèrement découverts pendant mon sommeil, je me souviens du cataclysme, du grax, de l'absence de mon père, et j'ai envie de pleurer. Reverrons-nous un jour la lumière du soleil ? Sentirai-je un jour la chaleur de ses rayons sur ma peau ?

Je ne peux pas rester très longtemps dans la chambre de mes parents. Je me demande comment le microbe peut passer d'aussi longs moments dans la cave avec ses copines les fouines. J'ai beau me couvrir, je me transforme rapidement en bloc de glace, et les lettres tracées par mes doigts gourds (gourts ?) sont totalement illisibles. J'ignore si les conditions seront redevenues normales pour toi, mon lecteur du futur, j'espère qu'en me lisant tu éprouveras une petite partie de ce que nous avons ressenti dans nos chairs, ce froid qui vous guette et vous saisit chaque parcelle de peau, cette obscurité qui vous conduit lentement au désespoir.

Le grax ne me harcèle plus depuis son rétablissement. Il semble aussi fiche la paix à ma mère. Est-ce que son empoisonnement lui a coupé ses envies ?

33

Un souffle chaud caressa le cou de Franx. L'un des chiens lui immobilisait toujours le bras, un deuxième avait planté ses crocs dans le cuir de ses bottes. Il frappa de son poing celui qui tentait de le saisir à la gorge. Le coup désespéré, maladroit, eut pour seul effet d'exciter la colère de l'animal, qui poussa un grondement furieux et glissa le museau sous son bras replié. Il pensa à Surya, seule en bas, et s'efforça, avec l'énergie du désespoir, de récupérer son pistolet. Il roula sur la poutre maîtresse et tomba un mètre plus bas sur les chevrons du plafond. Une douleur vive monta de son avant-bras comprimé par les mâchoires puissantes. Sa main libre chercha à tâtons le pistolet coincé entre deux traverses. Un choc soudain lui coupa le souffle. Le chien qui venait du haut lui avait bondi sur la poitrine. Il sentit à nouveau le souffle chaud de l'animal sur son cou. Allongé sur le dos, écartelé par les deux autres molosses qui n'avaient pas desserré les mâchoires, il lui fut impossible de se protéger, et le museau s'approcha sans difficulté de son cou. Poussant un hurlement, il se débattit une dernière fois, mais la pression des chiens ne se relâcha pas. Des griffes lui labourèrent frénétiquement le torse, une truffe humide se glissa sous son oreille. Il revit les visages de Zoé, de Théo, d'Alice, avec une netteté bouleversante. Il était passé à côté d'eux, il n'aurait pas l'occasion de rattraper le temps perdu. Que devenaient-ils là-bas, au Feu de Dieu ? Les crocs cherchaient sa jugulaire. Il eut un dernier soubresaut, puis il ferma les yeux et lâcha prise. Son corps lui semblait étranger, lointain, comme déjà passé dans un autre univers. Le songe de sa vie s'estompait, plus rien n'avait vraiment d'importance, un soulagement indicible, enchanteur, recouvrait la peur et les regrets, il avait fini de lutter, il aspirait au repos. Il resta suspendu entre deux mondes un temps qu'il aurait été incapable d'évaluer.

Une sensation soudaine de légèreté l'entraîna à rouvrir les yeux. Il constata, à la lueur de la lampe, que les chiens avaient disparu. Il crut qu'il émergeait d'un rêve avant de se redresser et d'examiner son bras. Les crocs avaient déchiré les vêtements et la chair. Des filets de sang s'écoulaient de ses blessures. Il palpa son cou, ne décela aucune égratignure, observa sa botte, percée en plusieurs endroits, s'accorda un moment pour reprendre ses esprits avant de récupérer le pistolet et la lampe. Un aboiement retentit, en provenance du dessous.

Surya.

Si les chiens l'avaient délaissé, c'était qu'ils avaient jeté leur dévolu sur une autre proie. Il s'avança sur le bord de la brèche principale du plafond et promena le rayon de la lampe dans la sacristie. Le spectacle qu'il découvrit en contrebas le stupéfia : les quatre chiens étaient sagement allongés devant la fillette assise sur son matelas de chasubles.

Contrairement à ce qu'il craignait, ils ne l'agressèrent pas lorsqu'il la rejoignit. Elle l'accueillit d'un sourire, il la serra un long moment dans ses bras. Il soigna les blessures à son avant-bras, ravauda tant bien que mal ses vêtements et prépara le départ, surveillant du coin de l'œil les chiens toujours allongés. Leur maigreur, visible malgré l'épaisseur de leur poil, le frappa. Il remarqua également les nombreuses cicatrices boursouflées et rosâtres sur leurs flancs palpitants. C'étaient des corniauds, pas très massifs, aux pelages gris tachetés de blanc et de noir, aux pattes et aux griffes puissantes. Il se demanda où était passé le reste de la meute. Il ranima le feu et posa au-dessus des braises quatre galettes de blé et des fruits secs pour les décongeler. Surya découpa une partie de ses galettes en petits morceaux qu'elle donna aux chiens. Ils les engloutirent en deux coups de croc.

« On a encore beaucoup de chemin, dit Franx à la fillette. Il faut garder tes forces pour toi. »

Elle acquiesça d'un sourire et continua de partager ses rations avec les chiens.

Ils attendirent pour partir que le blizzard s'apaise. La tourmente avait laissé derrière elle un environnement entièrement gris, un silence épais et une neige molle dans laquelle on s'enfonçait jusqu'aux genoux. Les chiens les suivaient à distance, disparaissant par instants, réapparaissant soudain au détour d'une colline ou des ruines d'un village. La visibilité était nettement meilleure malgré la densité des ténèbres. Franx avait repéré la nationale 20 grâce à un panneau ployé sous un arbre pétrifié qui indiquait la direction de Saint-Sulpice-les-Feuilles et de Limoges. Ils se trouvaient donc quelque part dans la Creuse. Surya et lui avaient accompli plus des trois quarts du trajet, il leur restait entre cent et cent cinquante kilomètres jusqu'au Feu de Dieu, une distance à la fois courte et interminable. La température avait encore baissé de plusieurs degrés. Ils entraient probablement dans la véritable période glaciaire qui durerait, selon les estimations de Franx, entre cinq et dix ans. Il portait Surya dans les passages les plus difficiles, là où elle peinait à s'arracher de l'épaisse couche de poudreuse. Ils traversaient un paysage vallonné. L'air coupant et la consistance du sol rendaient les efforts pénibles, exténuants. Il leur faudrait bientôt se mettre en quête d'un refuge. La question des ressources devenait cruciale. Sans feu, ils ne pourraient pas décongeler les aliments. Mais où dénicher du bois ou d'autres combustibles dans un environnement aussi hostile ?

Ils atteignirent une petite ville dont pas une construction n'était restée debout. Ils n'y découvrirent aucun abri, ni aucun tas de bois, ni aucun magasin où ils auraient pu reconstituer leurs réserves alimentaires. Les ruines étaient ici prises dans une glace épaisse qui n'offrait pas de brèche. On devinait des portes, des fenêtres, des intérieurs et des corps figés dans la matière translucide, une vie saisie, pétrifiée, comme dans un musée de cire. Ils se remirent en route malgré leur fatigue et affrontèrent le vent violent qui balayait la partie plane entre les alignements de collines. Franx jucha Surya, épuisée, sur ses épaules jusqu'à ce que la fatigue le contraigne à s'arrêter. Il savait que, s'il s'asseyait, il risquait de ne plus se relever, mais ses jambes peinaient à le porter et il se laissa choir dans la neige. La fillette vint se blottir contre lui. Le froid les emporterait rapidement s'ils ne se relevaient pas. Les chiens déboulèrent tout à coup des hauteurs, coururent vers Surya et Franx, se roulèrent en boule autour d'eux, formant un rempart de fourrure qui les réchauffa peu à peu. Ils restèrent pelotonnés dans la chaleur des animaux jusqu'à ce qu'ils aient recouvré une partie de leurs forces, puis ils se remirent en route. Comme la neige durcissait, ils cessaient de s'enfoncer et marchaient d'un pas à peu près normal, partant parfois dans une incontrôlable glissade qui s'achevait contre une congère ou un tronc mort. Les chiens, eux, progressaient sur les hauteurs qui encadraient le ruban relativement plat de l'ancienne nationale 20 jonchée de véhicules caparaçonnés de glace. Franx aurait dû commencer à s'habituer aux phénomènes étranges qui jalonnaient le chemin de Surya, mais la façon dont elle avait apprivoisé des animaux rendus féroces par la faim ne cessait de l'étonner, tout comme le comportement des rats dans la champignonnière de Buc. Il aurait vraiment aimé connaître son histoire. Sa famille, sa mère avaient-elles pris conscience des extraordinaires facultés de la fillette ?

Un glissement de terrain coupait parfois la route et les contraignait à un détour. Ils devaient ensuite récupérer la nationale 20, donc repérer d'éventuels panneaux ou d'autres jalons. Ils traversèrent un village appelé Fromental, où, dans une rue protégée des intempéries par une voûte de murs effondrés, un vieux panonceau inséré dans un mur indiquait : nationale 20, 6 kilomètres, Limoges, 38 kilomètres. La neige recommençait à tomber, drue, cinglante, parsemée de cristaux de glace.

Ils se réfugièrent en compagnie des chiens dans un garage resté debout à côté d'un pavillon isolé complètement rasé dont le toit plat n'avait pas cédé sous le poids de la glace et en profitèrent pour se reposer et se restaurer. Franx rassembla de quoi faire du feu, des bûches noueuses qu'il fendit avec une hache accrochée au mur, de vieux journaux où s'étalaient des unes sur la grande crise financière de 2009 et les bouleversements politiques en Chine et en Russie. Il décongela les dernières galettes, deux barres de céréales, une tablette de chocolat, fit fondre un morceau du pain de glace, récupéra l'eau dans un récipient en plastique, remit sa part à Surya et, cette fois, n'attendit pas qu'elle s'en charge pour donner à manger et à boire aux chiens. Les sucres lents, s'ils ne suffiraient pas à les rassasier, leur permettraient de tenir le coup jusqu'à ce qu'ils dénichent une nourriture plus consistante ou qu'ils débusquent une proie vivante. Il s'habituait à leur présence. Il avait presque oublié qu'ils avaient failli le déchiqueter quelques heures plus tôt. Calmes, discrets, ils veillaient comme des anges gardiens sur les deux humains perdus dans l'immensité grise. Ils s'assoupirent près du feu, de même que Surya, qui s'allongea sur le tissu que Franx étendit sous elle. Il la couvrit de son propre manteau. La réserve de bûches leur permettrait de tenir deux ou trois heures. Il graissa le fusil et le pistolet, reboucha les trous dans ses bottes, s'assura du bon état des cartouches et des balles, puis il entretint le feu. Bercé par le crépitement des flammes et la respiration sifflante des chiens, il s'égara dans les labyrinthes confus de ses pensées. Les images de son enfance se mêlaient aux souvenirs plus récents, au ciel soudain noir au-dessus de Paris, au corps brûlant de Charline Sibony, aux trognes de Josy et Milou dans leur maison de l'horreur, au rire espiègle de Zoé à l'âge de sept ans, à la dernière engueulade au téléphone avec Alice, aux jours finalement heureux de la construction du Feu de Dieu... Des scènes resurgirent de sa mémoire profonde, qu'il croyait à jamais oubliées, l'atmosphère tendue dans la maison familiale (et il comprenait que ses parents, malgré tous leurs efforts pour démonter le contraire, ne s'étaient jamais entendus), ses premières amitiés à l'école maternelle, ses premières amours, ses premières déceptions... De tous ces reflets, de toutes ces sensations, il ressortait qu'il s'était fourvoyé dans les illusions du mental, qu'il n'avait jamais eu de prise sur la matière.

Quand la réserve de bûches fut entièrement dévorée par les flammes, il alla vérifier l'état du ciel. Il ne neigeait plus. Une bise glaciale soulevait des écumes blanchâtres qui déferlaient inlassablement en vagues. Il réveilla Surya d'une pression sur l'épaule. Les chiens sortirent du garage avant que Franx et la fillette n'aient fini de se rhabiller. Il vérifia soigneusement que leurs accoutrements ne présentaient aucune faille, bonnet sur le crâne et les oreilles, lunettes sur les yeux, pans de tissu superposés sur le bas du visage, écharpes autour du cou, manteau ou doudoune par-dessus plusieurs couches de pulls, gants polaires, doubles pantalons, trois paires de chaussettes enfilées les unes sur les autres, bottes après-ski pour elle, bottes fourrées pour lui. Il s'équipa du sac à dos, du fusil, et ils rejoignirent les chiens dehors. Ceux-ci, le poil hérissé, le dos rond, grondaient sourdement, comme s'ils avaient flairé un danger. Une vision traversa l'esprit de Franx, trop furtive pour qu'il puisse l'identifier, une masse blanche, comme détachée de la neige et roulant sur une pente.

Ils atteignirent la ville de Bessines-sur-Gart... une partie du nom avait disparu avec le bout de panneau arraché et coincé dans la glace sous l'avancée d'un toit défoncé. Les chiens ne cessaient de gémir et de gronder. Franx scrutait l'horizon mais ne détectait rien d'autre que les voiles neigeux tendus par la bise sur les parties planes et se fracassant au pied des reliefs. L'exploration rapide de la petite cité ne donna aucun résultat. Ils étaient en tout cas de nouveau sur la nationale 20. Il sembla à Franx percevoir des bruits réguliers, comme des coups donnés sur la neige. Les chiens bondissaient sur les pentes des collines proches. Il posa la main sur l'épaule de Surya et la maintint contre lui. La fillette avait marché sans interruption depuis le garage et il se reprocha de ne pas avoir pris soin d'elle. Comme elle ne se plaignait pas, il fallait sans cesse observer son allure, ses yeux, pour discerner les signes avant-coureurs de fatigue. Il eut de nouveau la vision de la masse blanche lancée à toute allure au milieu d'un moutonnement hérissé d'arbres courbés par les vents et le poids de la glace. Il crut percevoir une deuxième forme claire dans le lointain. Les images s'estompèrent et il fixa avec inquiétude les chiens qui, regroupés sur un sommet proche, aboyaient sans interruption. La sensation de danger se fit oppressante. Le paysage où ils évoluaient ne proposait aucun abri. Il s'arrêta, plaça Surya derrière lui, se défit de son sac à dos, glissa deux cartouches dans le fusil, l'épaula et se tint prêt.

Les masses blanches apparurent à l'horizon. Franx

eut besoin de quelques minutes pour se rendre compte qu'il s'agissait d'ours blancs, lancés au grand galop dans leur direction, soulevant des gerbes de neige à chaque foulée. Échappés d'un zoo ou bien, hypothèse moins probable, descendus du Grand Nord en profitant de la glaciation soudaine qui agrandissait leur territoire. Franx espéra qu'ils s'arrêteraient au dernier moment et se coucheraient aux pieds de Surya, comme les chiens et les rats. Ils dégageaient une impression de puissance phénoménale. Flairant leurs proies des kilomètres à la ronde, les grands prédateurs régnaient en maîtres absolus sur les étendues glacées. Franx ne disposait que de deux cartouches. Il était condamné à ne manquer aucun de ses tirs. Il les garda dans sa ligne de mire. Ils progressaient côte à côte, à la même vitesse. Les chiens sautaient sur place et hurlaient à la mort. Leur instinct leur dictait de ne pas rechercher l'affrontement avec des adversaires capables de les décapiter d'un simple coup de patte. Franx jeta un bref coup d'œil à Surya et ne décela dans ses yeux aucun signe de frayeur.

34

Le grax avait survécu à la mort-aux-rats, mais le poison n'avait pas laissé son cerveau indemne. Tantôt il se lançait dans un soliloque totalement incohérent qui s'achevait en imprécations et menaces, tantôt il semblait totalement absent, comme si toute vie s'était éteinte dans sa grande carcasse, et restait des heures immobile, assis sur le fauteuil en face de la baie vitrée, le regard dans le vide. Alice s'était approchée une fois pour lui dire que le repas était servi. Il avait réagi avec une soudaineté et une violence inattendues, la saisissant par le poignet et la plaquant au sol. Il s'était ensuite laissé tomber sur elle et l'avait étranglée. Elle avait cru sa dernière heure arrivée, ses pensées s'étaient peu à peu effilochées, puis le grax l'avait inexplicablement relâchée et fixée un long moment avec un rictus démentiel. Il avait sans doute estimé que le moment n'était pas encore venu de la tuer, il voulait continuer de jouer avec elle, la voir se débattre entre ses griffes. Il n'avait fait aucune allusion à sa tentative d'empoisonnement, mais il l'avait manifestement jugée coupable et avait décidé d'appliquer la sentence avec la cruauté et la perversité qui le caractérisaient.

Elle ne pouvait plus utiliser le reste de la poudre, il ne mangeait ni ne buvait rien que Théo n'eût au préalable goûté.

Les repas se déroulaient désormais selon un rituel immuable : elle apportait les assiettes pleines sur la table, le grax les changeait de place, un peu comme on rebat les cartes, puis il ordonnait à Théo de goûter et il attendait quelques minutes, ses yeux de lémurien rivés sur le garçon, avant de commencer lui-même à manger. Il était de temps à autre pris de spasmes et de vomissements, répliques décroissantes de la crise qui avait suivi son empoisonnement. Il s'allongeait alors dans son lit en gardant contre lui sa petite fourche à trois dents. Zoé, qui s'en était approchée avec un peu trop de témérité, avait failli recevoir les pointes métalliques dans la poitrine. Il ne perdait jamais tout à fait conscience, comme un fauve toujours sur le qui-vive. Alice avait supplié sa fille d'éviter les provocations, mais Zoé ne pouvait s'empêcher de lui décocher de temps à autre des piques, qu'il semblait parfois ne pas entendre et qui, parfois, le mettaient dans des fureurs proches de l'hystérie. Elle redoutait à chaque instant qu'il perde définitivement la tête et commette l'irréparable, et elle avait pour cette raison demandé aux enfants de maintenir tant bien que mal les tours de garde.

Les blizzards, de plus en plus fréquents, de plus en plus violents, se retiraient en abandonnant d'épaisses couches de neige ; elles se superposaient, se tassaient et se transformaient en une glace compacte qui atteignait au milieu de la cour intérieure une hauteur d'un mètre trente ou quarante. À plusieurs reprises, Zoé et Théo avaient cru discerner des mouvements le long des murs, de simples illusions d'optique engendrées par la nuit, le vent, la densité des flocons et leur propre fatigue. Jamais Alice n'avait ressenti un tel sentiment d'isolement. Le Feu de Dieu paraissait flotter dans un vide entouré de ténèbres et de glace. Un peu plus de trois mois s'étaient écoulés depuis le début du cataclysme et, même si leurs ressources s'avéraient suffisantes, ils perdraient la raison avant le retour du soleil et de la chaleur. Son propre comportement, les comportements de Zoé et de Théo l'inquiétaient presque autant que les accès de folie du grax. Zoé se montrait aussi agressive avec son frère et sa mère qu'avec Jim, Théo se murait dans un mutisme de plus en plus compact, retiré dans des mondes inaccessibles, elle-même ne parvenait plus à accorder ses pensées et ses actes, scindée en deux, comme si son esprit et son corps n'appartenaient pas à la même personne. Les visions de son fils, ces histoires de chiens féroces se métamorphosant subitement en anges protecteurs, cette fillette muette douée de pouvoirs surnaturels, cette marche interminable dans un environnement où pas un être humain ne pouvait survivre, semblaient tout droit sorties des univers de fantaisie et des mangas qu'il explorait du matin au soir. Il ne parlait plus qu'aux deux fouines qu'il nourrissait chaque jour des restes de ses repas. Alice l'avait suivi et s'était assise dans l'escalier pour écouter ce qu'il leur disait. Elle n'avait pas compris un traître mot dans ses fredonnements, ses sifflements, ses onomatopées, ses borborygmes et ses claquements de langue. De loin, on aurait dit un déséquilibré en train de soliloquer, mais sa voix avait l'art d'apaiser les deux captives, qui, le reste du temps, s'agitaient sans relâche entre les barreaux de la cage en poussant des couinements stridents. Elles se tenaient tranquilles tant qu'il restait dans la cave, même lorsqu'il s'exerçait au tir à l'arc avec une obstination rageuse, plantant ses flèches dans les cibles grossièrement dessinées sur les cartons. Il profitait des moments d'absence du grax pour durcir les pointes dans le feu du poêle et fabriquer de nouveaux empennages en suivant la notice autrefois récupérée sur Internet.

Internet... Le monde d'avant, le monde de la technologie triomphante, le monde du virtuel concélébré, le monde des réseaux, avait disparu à la vitesse d'un songe. Cueilli par l'abaissement brutal de la température comme les dinosaures des millions d'années auparavant. Alice ne parvenait pas à se reconnecter avec sa vie d'avant. Elle doutait de ses propres souvenirs de la même manière qu'elle doutait des visions de Théo. Elle ne parvenait même plus à reconstituer l'image de Franx, sa silhouette, son visage, sa voix, son odeur, elle n'avait de leurs étreintes, de leurs disputes, de leurs joies, de leurs peines, que de vagues réminiscences, il s'effaçait d'elle, tout comme les trois autres familles du Feu de Dieu, comme ses parents, comme son enfance, comme son premier amour. Sa mémoire s'en allait d'elle par lambeaux. Était-ce un effet du bombardement magnétique dont avait parlé Franx ? Une dégénérescence accélérée ?

Elle s'en était ouverte à Zoé.

« C'est exactement la même chose pour moi, avait répondu sa fille. J'ai l'impression d'avoir rêvé toute ma vie d'avant le cataclysme.

— Tu ne te souviens pas de ton père ?

— Des fois oui, des fois non. Pareil pour mes copines et leurs parents. C'est comme si la nuit effaçait tout. Comme si on n'avait plus de passé, plus de futur, qu'on était déjà mort.

— Nous sommes pourtant bien vivantes.

— T'appelles ça une vie, toi ? J'envie Ludo et les autres pauvres types qui ont essayé de prendre d'assaut le Feu de Dieu. Ils paraissaient soulagés d'en avoir fini avec cette galère. Si papa avait été moins prévoyant, on serait pas là en train de trembler comme des connes de peur et de froid.

— Ce n'est pas très gentil pour lui...

— Bah, ça m'a aidée à comprendre cette expression, tu sais : l'enfer est pavé de bonnes intentions.

— Tu crois encore qu'il reviendra ? »

Zoé avait haussé les épaules d'un air courroucé. Avec sa moue boudeuse, ses cheveux hérissés, sa mine chiffonnée, elle ressemblait par instants à un buisson d'épines ébouriffé par le vent.

« Comment veux-tu que je le sache ? Je ne m'appelle pas Théo, moi, je ne suis qu'une fille ordinaire.

— Je te demande justement ce que tu penses de ses visions... »

Zoé avait marqué un temps de silence, les yeux rivés sur le bois de la table. Alice la trouvait parfois jolie, et parfois ingrate, frappée de disgrâce. C'était pourtant la même fille, avec les mêmes yeux transparents, la même peau claire, les mêmes lèvres pulpeuses, les mêmes cheveux bruns et ondulés. La beauté est dans l'œil de celui qui contemple. Alice ne se rappelait pas où elle avait puisé cette phrase, mais elle constatait qu'elle s'appliquait souvent à son cas.

« J'y crois pas toujours. L'autre jour pourtant, il nous a donné la preuve que ça marchait.

— Tu veux dire : lorsqu'il m'a prévenue que les rôdeurs tentaient de s'introduire par la cave ? »

Zoé avait hoché la tête.

« D'un autre côté, on dirait qu'il part dans des plans totalement délirants. Je ne peux pas trier le vrai du faux là-dedans, je ne suis pas dans sa tête.

— À propos de tête, tu... tu écris toujours ton journal ?

— Pourquoi ? Tu n'as pas encore tout lu ? »

Alice avait battu en retraite, traquée par le regard insolent de l'adolescente. Elle avait tout lu, enfin tout ce que Zoé avait écrit d'une écriture appliquée dans le cahier rangé dans le tiroir de sa table de chevet, mais elle restait persuadée que son journal ne reflétait ni la personnalité, ni l'intimité de sa fille, qu'il n'était qu'un ersatz, pire, un leurre.

« Ça caille à mort, grogna le grax. Va falloir allumer le troisième poêle. »

Les crissements des flocons presque durs sur la baie vitrée dominaient les sifflements du vent et les craquements des bûches dans les foyers. Les bougies dispensaient une lumière ambrée d'où émergeaient, comme des masques inquiétants, les visages de Jim et des enfants assis autour de la table.

« Il faut encore attendre, objecta Alice. Nos réserves de bois diminuent déjà trop vite.

— C'est moi qui m'en occuperai si tu ne veux pas. »

Les fêlures dans la voix du grax trahissaient une

soudaine tension qui incita Théo à se reculer prudemment sur sa chaise.

« La procédure prévoit que...

— La procédure, t'as qu'à te la mettre où je pense ! Et puis y en a marre qu'une cinglée de ton genre fasse la loi dans cette baraque !

— Je ne fais pas la loi, je... »

Le grax frappa le bois de la table du plat de la main. Les verres et les assiettes s'entrechoquèrent. Il se leva, saisit Alice par les cheveux, la renversa de sa chaise et la traîna sur le carrelage en direction de la porte de la buanderie. Elle hurlait, se débattait ; il ne la lâcha pas.

« J'en ai plein de cul, de toi ! »

Alice tenta de se remettre debout. La douleur vive qui montait de ses vertèbres cervicales, de ses omoplates, de son cuir chevelu, et la poigne du grax l'en empêchèrent. Elle entrevit ses enfants pétrifiés sur leurs chaises à l'autre bout de la grande pièce, silhouettes minuscules et floues dans la lumière ambrée des bougies, puis elle fut projetée violemment contre un mur, le choc lui coupa le souffle, elle eut une vague sensation de froid, elle entendit un claquement de porte, un grincement métallique, l'obscurité l'ensevelit. Elle eut besoin d'un peu de temps pour prendre conscience qu'il l'avait bouclée dans la buanderie. Un courant d'air glacé provenait de la porte blindée qui donnait sur la cour. La température dans la pièce n'excédait pas les sept ou huit degrés. Elle se souvint avec une netteté étonnante, presque nauséeuse, des heures éprouvantes passées à surveiller cette porte ébranlée par les martèlements des rôdeurs affamés. Elle ne disposait pas cette fois de couverture ni de manteau pour supporter le froid. Elle se releva dès qu'elle en eut la possibilité pour vérifier l'état de son corps. De simples contusions aux côtes, aux jambes, aux hanches. Elle se rapprocha à tâtons de la porte intérieure, qu'elle ne parvint pas à ouvrir. Des éclats de voix suivis de bruits de pas précipités et de cris transpercèrent le panneau de bois. Elle poussa un cri de rage. Ses enfants étaient seuls de l'autre côté face au grax. Le froid l'enveloppait déjà comme un suaire. Elle donna un coup d'épaule dans la porte sans réussir à la bouger d'un millimètre. Franx avait insisté sur la qualité des matériaux du Feu de Dieu, murs, huisseries, charpente, carrelage, faïence, électricité, plomberie, disant que leur survie en dépendrait en grande partie, et les portes étaient à l'image de l'ensemble de la construction, solides, inébranlables. Elle resta un moment à l'écoute des bruits. Elle n'entendit rien d'autre que le grésillement des flocons sur le métal du blindage et les mugissements du blizzard. Elle pensa que le grax aurait rapidement besoin d'elle, ne serait-ce que pour préparer le prochain repas. Elle continua de bouger, de lutter contre l'engourdissement, puis elle tambourina rageusement sur la porte jusqu'à ce que, épuisée, elle se laisse glisser sur le sol. Elle tenta de préserver sa chaleur en se recroquevillant sur elle-même.

Une sensation de mouvement et un chuchotement la tirèrent de sa torpeur. Ses pensées peinèrent à se frayer un chemin dans son cerveau gelé.

« Maman ? »

La voix de Zoé.

« J'ai pas beaucoup de temps. Le grax nous a interdit de t'ouvrir la porte. Il dit qu'il te laissera enfermée là-dedans jusqu'à ce que tu aies compris la leçon. Il dort maintenant. Je t'ai emmené deux couvertures, un coussin, de quoi boire et manger. Et aussi une lampe et une bassine au cas où tu en aurais besoin. Il faut que j'y aille. L'autre dingue est d'une humeur massacrante, il a ordonné à Théo de tuer les fouines, le microbe a refusé, alors il lui a mis une grosse trempe. »

Alice se redressa et s'efforça de maîtriser les tremblements de ses lèvres.

« Il... il n'est pas blessé ?

— Il a seulement saigné du nez. Mais je l'ai soigné et ça va. J'ai eu peur. J'ai bien cru qu'il allait le tuer. Ah oui, le grax a allumé le troisième poêle. Bon, j'y vais. Je suis obligée de refermer la porte. »

Zoé déposa un rapide baiser sur la joue de sa mère et s'éclipsa. Alice alluma la lampe, s'enroula dans les couvertures, mangea les morceaux de pain et de fromage disposés dans trois feuilles d'essuie-tout et but l'eau au goulot de la bouteille en plastique. Régénérée, elle se réchauffa peu à peu et se détendit. Elle s'allongea aussi confortablement que possible, posa la tête sur le coussin et s'endormit.

Elle se réveilla quelques secondes avant qu'un cri perçant ne déchire le silence et ne lui glace le sang.

35

Franx attendit encore quelques secondes avant de presser la détente. Les ours polaires n'avaient pas ralenti, galopant avec une légèreté et une rapidité surprenantes pour des animaux de leur gabarit. Il choisit de tirer sur celui de droite, légèrement en avance sur son congénère. Des ondulations parcouraient son pelage d'un blanc immaculé, ses yeux étincelaient au-dessus de son museau noir et pointu. Franx chassa d'une expiration énergique les premières manifestations de panique, pensées désordonnées, frémissements, tremblements. Les aboiements stridents des chiens se brisèrent sur la bulle de silence qui l'enveloppa. Il visa entre la face et le poitrail de l'ours. Pressa la détente. La crosse lui heurta sèchement le creux de l'épaule. La détonation se prolongea en échos décroissants dans le silence des ténèbres. Il lui sembla que la masse blanche louvoyait et s'affaissait dans la neige. Il ne prit pas le temps de s'en assurer, il braqua aussitôt son fusil sur le deuxième ours. Mit du temps à le repérer. Affolé par le coup de feu, le plantigrade courait à présent sur la pente de la colline opposée. Franx le garda dans sa ligne de mire jusqu'à ce qu'il disparaisse derrière une grande congère.

Des aboiements furieux et un grondement sourd l'entraînèrent à se retourner. Les quatre chiens cernaient l'ours sur lequel il avait tiré. Des taches pourpres souillaient son pelage au niveau du poitrail et de l'épaule droite. Il était tombé dans la neige sur laquelle il avait abandonné un sillage parsemé de flaques de sang, puis il s'était redressé pour affronter les chiens, qui, surexcités, avaient aussitôt entrepris de le harceler. Ils amorçaient à tour de rôle une attaque, se repliaient avant que leur redoutable adversaire n'ait eu le temps de riposter, l'obligeaient à se retourner sans cesse pour parer les assauts qui surgissaient de tous côtés, le vidaient de ses dernières forces. Ses grondements se prolongeaient en râles sourds. L'un des chiens planta ses crocs dans le haut de sa patte arrière et se suspendit de tout son poids pour le contraindre à se coucher. L'ours pivota sur lui-même avec une telle vivacité que son agresseur lâcha prise. Il ne lui laissa pas le temps de se rétablir, il le frappa d'un coup de griffe aussi puissant que précis, le décolla de la neige et le propulsa plusieurs mètres plus loin. Le chien ne se releva pas. Les trois autres reprirent leur travail de harcèlement, évitant avec adresse les derniers coups de boutoir de leur adversaire, de moins en moins énergiques. Franx lançait de fréquents coups d'œil sur la colline derrière laquelle avait disparu le deuxième plantigrade. Les voiles blancs tirés par le vent avaient déjà presque effacé ses empreintes. L'ours cessa de se débattre, resta un moment immobile avant de s'effondrer et de pousser un long râle d'agonie. Les chiens se ruèrent sur lui pour la curée.

Une telle quantité de viande était une véritable manne dans les circonstances. Franx décida de boire du sang de l'animal avant qu'il ne se refroidisse. Tandis que les chiens déchiraient frénétiquement le ventre de l'ours et se repaissaient de ses viscères, il lui perça la jugulaire à l'aide de la pointe de son couteau et recueillit le liquide pourpre et chaud dans l'écuelle en plastique ramenée du garage. Il la tendit à Surya, qui la vida jusqu'à la dernière goutte sans montrer la moindre réticence. Il la remplit de nouveau, mais, contrairement à la fillette, il dut surmonter une violente répulsion pour y tremper les lèvres. Il but le sang d'une traite, sans reprendre sa respiration. Le goût n'en était pas fort, étonnamment doucereux. Il se sentait en tout cas irradié par une vigueur nouvelle. Il renouvela l'opération à deux reprises et Surya vida chaque fois l'écuelle sans rechigner. Il entreprit ensuite de couper des morceaux de viande pendant qu'elle était encore tendre. Il n'avait jamais dépecé d'animal de sa vie, pas même un poulet, mais les gestes lui venaient naturellement. D'abord décoller le cuir, puis trancher les tendons, les attaches, les cartilages. Il lança plusieurs morceaux aux chiens et prépara pour Surya et lui-même des petits cubes de viande qu'ils mangèrent tout de suite. Ils lui parurent tout à fait comestibles, voire délicieux. Son corps en tout cas s'en emparait avec avidité, probablement conditionné par ses besoins en protéines. Il bourra son sac à dos de toute la viande qu'il put récupérer. Les trois chiens, repus, les museaux marbrés de sang, se reposaient tranquillement près de Surya. Le cadavre de leur congénère, les reins brisés par le coup de patte de l'ours, se recouvrait déjà d'un linceul clair. Ils se relevèrent lorsque Franx vint prendre la fillette par la main et gagnèrent au petit trot le sommet des collines d'où ils suivirent les deux humains.

Ils franchirent les monts d'Ambazac, un ensemble de collines dont les plus hauts sommets culminaient à environ six cents mètres. Des panneaux défoncés où figurait une tête de mort signalaient la présence d'anciennes mines d'uranium.

Franx et Surya marchaient d'une allure soutenue le long de la nationale 20 dont le tracé rectiligne, bien que recouvert d'une gangue de trois mètres de hauteur, restait à peu près visible au milieu des reliefs. On distinguait nettement les formes des véhicules piégés par le cataclysme, les files de voitures et de camions qui s'étiraient parfois sur plusieurs centaines de mètres. Des failles fragmentaient la grisaille, étroites, brisées, comme des craquelures dans une terre desséchée, contraignant les marcheurs à des méandres heureusement assez brefs. Les cimes d'arbres ensevelis crevaient par endroits la couche de neige, de cendres, de glace, et parsemaient les pentes de tumulus en forme de cônes. Des flocons épars tombaient régulièrement des abîmes célestes. Le froid et le vent cinglant épuisaient rapidement les forces redonnées par le sang et la chair de l'ours. La brève sensation d'euphorie qui avait suivi le dépeçage du fauve avait de nouveau fait place à la lassitude, à la tentation lancinante de s'allonger dans la neige et de se laisser mourir. Les chiens suivaient à distance. Leurs éclipses étaient régulières, et parfois si longues que Franx les croyait à jamais disparus. Puis leurs jappements résonnaient dans le lointain, et il apercevait leurs silhouettes sombres disséminées le long d'une pente. Il leur avait distribué d'autres morceaux de viande avant qu'elle ne soit complètement congelée. Il se demandait si le deuxième ours les suivait à distance. Le grand prédateur ne laisserait sans doute pas passer une telle aubaine dans un environnement aussi pauvre en ressources et guetterait le moment propice pour passer à l'attaque. Il leur faudrait donc se reposer dans un abri relativement solide et déployer une vigilance de tous les instants. Il jugea, à l'allure vacillante de Surya, que le moment était venu de la jucher sur ses épaules.

D'abri, ils n'en trouvèrent pas, pas même lorsqu'ils arrivèrent dans les environs de Limoges. De la ville, dont on avait une vue d'ensemble du haut d'une colline, il ne restait rien d'autre qu'un immense champ légèrement pentu et jonché de reliefs inégaux et blancs. Les noms de Couzeix et Gorceix, entrevus sur un panneau coincé dans la cime figée d'un arbre, confirmèrent à Franx qu'il s'agissait bien de l'ancienne agglomération limougeaude. Moins de quatre-vingts kilomètres le séparaient désormais du Feu de Dieu. Soit six ou sept jours de marche. Il se dit presque aussitôt que son espoir risquait d'être déçu, que les tremblements de terre avaient peut-être emporté l'arche, puis une image émergea de ses pensées, Théo et Zoé, dans un endroit sombre éclairé par le rayon ténu d'une lampe, un enchevêtrement de poutres au-dessus d'eux, leurs visages inquiets. Il se demanda ce qu'ils fichaient là, où était passée Alice, il comprit qu'ils étaient en danger, et, animé par une rage et une vigueur nouvelles, il dévala la pente de la colline, Surya installée à califourchon sur ses épaules.

Il marcha aussi longtemps que possible, traversa l'agglomération sans détecter de trace de vie ni remarquer la moindre possibilité d'abri, retrouva la nationale 20 après avoir franchi une rivière gelée, la Vienne probablement. Il avisa d'anciens panneaux aériens maintenant au ras du sol et protégés de l'ensevelissement par une grotte de glace. Il éclaira les panneaux en partie givrés avec une lampe torche. Brive, Toulouse, A 20... De voir ainsi affiché Brive lui procura une émotion intense, violente. Il était tout proche du but. Il devait encore accélérer, gagner du temps. Les chiens aboyèrent derrière lui. Il ne discerna aucun mouvement entre les reliefs blancs. En revanche, en levant les yeux, il découvrit dans le ciel un phénomène lumineux dont la splendeur l'émerveilla. Une rosace pourpre se déployait dans les ténèbres. Elle évoluait à la façon d'une méduse dans l'océan, déployant régulièrement ses traînes de lumière comme des tentacules, passant sans cesse d'une forme circulaire à une forme ovoïde. Ses reflets teintaient de pourpre et de rose les reliefs de la ville enfouie, les congères et les collines environnantes. C'était sans doute une aurore boréale, mais le phénomène paraissait animé d'une vie propre, décrivant une trajectoire précise. Des couronnes, rouges et mauves, apparurent autour d'elle et s'enchevêtrèrent en vitraux aux motifs complexes. L'espace de quelques secondes, Franx crut qu'on tirait un feu d'artifice dans les parages. La tête levée, les yeux écarquillés, Surya appréciait elle aussi le spectacle. Puis le ciel recouvra progressivement sa noirceur désespérante.

Il parcourut encore une distance qu'il estima à dix kilomètres avant de jeter l'éponge. Comme il n'entrevoyait aucun abri, il décida d'en fabriquer un avec des morceaux de glace. Il ne pourrait pas faire de feu, donc pas non plus décongeler les aliments, mais il lui fallait se reposer au moins deux ou trois heures avant de repartir. Il descendit Surya de ses épaules, se débarrassa de son sac à dos, sortit son couteau, commença à découper dans le sol des cubes de neige durcie et les assembla le plus rapidement possible tout en lançant de réguliers coups d'œil à Surya debout à ses côtés. Il finit par obtenir une construction vaguement cubique d'une longueur d'un mètre cinquante, d'une largeur et d'une hauteur d'un mètre. Il termina par le toit, prélevant des bandes plus longues, les posa sur les faîtes des quatre murets et combla les interstices avec la neige molle. Il se glissa dans l'igloo par l'ouverture juste assez large pour lui et promena le rayon de sa lampe à l'intérieur pour en vérifier à la fois l'étanchéité et la solidité.

Il songea à faire entrer les chiens, pour profiter de leur chaleur, mais leurs anges gardiens s'étaient déjà couchés près de l'igloo et ne semblaient pas décidés à bouger, et puis il y avait à peine assez de place pour Surya, le sac et lui. On entendait leurs halètements au travers des murs. Franx reboucha l'ouverture avec un cube de glace, puis, à la lueur de la lampe, il défit Surya de son bonnet, de ses lunettes, des pans de tissu lui protégeant le visage, de ses gants et de sa doudoune, qu'il étala sur le sol afin que la fillette puisse s'y allonger. Il s'étendit près d'elle une fois dévêtu et prit le temps de vérifier pistolet et fusil avant de tirer sur eux son manteau déplié en couverture. Il était tellement fatigué qu'il ne prêta aucune attention au sentiment de claustrophobie qui se déployait en lui. Il régnait dans l'igloo une température agréable, rassurante. Bercé par les mugissements du vent, il sombra dans un sommeil profond.

Un pressentiment l'étreignit au réveil.

Surya respirait à ses côtés. Il resta quelques instants à l'écoute du silence, ne perçut aucun bruit, ni sifflement, ni halètement. Alluma la lampe. Rien n'avait bougé. Il laissa quelques secondes le visage de la fillette dans la lumière. Elle dormait paisiblement. Sa beauté, la délicatesse de ses traits, à nouveau, l'émerveillèrent. Muni du pistolet, il repoussa lentement le bloc de glace qui faisait office de porte. Le froid s'engouffra aussitôt. La sensation de danger se fit plus intense, presque palpable.

Il hésita à sortir, puis, se disant qu'il ne pouvait pas éternellement rester coincé dans l'igloo, il passa la tête dans l'ouverture. Il ne vit d'abord que l'infinie étendue grise écrasée de ténèbres. Les chiens avaient disparu. Des particules glacées lui piquetèrent le visage. Il crut d'abord qu'elles avaient été projetées par le vent, puis une masse surgit devant lui et un grondement terrifiant ébranla le silence.

36

Le grax a définitivement pété les plombs.

Après avoir enfermé ma mère dans la buanderie, il nous a menacés, moi et Théo, avec son trident, avant de s'asseoir dans le fauteuil devant la baie vitrée et d'y rester sans bouger jusqu'au soir. J'ai vérifié à deux reprises qu'il dormait avant d'amener des couvertures et de la nourriture à ma mère. Elle m'a semblé à peu près en forme, même si elle n'est pas trop couverte et qu'il règne un froid de canard dans la buanderie. J'avais peur qu'elle se soit cassé quelque chose quand le grax l'a traînée par les cheveux sur le carrelage de la grande pièce. On se serait cru revenu des milliers, ou des millions (je ne sais jamais, avec ces fichues périodes préhistoriques) d'années en arrière, du temps des Cro-Magnon. D'ailleurs, je crois finalement que le grax est un homme préhistorique qui a échoué, personne ne sait comment, au XXIe siècle. Je ne vois pas d'autre explication à son comportement. On ne peut même pas parler à son propos d'instinct animal, parce que l'animal n'agit jamais par pure cruauté (quoique le chat, lorsqu'il s'amuse avec une souris, semble y prendre beaucoup de plaisir), c'est seulement un être inadapté, inexplicable, monstrueux. Je ne suis pas certaine qu'un spécialiste de la psychologie humaine serait capable de percer son mystère, même en connaissant toute son histoire, sa famille, ses parents, ses souffrances. Je me demande comment il a pu débarquer au Feu de Dieu, par quel hasard il a croisé la route de la famille Loustaleau, pourquoi les femmes se sont toutes entichées de lui. À cause de son côté préhistorique, justement ? J'ai préparé le dîner, on a mangé, les yeux baissés sur nos assiettes de peur de croiser le regard du grax, je me suis couchée normalement pendant que Théo prenait son tour de garde et je me suis rapidement endormie. Un mouvement près de moi m'a réveillée. À l'odeur, j'ai immédiatement compris que le grax se glissait dans mon lit. J'ai voulu le repousser de la main. Je me suis rendu compte qu'il était complètement nu. Il poussait de drôles de ricanements. Les pointes effilées et dures de son trident m'ont piqué le dos. Je n'osais plus bouger, alors j'ai hurlé. Il a ri. Son rire, on aurait dit un bruit de pneu crevé ou de baignoire qui se débouche. Il a joué un long moment avec moi, comme un chat avec une souris, glissant son trident sous mes vêtements et le baladant sur mes seins, sur mon ventre, sur mes fesses. Je me suis mise à trembler et à pleurer, comme une conne (paraît que c'est une réaction de fille...). Vraiment la dernière chose à faire : les larmes et autres manifestations de terreur ne parvenaient qu'à exciter sa férocité. De temps à autre, il se collait contre moi et frottait son corps contre le mien, mais jamais il n'a essayé de me violer, soit parce qu'il n'en avait pas envie, soit parce qu'il ne le peut plus. Il m'a retournée sur le dos et m'a posé le trident sur la gorge. J'ai cru qu'il allait l'enfoncer dans mon cou et, à nouveau, j'ai hurlé, enfin j'ai eu l'impression qu'un cri jaillissait de mon ventre. Un bruit mat a retenti, aussitôt suivi d'un cri étouffé, la pression du trident s'est relâchée sur mon cou, j'ai entendu la voix du microbe.

Rhabille-toi. Faut se sauver avant qu'il reprenne ses esprits.

Le grax n'était pas tout à fait assommé, on l'entendait gémir. J'ai sauté du lit et ai passé mes fringues à toute vitesse.

On se tire où ?

Le microbe a allumé sa lampe. Il était habillé comme pour aller dehors, je ne voyais que ses yeux par la fente de son passe-montagne. Il tenait encore le bout de bois avec lequel il avait cogné le crâne du grax. J'ai aperçu, dans le halo de la lampe, le corps nu et maigre de Jim, recroquevillé sur le sol, du sang sur la joue. Son trident gisait un peu plus loin.

On va dehors ? j'ai encore demandé.

Va délivrer maman, a répondu Théo. Et après, prenez des réserves de nourriture. Moi, je vais chercher les fouines, l'arc et les flèches dans la cave. Rendez-vous dans le couloir des chambres.

Théo, tu sais ce que tu...

Fais juste ce que je te dis.

D'accord.

J'ai mis mon bonnet péruvien, mes écharpes, mes gants, ma doudoune, ma lampe, et je suis allée ouvrir la porte de la buanderie. Ma mère était déjà levée, morte d'inquiétude, réveillée par mes hurlements. Je lui ai raconté rapidement ce qui se passait. On a foncé dans la cuisine. Elle a ramassé au passage ses deux grosses vestes de laine, son bonnet, ses gants, sans accorder un regard au grax, toujours prostré et gémissant sur le carrelage. Nous aurions sans doute pu l'achever à ce moment-là, mais nous n'y avons pas songé, comme si nous avions admis être définitivement incapables de le tuer. Nous avons entassé de la nourriture et deux bouteilles d'eau dans un sac en toile et nous sommes allées attendre Théo dans le couloir. Il est arrivé au bout de quelques instants, avec son arc, ses flèches, et la cage des fouines, qu'il peinait à porter seul.

Pourquoi est-ce que tu t'encombres de cette cage ? a demandé ma mère. Elle est lourde.

Pas question que je les abandonne, il a répondu.

Son air buté montrait qu'il ne transigerait pas. Les fouines restaient parfaitement immobiles, et n'étaient-ce les légères palpitations de leurs flancs, on aurait pu les croire mortes.

Où veux-tu qu'on aille ?

Il a montré le plafond.

Là-haut.

Mais pourquoi...

Il a interrompu ma mère d'un geste impatient de la main.

Je vous expliquerai après.

Il s'est dirigé vers sa chambre. Je l'ai aidé à porter sa cage en fer. Une fois dans la pièce, il a fermé sa porte à clef, puis le rayon de sa lampe s'est promené sur le plafond en lambris jusqu'au coin de deux murs, sur une sorte de carré dont on discernait à peine les côtés.

Continue de l'éclairer, il m'a dit.

J'ai braqué le rayon de ma lampe sur le coin du plafond, il a sorti d'un de ses placards une vieille échelle en aluminium dont il a déplié les deux parties pour les accoter contre un mur juste sous le carré. Ses gestes étaient rapides, précis, sûrs, comme s'il s'était longuement entraîné. Il a gravi les barreaux de l'échelle, posé les mains au milieu du carré et exercé une poussée continue jusqu'à ce que le panneau de bois se soulève et dévoile une trappe. Il nous a demandé de lui passer la cage, le sac de vivres, l'arc, les flèches, qu'il a hissés dans le grenier avant de se faufiler à son tour par l'ouverture.

Nous l'avons rejoint dans les combles. Il a tiré l'échelle et refermé la trappe. Les cris de rage du grax et le fracas d'objets renversés, brisés, ont transpercé le silence. Nous nous sommes assis sur les panneaux de laine de roche et avons tranquillement attendu que le monstre se calme et que les battements de nos cœurs s'apaisent. Puis le microbe nous a dit de le suivre en mettant exactement nos pas dans les siens. Un froid intense, épais, s'était installé dans les greniers. Les fouines ne remuaient toujours pas. Théo a soulevé le coin d'un panneau de laine de roche et a désigné une fente entre deux chevrons par où s'immisçait une faible lumière ambrée. Il nous a invitées à jeter un coup d'œil par la fissure. J'ai été surprise de voir la grande salle, la table où nous prenions nos repas, le fauteuil devant la baie vitrée, et... le grax, toujours nu, debout près du poêle, brandissant son trident, psalmodiant, agité d'un mouvement régulier et saccadé qui évoquait une transe.

Tu as d'autres points d'observation comme celui-là ? a demandé ma mère à voix basse en relevant la tête.

Théo a continué de glisser des morceaux de pain

aux fouines entre les barreaux. Leurs yeux noirs brillaient dans la lumière de la lampe.

Cinq ou six...

Et tu les as découverts quand ?

Juste avant que papa et les autres isolent le grenier.

Et... tu as vu des choses que tu n'aurais pas dû voir ?

Je devais les voir puisque je les ai vues.

J'avais la confirmation que Théo le rêveur avait recueilli un tas d'informations secrètes sur tous ceux qui avaient fait un séjour plus ou moins long dans le Feu de Dieu. Il mérite bien son surnom de microbe : minuscule, en apparence inoffensif, capable de s'inviter n'importe où, doté d'un grand pouvoir de nuisance.

Je n'avais pas avec moi mon journal, le vrai. Je n'étais pas sûre à vrai dire d'avoir envie d'écrire dans un endroit aussi sinistre, puis les circonstances ont fait que je l'ai retrouvé et j'en ai été très heureuse. J'ai compris à l'occasion que l'acte d'écrire m'était devenu aussi indispensable que respirer, boire ou manger.

Nous nous sommes organisés. La laine de roche est désagréable au toucher, mais elle offre l'incontestable avantage d'isoler du froid. Le grax nous a cherchés dans tous les recoins du Feu de Dieu, enfin dans tous ceux que nous avons la possibilité d'observer. Il semble parfois retrouver ses esprits. Il songe alors à remettre du bois dans les poêles, à se couvrir plus chaudement, à se préparer à manger, à surveiller la cour (ça, ça ne lui passe pas), puis il entre subitement dans une nouvelle crise de démence pendant laquelle il pousse des hurlements, menace la terre entière, renverse les objets, plante son trident dans le bois des portes ou le plâtre des murs, se déshabille, se transperce la peau avec la pointe d'un couteau, se barbouille avec son propre sang, s'installe parfois plus d'une heure dans la cabine de douche, se roule sur le carrelage avec des gémissements de nourrisson... Impressionnant à voir. Heureusement, il a toujours besoin de dormir. Par périodes de deux ou trois heures. Soit directement sur le fauteuil, soit dans son lit. Nous en profitons alors pour « faire nos courses ». C'est le plus souvent Théo qui s'en charge. D'abord parce qu'il est le plus rapide, le plus exercé ; ensuite parce que avec son arc et ses flèches, il a de quoi se défendre (même si je doute que ses flèches puissent venir à bout du monstre d'en bas) ; enfin parce qu'il se porte volontaire tout le temps. Je le vois bien, il essaie de prendre sa place d'homme, de mâle, même s'il lui manque un peu de barbe et de muscles pour être tout à fait crédible dans le rôle. Tandis qu'un d'entre nous garde les yeux rivés sur le grax endormi, les deux autres ouvrent la trappe et déploient l'échelle. Celui ou celle qui est chargé du ravitaillement dispose alors de dix petites minutes pour se rendre dans la cuisine ou dans la cave et rapporter de quoi manger et boire. Comme on ne peut rien réchauffer là-haut, on est obligés de prendre des trucs qui se mangent froid, de la charcuterie, des fruits secs, des compotes, des confitures, du fromage pasteurisé, des galettes de riz, des biscottes, des gâteaux secs... Le grax remarque les traces de nos incursions, qui le mettent dans des états de rage folle, mais, pour l'instant, il n'a pas deviné que nous étions planqués dans les greniers. Il pense sans doute que nous nous terrons quelque part dehors, une supposition stupide : on ne tiendrait pas plus d'une heure dans un tel froid. Lorsque mon tour est venu de descendre, j'ai prévu, malgré le peu de temps dont je disposais, malgré ma peur panique de tomber dans les pattes du monstre, de récupérer mon vrai journal et mes crayons dans le secrétaire de la chambre de mes parents. J'ai eu l'impression que chacun de mes pas, chacun de mes gestes, chacune de mes respirations, chacun des grincements de la porte de la chambre et de celle du secrétaire résonnaient dans la maison comme des coups de tonnerre. J'ai cru que le grax allait débouler d'un moment à l'autre, me bondir sur le dos et me clouer au sol comme un insecte avec son trident. Je ne te dis pas la trouille, mon lecteur des temps futurs (présents pour toi) ! Déjà, en descendant dans la cave, j'avais plongé dans un lac d'angoisse sans fond. De part et d'autre du rayon faiblissant de la lampe, le monde m'a semblé terriblement hostile, les rayonnages menaçants, les courants d'air effrayants, les plafonds écrasants, les sols mouvants, les murs vertigineux. J'ai même cru entendre des bruits de pas derrière moi. Je me suis souvenue des morsures du trident sur ma peau et mon cœur a failli s'échapper de ma poitrine. Une fois mon précieux cahier et mes crayons glissés dans le sac des courses, j'ai filé ventre à terre vers la chambre de Théo et sa trappe salvatrice. Ça en valait la peine : je t'ai avec moi, maintenant, mon cher journal, et je vais enfin pouvoir occuper les heures en noircissant tes pages. Le temps me paraîtra moins long, moins morne.

Tu n'écris pas sur le même cahier que d'habitude, m'a dit ma mère.

Elle avait compris, je l'ai lu dans son regard, que je l'avais trimballée avec mon faux journal.

J'écris sur le cahier que j'ai à ma disposition, j'ai répondu.

Elle ne m'en a plus jamais reparlé. De même, et je ne sais pas d'où me vient cette certitude, elle n'essaiera plus de fourrer son nez dans mon intimité. Son nez de fouine.

À propos de fouines, nous nous sommes plaintes au microbe, à voix basse toujours, de l'odeur de ses petites copines.

Vous comprenez jamais rien, il a chuchoté. Si on les tue, ça veut dire qu'on ne sera jamais des gardiens de la vie.

Il ne s'agit pas de les tuer, a dit maman. Seulement de les éloigner un peu, à cause de l'odeur.

Théo a accepté de les déplacer dans un recoin du grenier, où il va régulièrement leur rendre visite. Nous nous habituons à nous déplacer dans l'obscurité pour économiser les piles des lampes. Je n'ai plus beaucoup de temps pour écrire. Je me sens crade, je crève d'envie de me laver, de me parfumer. Ma mère, toujours pratique, a demandé à Théo de rapporter des tampons hygiéniques au cas où nous aurions nos règles là-haut. Je reste souvent allongée, couverte de laine de roche, à l'écoute des sifflements du vent sur la toiture. Le pire est que je ne sais même pas où m'entraînent mes pensées. J'émerge de ces longues plongées en moi-même comme si je ressortais du néant. Je me demande qui je suis. D'où je viens vraiment. J'ai l'impression très nette d'être autre chose que ce corps, autre chose que cet esprit, ces pensées, autre chose que cette fille qui s'appelle Zoé et qui flotte dans la terreur du grax et de la vie. Il y a une réalité cachée, j'en suis certaine, un monde dont je n'ai pas encore trouvé l'accès. Un monde où l'on ne connaît pas la frayeur, la douleur, la cruauté, la tricherie, le malheur... Le monde peut-être exploré par Théo.

Papa n'est plus très loin.

Le chuchotement du microbe a résonné avec une force incroyable dans le silence du grenier.

Il y a encore une bête qui le chasse.

Quel genre de bête ? a demandé maman.

On dirait... un ours blanc.

Il n'y a pas d'ours blancs dans nos régions.

Théo s'est claquemuré dans le silence et s'est rendu près de la cage des fouines. Pendant quelques instants, les cris et les sifflements des captives ont répondu à ses murmures.

Tu ne devrais pas le couper comme ça, j'ai dit à ma mère.

Je n'ai rien dit de mal, elle a protesté.

Tu parles toujours avec ta logique d'adulte.

J'en ai pas d'autre.

Alors il serait temps d'en changer. C'est cette même logique qui a conduit le monde à la catastrophe.

Ne dis pas n'importe quoi, Zoé. Il s'agit d'un cataclysme, d'un simple phénomène naturel.

On ne sait pas quelle influence nous avons eue sur le phénomène.

Elle n'a pas répondu, elle s'est interrompue et a rapproché son œil de la fente dans le plafond.

Il s'agite...

Elle s'est écartée pour me laisser regarder à mon tour. Je n'ai d'abord vu que la table jonchée de restes de repas, les chaises et le fauteuil près de la baie vitré renversés, des fringues et des chaussures dispersées. Puis le grax est apparu, vêtu d'un seul tee-shirt aux manches longues d'où s'échappaient ses jambes noueuses. Il gesticulait dans tous les sens sans proférer un son, il trépignait, il brandissait son trident vers le plafond qu'il fixait régulièrement avec un sourire inquiétant.

37

Les griffes de l'ours soulevèrent une gerbe cinglante de glace. Franx eut tout juste le temps de rentrer la tête dans l'igloo. Surya, réveillée, s'était redressée et tentait visiblement de comprendre ce qui se passait. Ils étaient pris au piège. Le plantigrade les cueillerait dès qu'ils mettraient le nez dehors et ne laisserait pas à Franx le temps de tirer. Par chance le froid, en soudant entre eux les blocs de glace, avait renforcé la solidité de l'igloo. L'ours glissait impatiemment son museau dans l'ouverture, qu'il tentait d'agrandir en donnant de petits coups de bas en haut. Il bougeait trop vite pour que Franx puisse le viser. S'il manquait son coup ou le blessait, il risquerait d'exciter sa fureur. Il fallait attendre, se calmer, guetter la première opportunité. Espérer que l'animal ne se mettrait pas en tête de démolir l'igloo pour en chasser ses occupants. Même durcis par le froid, les murs ne résisteraient pas longtemps à ses coups de patte dévastateurs.

Surya vint se pelotonner contre Franx. Ses yeux noirs exprimaient une frayeur inhabituelle, comme si son innocence, sa grâce, se brisaient sur la puissance et la sauvagerie de l'ours. Ils restèrent un long moment suspendus à ses grattements incessants, à ses expirations ronronnantes. Deux ébranlements successifs leur firent craindre le pire, mais le silence retomba peu à peu. L'ours avait abandonné la partie. On ne l'entendait plus bouger ni respirer. Où étaient passés les chiens ? S'étaient-ils enfuis après avoir flairé le danger ? Pourquoi n'avaient-ils pas aboyé ? Étaient-ils morts ? Surya tremblait contre Franx comme un oisillon tombé du nid. Elle ne l'avait pas accoutumé à ce genre de réaction. Il lui arrivait donc de redevenir une petite fille ordinaire terrorisée par un monstre. Il la tint serrée contre lui en s'efforçant de disperser ses propres peurs. Elle finit par s'assoupir dans ses bras. Lui-même ne s'endormit pas, mais perdit toute notion du temps.

Lorsqu'il reprit pied dans la réalité, Surya n'était plus dans ses bras. Elle n'était pas non plus dans l'igloo. Sa doudoune et son bonnet, également disparus. Il enfila son manteau, ses gants, son bonnet, et, équipé de sa lampe et de son pistolet, se glissa par l'ouverture.

« Surya ? »

Il l'aperçut un peu plus loin. Elle sautillait sur la glace comme elle aurait joué à la marelle dans une cour de récréation. Une neige aussi fine et fluide que de la farine tombait du ciel ténébreux. Aucune trace de l'ours ou des chiens. Il rejoignit la fillette en quelques foulées. Elle lui jeta un regard joyeux, espiègle. Ses frayeurs enfantines s'étaient envolées. Il leur fallait repartir. Il retourna vers l'igloo y prendre le sac, le fusil et les pans de tissu qui leur servaient de masques.

Des crissements répétés attirèrent l'attention de Franx. Il eut un tressaillement de surprise lorsque l'ours, lancé à vive allure, surgit de la nuit à moins de dix mètres de lui. Il pressa la détente du pistolet. Bloquée. Il avait verrouillé la sûreté juste avant de prendre Surya dans ses bras. Fébrilement, il débloqua le cran et réussit à faire feu. Il manqua l'ours, parvenu à moins de trois mètres de lui, ou le coup ne fut pas suffisamment précis pour arrêter le plantigrade. Un tourbillon d'air et de glace l'emporta. Frappé au défaut de l'épaule, il décolla du sol et retomba sur le dos, souffle coupé. Il n'avait pas lâché le pistolet. Un grondement rageur, derrière lui. Il se retourna. Ses mouvements lui semblaient affreusement lents, comme au ralenti. L'ours se tenait deux mètres plus loin, titubant. Une étoile sombre s'épanouissait à la base de son cou, juste au-dessus du poitrail. La balle l'avait touché, sa respiration s'enfuyait. Il grogna lorsqu'il vit l'homme se relever et se jeta sur lui avec une vivacité inattendue. Franx l'esquiva d'un bond sur le côté et tira une deuxième balle au jugé. L'ours se dressa sur ses pattes arrière et se dandina en poussant un grondement assourdissant. Son chant du cygne. Cette fois, Franx prit le temps de viser en se souvenant des conseils de Dalbard et il l'atteignit dans la région du cœur. L'ours oscilla quelques secondes avant de s'effondrer de tout son poids sur le côté et de se figer dans un dernier râle.

Franx ne perdit pas de temps. Il alla chercher son sac et son fusil dans l'igloo et, de nouveau, recueillit le sang de l'animal dans l'écuelle qu'il tendit à Surya. Il résolut de tenter le tout pour le tout, de foncer en direction du Périgord noir en prenant le minimum de repos. Il récupérerait ensuite. Il n'avait plus aucun doute : le Feu de Dieu était resté debout, et, à l'intérieur, sa femme et ses enfants étaient en danger. Il lui fallait se gaver de la chair et du sang de l'ours, emmagasiner l'énergie nécessaire pour parcourir la distance d'une traite. Surya et lui burent autant de sang qu'il put en tirer, puis ils dévorèrent de petits cubes de chair prélevés dans les parties les plus tendres. Les crocs et les griffes de l'ours étaient aiguisés, effrayants. S'il en avait eu le temps, Franx aurait prélevé sa fourrure, un rempart irremplaçable contre le froid. Des aboiements retentirent dans le lointain. Les chiens apparurent quelques secondes plus tard sur la plaine gelée. À en croire les plaies vives sur leurs pelages, ils avaient livré de rudes combats. Sans doute s'étaient-ils lancés dans une chasse qui les avait entraînés loin de l'igloo. Ils se précipitèrent sur la dépouille de l'ours et lui déchirèrent l'abdomen.

Quand Surya et lui furent repus, Franx vida le sac à dos des morceaux de viande, pesants et superflus. Il ne conserva que les lampes, les piles, les briquets, le dernier chargeur de balles et les cartouches. Ainsi allégé, il marcherait plus vite et serait disponible pour porter Surya. En misant tout sur la mobilité, il prenait des risques : ils devraient se réfugier dans un abri si le blizzard devenait trop violent et risqueraient d'être enfermés de longues heures sans aucune ressource.

Ils se mirent en chemin au milieu des flocons de plus en plus épais et denses. Franx retrouva le tracé de la nationale 20 entre les coteaux pourvus, comme de mâchoires imposantes, de stalactites de glace. Les chiens les rattrapèrent après qu'ils eurent parcouru près de trois kilomètres. Le silence buvait les bruits, les craquements de leurs semelles sur la croûte de neige dure, les sifflements de la bise, les halètements des animaux, les crissements des flocons. Il calquait son pas sur celui de Surya, une foulée quand elle en faisait deux, évitant de respirer trop profondément, pour ne pas saturer d'air glacé sa gorge et ses poumons. Le phénomène lumineux de la veille, cette étrange aurore boréale aux allures de méduse céleste, ne se reproduisit pas. Le ciel demeura d'un noir profond, indéchiffrable. Le paysage se fit de plus en plus accidenté. Les tremblements de terre avaient forgé des pics élancés et creusé de profondes failles, brisant le tracé de la route. Partout les mêmes ruines prisonnières des glaces, la même désolation morne et grise. Probablement à cause des cendres vomies par les volcans d'Auvergne, proches, les reliefs gisaient sous des couches plus épaisses, plus opaques. De temps à autre, un grondement menaçant montait des profondeurs du sol, et Franx craignait qu'un nouveau tremblement de terre ne l'empêche au dernier moment d'atteindre son but.

Il marcha sans observer la moindre pause une quinzaine de kilomètres, jusqu'à la ville de Pierre-Buffière, portant Surya sur trois quarts du trajet. La neige tombait maintenant sans interruption. Ils n'avaient pas à lutter contre le vent, qui soufflait du nord et les poussait. Des tourbillons blancs fusaient sur les pentes et dans les vallées. De Pierre-Buffière on ne distinguait qu'une masse informe et plus claire, sorte de cône aplati aux pentes irrégulières d'où jaillissait, à l'autre bout, le tracé rectiligne et creux de la nationale 20. Il la contourna sans chercher à l'explorer, persuadé qu'elle n'abritait aucune vie. Aussi fut-il surpris, alerté par les aboiements des chiens, de voir une silhouette avancer dans sa direction. Il s'arrêta et posa Surya par terre. Les chiens, échine arrondie, museau au ras du sol, poussaient des grondements menaçants. Vêtu d'un anorak clair avec une capuche bordée de fourrure grise, équipé de lunettes, de gants et de bottes fourrées, armé d'un fusil d'assaut, l'homme arriva à sa hauteur.

« Vous parlez français ? »

Voix grave, ferme, habituée au commandement.

Franx répondit d'un hochement de tête.

« Vos chiens, ils sont dangereux ?

— Je ne crois pas...

— Faut en être sûr, mon vieux. Vous fabriquez quoi, dans le secteur ? »

Les questions, sèches, incisives, désagréables, exigeaient une réponse.

« Je rentre chez moi. À une quarantaine de kilomètres de Brive. Et vous, que faites-vous ici ? »

L'homme ne répondit pas. Ses yeux clairs dévisagèrent Franx au travers des verres des lunettes. Les chiens recommencèrent à gronder.

« Dites à vos clebs de la fermer ! Ils me rendent nerveux.

— Ils ne sont pas à moi. Nous les avons trouvés sur le chemin et ils nous ont suivis. »

D'une moue, l'homme signifia qu'il n'y croyait pas.

« Vous venez de loin ?

— Région parisienne. »

Deuxième moue dubitative.

« Accoutrés comme vous êtes, vous n'auriez pas pu faire plus de dix kilomètres !

— Nous avons eu de la chance.
— Vous avez mangé quoi tout du long ?
— Ce que nous avons trouvé...
— Eh, monsieur, gardez les mains loin de votre fusil. Vous avez croisé d'autres survivants ?
— Quelques-uns. »
Le regard inquisiteur de l'homme se posa sur Surya.
« Que vous ayez réussi à parcourir tout ce chemin, je veux bien l'admettre, mais, elle...
— Elle est beaucoup plus résistante qu'elle n'y paraît. »
L'homme lança un coup d'œil courroucé aux trois chiens.
« Je ne sais pas qui vous êtes ni ce que vous fichez dans le coin, mais je vous engage à foutre le camp au plus vite.
— Vous craignez quoi ? Que je tente de vous dépouiller ? »
L'homme hocha la tête.
« Ce ne serait pas la première fois. On ne voit pas notre fumée aujourd'hui, parce qu'il neige et qu'il fait mauvais, mais certains jours les pillards la repèrent et viennent nous rendre une petite visite, et pas de courtoisie !
— Vous en avez repoussé beaucoup ?
— Plusieurs centaines. Heureusement pour nous, nous avons un excellent système de surveillance et nous détectons toute approche. Vous par exemple, ça fait presque une heure que nous vous observons.
— Vous êtes combien, là-dessous ?
— Comptez pas sur moi pour vous le dire.

— Vous ne pensez pas que c'est idiot ? Qu'on aurait davantage de chances de s'en sortir en regroupant nos forces et nos ressources ? »

Le rire de l'homme claqua comme un coup de fouet.

« C'est une guerre, mon vieux ! Une putain de guerre ! Si on n'avait pas arrêté les pillards, croyez-moi, eux ne nous auraient fait aucun cadeau.

— Qu'est-ce que vous en savez ? Vous avez discuté avec eux ? Ou vous les avez tués avant même qu'ils n'aient eu le temps d'ouvrir la bouche ? »

L'homme ricana.

« Vous, plus vous l'ouvrez, votre bouche, et plus je me dis que vous n'avez pas pu franchir les quatre cents bornes entre Paris et ici.

— Croyez ce que vous voulez, mon vieux, je m'en fous. Je dois vous laisser, il me reste encore un bout de chemin à faire. »

Franx hissa Surya sur ses épaules, pivota sur lui-même et s'éloigna de son interlocuteur. Les chiens aboyèrent encore un moment avant de le rattraper.

« T'avise surtout pas de revenir dans le coin ! cria l'homme.

— Merci de l'invitation, mais je ne suis pas sûr d'en avoir très envie ! » cria Franx sans se retourner.

Il marcha jusqu'à l'extrême limite de ses forces, repoussant sans cesse la tentation de prendre du repos. Comme à leur habitude, les chiens suivaient à distance, trottant sur les crêtes ou les pentes des collines. De longs filaments de glace reliaient les cimes saillantes des arbres les unes aux autres, formant une gigantesque toile qui les protégeait des chutes de neige. Franx avait par instants l'impression d'évoluer sous une dentelle de givre, dans un pays magique. Les traînes translucides esquissaient des figures d'une complexité inouïe, des motifs délicats, fabuleux, comme fabriqués par des artistes cristalliers. Il les éclaira du rayon de sa lampe pour en admirer les dessins entrelacés et les reflets infinis, noirs, gris, blancs, nacrés, dorés.

Ils se reposèrent deux heures tout près de la ville d'Uzerche. Il n'y avait pas de panneau indicateur, mais il sembla à Franx reconnaître la forme générale de la cité au creux des collines et les méandres visibles de la Vézère. Ils dormirent dans la chaleur des trois chiens couchés contre eux, sous une étroite avancée de givre qui les protégeait vaguement du vent et de la neige. Franx avait cassé des petits morceaux de glace qu'ils avaient fourrés dans leurs bouches jusqu'à ce qu'ils fondent. Ils avaient à peu près étanché leur soif, mais leur faim restait, elle, criante. Ils ne trouveraient rien pour l'assouvir, même partiellement, il leur restait seulement à puiser dans des réserves énergétiques déjà largement entamées.

Cette masse sombre au sommet d'une colline, il la reconnut sans l'ombre d'une hésitation.

Comment Surya, les chiens et lui-même avaient-ils parcouru le chemin jusqu'ici ? Il n'en avait pas la moindre idée. Il posait un pied devant l'autre depuis une éternité, luttant contre les tourbillons et les incessants rideaux de neige. Il maintenait solidement Surya sur ses épaules. La fillette se penchait sur un côté de sa tête pour ne pas recevoir les bourrasques et les projections de neige en pleine face. Les chiens marchaient en file derrière eux, comme s'ils avaient compris qu'ils devaient maintenant rester groupés, que le moindre intervalle dans une telle tourmente risquait de se transformer en gouffre impossible à combler. Le blizzard avait tout noyé d'Uzerche à Brive. Le vent furieux abaissait la température de plusieurs degrés. Ils ne distinguaient pas à plus de trois mètres devant eux. Franx s'était demandé s'ils suivaient la bonne direction, la tourmente occultant les rares points de repère. Puis l'itinéraire s'était dessiné en lui, avec une clarté étonnante. Il avait abandonné le tracé de la route quelques kilomètres avant Brive pour suivre une autre direction. Il se doutait que Surya avait quelque chose à voir avec ses perceptions. Il avait bifurqué par un massif aux pentes douces et traversé une première rivière, la Vézère probablement. Le vent, qui s'engouffrait en mugissant dans la vallée, avait nettoyé le cours d'eau de ses surplus de cendres et de neige et poli l'épaisse glace qui la recouvrait, la laissant aussi nette et lisse qu'un miroir. Puis ils avaient traversé une deuxième rivière. Lorsqu'il avait reconnu la région de Larche, il avait compris qu'il venait de franchir deux fois la Vézère, qui formait un coude pratiquement à angle droit entre Brive et Larche, à l'endroit où la Corrèze, son affluent, se jetait en elle. Il était donc arrivé dans le Périgord, à moins de vingt kilomètres de chez lui. La faim était telle qu'elle lui creusait tout le corps, du sommet du crâne aux extrémités des doigts de pied. Les chiens gémissaient en sourdine, signe qu'ils peinaient de plus en plus, eux aussi, à progresser dans cette soupe de neige glacée.

À partir de là, il avait reconnu le chemin bien que le

cataclysme eût par endroits chamboulé les paysages. Il avait refoulé avec l'énergie du désespoir la tentation de plus en plus dévorante de s'arrêter, de renoncer.

Nadaillac... Paulin...

Toutes les fermes et les résidences secondaires qu'il connaissait s'étaient effacées de la surface de la Terre.

Trop fatigué pour se réjouir, il descendit Surya de ses épaules et contempla l'ombre massive au-dessus du causse : le Feu de Dieu.

38

Le grax n'avait pas encore entamé son exploration des greniers. Il se disait sans doute que le conflit déclaré entre les trois autres membres du Feu de Dieu et lui redonnait un peu d'intérêt à la vie monotone d'après le cataclysme. Il préparait le combat en montrant à ses adversaires qu'il savait pertinemment où ils se terraient, en leur adressant régulièrement des petits signes, arcs de cercle dessinés avec le pouce sur le cou, mouvements de bassin obscènes, lame de couteau pointée vers le plafond, sourires, grimaces et rictus variés... La guerre psychologique qu'il leur livrait commençait à porter ses fruits. Elle avait contraint Alice et les enfants à s'organiser, à dormir à tour de rôle pour exercer une surveillance constante sur la grande pièce et les autres parties de la maison. Elle avait de même interrompu leurs expéditions régulières à la cuisine et à la cave. Ils se demandaient maintenant si le grax dormait vraiment ou feignait seulement le sommeil et n'osaient plus descendre. La dernière fois que Théo s'y était essayé, il avait failli être surpris par le parasite, il l'avait semé à l'issue d'une course-poursuite éprouvante dans l'aile des appartements, puis, revenant rapidement sur ses pas, il avait poussé le verrou de la porte de séparation derrière lui et, pendant que le grax essayait de l'ouvrir à coups d'épaule, il était remonté dans le grenier. Les vivres et l'eau qu'il avait rapportés seraient bientôt épuisés. Il avait pris des risques inconsidérés pour s'enfermer dans les toilettes de la salle de bains. Il détestait faire ses besoins dans le grenier. Il fallait sans cesse vider la bassine par une brèche de la toiture, puis remettre les tuiles et les voliges en s'appliquant à ne laisser aucune prise au vent. Le toit était sans doute jonché de leurs déjections, et cette idée, autant que le manque de confort et la sensation d'humiliation (il avait l'impression d'être revenu plusieurs années en arrière, un petit garçon à qui on essayait d'apprendre à faire sur le pot), le révulsait. Ils n'avaient pas le choix, comme disait sa mère.

Les piles aussi fatiguaient, et le grax, plutôt malin pour un Cro-Magnon cinglé (le surnom que lui avait donné Zoé), avait planqué les piles de rechange dans un tiroir dont il portait la clef autour du cou. Le temps travaillait pour lui. Ils ne pourraient éternellement rester dans les combles, il leur faudrait tôt ou tard changer de vêtements, prendre une douche, se soigner ou se réchauffer, la température ne cessant de baisser depuis quelques jours. Le temps jouait pour lui, et il se délectait de la situation quand il n'était pas emporté par l'une de ces crises de démence qui l'entraînaient dans d'interminables soliloques à l'issue desquels il lui arrivait parfois de s'endormir sur le carrelage, comme foudroyé.

« J'espère qu'il ne se relèvera pas, souffla Zoé.

— Ça m'étonnerait, murmura Alice. Déjà que la mort-aux-rats n'a pas suffi à le tuer. »

Elle se mordit la lèvre inférieure. Zoé bondit sur l'occasion.

« C'était de la mort-aux-rats ?

— Des graines empoisonnées que j'ai retrouvées dans la cave.

— Bien essayé !

— J'ai pris des risques. Il a deviné que le ragoût n'avait pas un goût normal. Imagine qu'il m'ait obligée, ou l'un de vous deux, à le manger.

— Des risques, on est bien obligés d'en prendre. J'en ai marre, moi, de vivre dans ce grenier ! Il sait où on est de toute façon.

— Il est vraiment devenu fou. J'ai l'impression de vivre au-dessus de l'antre d'un monstre.

— Va falloir qu'on l'affronte, tôt ou tard, le monstre. »

Théo gardait toujours une partie de ses pourtant maigres repas pour les fouines. Les grignotements et les couinements des captives horripilaient Zoé.

« Ou c'est moi qui deviendrai folle ! » ajouta l'adolescente.

Franx examina le portail, engoncé dans une épaisse couche de glace. Il aurait fallu dégeler tout autour avec un chalumeau pour le faire coulisser sur son rail. Le Feu de Dieu paraissait infranchissable, indestructible. Il avait parfaitement rempli son rôle dissuasif. Exténué, affamé, Franx ne ressentait aucune émotion. Les chiens s'étaient couchés dans la neige. Les amples et rapides palpitations de leurs flancs traduisaient leur profond épuisement. Surya, elle, observait la construction, comme si elle cherchait une faille. Franx avait parfois l'impression qu'elle allait s'envoler au premier souffle de vent.

Il y avait également la voie des sous-sols, de la cave, par les soupiraux. Peut-être le gel avait-il éclaté le ciment qui scellait les barreaux ?

Il prit la fillette par la main et fit le tour de la bâtisse. La glace submergeait presque entièrement le premier soupirail. Le deuxième, en revanche, était partiellement dégagé malgré le tumulus de glace dressé juste devant. À la lueur de la lampe, il vit que le ciment était fendillé en surface, empoigna l'un des barreaux et le secoua aussi énergiquement que possible. La tige métallique ne bougea pas d'un millimètre. Il resta un petit moment devant l'ouverture en espérant qu'Alice, Zoé ou Théo s'introduiraient dans la cave et apercevraient le rayon lumineux. Personne ne se manifesta. Il examina le troisième soupirail, aussi solide que l'autre. Impossible de passer par le bas. Il lui sembla entrevoir un mouvement dans la pénombre. Un visage clair et furtif sur le fond d'obscurité. Il crut avoir rêvé ou avoir été le jouet d'une illusion. Un chien gronda sourdement derrière lui. Il ne devait compter que sur lui-même pour s'introduire dans le Feu de Dieu. Il ne restait qu'une solution, passer par-dessus le portail en confiant Surya aux trois chiens. Avec un peu de chance, les saillies, les tessons de bouteilles et les lames dont les hommes de l'arche avaient criblé les murs et l'immense panneau métallique seraient recouverts de glace et auraient perdu leur caractère blessant. Il douta d'avoir la force d'escalader plus de dix mètres de paroi verticale. Il revint devant le portail, suivi de Surya et des trois chiens, s'accroupit et prit la fillette par les épaules.

« Il va falloir que j'essaie de passer par-dessus, d'accord ? Je ne pourrai pas te porter. Tu m'attendras de ce côté avec les chiens. Ils te protégeront. Je laisse également le fusil. Je ne t'abandonne pas, d'accord ? Je ne t'abandonnerai jamais. »

La tristesse infinie dans le sourire de Surya le bouleversa. Sa fragilité également. Il se rappela sa mère, allongée dans le wagon renversé du train de banlieue, ce pacte solennel qui les avait reliés. Elle lui avait transmis une partie de la force extraordinaire qu'elle avait déployée pour maintenir sa fille en vie et la confier à un inconnu. Sans elle, sans son sacrifice, sans le ressort qu'elle avait tendu en lui, il n'aurait jamais eu la force de parcourir les cinq cents kilomètres entre Paris et le Feu de Dieu. Il garda un long moment la fillette blottie contre lui, envahi d'une nostalgie douce et déchirante, d'un sentiment de perte irréparable. Il se détacha d'elle avec des regrets infinis.

« Je reviens le plus vite possible. Ne bouge pas d'ici, d'accord ? »

Refoulant la tentation lancinante de retourner près de Surya, il entama l'escalade du mur qui soutenait le portail. La glace et les cendres mêlées ayant escamoté toutes les prises, il utilisa les couteaux qu'il planta à tour de rôle dans l'épaisse couche dure et se hissa centimètre par centimètre le long de la surface verticale. Il progressait avec une lenteur désespérante, craignant à chaque instant que la glace ne s'effrite sous son poids, jetant de réguliers coups d'œil en contrebas pour s'assurer que Surya tenait le coup. Il faillit abandonner et revenir sur ses pas lorsqu'il se rendit compte qu'elle s'était allongée dans la neige. Immédiatement, les chiens s'installèrent autour d'elle de manière à la maintenir dans une bulle de chaleur. Il ne pourrait rien faire de plus. Il continua son escalade. Le mur, ce mur qu'il avait lui-même bâti et consolidé avec les autres hommes de l'arche, lui parut incroyablement haut. Son épuisement rendait ses gestes fébriles, mal assurés. Le vent s'acharnait sur lui comme pour le précipiter au sol. Le froid se faufilait sous ses vêtements et l'enveloppait d'un filet aux mailles tranchantes. Les flocons qui tombaient sur ses lunettes s'incrustaient sur la matière transparente et perturbaient une vue déjà amoindrie par l'obscurité. Il ne distinguait plus grand-chose ni en dessous ni au-dessus de lui. Surya et les chiens n'étaient plus que de vagues formes estompées par les rideaux blancs.

« On dirait qu'il guette », dit Zoé.

Le grax s'était planté devant la baie vitrée avec dans une main son trident et dans l'autre la hache.

« Tu crois qu'il a vu quelque chose ? demanda Alice.

— Il a cru voir en tout cas... Je me demande s'il n'est pas allé faire un tour à la cave. »

Le grax n'avait pas renouvelé les bougies presque entièrement consumées. Bientôt, on ne distinguerait plus que les lueurs rougeoyantes des poêles et la grisaille diffuse de la cour par la baie vitrée.

« Où est passé Théo ? »

Alice alluma la lampe et balaya le grenier jusqu'au recoin où son fils avait installé la cage des fouines.

Elles dormaient paisiblement, roulées en boule. Théo ne s'y trouvait pas, pas plus qu'il n'était dans les autres endroits où il avait l'habitude de se tenir.

« T'inquiète pas pour lui, maman, il doit bouder dans un coin. »

Théo ne parlait presque plus ces derniers temps. Était-ce un effet de sa maigreur prononcée, ses yeux paraissaient profondément renfoncés sous ses arcades saillantes, et fiévreux, sans cesse en mouvement, des yeux de moineau. Zoé le harcelait sans cesse pour qu'il lui raconte les secrets inavouables qu'il avait surpris dans l'arche, il refusait de répondre, et Alice comprenait qu'il n'avait pas envie de ressusciter par la parole les innombrables trahisons qui avaient marqué son enfance.

« Il devient de plus en plus nerveux ! » chuchota Zoé.

Alice glissa à son tour son œil dans la fente du plafond. Le grax faisait les cent pas devant la baie vitrée, marmonnant d'incompréhensibles syllabes.

« Eh, on dirait qu'il y a quelqu'un dans la cour ! »

Zoé se serra près de sa mère pour partager avec elle la mince fissure. Elle aperçut un mouvement de l'autre côté de la baie vitrée.

Une ombre.

Le grax l'avait vue lui aussi : il s'était reculé dans la pénombre en levant son trident.

« Il avait raison, ce dingue ! murmura Zoé. Y a encore des rôdeurs dehors ! »

Alice se concentra sur la silhouette qui approchait de la baie vitrée. L'obscurité, les flocons de neige, l'étroitesse de son champ visuel, la proximité de Zoé ne facilitaient pas la tâche. Elle ne distinguait qu'une forme sombre sans doute enveloppée, comme les assaillants précédents, dans des tissus superposés. Son cœur battait à tout rompre. Ce n'était pas la peur, mais un autre sentiment, indéfinissable, quelque chose comme un soudain et incompréhensible espoir.

Franx essaya d'ouvrir la baie vitrée. Elle était fermée de l'intérieur. Il se rendit près de la porte blindée de la buanderie, également bouclée. Il revint devant la baie et tambourina à plusieurs reprises. Personne ne se manifesta. Il y avait pourtant du monde dans le Feu de Dieu, puisque des bougies achevaient de se consumer à l'intérieur et que les poêles jetaient des lueurs rougeoyantes dans la pénombre. Le franchissement du mur d'enceinte l'avait vidé de ses dernières forces. Il avait failli s'évanouir lorsqu'il avait posé le pied dans la cour. Les gémissements des chiens, aigus, prolongés, s'élevaient comme des complaintes funèbres de l'autre côté du mur. Il se reprocha d'avoir abandonné Surya. Il avait l'impression qu'il ne la reverrait plus. Il donna une autre série de coups désordonnés sur le verre de la baie. Il voulut hurler, il n'en eut pas la force. L'espace de quelques instants, il crut qu'il allait échouer si près du but après avoir parcouru les cinq cents kilomètres entre Paris et le Périgord noir. Il avait imaginé différents scénarios pour son retour, plus ou moins réussis, plus ou moins joyeux, mais rien d'aussi sinistre, d'aussi absurde. Où étaient donc passés les occupants du Feu de Dieu ? Il lui sembla entrevoir un mouvement dans la grande pièce. Il reprit espoir. Quelqu'un s'approcha de la baie et commença à l'ouvrir. Les éclats de neige et de glace incrustés sur ses lunettes l'empêchèrent de distinguer l'homme ou la femme qui s'agitait de l'autre côté du verre. Il s'engouffra par l'ouverture dès qu'elle fut suffisamment large.

« C'est moi, dit-il. Je suis de re... »

Il reçut un coup violent sur le crâne qui lui ploya les genoux. Tomba de tout son long sur le carrelage. Perçut, avant de perdre connaissance, le contraste entre la froidure extérieure et la chaleur bienfaisante de la grande pièce.

« On dirait... Théo ! » s'exclama Zoé.

Le grax avait ouvert la porte au rôdeur et l'avait assommé d'un violent coup de trident sur la tête. Il s'apprêtait à l'achever quand un hurlement avait retenti, suspendant son geste. C'était bien Théo qui s'avançait dans la grande pièce, la tête dissimulée par son passe-montagne, son arc bandé, la flèche pointée sur le grax.

« Tu crois sans doute me faire peur avec ton jouet, petit con ? cracha le grax avec un rictus.

— Pourquoi intervient-il ? gémit Alice. Il a perdu la tête... »

Les fouines s'excitaient de nouveau dans leur cage. Leurs cris aigus et les crissements de leurs griffes sur les barreaux métalliques emplissaient tout le grenier.

« Je te préviens. » La voix de Théo était étrangement ferme, presque méconnaissable. « Laisse-le tranquille, ou je te tue.

— Qu'est-ce qui te prend, petit con ? C'est rien qu'un paumé qui essaie de nous piquer notre bouffe !

— Laisse-le tranquille, je te dis ! »

Pendant quelques secondes, le grax et Théo, séparés par une distance de cinq mètres, se défièrent du regard. L'intrus remua sur le sol en poussant un gémissement sourd.

« J'vais maintenant achever ce que j'ai commencé et tu vas gentiment retourner dans ton grenier avec ta sœur et ta mère. Bientôt, je m'occuperai de vous trois. Et, toi, le branleur, je te ferai regretter de m'avoir frappé. »

Le grax s'approcha de l'homme à terre et, de nouveau, brandit son trident pour lui enfoncer les pointes métalliques dans le cou ou la poitrine.

« Arrête ! »

Le grax ne tint pas compte du cri de Théo et leva encore son trident. La flèche se ficha avec un bruit mat en plein milieu de sa poitrine. Il resta un moment les mains en l'air, puis il esquissa un pas de recul et laissa tomber ses bras le long de son corps, lâchant la fourche. Théo avait déjà encoché une deuxième flèche. Il la tira lorsque le grax, perdant l'équilibre, s'avança d'un pas dans sa direction. Elle se planta cette fois dans sa gorge, qu'elle traversa de part en part. Le grax le fixa avec un mélange de stupeur et de soulagement. Il tenta de parler, d'incompréhensibles sons sortirent de sa bouche, enveloppés dans des bulles de sang. Il fit encore quelques pas titubants avant de tomber à genoux et de tendre les bras vers Théo. Il n'y avait aucune agressivité, aucun ressentiment dans ses gestes, de la reconnaissance au contraire, comme s'il remerciait son bourreau de le délivrer de la vie. Il bascula sur le côté et rendit son dernier souffle, recroquevillé à la façon d'un fœtus, la tête contre les genoux.

Théo s'approcha de lui pour s'assurer qu'il était mort, puis il reposa son arc sur le sol, se pencha sur l'intrus qui continuait de gémir sur le carrelage et dit :

« Papa. »

Franx.

C'était bien lui, d'une maigreur effrayante, joues creuses couvertes d'une barbe emmêlée et parsemée de fils blancs. Le coup du grax lui avait ouvert le cuir chevelu. Alice et Zoé étaient descendues du grenier par l'échelle laissée par Théo et s'étaient précipitées sur lui pour le dévêtir, le réchauffer, le laver et le soigner. Il alternait les pertes de connaissance et les brefs retours à la conscience, tenant des propos fiévreux, incohérents, sur une petite fille et trois chiens restés à l'extérieur du Feu de Dieu.

« Comment tu as su que c'était lui ? » demanda Zoé à son frère.

Il haussa les épaules.

« Je l'ai su, c'est tout.

— Pourquoi tu ne nous as rien dit ?

— Vous me prenez toujours pour un bébé, vous m'auriez empêché d'affronter le grax. Je dois maintenant aller chercher la petite fille et les chiens restés dehors.

— Comment tu comptes t'y prendre ?

— Je vais essayer d'ouvrir le portail. »

Théo sortit dans la cour après s'être muni d'un chalumeau et commença à dégager le rail du portail de sa gangue de glace. Il lui fallut environ une heure pour dégager le cadenas et deux heures supplémentaires pour faire coulisser l'immense panneau métallique d'une cinquantaine de centimètres. Après avoir couché

Franx dans son lit, Alice le rejoignit dehors avec une lampe tempête. Le blizzard balayait rageusement le causse. Ils découvrirent les trois chiens allongés sous une couche de neige déjà épaisse, puis, tout près d'eux, le corps inerte d'une petite fille dont le visage détendu et pâle leur donna à penser qu'elle était morte.

Épilogue

On a mis le cadavre du grax avec les autres dans l'ancien four à pain. Nous avons raconté à papa tout ce qui s'était passé dans le Feu de Dieu pendant son absence. Lui nous parle de son périple, souvent après le repas du soir, quand nous sommes réunis devant le poêle, et nous pouvons mesurer les épreuves terribles qu'il a dû traverser. Théo avait raison : il a bel et bien affronté des ours blancs...

Il a changé. Je redécouvre mon père, cet homme qui était toujours resté pour moi un étranger, un mystère. Lui aussi, sans doute, parce qu'il n'arrête pas de nous serrer contre lui, de nous embrasser, de nous toucher, de nous dire qu'il nous aime. Je ne reconnais plus ma mère, la femme effacée et terne d'avant. Elle semble avoir rajeuni de dix ans tout à coup, elle chante et rit sans cesse. Elle et mon père se sont chargés des réparations urgentes, ils ont établi un nouvel inventaire des ressources et en ont déduit que nous pouvions encore tenir sept ou huit ans sans problème, non seulement les humains, mais aussi les fouines et les chiens. Théo s'est mis à pousser à la vitesse d'une courgette. Il me dépasse déjà d'une demi-tête, sa voix mue, des poils, épars et pas très beaux pour l'instant, lui poussent sur les joues et le menton. Je lui ai demandé ce que ça lui avait fait de tuer le grax, il m'a simplement répondu : c'est comme ça que ça devait finir, j'étais prêt, et lui aussi. Quand il ne va pas rendre visite aux fouines, il passe beaucoup de temps avec les chiens, qu'il promène tous les jours sur le causse. Papa a refusé qu'on referme le portail. Il dit que nous ne devons pas nous enfermer, nous replier sur nous-mêmes, mais au contraire nous ouvrir au maximum. Si d'autres gens se présentent, nous leur proposerons de partager nos ressources. Il pense que nos chances de survie diminueront si nous persistons dans l'illusion sécuritaire.

Il y a de nombreux groupes de survivants sur la Terre, pas seulement ceux que mon père a rencontrés, mais d'autres, dont nous avons capté la présence. Oui, capté. Je ne sais pas comment ils font, mais Surya et Théo semblent déteindre sur nous.

Surya est longtemps restée entre la vie et la mort après que Théo et maman l'ont récupérée sur le causse. Fiévreuse, pâle, immobile. Puis elle est revenue à la vie avec la même grâce qu'elle avait failli en sortir. Je l'ai immédiatement considérée comme ma petite sœur. Comme si elle avait toujours fait partie de la famille. Tout le monde l'adore. Papa nous a raconté comment il l'a recueillie dans un train de banlieue renversé, comment sa mère agonisante la lui a confiée en lui faisant promettre de la mettre en lieu sûr. Il pense qu'elle n'est pas arrivée dans sa vie par hasard, et que Théo et elle sont les maillons d'une nouvelle chaîne d'évolution. Il ne l'a pas précisé, mais je suis persuadée que c'est elle qui l'a choisi : c'était avec mon père, elle le savait, qu'elle avait le plus de chances de survivre, et elle s'est débrouillée pour l'attirer près de sa mère agonisante. Ils sont entrés en symbiose (un joli mot que j'ai piqué dans le dico...), comme deux animaux qui ont besoin l'un de l'autre pour survivre dans un environnement hostile. Elle avait besoin de sa force, de son intelligence, il avait besoin de ses perceptions. J'ai demandé à mon père pourquoi Théo avait reçu ces dons à la naissance, et pas moi, nous avons pourtant les mêmes parents, les mêmes gènes. Il m'a dit en riant que je suis un spécimen très réussi de l'ancien règne, que l'évolution reste mystérieuse, que j'ai beaucoup de chance d'assister à l'émergence d'une nouvelle espèce, comme de Neandertal à Sapiens. Si j'ai bien compris, je suis un vestige (un beau, hein...) de Sapiens, Théo et Surya sont des représentants de... de quoi, au juste ?

Surya ne parle toujours pas. On ne sait pas si elle recouvrera l'usage de la parole un jour, mais elle se débrouille pour communiquer autrement. Parfois, lorsque nous nous tenons tous les cinq en silence tandis que le blizzard souffle comme un taré dehors, nous avons l'impression que nos esprits entrent en contact. Des images m'apparaissaient, qui me montrent le monde extérieur, les villes et les forêts pétrifiées, les failles profondes, les éruptions volcaniques, les majestueux fleuves de lave qui serpentent dans les plaines blanches... Et puis des groupes humains disséminés dans des abris profonds, qui, comme nous, guettent le retour des jours meilleurs. Nous n'avons plus besoin de réseaux informatiques pour être reliés les uns aux autres. Je suis maintenant persuadée que, tôt ou tard, nous nous retrouverons avec les autres survivants et que nous fonderons une nouvelle humanité. Ma peur de ne jamais connaître l'amour s'est envolée. Il me faut seulement faire preuve de patience et prendre les choses telles que la vie me les offre.

Tu vois, mon lecteur des temps futurs, j'ai retrouvé le goût de la vie, et pas seulement parce que nous en avons fini avec la tyrannie du grax. Parfois, je prends Surya dans mes bras et nous restons toutes les deux pelotonnées des heures sur le fauteuil, dans la chaleur agréable du poêle. J'ai l'impression de la connaître de mieux en mieux. Elle me raconte son histoire à sa façon, elle me transmet des images et des sensations. Beaucoup de lumière, de soleil en elle, de couleurs vives, d'odeurs d'épices et de saveurs de miel. Elle dort avec moi, et, toutes les deux, nous pouffons lorsque nous entendons des soupirs en provenance du lit de mes parents...

J'ai eu vingt ans hier.

Et, pour cadeau d'anniversaire, une première lueur dans le ciel. Une clarté encore diffuse qui a écarté les ténèbres et plaqué la neige d'une teinte argentée. Incroyables, la beauté et le pouvoir de la lumière. Comme si tous nos cauchemars se dispersaient d'un seul coup. Comme si nos âmes se mettaient à briller, à chanter.

Papa a gardé un long moment les yeux levés sur le ciel et a dit, d'un ton joyeux :

« C'est le commencement... »

Pierre Bordage
au Livre de Poche

L'Ange de l'Abîme n° 30641

Dans une Europe d'apocalypse ruinée par la faillite des OGM, enlisée dans la guerre contre le Moyen-Orient, en proie au fanatisme religieux et au racisme, l'auteur raconte le voyage initiatique de Stef et Pibe, deux adolescents à la recherche de l'archange Michel, le dictateur tout-puissant qui gouverne le vieux continent depuis sa forteresse roumaine. Dans une ambiance crépusculaire fascinante car terriblement proche, un grand roman épique d'une actualité brûlante.

Les Chemins de Damas n° 30860

Après la grande guerre contre les nations musulmanes, l'Europe est dominée par les mouvements évangéliques venus des États-Unis. Délocalisations, prolifération des milices et des bandes, misère et corruption généralisées : le vieux continent s'enfonce dans la crise. Divorcée, Jemma vit dans une résidence protégée au cœur de Paris. Un jour, sa fille disparaît, comme des milliers d'autres enfants avant elle. Désemparée, la jeune femme part à sa recherche aux côtés de l'énigmatique Luc, vers ce Moyen-Orient diabolisé, impénétrable…

Porteurs d'âmes n° 31409

Léonie, achetée au Liberia, alors qu'elle n'était qu'une enfant, séquestrée, prostituée, s'enfuit à vingt ans de son enfer pour se retrouver clandestine et sans papiers dans les rues de Paris. Edmé, un inspecteur de la Crim', déprimé par les violences, la misère et le cynisme qu'il côtoie chaque jour, découvre un étrange charnier dans la Marne. Cyrian, fils de famille en mal de raisons de vivre, se prête à un voyage expérimental d'un genre nouveau, pour trouver le frisson de l'extrême : le transfert de l'âme dans un corps d'emprunt… Leur point commun ? Tous trois sont porteurs d'âmes, comme tous les êtres humains. Mais parfois les âmes ne sont pas où elles devraient être… Polar, roman d'amour et d'anticipation : Pierre Bordage joue ici de tous les genres avec un art consommé…

Du même auteur
aux éditions du Diable vauvert :

LES PROPHÉTIES I, L'Évangile du serpent, roman.
LES PROPHÉTIES II, L'Ange de l'Abîme, roman.
LES PROPHÉTIES III, Les Chemins de Damas, roman.
PORTEURS D'ÂMES, roman.
LES FABLES DE L'HUMPUR, roman.
LES DERNIERS HOMMES, roman.
MORT D'UN CLONE, roman.
CHRONIQUES DES OMBRES, roman.
LE JOUR OÙ LA GUERRE S'ARRÊTA, roman.
LE LIVRE DES PROPHÉTIES, roman.
TOUT SUR LE ZÉRO, roman.

PAPIER À BASE DE
FIBRES CERTIFIÉES

Le Livre de Poche s'engage pour
l'environnement en réduisant
l'empreinte carbone de ses livres.
Celle de cet exemplaire est de :
750 g éq. CO_2
Rendez-vous sur
www.livredepoche-durable.fr

Composition réalisée par MCP – Groupe JOUVE

Achevé d'imprimer en juillet 2019 en Espagne par
Liberdúplex – 08791 à Sant Llorenç d'Hortons (Barcelone)
Dépôt légal 1re publication : septembre 2010
Édition 03 – juillet 2019
LIBRAIRIE GÉNÉRALE FRANÇAISE – 21, rue du Montparnasse – 75298 Paris Cedex 06

31/2866/7